하루애비

하루애 비·1

1판 1쇄 찍음 2015년 7월 15일
1판 1쇄 펴냄 2015년 7월 22일

지은이 | 김도경
펴낸이 | 고운숙
펴낸곳 | 봄 미디어

기획·편집 | 정수경, 박혜진

출판등록 | 2014년 08월 25일 (제387-2014-000040호)
주소 | 경기도 부천시 원미구 소향로17, 304(두성프라자) (우)420-864
영업부 | 070-5015-0818 편집부 | 070-5015-0817 팩스 | 032-712-2815
E-mail | bommedia@naver.com
소식창 | http://blog.naver.com/bommedia

값 9,000원

ISBN 979-11-5810-100-8 04810
       979-11-5810-099-5 04810(세트)

하루애비

김도경 장편소설

vol 1

목차

Prolog

2010년 9월 11일.

오전 10시가 지나자 북적거리던 취재부도 한산해졌다. 취재부의 한쪽 라인에 위치한 경제부 기자들도 거의 다 빠져나간 상태. 루애만 자리를 지키고 앉아 있었다.

그녀는 어딘가에 계속 전화를 걸고 있었다. 연결이 안 되는지, 버튼만 누르기를 수십 차례. 그러다 마침내 연결이 된 모양이다.

죽어라고 전화기만 노려보고 있던 두 눈이 번쩍 떠졌다. 그럼에도 그녀의 입에서는 말 한마디 나오지 않았다. 심호흡을 한 후, 떨리는 손으로 수화구에서 흘러나오는 기계음을 따라 버튼을 눌러 갈 뿐.

그러다 그녀의 얼굴이 엄청난 충격이라도 받은 듯 시체처럼 점차 창백하게 굳어 갔다.

무슨 정신으로 여기까지 차를 몰고 왔는지 모르겠다. 루애는 홍제동의 어느 주택가 골목 공터에 차를 세우고 핸들에 얼굴을 파묻었다. 핏기 하나 없이 창백해진 얼굴처럼 그녀의 머릿속도 하얗게 질려 정상적인 사고를 거부하고 있었다.

일간 경제지 기자 4년 차. 지극히 개인적인 일로 예정되어 있는 모든 취재 일정을 취소하고 무단으로 행동한 것은 이번이 처음이었다. 데스크에 깨지는 것으로 끝나지 않고 시말서에 경고까지 받을지 모를 일이었다. 그러나 지금은 아무래도 상관없었다. 솔직히 한 가지 외에는 아무 생각도 나지 않았다.

지금 당장 근우를 만나 사실을 확인하고 끝을 봐야 한다는 생각 외에는.

부들부들 떨리는 손으로 그에게 전화를 걸었다.

"……나야. 집 앞에 있어. 잠깐 나와 봐."

'정말?'이라며 놀라는 그의 물음을 무시하고 전화를 끊었다. 핏발이 곤두선 눈으로 사이드미러를 노려보았다. 사이드미러에는 홍제동 주택가와는 어울리지 않는 으리으리한 대저택이 위용을 뽐내며 비치고 있었다. 이제 곧 저기에서 근우가 나타날 터였다.

루애는 사이드미러에서 시선을 떼지 않은 채 핸드폰을 거치대에 꽂고 핸드프리를 작동시켰다.

5분도 채 안 돼 그가 모습을 드러냈다. 190cm에 가까운 장신에 배구 선수처럼 군살 하나 없이 탄탄한 근육으로만 짜여진 늘씬한 몸매. 볼품없는 추리닝 바람임에도 그는 여전히 화보 속에서 금방 툭 튀어나온 모델처럼 근사하고 멋졌다.

멀리서 봐도 절로 신음이 흘러나올 만큼 뇌쇄적이고 섹시한 구릿빛 피부와 이국적인 이목구비가 단박에 사람의 시선을 사로잡았다. 바람에 흩날리는 검은 머리카락마저 감탄할 만큼 멋지고 근사했다.

공터에 서 있는 검은색 스포츠카를 발견한 그가 한걸음에 달려왔다. 사이드미러에 비치는 그의 모습이 클로즈업되며 가까워질수록 루애의 눈빛은 차갑게 얼어붙었다.

"와우, 웬일이야, 이 시간에? 오늘은 취재가 이 근처야? 그래서 잠깐 짬 내서 나 보러 온 거야?"

예기치 못했던 그녀의 방문이라 더욱 반가운지, 근우가 경이로울 만큼 잘생긴 얼굴에 눈부실 정도의 환한 미소를 지으며 조수석에 얼른 올라탔다. 다짜고짜 자신을 끌어안으려는 근우를 그녀가 강한 힘으로 사납게 밀어냈다.

얼떨결에 뒤로 밀린 근우는 그제야 루애의 상태가 심상치 않다는 것을 알아차렸다. 얼음장처럼 차갑게 굳은 얼굴이나 자신을 죽일 듯이 노려보는 눈빛 또한 평소의 그녀가 아니었다. 대번에 그의 수려한 미간이 찌푸려졌다. 그가 걱정스런 눈빛으로 루애의 안색을 살피며 물었다.

"루애야, 왜 그래. 무슨 일이야?"

차갑게 그를 일별한 루애가 묻는 말에는 대답도 하지 않은 채 핸드폰으로 손을 뻗었다. 삐삐, 삐삐삐. 거치대와 연결된 스피커를 통해 차 안에 버튼 음이 크게 울려 퍼졌다. 그리고 이내 들려오는 기계음 소리.

―저장된 음성 메시지가 두 개 있습니다. 청취를 원하시면 1번……

삑.

기계음이 끝나기도 전에 루애는 이미 하도 들어서 외워버린 버튼을 꾹꾹 눌러 갔다. 그리고 마침내 '첫 번째 메시지입니다'라는 기계음과 함께 혀 짧은 목소리로 애교를 떠는 여자의 목소리가 스피커를 통해 흘러나왔다.

―오빠, 나예요, 미정이. 잘 들어갔어요? 오빠 오늘 술 좀 많이 마신 것 같던데, 잘 들어갔는지 모르겠다. 미정이는 집에 잘 들어왔어요. ……음, 그냥 한번 전화해 봤어요. 오빠 잘 들어갔는지 걱정돼서. 근데 전화가 꺼져 있네요. 그래서 그냥 메시지 남기는 거예요. ……오빠, 잘 자요. ……오늘, 너무 좋았어요.

삐.

―두 번째 메시지입니다.

삐.

―오빠, 또 저예요, 미정이. 자려고 누웠는데 잠이 안 와서요. 좀 이따 출근하려면 한두 시간이라도 자 둬야 되는데, 힝, 잠이 안 와요. 자꾸 아까가 생각이 나서…… 너무 떨려서 잠을 못 자겠어요. 내 허리를 감싸 오던 오빠의 손, 오빠의 체취, 귓가에 들려오던 오빠의 숨소리, 등 뒤에서 감싸 오던 오빠의 뜨겁고 단단하던 체온……. 하아. 난 지금도 꿈을 꾸고 있는 것 같아요. 오빠하고 내가 이렇게 될 줄 몰랐거든요. 난 오빠가 날 싫어하는 줄 알았단 말이에요. 그런데 그게 아니었다는 걸 알아서 얼마나 기쁜지 몰라요. ……오빠, 이런 말 하는 거 너무 이르다는 거 알지만…… 그래도 나 그냥 할래요. 사랑해요. 정말, 정말 오빠를 사랑해요. ……나도, 알아요. 우리가 더 이상 그래선 안 된다는 거. 하지만 어떻게 해. 이미 나는…… 멈출 수가 없게 되어 버렸는 걸. 오빠를 사랑하게 되어 버렸는데, 오빠도 나를 사랑하고 있다는 걸 알아 버렸는데…… 흑흑. 우리, 이제 앞으로 어떻게 해요? 네? 나, 무서우면서도 떨려요. 너무…… 행복해요. 나 나쁜 애죠, 그렇죠?

급기야 여자는 숨죽여 흐느껴 울기 시작했다. 한동안 난데없이 뒤통수를 얻어맞은 듯 망연자실, 멍하니 핸드폰만

13

바라보고 있던 근우의 얼굴이 한순간 시뻘겋게 달아오르며 종잇장처럼 형편없이 일그러졌다. 뒤늦게 그것이 누구의 목소리인지, 누구의 핸드폰에 저장되어 있는 음성 메시지인지를 깨달은 까닭이었다.

이성적인 판단을 할 사이도 없이 그의 손이 쏜살같이 핸드폰으로 뻗어 나갔다. 아직까지도 흐느끼는 여자의 음성이 흘러나오고 있는 핸드폰을 거치대에서 난폭하게 뽑아 집어던졌다.

그가 씩씩거리며 루애를 돌아보았다. 그리곤 야차처럼 일그러진 얼굴로 무섭게 소리쳤다.

"뭐야, 이거……. 저게 대체 뭐냐구!"

방귀 뀐 놈이 성낸다더니, 딱 그 짝이라는 생각이 들었다. 이젠 더 이상 놀랍지도 두렵지도 않았다. 더 이상 받을 충격도 없었다. 이미 그녀의 세상은 처참하게 무너져 버렸으니까.

당황해서 벌겋게 달아오른 근우의 얼굴, 초점 없이 흔들리는 동공, 구석에 몰린 쥐처럼 되레 악을 쓰며 달려드는 성난 음성.

더 이상은 굳이 확인할 필요도 없을 듯싶었다. 남은 것이라고는 무너져 버린 잔해를 깨끗하게 치우는 일일 뿐이리라. 최대한 빨리, 더 이상 비참해지지 않도록.

루애는 자신도 믿기지 않을 만큼 차분한 어조로 냉담하게 그를 바라보며 말했다.

"몰라서 물어? 네 핸드폰에 저장되어 있는 메시지잖아."

부릅떠진 그의 깊은 눈매가 파르르 떨렸다. 무섭게 흔들리는 검은 눈동자에 당혹감과 분노, 수치심과 두려움이 한데 뒤섞여 미친 춤을 추어 댔다.

저런 눈빛, 저런 얼굴의 근우는 처음 보았다. 어떠한 일에도 당황하는 법 없이 늘 자신감에 차 당당하던 사람이었는데.

'아, 이근우도 저렇게 당황할 수 있구나. 무너질 수 있구나.'

루애의 입술에 야릇한 미소가 걸렸다. 소름이 돋을 만큼 차가우면서도 심장이 철렁할 만큼 아프고 비릿한 미소가. 그 야릇한 미소를 비집고 서릿발 같은 한마디가 흘러나왔다.

"……내려."

근우의 눈이 재차 부릅떠졌다. 조각 같은 얼굴에 경련이 일었다. 믿을 수 없을 만큼 냉담해진 루애의 얼굴을 두려움과 경악에 찬 그의 시선이 어지러이 돌아다녔다. 한참 만에야 간신히 그가 입술을 달싹거렸다.

"……뭐?"

안 그래도 허스키한 중저음이 사포에 밀린 듯 무겁게 갈라져 흘러나왔다. 그 위로 얼음처럼 차가운 음성이 차분하게 뒤덮여졌다.

"내리라구."

"하루애!"

"그냥 네 반응을 보고 싶었을 뿐이야. 봤으니까 됐어."

"되긴 뭐가 돼! 난데없이 찾아와서는 저따위 말도 안 되는 음성이나 들려 주고 내리라니! 뭐하자는 거야, 하루애. 너, 설마 저 미친 여자의 말을 그대로 믿는 거야? 내 말은 들어 보지도 않고? 그래서 그냥 이대로 끝내자고? 지금 그런 얘기야?"

격분한 근우가 고함을 내질렀다.

"네가 저 음성 메시지를 어떻게 확인했는지는 몰라도, 그건 아무래도 좋아. 그리고 알아. 네가 저걸 듣고 얼마나 큰 충격을 받았을지, 지금 어떤 상상을 하고 있을지 충분히 알고 이해한다구! 나도 그랬을 테니까. 하지만…… 아니야, 루애야. 정말 네가 생각하는 그런 게 아니라구!"

근우는 성마르게 얼굴을 쓸어내리며 거친 숨을 몰아쉬었다.

"난 저런 게 저장되어 있는지도 몰랐어. 저 여자가 왜, 대체 무슨 의도로 저따위 말도 안 되는 이상한 메시지를 남겼는지도 모르겠다구! 진짜야, 루애야. 믿어 줘. 난 정말 저 여자하고 아무 일도 없었어. 난 너 이외에는 어느 누구와도……."

"그럼 홍미정이 혼자 미쳐서 그런 메시지를 남긴 거구나? 넌 아무 짓도 하지 않았고, 그 여자하고 절대 아무 일도 없었는데 말이야. 물론 따로 만난 적도 없었고."

근우의 눈동자가 설핏 흔들렸다. 물론······ 그건 아니었다. 하지만 홍미정이 저런 메시지를 남길 정도의 일은 결코 한 적이 없었다. 저 메시지만 들어 보면 마치 그가 그 여자와 섹스라도 한 것 같지 않은가.

게다가 뭐, 사랑? 진짜 미치고 팔짝 뛰겠다. 대체 누가 누구를 사랑한단 말인가! 이근우한테 사랑하는 여자는 하루애밖에 없다는 건 세상이 다 아는 일인데!

근우는 일단 루애를 진정시킬 필요가 있다고 생각했다. 그런 다음에 찬찬히 사실대로 설명을 해 줘도 늦지 않으리라. 근우는 잠시간의 망설임 끝에 그렇다고 말해 버렸다.

그러자 루애의 입에서 킥, 하는 날카로운 조소가 흘러나왔다.

"아, 그러셨어? 그런데 이를 어쩌나. 그제 밤에 네가 클럽에서 웬 여자를 끌어안고 낯 뜨거울 만큼 야한 춤을 추면서 뜨거운 밤을 보내는 걸 본 사람이 있는데. 그럼 그 여자는 홍미정이 아니라 또 다른 여자였었나 보지?"

근우의 얼굴이 대번에 사색이 되어 하얗게 질렸다.

'루, 루애가 그걸 어떻게 알지? 대체 누가 얘기한 거야! 젠장!'

괜한 거짓말 때문에 일이 더 심각하게 꼬여 버리고 말았다. 그녀가 믿어 주든 말든 그냥 사실대로 다 얘기할걸. 이

젠 사실대로 얘기해 봤자 오해만 더 깊어질 뿐, 믿어 줄 것
같지가 않았다.

근우는 빼도 박도 못하는 궁지에 몰린 기분이었다. 하지
만 그렇다고 이대로 루애를 돌려보낼 수는 없지 않은가. 어
떻게든 그녀를 달래고 진정시켜야만 했다.

근우는 급한 마음에 그녀의 양어깨를 거칠게 와락 움켜잡
았다.

"루애야, 진정하고 내 말 좀 들어 봐."

"이거 놔!"

치한이 달려들기라도 한 양 기겁한 루애가 몸부림치며 근
우의 손을 무섭게 쳐 냈다. 황망함에 벙 쪄 있는 근우를 더
러운 벌레 쳐다보듯 경멸 어린 눈빛으로 노려보며 루애가
잇새로 씹어뱉듯이 말했다.

"그 더러운 손으로 누굴 만져!"

"루애야……."

"너 같은 놈을 애초에 만나는 게 아니었어. 잘난 얼굴로 여
기저기 색기나 흘리고 다니는 놈을 만나는 게 아니었다구! 미
진이 말을 들었어야 했는데. 너 같은 놈은 절대 한 여자한테
만족할 놈이 못 된다는 말을, 언젠가는 내 등에 칼을 꽂을 거
라는 말을 귀담아 들었어야 했는데. 그땐 내 눈이 어두워서,
네 그 잘난 얼굴에 홀려서 들으려고조차 하지 않았었지. 하!
그러니 이제 와서 내가 누굴 원망하겠니. 내 자신을 탓할 수

밖에."

"그만해! 화날 만한 상황이라는 것은 알지만 그만해라, 하루애. 4년을 만났는데 날 그렇게 몰라? 내가 진짜 그런 놈이었나? 아니잖아! 아니라는 건 너도 알고 있잖아! 하아, 그래. 거짓말한 건 미안해. 그건 내가 정말 잘못했다. 하지만 그럴 만한 사정이 있었어. 다 설명할게. 처음부터 다 설명해 줄 테니까, 제발 진정하고 내 말 좀 들어!"

다시 자신의 어깨를 잡으려는 그의 손을 강하게 뿌리치며 루애가 악을 썼다.

"내 몸에 손대지 말라고 했잖아! 설명? 뭘 설명하겠다는 건데? 왜, 이젠 홍미정이 널 강제로 덮치기라도 했다, 뭐 그렇게 말할 셈이니? 그 여자가 너한테 약이라도 먹였어?"

"루애야, 제발 진정 좀 하고……."

"더러워. 더러워서 도저히 못 참겠어. 구역질이 나. 너도 똑같아. 여자만 보면 환장을 하는 다른 남자들하고 똑같다구. 꺼져. 다신 내 눈앞에 나타나지 마. 나타나면 너, 그땐 내 손으로 죽여 버릴 거야."

핏발이 곤두선 루애의 눈에서 피눈물이 흘러내렸다. 그동안 자신이 의부증에 시달리는 이상한 여자는 아닌가, 하며 혼자 불안해하고 괴로워했던 시간들이 억울하고 분통하게 느껴졌다.

설마, 내 남자만은 아니겠지, 내 사랑만은 아니겠지, 하며 스스로를 속이고 자위했던 순간들이 한스럽고 후회스러웠다.

결국 이렇게 끝나 버리고 말 걸. 왜 그토록 혼자 불안에 떨며 힘들어했단 말인가. 그의 시선을 놓치지 않으려고 어울리지도 않는 옷을 입고 치장을 했던 자신이 우습기 그지없었다.

어떻게든 그와의 사랑을 지켜보려고, 제 안의 불안을 떨쳐 내기 위해서 그가 원할 때마다 기꺼이 다리를 벌리고 그를 받아들였던 자신이 추하고 비참하게만 느껴졌다.

이젠 그만하자. 이제 다 끝났다.

생각해 보니 끝났다면서 근우한테 차에서 내리라는 것도 어불성설이라는 생각이 들었다. 이 차도 사실 근우의 차가 아닌가.

루애는 충격으로 반쯤 얼이 빠져 있는 근우를 내버려 두고 핸드백만 챙겨 차에서 내렸다.

돌아서서 홀로 걸어가는 길. 그녀의 등 뒤로 저 멀리 북한산까지 훤히 다 내다보일 만큼 청명한 하늘이 눈부실 듯 파랗게 펼쳐져 있었다.

사랑은 견고한 믿음을 토대로 자라나고 만개한다.

하여, 믿음이 무너진 사랑은 더 이상 사랑이 아니다.

그렇게 루애의 뜨거웠던 사랑은 4년 만에 종말을 고했다.

눈이 시리도록 푸른 하늘이 끝없이 펼쳐져 있던 어느 가을날. 그녀가 맞이했던 스물일곱 번째의 가을 중 가장 아름답고 눈부시던 그날…….

이별하기엔 너무 아름다운 날이었다.

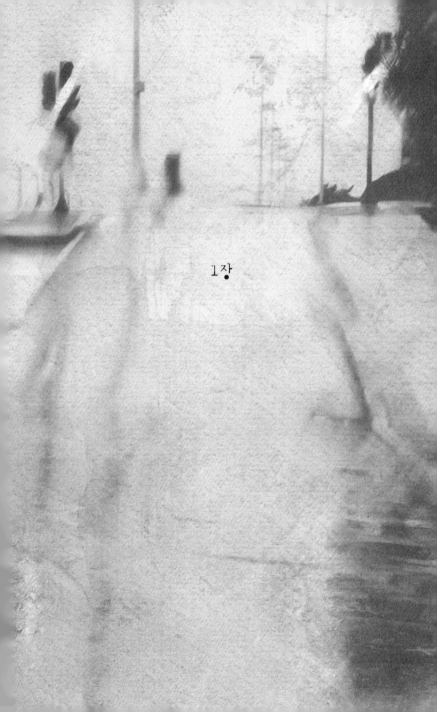

1장

4년 전. 2006년 12월 24일.

모든 사람들이 기대했던 화이트 크리스마스는 새벽부터 줄기차게 내린 비로 안타깝게도 바람으로 그치고 말았다. 새하얀 눈 대신 하루 종일 내린 빗줄기가 크리스마스 분위기에 취한 도심을 추적거리며 적셨다.

그래도 사람들은 좋다고 거리로 몰려나왔다. 밤이 깊어 갈수록 화려한 불빛과 분위기에 취한 사람들의 열기는 점차 뜨겁게 고조되어 갔다. 특히 젊은 남녀들이 모여드는 곳들은 그 열기가 한층 뜨거웠다.

가장 핫한 곳은 단연 나이트클럽이었다. 물 좋기로 소문난 유명 호텔 나이트클럽은 열기를 발산하러 온 젊은이들로 넘쳐 났다. 청담동에 위치한 에메랄드 호텔의 제니악도 그 중의 하나였다.

근우가 그곳에 도착한 것은 밤 9시가 훌쩍 지난 늦은 시간이었다. 크리스마스이브고 뭐고 간에 생각할 것도 있고 해서 조용히 집에 있고 싶었는데, 친구 녀석들이 하도 전화질을 해 대는 바람에 귀찮아서 나온 길이었다.

말로는 오늘 같은 날 최고 킹카인 그가 방구석에 처박혀 있으면 어떡하느냐고, 그가 없으면 재미없다고 투덜댔으나, 실은 최고 물주인 그가 없으면 여러모로 아쉽기 때문일 터였다.

꼬맹이 때부터 한동네서 우르르 몰려다니며 서로 아는 것, 모르는 것 없는 막역한 친구 녀석들이지만, 이럴 때 보면 꽤 씹하다는 생각도 든다. 여차하면 카드 하나 던져 주고 바로 돌아서 나와야겠다. 녀석들이 너무하다고 야유를 퍼붓든 말든.

그래도 속으로는 무진장 좋아라 할 것이다. 아무래도 그가 같이 있으면 여자들 꼬시는 데 애로 사항이 생기니까. 그만 보면 여자들이 너 나 할 것 없이 사족을 못 쓰는 바람에 상대적으로 녀석들은 늘 찬밥 신세였다.

내 자랑 같지만 내가 원래 좀 특출 나게 잘났다.

아니나 다를까. 근우가 차에서 내리자마자 입구에 주르륵 서 있던 여자들의 시선이 불을 보고 달려드는 나방처럼 득

달같이 달라붙었다. 다들 선망해 마지않는 시선이었다.

왜 아닐까. 억대가 넘는 고급 외제 스포츠카에 190cm에 육박하는 훤칠한 키, 떡 벌어진 어깨와 배구 선수처럼 근육으로 다져진 늘씬한 몸매, 거기다 멀리서 봐도 후광이 번쩍거리는 조각 같은 이목구비의 섹시한 구릿빛 얼굴까지.

한마디로 모든 걸 갖춘 완벽한 섹시 가이의 등장이었다. 근우로서는 피곤하고 귀찮을 뿐이었지만.

어렸을 때야 그런 여자들의 경탄해 마지않는 선망 어린 시선들에 우쭐해하던 시절도 있었더랬다. 중3 때부터 이미 이 얼굴에, 이 체격이었으니까.

고등학생 때는 매일 교문 밖에 팬클럽을 무색케 할 정도의 여학생들이 그를 보려고 진을 치고 있기도 했었고, 그중에는 스토커처럼 집이나 학원까지 그를 따라다니는 여대생들도 있었다.

어찌나 귀찮고 신경이 쓰이던지, 화를 내고 내쫓아 본 적도 있었다. 허나 그래도 소용없었다. 자존심도 없이 한참 어린 그한테 한 번만 만나 달라고 애원하는 여대생들이 한둘이 아니었다. 그래서 조건부로 그런 여자들을 꽤 많이 만났더랬다. 한 달만 만나 주면 깨끗이 떨어져 나가 주겠다는 조건으로.

처음에는 나름 재미있었다. 그러나 그것도 한두 번이지. 고등학교 3년 내내 그 짓을 했더니, 질릴 만큼 질려서 여자만 보면 절로 고개를 절레절레 내젓게 되었다. 그래서 대학교에 입학한 뒤로는 여자를 딱 끊었다. 여자를 멀리한 지, 거의 1년 가까이 됐을 것이다.

친구 녀석들은 그런 그를 보고 이해를 못 하겠다면서 고개를 갸웃거렸지만, 근우는 거치적거리던 것들을 다 치워 버리고 나니 속이 다 시원했다. 외로운(?) 솔로 생활이 더없이 편하고 맘에 들었다. 아직까지는 이 외로운 솔로 생활을 청산할 생각이 전혀 없었다.

그의 마음을 단박에 사로잡는 여자가 나타나기 전까지는.

친구 녀석들은 커다란 룸 하나를 차지하고서 신나게 노는 중이었다. 당연히 부킹 온 여자들도 세 명 정도 앉아 있었다.

남자 여섯에 여자 셋이라. 이제 그까지 남자 일곱이 됐으니 짝이 안 맞아도 한참 안 맞는다. 녀석들, 대체 무슨 생각인지 모르겠다.

"여어, 친구!"

"야, 근우 왔다, 근우. 이 자식, 형들이 오라고 하면 잽싸게 튀어올 것이지, 뭐하다가 이제야 어슬렁거리면서 나타나냐!"

"원래 주인공은 맨 마지막에 등장하는 법이야. 그것도 모르냐, 짜샤? 야, 어쨌든 잘 왔다. 이리 와서 앉아."

반갑다며 녀석들이 한마디씩 쏟아 냈다. 마지못해 대충 인사를 받아 주고 근우는 진환 옆에 가 앉았다.

일곱이나 되는 무리 중에 가장 친한 이는 근우와 진환이었다. 어렸을 때부터 둘은 유난히 친했다.

성격이나 외모 등 모든 면에서 지극히 남성적이고 마초적 근성이 강한 근우와 정반대로, 진환은 조용하고 내성적이며 외모 또한 웬만한 여자들 저리 가라 할 만큼 예쁘고 곱상했다.

때문에 친구들은 툭하면 둘을 부부라느니, 연인이라느니 하며 놀리고는 했다.

진환이 예쁘게 미소 지으며 말했다.

"왔냐?"

"조용히 집에 있겠다는데 왜 부르고 난리야. 귀찮게."

"이때 아니면 우리가 또 언제 다 뭉치겠냐. 내년이면 하나둘 군대도 가고 그럴 텐데. 좋게 생각해, 좋게."

하긴 그렇기도 했다. 사실 근우도 요즘 심각하게 입대를 고려 중이었다. 대학 생활 1년쯤 해 봤으면 됐다. 기왕 가는 군대, 2학년 때 빨리 다녀오는 게 낫지 않겠는가 싶었다. 혹시나 싶어 진환을 돌아보며 물었다.

"너, 혹시 영장 나왔냐?"

"아니, 아직. 넌?"

근우가 어깨를 으쓱거렸다.

"나도 아직. 그런데 목하 심각하게 고려 중이시다. 내년 초에 그냥 휴학하고 자원할까 싶다. 어차피 조만간 나올 텐데, 한 학기 더 다녀 봤자 뭐하겠어."

"진짜? 으, 나는 싫다. 난 최대한 연기할 수 있을 때까지 연기할 거야. 얼마 전에 연재도 새로 시작했고, 난 안 돼."

진환은 나름 잘나가는 웹툰 작가였다. 어렸을 때부터 그림 하나는 기가 막히게 그렸던 그는 결국 미술을 전공해서 미대에 들어갔다. 그리고 웹툰에 빠져 얼마 전 재미 삼아 올린 처녀작이 그야말로 대박을 쳤다.

알고 보니 글 쓰는 재주도 상당했던 모양이다. 어쨌든 친구들 중에 가장 먼저 제 힘으로 성공을 거두고 제 길을 찾은 놈이었다.

"그래, 넌 군대하고 어울리지도 않아. 아마 너 가면 연애하자고 달려드는 놈이 한둘이 아닐 거다. 왜, 군대에 그런 변태같은 새끼들이 수두룩하다잖냐. 미친놈들. 그러니까 넌 일단 가기 전에 얼굴에 상처나 몇 개 새겨. 아니면 무술을 완벽하게 익히고 가든가. 그래야 무사하지 않겠냐?"

"이 새끼가. 너까지 그럴래?"

여자처럼 곱상한 제 얼굴에 콤플렉스가 있는 진환이 눈을 부라리며 어깨를 부딪혀 왔다.

"야야, 니들 또 부부 싸움이냐? 저놈들은 시도 때도 안 가려."

맞은편에서 들려온 재진의 놀림에 이번에는 근우와 진환이 동시에 눈을 부라리며 시선을 돌렸다.

"야, 이재진!"

"너 이리 와. 일단 맞고 시작하자."

"워워, 진정들 하시고. 농담에 왜 그렇게 발끈들 하시나. 뭐 찔리는 사람들처럼."

"저게 진짜!"

"큭큭. 아, 알았어. 쏘리, 쏘리."

재진이 손을 내저으며 키득거리는데, 바로 그 옆에 앉아 있는 토끼같이 생긴 여자가 눈을 동그랗게 뜨고 근우와 진환을 힐끔거리며 재진에게 물었다.

"왜, 저 둘이 진짜 그렇고 그런 사이야?"

재진이 덩치에 어울리지도 않는 눈웃음을 살살 치면서 토끼 옆에 바짝 다가앉아 말했다.

"그렇다면 왜? 섭섭해?"

"섭섭하기보다는 안타깝지. 저렇게 괜찮은 킹카 둘이 그렇고 그런 사이라면 여자 입장에서는 좀 그렇잖아."

"그러니까 우리 큐티는 나만 봐. 저 둘은 신경 쓰지 말고."

뜨악해진 근우와 진환은 기가 막혀 헛웃음만 흘렸다. 그러든가 말든가. 재진은 토끼가 어지간히 맘에 든 듯, 토끼한테서 도통 시선을 떼지 못했다. 아주 귀여워서 죽겠는 모양이었다.

하긴 재진이 딱 좋아라 하는 타입이긴 했다. 인형처럼 귀엽고 토끼처럼 눈이 땡그란 게. 근우와 진환은 이내 재진과 토끼한테서 신경을 꺼 버렸다.

헌데 얼마 지나지 않아서 재진이 엄청 놀란 듯 소리를 꽥 질렀다.

"에엑? 진짜?"

토끼가 응, 하면서 어깨를 으쓱거렸다. 재진이 도저히 믿을 수 없다는 눈초리로 토끼의 귀여운 얼굴을 새삼 이리저리 뜯어보다가 친구들을 휙, 돌아보았다.

"얘들아. 우리 은서, 몇 살로 보이냐?"

은서? 아, 토끼 이름이 은서인 모양이었다. 시큰둥하게 재진과 은서를 멀뚱히 쳐다보던 친구 녀석들 중 몇몇이 관심을 드러냈다.

"글쎄. 한 스물, 스물하나?"

"아니, 난 이번에 졸업하는 고딩에 500원 건다."

"에이, 내가 보기엔 그것도 과한데 뭘. 화장을 해서 그렇지 씻겨 놓으면 그것도 안 될 것 같은데. 솔직히 말해 봐. 아직 미성년자지? 고2?"

은서가 피식, 웃으며 밉지 않게 눈을 흘겼다. 어리게 봐 주는 것이 기분 나쁘지는 않은 눈치였다. 재진이 거보라는 듯 소리쳤다.

"거봐, 내가 뭐라고 그랬어. 나도 너 잘해야 고3이겠거니, 했다니까?"

"후후, 그래, 알았어. 고마워."

관심을 보이던 녀석들 중 얼마 전부터 재미 삼아 모델 일을 하고 있는 성일이 물었다.

"대체 몇 살인데 그래?"

재진이 눈동자를 굴리며 대답했다.

"놀라지들 마라. 이번에 대학교 졸업한대. 스물셋. 아니, 며칠 후면 스물넷이 되는 거지."

"에엥?"

모두 의외라는 눈길로 새삼스레 은서를 위아래로 훑어보았다. 근우도 마찬가지였다. 그의 짙은 눈썹 한쪽이 휙, 치켜 올라갔다. 자신한테 집중된 이목이 싫지 않은 듯, 은서가 키득거리며 말했다.

"내가 원래 좀 심한 동안이야. 큭큭. 그런데 뭘 그렇게들 놀라? 니들 좀 이상하다. 혹시…… 니들 나보다 어리니?"

좌중을 쫙 훑어본 은서의 시선이 마지막으로 재진에게 가닿았다.

운동하는 놈답게 떡 벌어진 체격에 각진 머리, 미남과는 아니어도 나름 훈남과에 속하는 재진의 얼굴을 미심쩍게 바라보았다. '어?' 하면서 찔끔하는 눈치가 아무래도 수상쩍었다.

"뭐야, 진짜 나보다 어려? 어머, 그럼 안 되겠다. 난 나보다 어린 남자는 질색이거든. 에이, 좋다 말았네. 간만에 맘에 들었었는데. 아쉽지만 난 그만 일어나야겠다. 재밌었어, 안녕."

미련 없이 자리를 털고 일어나려는 은서의 손을 재진이 와락 움켜잡았다.

"아니야, 어리긴 누가 어려. 동, 동갑이구만."

근우를 비롯한 친구들 모두가 뜨악한 표정으로 재진을 쳐다보았다. 그러거나 말거나, 재진은 애가 타서 은서의 손을 잡아당겼다.

"가긴 어딜 간다고 그래. 우리 모두 동갑이라니까. 다들 네가 우리랑 동갑이라는 게 믿기지 않아서 그런 거지."

"진짜?"

"그럼! 내가 나이 같은 걸로 거짓말하겠어? 그런데 정말 나 맘에 들었어? 실은 나도 그런데. 너 완전 내 이상형이야. 아우, 어쩜 이렇게 귀엽냐. 도대체 나이를 어디로 먹었대?"

재진의 한마디에 졸지에 스물에서 스물세 살이 되어 버린 친구들은 기가 막혀 헛웃음을 쳤다.

부킹 온 다른 여자 두 명이 제 옆에 앉아 있는 녀석들을 쳐다보면서 '어머, 그럼 오빠였어?'라고 한마디씩 했다. 듣고 보니 오빠라는 말이 싫지는 않은 듯 그놈들도 어깨를 으쓱이며 그저 실실 웃기만 했다.

은서가 마지못한 척 자리에 도로 앉으며 좌중을 새삼 쭈욱 훑어보았다.

그래, 어딜 봐서 저 얼굴들이 연하냐. 개중의 몇 명은 아이돌 저리 가라 할 만큼 예쁘게 생긴 게 어려 보이긴 하지만, 나머지는 자신보다 한두 살은 족히 더 많겠다 싶을 만큼 어른스럽기 그지없었다.

처음 이 방에 들어왔을 때부터 생각한 거지만 어쩜, 하나같이 저렇게 잘생기고 근사한지 모르겠다. 터프남에, 시크남에, 훈남에, 아이돌 삘 나는 꽃미남, 거기다 좀 전에 들어온 저 초절정 섹시남까지. 한마디로 완전 취향대로 골라 먹으세요, 였다.

나이트 생활 4년 만에 이런 1급수 천지는 처음 봤다. 확실히 그냥 '바이, 바이' 하고 돌아서기에는 아쉬움이 많이 남는다.

'형은이가 봤으면 아주 좋아서 춤을 췄겠어.'

아니, 뿐만 아니라 이 정도면 미진이나 루애도 관심을 보이지 않을까 싶었다. 아차! 애들! 간만에 접한 1급수에 취해서 친구들을 깜박 잊고 있었다. 은서는 얼른 시간을 확인했다.

"어머, 시간이 벌써 이렇게 됐네. 재진아, 미안해. 나 정말이제 그만 가 봐야겠어."

"왜, 이제 시작인데. 설마 아직도 내가 너보다 어릴까 의심하는 거야? 아니라니까."

다시 일어나려는 은서의 가는 손목을 잡고 재진이 필사적으로 매달렸다. 그런 재진이 싫지 않은 듯 은서가 싱긋, 웃으며 손등을 톡톡 두드렸다.

"알았어. 믿을게, 믿어 줄게. 그런데 나 정말 가 봐야 돼. 친구들하고 같이 왔는데, 나 혼자 자리를 너무 오래 비웠어. 내 친구들하고도 좀 놀아야지."

"같이 온 친구가 몇 명인데?"

"세 명."

은서가 귀엽게 눈을 찡긋거리며 손가락 세 개를 펴 보였다. 그러자 재진이 그럼 잘됐네, 하면서 덩달아 자리에서 벌떡 일어났다.

"합석하자. 보다시피 우리 애들 다 한 인물들 하는데, 어때?"

순간, 은서의 눈빛이 반짝거렸다. 허나 이내 그녀는 곤란하다는 듯 고개를 내저었다.

"나도 그러면 좋겠는데, 아무래도 안 될 것 같아."

"왜?"

"부킹 자체를 기겁하는 애가 한 명 있거든. 게다가 걔가 통금이 있어서 일찍 들어가 봐야 돼. 크리스마스이브라고 오늘 특별히 한 시간 정도 늦게 들어간다고 허락은 받았는데, 그래도 11시까지는 무슨 일이 있어도 들어가야 된다고 그랬었거든. 그런데 그걸 내가 깜박하고 있었지 뭐야. 이제 시간도 진짜 얼마 안 남았는데. 지금쯤 아마 나 죽이려고 단단히 벼르고들 있을걸? 미안."

자신 역시 서운하고 속상하다는 듯 은서가 콧잔등을 찡긋거리며 재진의 손을 떼어 내려고 했다. 그러나 재진은 완강하게 버텼다. 절대 이대로 순순히 은서를 보내 줄 수 없다는 듯. 할 수 없이 은서가 한숨을 폭 내쉬고 재진을 살살 달랬다.

"알았어. 그러면 그 친구만 보내고 금방 다시 올게. 다른 애들은 합석하자고 하면 뭐, 그러자고 할 거야. 쿨한 애들이니까."

나름 가장 좋은 방법이라고 생각되어 얘기를 했건만, 재진은 그마저도 영 못마땅하고 불안한지 고개를 설레설레 저었다. 재진은 은서의 말이 곧이곧대로 들리지 않았다. 부킹 와서 술 한 잔만 마시고 다시 올게요, 하고 나가서 그만이었던 여자가 어디 한둘이었어야지.

거기다 만약 본인이 정말 다시 올 마음이 있다고 해도 웨이터들이 은서처럼 귀엽고 깜찍한 여자를 가만 놔둘 리가 없었다. 필경 다른 룸으로 서로 끌고 가려고 할 것이 불 보듯 뻔했다. 재진은 은서를 정말 놓치고 싶지 않았다.

"그러지 말고 그냥 지금 바로 합석하자. 너 혼자 가서 말하기 뭐하면 우리가 같이 가서 얘기해 볼게. 아니다, 그게 좋겠다. 같이 가. 같이 가서 내가 직접 말할게."

"어우, 야. 그래도 그건 좀……."

"왜, 뭐 어때. 그러자, 응? 나 정말 너 이대로 보내는 게 싫어서 그래. 불안하단 말이야. 네 말을 못 믿는다는 게 아니라

너같이 귀여운 애는 다른 놈들이 기다렸다는 듯이 채 갈 것이 뻔하단 말이야.”

이토록 자신에게 애가 달아서 적극적으로 나오는 남자는 또 간만이라서 은서는 내심 망설였다. 그녀도 재진이 싫지 않았다. 단순하지만 솔직하고 적극적으로 대시하는 모습이 무척 맘에 들었다.

은서가 선뜻 결정을 내리지 못하고 망설이는 사이, 재진이 도와 달라는 눈빛으로 친구들을 돌아보았다.

“친구 좋다는 게 뭐냐. 누가 나랑 좀 같이 가 주라. 어? 진환아, 성일아, 인성아.”

근우가 함께 가 주기만 한다면야 합석은 보나 마나 따 놓은 당상이겠지만, 그런 일에 따라나서 줄 녀석이 아니니 일단 패스. 자신과 가장 친한 성일과 인성, 착하고 맘이 약해서 남의 부탁을 거절하지 못하는 진환에게 우는 얼굴로 도움을 청했다.

역시, 그의 예상은 틀리지 않아 귀찮다는 듯 투덜거리면서도 성일과 인성이 자리에서 일어났다. 마지막으로 진환도 간절한 재진의 눈빛에 못 이겨 마지못해 몸을 일으켰다.

대번에 재진의 얼굴에 화색이 돌았다. ‘어때, 이만하면 훌륭하지? 네 친구들도 좋아하겠지?’ 라는 눈빛으로 은서를 돌아보았다.

은서가 보기에도 저 정도면 친구들이 눈을 반짝이며 따라

와 줄 것 같았다. 특히, 형은은 어디서 저런 킹카들을 물어 왔느냐고 호들갑을 떨고도 남을 터였다.

문제는 루애인데……. 뭐 루애도 오늘 날이 날이니만큼 눈 감고 이해해 주지 않을까 싶었다. 합석해 봤자 얼마 지나지 않아서 금방 일어나 가야 될 입장이니 괜히 저 때문에 초 치 는 일은 하지 않을 성싶기도 했다.

밑져야 본전. 은서는 흔쾌히 고개를 끄덕이고 앞장서 룸 을 나섰다. 놓칠세라 재진이 바짝 따라붙었고 성일과 인성, 진환이 그 뒤를 마지못해 따라나섰다.

그쯤 되자 상대적으로 찬밥 신세가 된 남은 여자 둘이 불 통한 표정으로 자리에서 발딱 일어나 쌩하니 룸을 나가 버 렸다. 그런 두 여자를 어느 누구도 잡지 않았다. 남은 남자 들끼리 술잔을 기울이며 재진에 대해서 이러쿵저러쿵 이야 기를 나누었다.

"재진이 자식, 왜 저러냐? 나이까지 속여 가면서."

"원래 귀엽고 깜찍한 타입에 환장하잖아. 그리고 저 자식, 걔랑 헤어지고 나서 요즘에 외로워서 죽으려고 했었잖냐. 그러니까 이해해 주자."

"알지, 아는데 저러다 진짜 사귀게 되면 어쩌려구. 하는 짓 을 보아하니 진짜 사귀고도 남겠는데. 그러다 나이 속인 거 들키면 어쩌려고 저러냐 그 말이지. 차라리 톡 까놓고 그 래, 나 너보다 세 살 연하인데 그래도 좋으니까 사귀자, 그렇

게 나가야지. 하여튼 자식이, 눈앞의 것밖에 못 봐요. 단순한
놈."

"그래도 어쩌냐, 저렇게 좋다는데. 대충 장단이나 맞춰
주자."

그러면서도 녀석들은 곧 합석할 은서의 친구들에 대해서
강한 호기심을 드러냈다. 은서처럼 어려 보일까, 예쁠까, 귀여
울까, 자기는 섹시한 타입이 좋다는 둥 어떻다는 둥. 하여튼
요즘엔 모였다 하면, 온통 여자 얘기뿐이었다.

근우는 이 자리가 슬슬 무료해지기 시작했다. 틈 봐서 그
만 일어나야 되겠다고 생각하며 생수만 벌컥벌컥 들이켰다.
그러다 보니 화장실에 가고 싶어졌다. 자리에서 일어나 문
가로 걸어가는 그를 보고 준성이 물었다.

"어디 가?"

"물 빼러 간다."

손을 한 번 들어 주고 근우는 룸을 나와 곧장 화장실로 향
했다. 볼일을 보고 담배 한 대까지 느긋하게 피운 후 룸으로
다시 돌아갔다. 이제 정말 그만 가 봐야지, 생각하면서.

그러나 문을 열고 룸으로 들어선 순간, 그런 생각이 싹 사라
져 버렸다. 문을 열자마자 바로 보이는 맞은편 소파에 앉아 있
는 한 여자를 본 순간, 근우는 저도 모르게 심장이 철렁 내려
앉는 것 같았다. 이런 기분은 스무 해 평생 태어나서 처음이었
다.

그녀는 금방이라도 발딱 일어나 뛰어나갈 사람처럼 재킷까지 걸쳐 입고 소파 끄트머리에 불안하게 앉아 있었다.

어깨까지 내려오는 검은색의 단정한 생머리에 기본적인 화장 외에는 거의 한 것 같지도 않은 단아한 얼굴, 짙은 회색빛 터틀넥에 검은색 투피스 정장까지.

허리를 꼿꼿하게 세우고 불편하게 앉아 있는 모습만이 아니어도 여자는 어느 모로 봐도 나이트클럽과는 전혀 어울리지 않는 모습이었다. 딱딱한 사무실이나 대학 강단이라면 모를까. 아니, 일견 성당이나 수도원의 수녀처럼 보이기도 했다.

본인도 이 자리가 무척이나 불편하고 자신과 어울리지 않는다는 것을 아는지, 표정부터가 딱딱하게 굳어 있었다. 그런데…… 그 딱딱하게 굳은 새하얀 얼굴이 묘하게 고혹적이고 관능적이었다.

엄격하고 차가운 청교도적인 분위기에 은밀한 관능미가 숨어 있었다. 그 드러나지 않은 은밀한 관능미가 근우의 시선을 잡아채고 마음을 흩트려 놓았다.

근우의 집요한 시선을 느낀 여자가 문득 시선을 들어 그를 바라보았다. 일순, 여자의 눈이 흠칫 커졌다. 근우의 눈도 흠칫 커졌다가 실낱처럼 가늘어졌다. 두 사람의 알 수 없는 시선이 한순간 허공에서 뜨겁게 부딪혀 뒤엉켰다.

여자의 눈동자는 놀랍도록 투명하고 말갰다. 그러면서도

한없이 깊고 무언가 비밀을 간직한 듯 은밀했다.

근우는 순간적으로 그 깊고 은밀한 동공 속에 빨려 들어 갈 것만 같았다. 여자가 화들짝 놀란 듯 재빨리 시선을 피하는 바람에, 아니, 덕분에 간신히 정신을 차리고 빠져나올 수 있었다.

무료함에 지쳐 있던 그의 심장이 쿵쿵, 뛰어 대기 시작했다.

"야, 뭐하냐? 천장 안 무너져. 아무 데나 빨리 앉아. 안 그래도 큰 놈이 문 앞에 떡하니 버티고 서 있으니까 숨이 다 막힌다. 은서 친구들 왔어. 인사해."

재진의 말에 그제야 근우는 룸에 그 여자 외에 은서와 다른 여자 두 명이 더 있다는 것을 알아차렸다.

한 명은 눈이 번쩍 뜨일 정도의 화려한 서구형 미인이었고, 또 다른 한 명은 지극히 동양적인 마스크에 개성이 강해 보이는(나쁘게 말하면 엄청 드세 보이는) 여자였다.

근우의 심장을 철렁이게 만든 여자의 옆에는 진환이 딱 달라붙어 앉아 있었다. 언뜻 봐도 진환 역시 여자한테 마음이 있어 보이는 눈치였다. 연신 여자를 힐끔거리며 훔쳐보는 것뿐만이 아니라 자세히 보니 뺨까지 발그레하게 달아올라 있었다.

일순 근우는 갈등했다. 베스트 프렌드를 위해서 여자를 포기할 것이냐, 아니면 미안하지만 모른 척하고 여자를 차지해 버릴 것이냐.

생각보다 고민은 길지 않았다. 베스트 프렌드를 위해서 포기해 버리기에는 여자가 너무 아까웠다. 그의 심장을 이토록 뛰게 만든 여자는 그녀가 처음이었으니까.

'드디어 만났다. 내 심장을 뛰게 하는 여자를.'

근우는 모른 척 진환에게 다가갔다. '어?' 하고 올려다보는 진환에게 옆으로 좀 비켜 달라고 고개를 까딱거렸다.

진환이 왜 하필이라는 눈초리로 그를 올려다보며 미간을 찌푸렸다. 그러나 이내 한숨을 쉬며 옆으로 자리를 비켜 주었다.

도미노처럼 옆으로 밀린 녀석들 사이에서 '뭐야' 하는 투덜거림이 터져 나왔지만, 근우는 그마저도 못 들은 듯 진환과 여자 사이를 비집고 들어가 앉았다.

좁은 자리 탓에 두 사람의 왼쪽과 오른쪽이 바짝 밀착되었다.

흠칫 놀란 여자가 허리를 더욱 꼿꼿이 세우고 가장자리로 물러나 앉았다. 조금만 밀어도 떨어질 듯 간당간당하게.

힐끗 보니 여자는 아랫입술을 자근자근 깨물고 있었다. 근우는 여자를 확 잡아당겨 제 손으로 직접 괜한 괴롭힘을 당하고 있는 여자의 여린 입술을 빼 주고 싶다는 충동을 느꼈다. 그로서도 당혹스러운 충동이었다.

"우리는 방금 다 통성명했어. 너만 하면 돼. 우선 이쪽은 우리 은서 친구인 송형은, 저쪽은 김미진, 그리고 네 옆에 있는 분은 하루애. 그리고 저 조각같이 잘생긴 놈은 이근우. 서로 인사해."

재진이 벌써 은서를 '우리 은서'라고 칭하며 제 여자 친구의 친구들을 소개시켜 주는 것마냥 신이 나서 말했다.

화려한 미인과의 형은이 눈을 반짝이며 근우를 탐미하듯 찬찬히 훑어보았다. 그러다 마른침까지 꼴깍 삼키며 작게 중얼거렸다.

"와우, 대박."

그러자 옆에 앉은 인성이 떨떠름한 표정으로 한 소리 했다.

"또 시작이네. 하여튼 저 자식만 보면 여자들이 사족을 못 쓴다니까. 그런데 쟨 안 돼. 생각도 하지 마."

형은이 흐응, 하며 왜냐고 물었다.

"쟨 여자에 관심이 없는 종자거든. 어렸을 때부터 하도 여자들한테 시달려서 여자만 보면 신물이 난다는 놈이라구. 그러니까 되도 않는 일에는 신경 끄시고, 난 어때? 난 너, 아주 맘에 드는데."

"너? 글쎄, 너도 나쁘지는 않아. 그런데 좀 천천히 가자. 시간도 많은데 서두를 것 없잖아."

형은이 긴 속눈썹을 내리깔고 인성을 바라보며 야릇하게 미소 지었다. 어떻게 하면 남자를 사로잡고 안달 나게 하는지 잘 아는 여자의 미소였다.

그러자 인성뿐 아니라 섹시한 여자라면 사족을 못 쓰는 태호까지 몸이 달아서 형은에게 바짝 다가앉았다.

두 놈이 서로 형은의 관심을 끌기 위해서 아주 난리가 났다. 형은은 그런 두 남자 사이에서 적당히 밀당을 하며 즐겼다.

어쨌든 이래저래 아직 짝이 지어지지 않은 건 그녀, 이름이 하루애라고 했던가? 루애와 미진이라는 친구뿐이었다.

미진은 대차 보이는 모습 그대로 처음 보는 남자들 틈에 끼어서도 태연하게 담배를 꺼내 물었다. 예의상 '담배 펴도 되지?' 라고 묻지도 않았다.

한 모금을 맛나게 피운 미진이 짜증스러운 목소리로 말했다.

"근데 이 사람은 왜 이렇게 안 와. 갖다 달라고 한 지가 언젠데. 거기, 벨 한 번만 더 눌러 줄래?"

재진이 얼른 손을 뻗어 벨을 누르고 걱정스레 말을 받았다.

"그러게, 왜 이렇게 안 오냐. 루애 씨, 너무 걱정 마요. 금방 가지고 올 거예요."

'뭘?' 하는 눈빛으로 근우가 재진을 쳐다보았다.

"어, 은서하고 친구들 가방하고 코트. 합석하면서 그쪽 테이블 웨이터한테 이리로 다 가져다 달라고 했는데, 아직이네. 루애 씨 빨리 가야 되는데."

그제야 근우는 아까 은서가 통금 때문에 빨리 들어가 봐야 하는 친구가 한 명 있다고 했던 말이 생각났다. 그 친구가 바로 그녀, 하루애였나 보다.

근우는 얼른 시간을 확인했다. 10시 20분. 11시까지 들어가야 한다고 했었나? 흠, 이거 곤란한데. 근우는 손끝으로 테이블을 톡톡 두드리다가 루애를 돌아보았다.

"집이 어디예요?"

바닥에 낮게 깔리는 중저음의 허스키한 목소리에 흠칫 놀란 그녀가 경계 어린 눈빛으로 그를 힐끔 쳐다보았다. 루애 대신 은서가 대답했다.

"평창동이요. 여기서 빨리 가도 4~50분은 걸릴 텐데. 큰일이다, 그지, 루애야."

루애가 귀엽게 울상을 짓는 은서를 보며 어색하게 미소 지었다.

그러게, 그냥 가겠다는 사람을 왜 억지로 잡아서는. 아까 합석하겠다고 했을 때 그냥 가게 내버려 뒀으면 벌써 반 정도는 가고 있겠다.

오늘따라 미진까지 좀만 더 있으라며 잡는 바람에 여기까지 끌려왔다가 이게 무슨 꼴인가 싶었다. 코트하고 백을 금방 가져다주겠다던 웨이터까지 함흥차사니, 루애로서는 미치고 팔딱 뛸 노릇이었다.

그런 데다 옆에 있는 이 사람. 등장할 때부터 숨이 턱 막히는 것 같더니, 지금은 온몸에 쥐가 다 날 것 같았다. 비단 형은의 말처럼 '대박'이라고밖에 표현할 수 없는 압도적인 비주얼 때문만은 아니었다. 그저 이 남자의 모든 것이 숨 막힐 듯 강렬하고 위협적이었다.

조금 전 남자와 살짝 몸이 닿았을 땐 저도 모르게 비명을 내지를 뻔했었다. 뭐라고 그럴까. 온몸에 짜릿한 전류가 흐르는 느낌이었다고나 할까?

바로 옆에서 풍겨 오는 남성적인 향기와 그보다 더 남성적인 허스키한 음성에 심장이 다 오그라드는 것 같았다.

그녀로서도 이런 기분은 태어나서 처음이었다. 이전에 남자들한테 본능적으로 느끼던 거부감이나 불쾌감, 두려움과는 차원적으로 다른 느낌이었다. 그 점이 루애는 몹시 당혹스럽고 황망하기 그지없었다.

"술 마셨으면 대리 불러야 될 텐데, 대리는 불렀어요?"

또다시 들려온 근우의 남성적인 굵은 목소리에 루애는 저도 모르게 잘게 전율하며 간신히 대답했다.

"차, 없어요. 택시 타고 가면 돼요."

"오늘 택시 잡기 힘들 텐데. 밖에 비도 오고 날이 날이라서."

근우의 말에 저만치 떨어져 있는 미진이 톡 끼어들었다.

"내 차 타고 가, 루애야. 집 오면 차 키 꺼내 줄게. 대리는 지금이라도 부르면 금방 올 거야."

"됐어. 네 차를 내가 왜. 그리고 택시도 잡기 힘들다는데 대리라고 금방 오겠어? 기다리는 시간보다 택시가 더 빠를 거야. 걱정 마. 내가 알아서 갈게."

안 그래도 자신 때문에 마음껏 편히 놀지도 못하는 친구들한테 미안한데 그렇게까지 신세를 지고 싶지는 않았다. 크리스마스이브라고 모처럼 친구들과 나이트클럽에 온 것까지는 그렇다 쳐도, 진작 일어나지 못한 것이 후회스럽기만 한 루애였다.

그래도 은서와 형은은 여기저기 부킹을 다니면서 신나게 놀았다. 하지만 미진은 루애의 곁을 한시도 떠나지 않았다. 부킹의 역사적 사명을 띠고 어떻게든 루애를 끌고 가려는 웨이터들한테서 언제나처럼 그녀를 지켜 주었다.

솔직히 미진이 없었다면 나이트클럽에 또 올 엄두조차 내지 못했을 터였다.

대학교 1학년 때 은서와 형은의 등쌀에 못 이겨 한두 번 와 보고 식겁한 뒤로는 지난 몇 년간 이쪽으로는 발길도 하지 않았더랬다.

남의 손을 제 손처럼 마구잡이로 막 잡아 대는 웨이터들만으로도 불쾌하고 소름이 끼치는데, 그렇게 끌고 가서는 처음 보는 남자들 테이블에 떡하니 앉히는 걸 보고 루애는 그야말로 경악해서 뒤로 까무러치는 줄 알았었다.

자신이 마치 값싼 여자나 술집 여자가 된 것 같은 모멸감을 느꼈다.

그래서 그 후로는 가급적 통금이라는 핑계로 친구들이 나이트클럽을 가자고 하기 전에 먼저 헤어져 혼자 집으로 가고는 했었다.

물론 아무렇지 않게 부킹을 하는 은서나 형은이 그렇다는 것은 아니다. 그저 그녀 자신이 그런 것을 싫어할 뿐이었다. 지금이야 많이 나아졌다고는 하지만, 사실 루애한테는 남자, 이성 간의 접촉, 그런 것들에 대해 안 좋은 기억이 많았다.

어렸을 때의 몹쓸 기억 때문이기도 하지만, 그 후 중·고등학생 시절에 겪었던 이런저런 성추행들이 그녀를 그렇게 만들었다.

그렇다고 이렇다 할 만한 큰 사건이 있었던 것은 아니었다. 그저 또래 친구들보다 발육이 유독 빨랐던 탓에 심심찮게 변태들의 표적이 되곤 했었다.

어린 나이에 비해 너무 커 버린 그녀의 가슴을 음탕하게 훑어보는 것은 물론, 때로는 실수인 척 슬쩍 만지는 남자들도 있었고, 가끔은 후다닥 달려와서 그녀의 가슴을 와락 움켜쥐었다가 도망가는 놈들도 있었다. 그중에는 안타깝게도 선생 자격이 없는 남자 선생들도 더러 있었다.

그러니 루애가 남자 자체에 불신과 두려움, 적대감을 갖게 된 것은 어쩌면 당연한 일이었을 것이다.

물론 지금은 그 정도는 아니었다. 미진 덕분에 마냥 두렵고 무섭다고 움츠러들 것이 아니라 당당히 맞서야 된다는 것을 배웠고, 그 덕분에 남학생 천지인 공대에 진학해서 4년을 무사히 마치고, 얼마 전 남자들과 당당히 경쟁해서 유력 경제지에 입사도 하지 않았는가.

그래서 며칠 되지 않지만 수습기자 동기들도 대학 동창들처럼 그녀를 만만히 보지 못했다. 조용하고 가녀린 모습 뒤에 감춰져 있는 독기(?)를 어느 정도 간파했기 때문이었다.

때문에 이날 이때껏 남자와 교제 한 번 해 보지 못한 모태 솔로지만, 아쉽거나 서운한 건 요만큼도 없었다. 수시로 남자 친구를 갈아 치우는 은서와 형은에 이어 자신 못지않게 남자에 부정적이던 미진마저 남자 친구를 만들었을 때는 나름 충격이었지만 말이다.

어쨌든, 그런 그녀인데 왜 이 처음 보는 남자한테 자꾸만 신경이 쓰이고 가슴이 설레는지 모르겠다. 한눈에 봐도 그녀가 싫어하는 모든 걸 갖춘 남자인데 말이다.

필경 부모님한테 물려받은 저 압도적인 외모와 체격으로 숱한 여자들을 울리고 다녔을 것이다. 그리고 제가 뭐나 된 줄 엄청난 착각에 빠져 살고 있겠지.

온몸에 배어 있는 오만하고 거만한 기운이 가히 타의 추종을 불허했다. 여자를 제 심심풀이 땅콩쯤으로 여기는 시대

착오적인 마초남이 틀림없을 터였다.

그런데 왜 자꾸 이렇게 가슴이 떨리는 걸까.

남자가 움직일 때마다 슬쩍슬쩍 와 닿는 작은 신체 접촉만으로도 온몸에 짜릿한 전율이 일면서 얼굴이 화끈 달아오르려고 한다.

그 작은 접촉만으로도 루애는 근우가 얼마나 강하고 단단한 존재인지를 깨달아 버렸다. 그런 근우 옆에 있으니, 자신이 한없이 여리고 약하고 보잘것없는 그런 여자가 된 것만 같았다.

"그럼 이렇게 하죠."

아, 그리고 저 목소리. 이 남자는 왜 목소리마저 저렇게 근사하고 섹시한지 모르겠다. 루애는 제멋대로 바르르 떨리는 아랫입술을 앙 깨물고 근우를 슬쩍 쳐다보았다.

"뭘 말입니까?"

"내가 데려다주죠. 어차피 나도 그만 일어날 참이었으니까."

루애의 눈이 부릅떠지는 것과 동시에 여기저기서 볼멘소리가 하나둘 터져 나왔다.

"뭐야, 너 벌써 간다고? 그런 게 어디 있냐. 이제 막 왔으면서. 좀 더 있다 가."

"그래, 더 있다 가. 자식, 우리가 또 너한테 여기 다 계산하라고 할까 봐 먼저 토끼는 거냐? 안 그럴게."

근우가 지갑에서 신용카드를 한 장 꺼내 테이블 위에 가만히 올려놓았다.

"진짜 오기 싫었는데, 니들이 하도 전화를 해 대서 할 수 없이 잠깐 얼굴이나 보려고 나온 거였다. 얼굴 봤으니까 그만 가야지. 그리고 이건 니들이 알아서 적당히 쓰고 돌려줘. 여기까지 왔는데, 온 값은 하고 가야지."

그러자 볼멘소리들이 점차 가라앉았다.

"그러라고 너 부른 거 아니라니까 그러네. 넣어 둬, 넣어 둬."

"그래, 이러면 우리가 진짜 너 돈 내라고 부른 것 같잖아. 알았어. 싫다는 놈 억지로 불러낸 우리가 잘못했다. 그냥 가라."

그런 와중에 준성이 냉큼 손을 뻗어 신용카드를 챙겼다.

"야, 그래도 근우가 그냥 가기 미안해서 꺼낸 건데, 집어넣으라고 그러면 쟤 손이 무안하잖냐. 오케이, 알았어. 네 성의를 봐서 일단 받을게. 딱 여기까지만. 나머지 2차는 우리가 알아서 할게. 고맙다, 이근우. 역시, 멋진 놈은 뭐가 달라도 다르다니까."

근우한테 엄지를 척 치켜드는 준성에게 다른 친구들이 마른안주 등을 던지며 야유를 보냈다.

"하여튼 저 자식, 얍삽한 거 하나는 알아줘야 돼."

"야, 여긴 내가 계산할 테니까 그냥 돌려줘. 술 한 모금 안 마신 놈한테 여기 술값 다 계산하라는 게 말이 되냐?"

성일이 눈을 부라리며 한마디 하자, 준성이 딱 걸렸다는 듯 성일을 향해 총을 쏘는 시늉을 했다.

"오케이, 그럼 다음 2차는 배성일로 낙찰!"

성일이 '어우, 저 자식이' 하며 준성의 머리를 쥐어박으려고 했다. 날쌘 다람쥐처럼 몸을 얼른 피한 준성이 애처럼 혀를 내밀고 성일을 약 올렸다.

그러자 성일이 진짜 약이 올라 '이리 와, 너 한번 맞자' 하며 달려들었고 또 잽싸게 몸을 피하는 준성 때문에 한순간 와자한 웃음소리가 터져 나왔다.

재진이 키득거리며 웃다가 근우를 보고 말했다.

"그래, 그럼 먼저 가. 그리고 루애 씨 안전하게, 잘 부탁한다."

근우가 걱정 말라는 듯 피식, 웃으며 고개를 끄덕였다. 그 꼴을 보고 있던 루애가 발끈해서 헛웃음을 터트렸다. 웃긴다. 지들이 뭔데, 날 부탁하고 말고 자시고야? 누가 저 남자랑 같이 간대?

그래도 루애는 끝까지 흥분하지 않고 차분하게 응수했다.

"아니요, 전 제가 알아서 갈게요. 처음 보는 분한테 괜히 신세지고 싶지 않아요."

"신세는요, 무슨. 괜찮아요. 어차피 평창동이면 근우네 집 가는 길인데요, 뭐."

손사래를 젓는 재진한테 은서가 물었다.

"어머, 정말? 근우 씨 집이 어딘데?"

"홍제동. 우리 다 거기야."

"아, 그렇구나. 그럼 정말 가는 길이네? 루애야, 잘됐다."

박수까지 치며 좋아라 하는 은서와 달리 미진이 까칠한 음성으로 되받아쳤다.

"잘되긴 뭐가 잘돼. 넌 어떤 놈인지도 모르는 놈이 친구를 이 오밤중에, 것도 단둘이 차 타고 데려다주겠다는데 걱정도 안 되냐? 루애야, 너 그냥 택시 타고 가. 아니다. 내가 데려다줄게. 가자."

미진이 담배를 비벼 끄며 자리에서 일어나자 루애는 물론, 은서와 형은까지 한목소리로 깜짝 놀라 소리쳤다.

"미쳤어? 너 지금 술을 얼마나 많이 마셨는지 알아? 네가 아무리 멀쩡해도 불면 다 나와. 너 음주로 한 번만 더 걸리면 삼진 아웃인 거 알지? 유학 가기 전까지만이라도 제발 조용히 좀 살자, 엉?"

"아, 씨발. 그럼 어떻게 해! 루애를 저딴 놈이랑 같이 보내라고? 저놈이 어떤 놈인지 알고, 뭘 믿고!"

"잠깐, 듣다 보니 말을 참 거시기하게 하네. 저딴 놈? 어따 대고 감히 저딴 놈이야? 댁 눈에는 쟤나 우리가 싫다는 여자를 강제로 어떻게 하는 양아치로밖에 안 보여? 하, 그러면서 여기까진 왜 따라 들어왔을까? 왜, 강제로 한번 당해 보고 싶어서? 취향이 그쪽인가 보지? 그런데 이를 어쩌나. 우린 영 그쪽 취향이 아닌데. 물론 그쪽도 우리 취향은 아니고 말이야."

빈정거리는 성일한테 미진이 버럭 소리를 지르며 눈을 부라렸다.

"이 새끼가 진짜. 너, 죽고 싶냐? 말이면 다인 줄 알아!"

그러자 성일까지 '이게 진짜!' 하면서 벌떡 일어났다. 누가 남자인지, 여자인지 구분이 안 갈 만큼 180cm가 훌쩍 넘는 키에 삐쩍 마른 두 사람이 으르렁거리며 마주 서자, 진짜 남자 둘이서 한판 붙으려는 것 같았다.

공교롭게도 두 사람 모두 유니섹스 스타일로 근사하게 차려입고 있어서, 이 상황에 어울리는 말은 아니었지만 보기에는 꽤나 그럴싸했다.

상황이 그쯤 되자 입장이 가장 난처해진 건 루애였다. 자신으로 비롯된 일이었고, 고등학생 때부터 그녀의 일이라면 물불을 가리지 않는 미진을 아는지라 여간 미안하고 난처한 것이 아니었다. 그녀 때문에 미진이 남자한테 주먹을 날린 게 한두 번이 아니었었다.

때마침, 노크 소리와 함께 함흥차사였던 웨이터가 여자들의 짐을 한가득 안고 룸으로 들어왔다. 그 덕분에 다행히 두 사람은 주먹다짐까지는 가지 않았다. 서로 눈을 부라리며 어우, 하고 으르렁거렸을 뿐.

루애는 재빨리 자신의 코트와 핸드백을 챙겨 들고 자리에서 일어났다. 친구들을, 특히 아직까지 씩씩거리고 있는 미진을 돌아보며 속상한 표정으로 말했다.

"나 먼저 갈게. 나 때문에 괜히 분위기 망쳐서 미안해. 신경 쓰지 말고 재밌게들 놀아, 응?"

"그래, 루애야. 늦었는데 빨리 가."

"미진이는 우리가 알아서 진정시킬게. 알잖아, 미진이 저거, 욱했다가 금세 또 가라앉아서 시크하게 구는 거."

"진정은 무슨. 야, 하루애, 나랑 같이 가. 내가 죽이 되든 밥이 되든 어떻게든 11시까지 집에 들어가게 해 줄 테니까, 걱정마."

그러면서 미진이 정말 안쪽 자리에서 꾸역꾸역 기어 나오려고 했다. 어휴, 정말 저걸! 하는 수 없이 루애가 근우를 힐끔 쳐다보고는 앙다문 잇새로 씹어뱉듯이 말했다.

"됐어. 술 취해서 해롱거리는 네 차보다 이분 차가 훨씬 더 안전할 것 같아. 그러니까……."

"뭐? 나보다 저놈이 더 안전할 것 같다구? 이씨, 그런 말이 어딨냐! 그리고 나 정말 하나도 안 취했어. 나, 김미진이야! 내가 설마 그 정도 술에 취했을 것 같아?"

발끈해서 미진이 소리치는데, 물론 루애도 미진이 그 정도 마시고 취했다고는 생각하지 않았다. 얼추 양주 한 병은 족히 더 마시고도 남은 것 같았지만 말이다. 그래도 친구 네 명

56

중에 알아주는 주당인 은서와 미진의 주량은 그야말로 놀랄 '노'자라서, 그 정도로는 아직 간에 기별도 가지 않았을 터였다.

하지만 그건 그거고, 음주 단속에 걸리면 빼도 박도 못할 것은 자명했다. 취하지 않았다고 해서 마신 술이 없어지는 것은 아닐 테니 말이다.

루애는 최후의 방법으로 목소리를 착 깔고 서릿발처럼 차가운 눈빛으로 미진을 노려보았다.

"김미진, 그만해."

아니나 다를까. 그렇게 기세등등 펄펄 날뛰던 미진이 루애의 차가운 눈빛과 음성 한 방에 움찔해서는 꼬리를 말고 얌전해졌다. 슬금슬금 루애의 눈치를 살피며 변명을 주워삼켰다.

"아니, 나는 그냥 네가 걱정이 돼서. 너 모르는 남자 차 타는 거 무진장 싫어하잖아. 그래서……."

"에이, 엄밀히 말해서 모르는 남자의 차는 아니죠. 내 친구의 찬데. 내 친구의 차는 은서 친구의 차고, 은서 친구의 차는 여기 있는 여성분들 모두의 차가 아니겠습니까?"

재진이 너스레를 떨며 톡 끼어들었다. 괜스레 은서의 어깨를 담뿍 끌어당겨 안으면서.

그에 은서가 '어머, 누구 맘대로?' 하며 눈을 흘겼다. 그러면서도 그런 재진이 영 싫은 기색은 아니었다. 한쪽 손으로 재진을 미는 시늉을 했지만 그 손에는 힘이 전혀 실려 있지 않았다.

그 틈을 타 근우가 재빨리 상황을 정리하고 나섰다.

"그럼 이쯤에서 남을 사람은 남고, 갈 사람은 빨리 가 줍시다. 11시까지 들어가야 한다고 하지 않았어요? 이런, 시간이 진짜 얼마 안 남았네. 서둘러요. 이러다 늦겠어요."

근우가 루애의 등을 떠밀다시피 해서 재빨리 룸을 빠져나왔다.

루애는 제 등에 근우의 커다란 손이 닿자, 소스라치게 놀라 냉큼 몸을 떼고 후다닥 앞장서 걸어갔다. 그리고 클럽을 나오자마자 뒤도 돌아보지 않은 채 큰길로 뛰어가려고 했다. 그런 루애의 팔꿈치를 근우가 확 잡아당겼다.

숨이 멎을 듯 놀란 루애가 그 손을 확 뿌리치며 소리쳤다.

"뭐하는 거예요, 이거 놔요!"

허나 남자의 커다란 손은 떨어지기는커녕 갈고리처럼 더욱 강하게 그녀의 팔꿈치를 파고들었다. 당황한 루애는 그녀답지 않게 어쩔 줄 몰라 하며 벙 찐 얼굴로 근우를 올려다보았다.

이렇게 가까이서 보니, 그는 정말 키도 크고 생긴 것도…… 숨이 멎을 듯이 기가 막히게 잘생겼다. 사람인지 조각인지 의심스러울 정도였다. 무엇보다 온몸으로 전해져 오는 강렬한 남성적 기운에 그대로 압도당할 것만 같았다.

그가 그 조각 같은 얼굴을 살짝 기울이고 말했다. 속삭이듯 나지막하게.

"어디 갑니까. 내 차는 저쪽에 있는데."

아, 목소리까지 진짜……. 배 속에서 짜릿한 전율이 일었다.

"아…… 아니에요, 전 그냥 택시 타고 갈게요. 그럼, 조심히 가세요."

살짝 목례를 취하고 돌아서려는 그녀의 팔을 더욱 단단히 잡고 근우가 미간을 찌푸렸다.

"그건 내가 안 되겠는데."

"네?"

"안에서는 내가 그쪽을 집까지 데려다주는 줄로 알고 있지 않습니까. 그런데 만약 그쪽이 택시를 타고 가다가 안 좋은 일을 당하기라도 하면…… 내 입장이 곤란해지지 않겠습니까?"

"아, 그런 거라면 신경 쓰지 마세요. 제가 알아서 할게요. 그런 일이 생길 리 없겠지만, 만약 그런 일이 생긴다고 해도 그쪽에 피해 가는 일은 없을 겁니다."

지금 루애한테는 세상의 다른 어떤 남자보다 눈앞의 이 남자가 위험하게 여겨졌다. 피해야 한다면 바로 이 남자일 터였다. 루애는 그의 손에서 억지로 잡힌 팔을 빼내려고 했다.

두꺼운 코트를 입고 있는데도 남자의 손길이 옷감을 뚫고 고스란히 느껴지는 것 같았다. 그에게 잡혀 있는 살갗이 아까부터 화끈거리며 묘한 전율을 전신으로 흘려보내고 있었다.

루애는 너무도 당혹스러웠다. 이런 기분, 이런 느낌. 모든 것이 너무 낯설고 생경해서 두렵기까지 했다. 자신이 자신이 아닌 것만 같았다. 온몸이 화끈거리고 경련이라도 인 듯 파르르, 파르르 떨려 왔다.

루애는 그 낯선 떨림을 애써 영하의 기온과 부슬부슬 내리는 비 때문이라고 스스로에게 변명했다.

그러는 와중에도 근우의 시선은 발갛게 달아오른 루애의 얼굴에서 떠날 줄 몰랐다. 볼수록 매력적이고 탐이 나는 여자였다.

비를 맞아 촉촉이 젖어 가는 머리카락마저도 가슴 떨리도록 새롭고 매혹적이었다. 도자기처럼 뽀얀 여자의 뺨에 달라붙은 검은 머리카락이 이토록 관능적인 줄 오늘 처음 알았다.

단아하고 지적인 얼굴에 가리어져 있던 고혹적인 관능미가 검은 하늘에 내리는 빗물 속 연꽃처럼 만개하는 것 같았다. 근우의 심장은 이제 어찌할 수 없을 만큼 거세게 뛰어대고 있었다.

냉담하게 자신의 시선을 피하면서도 한두 번씩 슬쩍 마주치는 그녀의 눈빛에서 근우는 자신과 똑같은 열망과 갈증을 보았다. 그리고 자신의 손과 맞닿은 가녀린 팔뚝을 통해, 그 미세한 떨림을 통해서 분명히 느꼈다, 확신했다. 그녀 역시 자신에게 강하게 반응하고 있다는 것을.

하지만 섣부르게 시작하고 싶지는 않았다. 지금 그녀는 무슨 이유에선지 그런 자신의 감정을, 그를 부정하고 외면 하려고 하는 것 같으니까. 그로서는 이 또한 생소한 경험이 었다.

'강하게 몰아붙이면 겁먹고 멀리 도망쳐 버릴지도 몰라.'

도망치도록 내버려 둘 수 없었다. 그렇다고 강하게 몰아 붙여도 안 되리라. 근우는 이 여자를 어떻게 해야 할지, 좀 더 고민해 봐야겠다고 생각했다. 도자기를 빚듯 신중하고 조심스럽게.

어쨌든 그러자면 일단은 조금 더 함께 있어 봐야 할 듯싶 었다. 단둘이 있을 수 있는 이 좋은 기회를 놓칠 수는 없는 것 아닌가.

빗줄기가 조금 더 굵어졌다. 후두둑 떨어지는 빗줄기에 루애가 움찔 놀라 몸을 떨었다. 그 기회를 놓치지 않고 근우가 그녀를 잡고 달리기 시작했다.

"어! 잠깐만요!"

"빨리 뛰어요. 이러다 우리 둘 다 흠뻑 젖겠어요."

근우는 외투를 벗어 그녀가 젖지 않도록 감싸 주고 싶었 지만, 잡은 손을 놓으면 루애가 그대로 뒤돌아 도망쳐 버릴까 봐 그럴 수 없었다. 가능한 빨리 차로 뛰어가는 수밖에.

얼른 차 문을 열고 보조석에 루애를 거의 들쳐 업다시피 해서 앉혔다. 그리고 루애가 문을 열고 내리기 전에 재빨리 보닛을 돌아 운전석에 착석했다.

"안전벨트 매요."

자리에 앉기 무섭게 시동을 걸고 그대로 앞으로 달려 나갔다.

추적추적 비 내리는 어두운 도로를 그보다 더 짙은 블랙 스포츠카가 빠른 속도로 내달렸다. 영동대교를 넘어 강변북 로로 접어든 차는 평창동을 향해 달려갔다.

루애는 오래된 버릇대로 아랫입술을 잘근거리며 초조하게 창밖의 스쳐 가는 어둠만 죽어라고 응시했다.

비에 젖었기 때문인지, 아니면 한정된 좁은 공간 때문인지. 근우에게서 풍겨 나오는 강렬한 남성적 향기가 더욱 진하게 그녀의 후각을 파고들었다. 때문에 루애는 거의 숨도 제대로 쉬지 못했다.

두 사람은 약속이나 한 듯 아무 말이 없었다. 루애는 아무 말이 없는 근우가 무척 신경 쓰이면서도 한편으로는 고마웠다.

그러나 거기까지만이었다. 차가 강변북로를 벗어나는 것과 동시에 근우가 침묵을 깨고 입을 열었다.

"하루애, 이름이 굉장히 특이하네요. 한 번 들으면 절대 잊지 못할 그런 이름이에요. 무슨 뜻입니까? 한글 이름?"

어렸을 때부터 귀에 딱지가 앉을 만큼 자주 들은 질문이었다. 새로울 것도, 대답하기 저어할 것도 없는 그런. 그런데 이상하다. 이 남자한테 말하려니 괜히 낯간지럽고 쑥스러운 게 여간 곤혹스러운 것이 아니었다.

루애는 아랫입술만 잘근거리며 망설였다. 자신을 쳐다보는 그의 시선이 느껴졌다. 루애는 마지못해 입술을 열었다.

"한자 이름이에요. 새길 루에 사랑 애."

아, 하며 근우는 고개를 끄덕거렸다. 새길 루에 사랑 애. 그럼 사랑을 새기다, 뭐 이런 뜻이 되는 건가? 그의 육감적인 입술에 야릇한 미소가 희미하게 어렸다. 누가 지었는지, 그녀한테 정말 잘 어울리는 이름이라는 생각이 들었다.

"누가 지어 줬어요?"

"엄마요."

"어머님이 굉장한 로맨티스트이신가 보군요. 우리 어머니도 그러신 편인데. 요즘엔 어머님들이 다 그런 편인가 봐요. 나이가 드셔도 여전한 소녀 감성에, 웃음도 많고 눈물도 많고."

루애의 입가에 씁쓸한 미소가 드리워졌다. 그래, 아마도 아직 살아 계셨다면 그러셨을 것이다. 웃음은 몰라도 눈물은 많으셨던 분이니까.

평생 지병과 고생하시며 바깥출입도 마음대로 못 하셨던 엄마. 그녀도 죽을 각오로 낳으셨다고 했었다. 그 후로 더 이상 아이를 낳을 수 없는 몸이 되셨고 그 때문에……

"그럼 곧 대학을 졸업하는 딸한테 통금 시간을 걸 만큼 엄격하신 분은 당연히 아버님이시겠군요."

루애는 근우의 목소리에 얼른 상념에서 빠져나왔다.

"은서 씨한테 들었어요. 오늘만 특별히 한 시간 연장해서 11시까지 귀가하는 거라고. 그럼 평소에는 통금이 10시라는 말인데, 와우. 어떻게 그렇게 살지? 답답하지 않아요?"

루애는 어깨를 으쓱거렸다.

"별로요."

불편하거나 답답한 건 전혀 없었다. 사실 루애가 통금 시간을 철저히 지키는 건 아버지의 엄명 때문이 아니라 자의에 의해서 정한 규칙이었으니까.

솔직히 그 이후까지 밖에 있어 봤자 할 일도 없지 않은가. 흥청망청 술이나 마실 뿐. 술도 못 마시는 그녀가 늦게까지 밖에 있을 이유는 조금도 없었다.

엄한 아버지 때문에 지켜야만 되는 10시 통금. 그건 그녀에게 늘 유용한 방패막이자 그럴싸한 변명거리가 되어 주었더랬다.

"한 번도 어긴 적 없어요?"

"네."

"어기고 싶었던 적도?"

"네."

그가 슬쩍 미소 지으며 말했다.

"와, 진짜 착한 딸이네."

그런데 왜 저 말이 곧이곧대로 들리지 않는 걸까. 루애는 왠지 근우가 자신을 비웃는 것 같다는 기분이 들었다. 기분이 살짝 언짢아졌다.

"그럼 졸업한 후에도 계속 지속되는 건가요? 그 통금 시간."

왜 자꾸 통금에 대해서 묻는 거지? 루애는 이 대화 자체가 조금씩 불편해지기 시작했다. 루애의 표정이 살짝 굳어지는 것을 보고 근우가 변명처럼 말했다.

"그냥 좀 궁금해서요. 신기하기도 하고. 내 주변에는 지금까지 그런 걸 지키는 사람이 한 명도 없었거든요. 처음 봤어요."

"사람마다 사는 방법이 다르니까요."

"그렇긴 하죠. 그런데 이젠 좀 달라져야 되지 않나? 학교 졸업하면 취직할 거 아니에요. 그럼 아무래도…… 아, 혹시 집에서 신부 수업, 뭐 이런 거 하나요?"

그녀를 아주 고리타분하고 답답한 여자로 봤나 보다. 아니면 취직할 엄두도 내지 못할 만큼 무능하거나 남자 잘 만나서 시집갈 궁리만 하는 그런 한심한 여자로. 발끈한 루애가 뾰족해진 음성으로 대답했다.

"일 때문에 늦어지는 거야 어쩔 수 없죠. 일의 특성상 가끔은 야근도 하게 될 텐데, 그 정도는 각오해야죠."

근우가 곁눈질로 루애를 힐끔 쳐다봤다.

"벌써 취직했어요? 와우, 능력잔데요. 어디 취직했는지 물어봐도 돼요?"

이미 물어봐 놓고 묻긴 뭘 물어. 그러면서도 루애는 조금은 뻐기는 듯한 심정으로 대답했다.

"신문사요."

"신문사? 설마 기자?"

루애가 대수롭지 않다는 듯 어깨를 으쓱거리자, 근우가 실로 의외라는 듯 이채를 띠고 루애를 쳐다보았다.

기자라……. 솔직히 의외였다.

이지적이고 차가워 보이긴 하지만 물처럼 조용한 성격에 스물셋, 넷 될 때까지도 부모님의 지시를 착실하게 따르는 것으로 보아 무언가를 악착같이 따라다니면서 캐고 다닐 만한 사람 같지는 않았기 때문이었다. 그리고 기자치고는 너무 예쁘지 않은가. 아나운서라면 모를까.

"이제 보니 루애 씨, 능력자였군요. 어쨌든 축하해요."

루애가 소리 없이 미소 짓고 고맙다는 듯 살짝 고개를 까닥거렸다.

"그럼 지금 수습 기간이겠네요. 어디든 다 그렇겠지만 특히 기자들 수습 기간이 엄청 고되다던데, 힘들지 않아요?"

"감수해야죠. 그리고 우리는 경제지라서 다른 종합 신문사들하고는 좀 달라요. 사스마와리로 새벽부터 돌아야 될 취재처도 없고. 때문에 그쪽 기자들한테 우리는 기자도 아니라고 은근히 무시받는 경향이 있지만, 훗, 사실 틀린 말도 아니구요. 매체마다 성격이 다르니까, 적응하고 감수해야죠."

그가 묻는 말에 따박따박 대답하면서 루애는 '내가 왜 이러지?' 싶었다. 자신답지 않게 처음 보는 남자한테 너무 말이 많았다. 그것도 지극히 개인적인 문제에 말이다.

'정신 차려, 하루애. 너답지 않게 왜 그래?'

정신 똑바로 차리고 말을 아껴야겠다고 생각했지만, 그럼에도 루애는 근우가 묻는 이런저런 소소한 질문들에 저도 모르게 순순히 대답을 하고 말았다.

부지불식간에 사람의 경계심을 무너트리고 원하는 답을 이끌어 내는 능력이 참으로 탁월한 사람이구나, 라는 생각이 들었다.

'나보다 이 사람이 기자 하면 더 잘 어울리겠네.'

루애는 조금은 다른 시선으로 근우를 새삼 다시 보게 되었다. 이런저런 얘기를 나누다 보면 그 사람이 어떤 사람인지 대충 알게 되기 마련이었다. 그 사람의 학식이나 성격 같은 것 말이다.

딱히 어투나 사용하는 어휘가 특별하다거나 그런 것은 아니었다. 그냥 느낌이 그랬다.

하지만 아, 이 사람은 결코 가벼운 사람이 아니구나. 진지하고 생각이 깊은 사람이구나. 자신이 어떤 사람인지, 무엇을 원하는지 확실하게 알고 행동하는 사람이구나. 그런 생각이 막연하게 들었다.

그렇게 루애가 근우에 대한 경계심을 조금씩 누그러트리고 그를 새삼 다시 보게 됐을 즈음, 근우가 불쑥 난데없는 질문을 던졌다.

"사귀는 사람 있어요?"

무방비 상태로 있다가 한 대 얻어맞은 것처럼 루애는 깜짝 놀랐다. 커다래진 눈만 깜박거리며 한동안 대답하지 못했다. 잦아들었던 심장박동이 다시 거세게 뛰어 대기 시작했다.

'뭐라고 대답하지? 아니, 왜 갑자기 그런 걸 묻는 거야. 왜, 무슨 의도로……'

루애는 그의 말을 미처 못 들은 척, 시선을 얼른 창밖으로 돌리고 커다래진 눈동자만 데굴데굴 굴렸다. 그러다 뒤늦게 알아차렸다. 차가 이미 평창동에 들어섰고 집 근처에 거의 다 와 간다는 사실을. 저 앞에 횡단보도가 보였다. 루애가 얼른 말했다.

"아, 저 앞에 세워 주세요."

당황한 기색이 역력한 그녀를 힐끗 쳐다보고 근우가 순순히 횡단보도 앞에 차를 세웠다. 그와 함께 우연히도 횡단보도의 푸른색 보행자 신호가 켜졌다.

차가 멈추자마자 루애는 안전벨트를 풀고 차에서 도망치듯 뛰어내렸다. 하루 종일 내리던 비는 이제 얼추 그쳐 있었다. 안전한(?) 차 밖에서 근우를 돌아보고 감사의 말을 전했다.

"데려다줘서 고마워요. 초면에 실례가 많았습니다. 조심히 가세요."

루애는 근우가 무슨 말을 할 새도 없이 가볍게 목례를 취하고는 재빨리 횡단보도로 달려갔다. 보행자 신호등이 깜박깜박 점멸을 시작했다. 루애는 전속력으로 도로를 가로질렀다. 깜박거리는 보행자 신호등이 꺼지기 전에 가까스로 루애는 맞은편 인도에 도착했다.

헉헉, 가쁜 숨을 몰아쉬며 힐끔 뒤를 돌아보았다. 그는 아직 떠나지 않고 있었다. 떠나기는커녕 아예 차 밖으로 나와 그녀를 바라보며 서 있었다.

눈이라도 마주칠세라 흠칫, 놀란 루애는 아직도 환하게 불이 켜져 있는 주유소를 지나쳐 주택가 골목으로 부지런히 뛰어갔다.

마지막으로 힐끔 돌아본 그녀의 시야에, 차에 비스듬히 기대어 담배에 불을 붙이고 있는 그의 모습이 똑똑히 들어와 박혔다.

자신 때문에 나와 있는 것이 아니라고, 담배를 피우기 위해서 잠깐 차에서 내린 것뿐이라고 생각하면서도 루애의 심장은 벌 떼처럼 요란하게 뛰어 댔다. 루애는 그 또한 뛰었기 때문이라고 애써 자위하며 어둑해진 골목을 마저 뛰어 올라갔다.

근우는 도망치듯 사라지는 그녀의 뒷모습을 바라보며 담배 한 모금을 깊이 들이켰다 천천히 뱉어 냈다. 검은 밤하늘로 하얀 담배 연기가 춤을 추며 피어올랐다. 그 사이로 허스키한 웃음소리가 허탈하게 흘러나왔다.

"뭐냐, 여자 앞에서 쩔쩔매기나 하고."

자신답지 못하게 괜히 말을 빙빙 돌리다가 정작 하고 싶은 말은 제대로 하지도 못했다. 하긴 여자한테 먼저 사귀자는 말을 해 본 적이 있었어야지.

선심 쓰듯 조건 걸고 만나 주겠다는 말만 해 봤지, 진지하게 그런 말은 한 번도 해 본 적이 없었다. 여자를 그토록 숱하게 만나 왔었음에도 말이다.

근우한테 루애가 세 살 연상이라는 건 문제가 되지 않았다. 고등학생 때 만났던 여자들에 비하면 그 정도는 연상 축에 끼지도 못하니까.

이번 경우는 다른 것이 문제였다. 이전의 무의미했던 여자들과는 비교 자체가 되지 않을뿐더러, 재진이 자식 때문에 본의 아니게 나이까지 속이게 되었으니 말이다.

"후우, 이건 정말 내 스타일이 아닌데."

근우는 한숨과 함께 담배 연기를 허공에 뿜어냈다.

"자, 그럼 앞으로 어쩐다……."

근우는 이제는 보이지도 않는 루애의 그림자를 따라 길 건너편의 어둑한 골목을 응시하며 담배를 마저 피웠다. 물기 머금은 한겨울의 찬바람이 희뿌연 담배 연기를 사방으로 흩뿌리며 탐스러운 그의 머리카락을 흩날렸다.

근우는 담배 한 대를 더 피우고서야 차에 올라탔다. 비상 등을 끄기 위해서 버튼에 손을 뻗는 것과 동시에 핸드폰 벨이 울렸다. '이 시간에 또 누구지?' 하며 핸드폰을 꺼내 들었다.

"여보세요."

—근우야!

귀청이 떨어져 나갈 만큼 크게 자신을 부르는 재진의 우는 목소리에 근우는 미간을 찌푸리고 핸드폰을 귀에서 멀리 떨어트렸다. 그러고도 재진의 우는 목소리는 왕왕, 잘만 들렸다.

—야, 우리 좀 살려 주라. 큰일 났다.

"왜 또, 무슨 일인데?"

—준성이 자식이 아까 네가 준 카드, 그걸 잃어버렸어.

"뭐?"

대번에 그의 인상이 일그러졌다.

"어쩌다가? 언제?"

—몰라. 확실한 건 아닌데, 얼마 안 됐을 거야. 다 같이 홀에 나갔다가 방금 들어왔는데, 어떤 개자식이 들어와서 다 훔쳐 갔지 뭐야. 네 카드뿐만 아니라 우리 것까지 아주 싹 훔쳐 갔어. 은서랑 은서 친구들 백까지 다 뒤져서 지갑이란 지갑은 다 털어 갔다구. 이를 어쩌냐.

젠장!

"한 놈은 룸에 남아 있었어야 될 거 아니야! 후우, 알았어. 일단 분실 신고 먼저 하고 다시 걸 테니까 기다려."

근우는 전화를 끊고 재빨리 카드사에 카드 도난 분실 신고를 했다. 뭐 이런 멍청하고 한심한 놈들이 다 있는지 모르겠다.

나이트클럽에 한두 번 가 본 것도 아니고 뻔질나게 드나들던 놈들이 대체 어디다 정신을 빠트리고 한꺼번에 죄 도난을 맞는단 말인가.

근우는 씩씩거리며 재진에게 전화를 걸었다.

—어, 근우야. 신고했냐?

"니들 대체 뭐하는 놈들이야. 정신이 있어, 없어!"

—미안해, 정말 미안하다. 그런데 우리도 정말 황당하고 미치고 팔짝 뛰겠다니까. 뭐 이런 개 같은 일이 다 있냐. 살다 살다 이런 황당한 경우는 또 처음이라니까. 여긴 지금 아주 말도 아니다. 다들 패닉에 빠져서는 한바탕 난리가 났어.

"진환이는 어디 있어?"

진환이 같이 있는데도 그런 일을 당했다는 것이 근우는 좀체 믿기지가 않았다. 진환을 제쳐 두고 재진이 전화를 했다는 것도.

아니나 다를까. 진환은 그가 루애와 함께 나간 뒤에 얼마 되지 않아 태호와 둘이 긴히 할 말이 있다면서 먼저 자리를 떴단다. 그럼 그렇지. 진환이 있었다면 일을 그 지경으로 만들지는 않았을 것이다.

그나저나 태호하고 먼저 자리를 떴다고? 왜? 모처럼 다 같이 뭉친 자리에서 먼저 일어날 놈이 아닌데. 아까 루애 일 때문에 맘이 상했던 걸까? 근우는 뒤늦게 루애를 맘에 들어 하는 눈치였던 진환에게서 모른 척하고 루애를 뺏어 버린 것이 신경 쓰였다.

그런 와중에도 재진의 우는 소리는 계속되었다.

—근데 근우야, 우리 진짜 어쩌냐. 카드야 다들 도난 신고 했으니까 된 거고, 돈도 재수가 없어서 잃어버렸다고 치면 되는 건데, 여기 계산을 어떻게 하느냐구. 지금 다들 개털인데. 이러다 우리 모두 무전취식으로 감방 가게 생겼다니까.

그러면서 땅이 꺼질 듯 한숨을 푹푹 내쉬는데, 요는 그러니까 돌아와서 자신들 좀 살려 달라, 그 뜻이었다.

하아, 진짜 자식들. 이젠 하다하다 별짓을 다 한다. 허나 어쩌겠나. 그래도 명색이 불알친구들인데 모른 척할 수도 없고.

게다가 그곳엔 루애의 친구들이 있지 않은가.

'그래, 그게 있었군.'

근우는 씨익, 한쪽 입술 꼬리를 말아 올리고 말했다.

"기다려. 지금 바로 갈 테니까."

2장

"말도 마. 다들 코가 한 자씩 빠져서 난리도 아니었다니까."

은서가 손사래를 치며 생각만 해도 치가 떨린다는 듯 어깨를 부르르 떨었다.

"그래도 그 도둑놈이 카드를 안 긁어서 다행이지, 안 그랬으면 진짜 대형 사고 날 뻔했어. 재진이한테 물어보니까 그쪽도 카드 피해 본 애들은 없대."

"거봐. 카드는 걱정할 거 없다니까. 요즘엔 도둑놈들도 머리가 있어서 카드는 절대 안 긁어요. 긁으면 바로 잡히는데 걔들이 미쳤냐? 그 짧은 시간에 룸 하나를 통째로 털어 간 걸 보면 선수도 보통 선수가 아닌데, 안 그래?"

"그러니까. 그게 더 열 받아. 쓰지도 못할 걸 왜 가져가느냐구. 정 훔쳐 갈 거면 현금만 쏙 뽑아 갈 것이지, 왜 지갑째 몽땅 들고 가서는 사람을 피곤하게 만드느냐 이거야. 괜히 동사무소로, 은행으로 열불 나게 뛰어다녔잖아. 아우, 짜증 나."

은서가 손부채질을 하며 씩씩거리자, 형은과 미진도 그에 동의한다는 듯 고개를 끄덕이며 진저리를 쳤다. 그에 루애가 그만한 게 어디냐며 세 사람을 다독거렸다.

"액땜했다고 쳐. 어쨌든 고생 많았다, 다들."

지금 네 사람은 형은의 생일과 송년회를 겸하여 며칠 만에 다시 만나, 지난 크리스마스이브 때 벌어졌던 도난 사건에 대해서 새삼 씩씩거리며 이야기를 나누고 있었다. 하루 늦게 그 얘기를 미진으로부터 전해 들은 루애도 얼마나 놀랐었는지 모른다.

메리 크리스마스가 아니라 완전 최악의 크리스마스였다며 미진은 도둑놈뿐만이 아니라 재진에게도 욕을 퍼부어 댔었다. 그러면서 뒤늦게 그 사실을 알고 달려와 줬다는 근우한테도 괜히 성질을 냈었다. 처음부터 재수가 있었네, 없었네 하면서.

루애는 그가 자신을 데려다주고 클럽으로 다시 달려가 줬다는 얘기를 듣고 또 한 번 놀랐었다.

친구들의 실수로 자신이 건네줬던 카드까지 도난을 당했는데도, 그는 군소리 없이 그 많은 술값을 혼자 다 계산하

고, 황망해 있는 친구들을 달래며 기분 풀라고 2차까지 데려
가 줬다고 했다.

풍기는 분위기나 입고 있는 옷가지, 웬만한 집 한 채 값일
것이 분명할 비싼 외제 스포츠카를 몰고 다니는 것으로 봐
서 그가 엄청 잘사는 부잣집 아들일 거라는 것 정도는 얼추
짐작하고 있었지만, 하룻밤 술값으로 기백만 원을 척 내놓
고도 눈 하나 깜짝하지 않을 정도일 줄은 몰랐다.

루애의 집도 중견 건설사 집안에, 미진이나 형은, 은서도
나름 행세 꽤나 하는 집안의 자식들인데 솔직히 그 정도는
엄두를 못 낸다. 재벌이 아닌 다음에야……. 그러고 보니 혹
시……? 에이, 설마. 루애는 얼른 고개를 가로저었다.

오늘 생일을 맞은 주인공인 만큼 평소보다 배는 더 화려
하게 차려입고 나온 형은이 제가 입은 옷처럼 새빨간 입술
을 달싹거리며 은근하게 말했다.

"그런데 근우 걔, 진짜 괜찮지 않니? 겉만 멋진 게 아니라
완전 제대로야. 딱 내 스타일이라니까."

미진이 와인 잔을 기울이며 이죽거렸다.

"네 스타일이라는 게 언제는 있었냐? 좀만 괜찮다 싶으면
다 제 스타일이라지. 왜, 이번에는 또 걔냐? 뭣 때문에? 반
반한 그 면상? 허우대? 아니면 돈을 물 쓰듯 펑펑 쓰는 돈지
랄 때문에?"

"이그, 하여튼 저건 꼭 말을 저렇게 해요. 야, 김미진. 우

리 좀 솔직해져 보자. 솔직히 넌 걔한테 안 끌렸어? 모든 게 다 완벽하잖아. 여자들이 꿈에 그리는 로망, 그 자체인데. 그런 남자한테 안 끌렸다면 그게 더 이상한 거지."

"그럼 난 여자가 아닌가 보지. 루애도 마찬가지고."

미진이 시큰둥하게 대답했다. 형은이 웃기지 말라는 듯 코웃음을 쳤다.

"웃겨. 넌 몰라도 루애는 아닐걸? 안 그럼 루애가 걔 차 타겠다고 따라나섰겠어? 루애도 다 마음이 있으니까……."

화들짝 놀란 루애가 펄쩍 뛰며 소리쳤다.

"어머, 아니야! 내가 뭘 어쨌다고. 그땐 상황이 그럴 수밖에 없었잖아."

"아, 그래서 우리의 도도한 모범생께서 그 밤에 처음 보는 남자의 손을 잡고 겁도 없이 따라나섰었구만?"

"야, 송형은!"

"아니면 말지, 뭘 그렇게 발끈하고 그래. 나야 뭐, 네가 아니라면야 경쟁자 한 명 없어지는 거니까 다행이고."

형은이 푹신한 쿠션 위에 볕을 쬐는 고양이처럼 나른하게 모로 누우며 말했다. 미진은 벌써 맞은편에 그 긴 몸을 길게 늘어트리고 편하게 누워 있었다.

이곳은 얼마 전에 새로 생겼다는 인도풍의 바(Bar)로 인테리어부터 모든 것이 타지마할의 하렘을 연상케 했다.

심지어 테이블도 입식이 아닌 좌식으로, 군데군데 촛불

을 드리운 직사각형의 수조에 유리 탁자를 올리고 그 주변에 마음대로 앉거나 누워서 술을 마실 수 있도록 만들어 놓은 특이한 형태의 바(Bar)였다.

루애는 특이한 바(Bar)를 하나 발굴했다는 얘기를 친구들로부터 듣기는 했으나 와 본 것은 오늘이 처음이었다. 퇴근후 가장 늦게 도착한 루애는 이곳에 들어온 순간부터 문화적 충격에 잠시 얼이 빠졌더랬다.

어두컴컴한 조명 아래, 남자 여자 할 것 없이 바닥에 아무렇게나 누워 자유롭게 술을 마시고 이야기를 나누는 모습은 그녀가 보기에는…… 뭐라고 그럴까. 너무 퇴폐적으로 보였다. 심지어 몇몇은 가게에서 제공한 물 담배를 피우고 있었다.

물 담배나 바닥에 편히 누워서 술을 마시는 것이 불법은 아니다. 하지만 어쨌든 흔히 접할 수 없는 광경인 것만은 분명했다. 때문에 루애는 이곳이 친구들처럼 편하게 느껴지지 않았다.

그런 데다 형은이 갑자기 그 사람을 들먹이며 그녀가 마음이 있네 없네, 경쟁자네 뭐네 엄한 소리를 해 대니 안 그래도 불편한 마음이 더욱 불편해져 버렸다. 아무래도 오늘 친구들과 올나이트를 하기로 한 것이 그리 잘한 결정 같지가 않았다.

대학 4년을 마무리하며 한 해를 보내고 새해를 맞이하자는 의미로, 더욱이 몇 달 후 파리로 유학을 가는 미진 때문에 이렇게 넷이 함께 모이는 것이 오늘 아니면 또 언제겠느냐는 친구들의 나름 일리 있는 항변에 못 이겨 큰맘 먹고 결정을 했건만. 자꾸만 그 결정이 후회되는 루애였다.

그런 루애의 맘을 아는지 모르는지, 형은은 계속 근우와 그 친구들에 대한 이야기를 해 댔다. 그에 질세라 이젠 은서까지 합세해서 근우에 대한 찬사를 늘어놓았다. 루애와 미진처럼 고교 때부터 단짝 친구인 둘은 그야말로 죽이 잘 맞았다.

그런데 은서가 하도 근우처럼 섹시한 남자는 처음 보았네, 어쨌네 해 대니 그게 또 맘에 안 들었나 보다. 형은이 붉은 입술을 비죽거리며 톡 쏘았다.

"근데 양은서, 네가 왜 그렇게 걔에 대해서 열을 내니? 너 재진이 있잖아."

"누가 뭐래? 난 재진이가 좋아. 일단 착하고 말 잘 듣고 그 정도면 생긴 것도 괜찮고 부담스럽지가 않잖아. 근우 같은 애는 솔직히 부담스러워도 너무 부담스럽지. 난 그런 타입은 별로야. 괜히 주눅만 들고. 그래도 멋지고 근사한 건 사실이잖아. 그래서 그렇다고 얘기하는 건데, 그게 뭐?"

"그래, 알면 됐다. 솔직히 너하고는 안 어울리지. 나 정도면 모를까."

그 말에 빈정이 상했는지, 은서가 입술을 비죽거렸다.

"쳇, 안 됐지만 너도 아닌 것 같은데?"

"뭐가?"

"재진이가 그러더라. 근우가 우리 중에 누구한테 마음이 있는 것 같다구. 미안한데 넌 아니야. 그때 너하고 별로 말도 안 했었잖아."

발끈한 형은이 눈을 흘기며 은서를 쏘아보았다.

"원래 그런 남자일수록 맘에 있는 여자한테 무관심한 척하는 법이거든? 알지도 못하면서."

"착각은 자유지."

"이씨. 왜, 재진이가 뭐라고 그랬는데?"

"근우가 어렸을 때부터 워낙 튀는 인물이라 여자들이 엄청 따랐대. 스토커처럼 따라다니는 여자들도 있고 그랬었나봐. 그래서 여자라면 아주 학을 뗀다더라. 대학교 입학한 뒤로는 아예 여자 자체를 딱 끊어 버리고 옆에 오지도 못하게했었대. 완전히 질려 버린 거지. 그런데……."

은서가 턱을 괴고 루애를 의미심장한 눈빛으로 응시했다.

"그날은 어찌 된 일인지, 자진해서 누군가를 집에 데려다주겠다고 나선 거지. 다들 웬일인가 싶었대. 절대 그럴 놈이아닌데 말이야. 근우가 제 차에 여자를 태운 것도 그날이 처음이 아니었나 싶다더라?"

"어머, 그럼 진짜 루애한테 마음이 있어서 따라나선 거였단 말이야?"

세 사람의 시선이 일제히 루애한테 향했다. 가만있다가 난데없이 저에게로 시선이 집중되자 루애는 당황해서 속으로 어쩔 줄 몰라 했다. 솔직히 가슴도 콩쾅콩쾅 뛰어 댔다. 그러나 겉으로는 괜한 소리 말라는 양 미간을 찌푸리고 무덤덤한 척했다.

"그만들 좀 해. 왜 가만히 있는 나까지 걸고넘어지고 그래."

"어머, 쟤 얼굴 빨개지는 것 좀 봐. 아우, 기집애. 아니라면서 실은 너도 근우한테 마음이 있긴 있었나 보구나? 하긴 너도 여잔데 왜 안 그랬겠니. 이해해. 드디어 우리 루애도 이성에 눈을 뜨기 시작하는구나. 큭큭."

은서가 손으로 입을 가리고 키득거렸다. 그리곤 눈을 반짝이며 루애한테 바짝 다가앉았다.

"잘됐다, 루애야. 너 이참에 모태 솔로 한번 탈출해 보자. 근우하고 잘해 봐. 근우는 정말 너한테 관심이 엄청 많은가 보더라. 2차 가서도 나한테 계속 네 얘기만 물어보더라니까. 처음에는 안 그런 척 우리 넷이 언제부터 어떻게 친구가 됐느냐부터 시작해서 너희 집 부모님이 그렇게 엄하시냐는 둥, 자기들도 그렇지만 우리처럼 성격과 개성이 다 다른 사람들끼리 친구라는 게 신기하다는 둥, 그러면서 나중에는 너 사귀는 남자 있느냐고 은근히 물어보더라? 결국 묻고 싶었던 건 그거였던 거지."

"웃기고 앉았네. 그래서, 넌 그 자식이 묻는 대로 다 얘기해 줬어?"

조용히 와인 잔만 비우고 있던 미진이 갑자기 신경질을 내며 벌떡 일어나 앉았다.

"그럼, 당연히 다 얘기해 줬지. 못 할 거 뭐 있어? 괜찮은 놈이 내 친구 좋다고 이것저것 물어보는데. 얘, 지금껏 남자 한 번 사귀어 본 적 없는 쑥맥이라는 것도 다 얘기해 줬지. 요즘 보기 드문 순도 100프로의 처녀라는 말도."

"양은서!"

"너 미쳤냐!"

기겁한 루애의 비명과 함께 미진의 입에서도 벼락같은 음성이 터져 나왔다.

"너 제정신이야! 어디서 굴러먹다가 온 개뼈다귀인지도 모르는 놈한테 뭐가 어쩌고 저째?"

"아니, 내 말은 뜻이 그랬다는 거지, 설마 내가 진짜로 그렇게 말했겠니? 그냥 그런 뉘앙스를 십분 담아서, 그러니 루애한테 진짜 마음이 있으면 잘 생각해 보고 해라, 그런 취지로 얘기한 거지. 천연기념물 대하는 마음으로 진지하고 경건하게, 워낙 깐깐하고 자기방어가 확실한 애라서 쉽지는 않을 거다, 뭐 그런 뜻으로. 그랬더니 재깍 알아듣는 눈치던데? 씨익, 웃으면서 고맙다고 하더라. 덕분에 유익한 정보 얻었다구."

'나 잘했지?' 라는 눈빛으로 자신을 바라보며 싱긋 웃는 은서를 루애는 기가 막혀 잠시간 멍하니 바라보았다. 은서가 그런 루애의 손등을 톡톡 두드리며 다독이듯 말했다.

"괜찮아, 내가 다 알아듣게 얘기해 놨으니까. 너도 이제 남자도 사귀어 보고 그래야지. 언제까지 솔로로 늙어 죽을래? 우리 이제 내일 모레면 스물넷이다. 그리고 눈 깜박하면 서른이라고. 결혼하기 전에 연애는 한번 해 봐야지 않겠어? 근우 정도면 괜찮잖아. 아니, 솔직히 괜찮은 정도가 아니라 아주 훌륭하지. 내가 볼 땐 너도 걔 싫지 않은 눈치인 것 같던데, 이번엔 한번 잘해 봐라. 내가 오늘 기회, 확실하게 마련해 줄게."

기회라니, 이건 또 무슨 소리인가. 황망함에 뜨악해진 루애의 얼굴을 보고 은서가 고개를 갸웃거렸다.

"어, 너 몰랐어? 오늘 우리, 걔네하고 다 같이 만나기로 했잖아. 형은이 생일 축하 파티 겸 처음이자 마지막일지도 모를 우리의 거국적인 올나이트에 걔네도 합류하기로."

"그게 대체 무슨 소리야, 지금? 걔네가 이리로 온다고? 우리랑 같이……."

올나이트를 한다고? 맙소사! 얘가 지금 대체 뭐라고 그러는 거야?

"어머, 너 정말 몰랐었구나? 난 당연히 알고 있는 줄 알았는데. 미진아, 너 루애한테 얘기 안 했어?"

"무슨 얘기! 나도 처음 듣는 소리구만. 누가 그따위 개 같은 계획을 세운 거야!"

미진이 눈을 부라리며 씩씩거렸다. 그러자 은서와 형은이 더 황당하다는 듯 미진을 쳐다보았다.

"뭐냐, 김미진. 너도 그 자리에 같이 있어 놓고선."

"내가 언제!"

"저번에 2차 갔을 때, 그때 그랬었잖아. 4년 만에 처음으로 우리 넷이 방 잡고 올나이트할 거라고 그랬더니 재진이가 자기네도 끼워 달라고 그랬고, 그래서 내가 너하고 형은이한테 물어봤었잖아. 괜찮겠느냐고."

"그래서 난 상관없다고 그랬고, 너도 우리 마음대로 하라고 그랬었잖아. 내가 너하고 루애가 제일 친하니까 루애한테는 네가 말하라고 그랬더니, 그것도 그러겠다고 해 놓고선 이제 와서 왜 딴소리래?"

루애의 황망한 시선이 이번에는 미진에게로 날아갔다. 미진이 자신은 정말 모르는 일이라는 듯 고개를 절레절레 저어 보였다. 그리곤 미치고 팔짝 뛰겠다는 듯 소리를 버럭 질렀다.

"아, 글쎄. 내가 언제 그랬냐구!"

"와, 쟤 오리발 내미는 것 좀 봐라. 진짜 웃기지 않니?"

"그러게. 그럼 우리는 귀신하고 얘기했니? 너 분명 성일이하고 패션에 대해서 신나게 열띤 토론을 벌이다가……. 아! 이제 알겠다. 너 그때 우리 얘기는 그냥 건성으로 들었었구나? 하긴 그럴 만도 하지. 패션 얘기만 나오면 완전 눈이 돌아 버리는 애니까."

이제야 이해가 간다는 듯 은서와 형은이 혀를 끌끌 차며 고개를 가로저었다.

"하여튼 김미진의 패션(Fashion)에 대한 패션(Passion)은 못 말린다니까. 어쨌든 그때 다 끝난 얘기니까 이제 와서 새삼 왈가왈부하지 말자. 좀 있으면 애들 다 올 텐데 쪽팔리게. 루애야, 너로서는 뜬금없는 얘기겠지만 상황이 그렇게 된 거니까 이번에는 네가 이해해. 어쩌겠어. 기왕 이렇게 된 거, 재미있게 놀기나 하자."

"그래, 이제 와서 되돌릴 수도 없잖아. 걔네가 자기들이 알아서 룸도 다 예약해 놓겠다고 했단 말이야. 그리고 우리도 오늘 아니면 언제 또 이렇게 놀아 보겠니. 너 본격적으로 기자 생활 시작하면 앞으로 더 바빠질 테고, 미진이 파리 가면 언제 돌아올지도 모르는데."

형은의 말이 맞기는 했다. 그래서 친구들과의 여행은 고사하고 MT 한 번 가 본 적 없는 그녀가 큰맘 먹고 아빠한테 워크숍이라는 거짓말까지 하면서 외박 결심을 한 것이 아니었는가.

하지만 그건 어디까지나 친구들과 하룻밤 지새우며 잊지 못할 추억을 만들기 위해서였지, 이런 걸 바란 것은 결코 아니었다.

잘 알지도 못하는 남자들과 어울려 밤을 지새우자고? 그 것도 호텔 방을 빌려 다 같이? 맙소사! 루애는 은서와 형은이 과연 제정신인가 싶었다.

은서와 형은이 놀랄 만큼 자유분방하고 겁이 없다는 건 익히 잘 알고 있었다.

대학에 진학한 뒤 얼마 지나지 않아 미진 때문에 영어 학원에서 만난 그들과 친구가 된 뒤로, 지난 4년간 미우나 고우나 친구로 지내 왔으니 말이다.

그동안에는 다소 이해하기 힘든 부분이 있어도 그러려니 했었다. 각자의 가치관과 삶의 방식이 다를 뿐, 그녀가 옳고 그름을 따질 입장은 아니라고 생각했다.

그런데 오늘 일은 정말 심했다. 어떻게 자기들 마음대로 그런 엄청난 결정을 할 수 있단 말인가.

미진도 별반 다르지 않았다. 그들의 발칙한 계획에 동참해 놓고 그걸 말짱 까먹고 있었다니. 다른 누구도 아닌 그녀를 가장 잘 아는 미진이 말이다. 은서와 형은에 대한 실망이나 원망보다 미진에 대한 실망과 원망이 더 컸다.

그나저나 이제 어쩐단 말인가. 워크숍 간다고 거짓말까지 하고 나왔으니 집에 그냥 돌아갈 수는 없고, 그렇다고 이들의 발칙한 계획에 순순히 동참할 수도 없고. 루애로서는 진퇴양난이었다.

곤혹스러운 건 미진도 마찬가지였다. 처음에는 기억이 안

난다고 박박 우겼지만, 은서와 형은의 말을 듣다 보니 그런 말이 오갔던 기억이 그제야 어렴풋이 난 까닭이었다.

'내가 미쳤지. 뭐에 정신이 팔려서는. 이것들이 정신 나간 짓거리를 하려고 했을 때 초장에 안 된다고 못을 박았어야 했는데……'

그녀 자신이나 은서, 형은은 아무래도 상관없었다. 이런 일이 한두 번 있었던 것도 아니고, 미진 자신이 보기에 재진과 그 친구들 역시 허튼짓을 할 양아치는 아니었기 때문이었다.

솔직히 객관적으로 봤을 때 괜찮은 놈들이었다. 그날 딱 한 번밖에 보지 못했지만 나름 말이 잘 통하는 구석도 있고 술을 그렇게 많이 마셨는데도 어느 한 놈 흐트러지거나 실수하지 않았다.

하지만 그건 그거고. 루애를 대입시키면 상황은 완전히 달라진다. 과거의 상처에서 많이 벗어났다고는 하지만 루애는 여전히 남자에 대한 기본적인 두려움과 거부감을 가지고 있었다.

아니, 이젠 완전히 극복했다고 해도 미진 자신이 싫었다. 루애가 이런 식으로 남자라는 존재와 결부된다는 것 자체가. 이런 식으로 남자와 만난다는 것 자체가.

'특히, 그놈.'

미진은 근우가 몹시 신경 쓰였다. 녀석이 룸에 들어서던 순간부터 기분이 싸했었다.

그녀답지 않게 녀석한테서 눈을 떼지 못하던 루애도 신경 쓰였고, 그런 루애를 바라보는 녀석의 눈빛도 거슬렸었다. 상황이 상황이었던지라 녀석과 함께 나가는 루애를 두고 볼 수밖에 없었지만, 기분은 진짜 더러웠었다.

뭐, 그 후에 도둑 사건이 터지는 바람에 녀석이 금방 돌아오고 루애도 아무 일 없이 무사히 집에 들어갔다는 걸 확인한 뒤에는 언짢았던 기분이 싹 풀렸었지만. 솔직히 '자식, 보기보단 괜찮은 놈인데' 라는 생각도 들었었고 말이다.

헌데 녀석이 루애한테 진짜 관심이 있다지 않은가. 본인은 아니라고 펄쩍 뛰지만 루애도 내심 녀석한테 마음이 있는 눈치고. 아, 이건 아닌데. 이럼 진짜 곤란한데. 미진은 고심 끝에 건너편의 루애를 바라보았다.

"루애야, 상관 말고 정 불편하면 너 그냥 집에 가."

그러자 은서와 형은이 무슨 소리냐는 듯 펄쩍 뛰었다.

"안 되지. 오늘이 어떤 날인데. 그리고 루애 오늘 워크숍 간다고 하고 왔는데, 어떻게 집에 들어가니? 자진해서 거짓말한 거 들킬 일 있어?"

"그럼, 나랑 같이 일어나자. 우리 집에 가든 아님 우리 둘이 딴 데서 올나이트를 하든 그러자구."

"야, 김미진, 너 정말 너무한다. 그럼 우리는 뭐니? 우린 친구도 아니야? 4년 우정을 이렇게 배신하냐."

"맞아. 그럼 오늘 왜 뭉치자고 그랬어? 그냥 각자 따로 놀지. 하루애, 너 미진이랑 진짜 가기만 해. 그럼 너희 둘하고 다시는 안 봐. 친구고 뭐고 오늘로 끝이라고, 알았어?"

은서와 형은이 섭섭하고 서운하다며 난리도 아니었다. 상황이 그쯤 되자, 정작 화를 내야 될 루애는 화도 내지 못하고 흥분한 친구들을 달랠 수밖에 없었다.

"알았어. 알았으니까 그만들 해."

하긴 자신만 정신 똑바로 차리고 있으면 뭔 일이 있겠는 가 싶기도 하고, 자신이라도 눈 부릅뜨고 앉아서 또 뭔 짓을 저지를지 모르는 은서와 형은을 지켜야 되지 않겠는가 싶기도 했다.

여기서 자신과 미진이 쏙 빠져 버리면 철없는 두 친구한 테 정말 안 좋은 일이 생길지도 모르고, 말마따나 워크숍 예행연습 왔다고 생각하면 되지 않겠는가 하는 생각이 들었다. 하여튼 친구가 아니라 아주 웬수들이었다.

상황이 그렇게 대충 정리되자, 기다렸다는 듯이 재진과 그 친구들이 우르르 바(Bar) 안으로 들어왔다. 당연히 그 속에는 근우도 있었다.

재진과 은서는 크리스마스이브 이후로 계속 만나 왔었는 지, 다른 사람들의 시선일랑 개의치 않고 완전히 커플 분위 기를 팍팍 내며 딱 달라붙어 깨소금을 볶았다.

나머지 친구들은 미진과 형은에게 오래된 친구처럼 편하 게 인사하며 각자의 자리를 찾아 앉았다.

형은은 대거 등장한 미남자들이 생일을 축하한다며 선물들을 잔뜩 안겨 주자, 좋아서 어쩔 줄 몰라 했다.

루애 못지않게 이 상황이 영 못마땅한지, 인상을 팍 구기고 있던 미진도 얼마 되지 않아서 언제 그랬냐는 듯 성일과 이런저런 얘기를 허심탄회하게 주고받고 있었다.

패션 모델을 한다더니 공통의 관심사가 있어서 그런가, 미진은 성일과 제법 말이 잘 통하는 모양이었다.

그중에서 여전히 꿔다 놓은 보릿자루처럼 불편해하는 이는 루애뿐인 듯싶었다. 특히 저번처럼 마치 그녀의 옆자리가 자신의 지정석인 양, 당연하다는 듯 떡하니 차지하고 앉아 있는 근우 때문에 루애는 더욱 곤혹스러웠다.

더욱이 자리가 아무리 넓다 해도 덩치 큰 남자 일곱 명에 여자 넷이 주욱 앉아 있으니, 싫든 좋든 다들 바짝 붙을 수밖에 없었다. 당연히 양옆에 앉아 있는 남자들과 자꾸만 몸이 맞닿았다. 아무리 무릎을 세워 끌어안고 어깨를 웅송거려 본들 소용없었다.

오른쪽에 앉아 있는 근우와 어깨나 팔뚝, 허벅지 등이 스치며 맞닿을 때마다 루애는 소스라치게 놀라 긴장했다. 그녀가 흠칫, 몸을 굳힐 때마다 근우의 알 수 없는 시선이 루애의 상기된 얼굴에 한동안 머물렀다가 사라졌다.

형은의 생일을 위해서 준성이 특별히 준비해 왔다는 커다란 2단 케이크에 촛불이 켜지고, 누군가의 건배 제창에 와인 잔들이 거듭 부딪혔다.

그즈음에는 분위기가 완전히 풀어져서 다들 오래된 막역한 친구들처럼 왁자하게 떠들며 거리낌 없이 웃고 편하게 이야기들을 나누었다.

그러나 여전히 루애 혼자 그러한 분위기에 동참하지 못하고 있었다. 그저 형식적으로 묻는 말에 대답이나 하고, 어색하게 웃으며 마지못해 장단을 맞춰 주고 있을 뿐.

자정 너머까지 이어진 그 자리가 루애한테는 그저 고역일 뿐이었다.

허나 그건 시작에 불과했다. 바(Bar)에서 나오자 그들은 모두 큰 이견 없이 잡아 놨다는 룸에 가서 2차를 하자는 데 합의를 보았다. 각오는 하고 있었지만, 막상 그 말을 들으니 루애는 겁이 덜컥 났다.

초조하게 아랫입술을 깨무는 루애와 미진의 시선이 허공에서 부딪혔다. 미진이 얼른 성일을 뒤로하고 루애한테 달려왔다. 그녀의 어깨를 와락 끌어안으며 미진이 말했다.

"지금이라도 그냥 우리 둘이 딴 데 갈까? 은서하고 형은이한테는 나중에 미안하다고 하면 되지. 뒤로 빠졌다가 아무도 모르게 도망치자."

180cm가 훌쩍 넘는 장신의 친구를 올려다보며 루애가 고개를 가로저었다.

"됐어. 그러다 나중에 은서하고 형은이한테 어떤 원망을

들으려고. 난 괜찮아. 생각보다 나름 재미있는데, 뭐. 은서
말대로 오늘 아니면 내가 이런 경험을 언제 또 해 보겠어."

"그래도 너 이런 거 진짜 싫어하잖아."

"괜찮다니까. 그리고 우리 둘이 쏙 빠져 봐라. 은서하고 형
은이만 남는데 어떻게 그러니? 걱정되서 발이나 뻗고 잘 수
있겠어? 그러느니 같이 있는 게 훨 낫지. 그냥 같이 갈래."

미진이 시무룩한 어조로 말했다.

"미안해. 괜히 나 때문에."

루애가 예쁘게 눈을 흘기며 미진의 마른 어깨를 툭 쳤다.

"알긴 아니? 훗, 됐어. 기왕 이렇게 된 거, 우리 나중에 파
파 할머니 돼서도 두고두고 얘기할 수 있을 만큼 신나고 재
미있게 놀자. 네가 보기에도 쟤네 괜찮은 애들 같다며. 그리
고 너하고 내가 있는데 뭔 일이야 있겠어."

"그래, 걱정 마. 그럴 리도 없겠지만 만에 하나 저놈들 중
에 눈이 회까닥 뒤집혀서 이상한 짓을 하려고 하는 놈이 있으
면 내가 가만 안 둘 테니까. 무슨 일이 있어도 넌 내가 지켜
줄 테니까, 나만 믿어."

제가 진짜 무슨 보디가드라도 되는 양, 큰소리를 탕탕 치
는 미진이었다.

미진은 예전부터 그랬다. 고등학교 1학년 때 친구가 된 이
후로 미진은 항상 루애를 보호자처럼, 때로는 보디가드처럼
지켜 줬다.

미진과 친구가 된 계기도 그랬었다. 야자를 마치고 혼자 귀가하는 루애한테 달려들려는 어떤 술 취한 아저씨를, 미진이 갑자기 구세주처럼 나타나 날라차기로 한 방에 때려눕혔더랬다.

그 일을 계기로 두 사람은 친구가 될 수 있었다. 이전까지는 루애를 마치 가까이하면 절대 안 되는 치명적인 바이러스처럼 취급하며 본 척도 하지 않던 미진이 말이다.

어쨌든 두 사람은 친구가 되었고, 루애는 미진 덕분에 지옥 같던 사춘기 시절을 견뎌 낼 수 있었다. 아빠에 대한 미움과 원망도, 남자에 대한 두려움도 미진 덕분에 극복하고 이겨 낼 수 있었다.

미진과 양 씨 아주머니가 없었다면 어쩌면 그녀는 지금도 아빠를 용서하지 못하고, 남자에 대한 두려움 또한 극복하지 못했을지 모른다.

그래서 루애는 미진을 믿었다. 미진은 그녀한테 다시없이 고맙고 소중한 친구이자 은인이었다. 어떤 경우에도, 무엇과도 바꿀 수 없는 소중한 친구.

루애는 미진의 차가운 손을 꼬옥 잡았다.

"가자. 애들 기다린다."

현저한 키 차이와 상반된 분위기 탓에 언뜻 보면 두 사람은 다정한 연인이라고 착각될 정도였다. 두 손을 꼭 맞잡고 걸어가는 루애와 미진의 뒷모습을 바라보는 근우의 깊은 눈매가 이채를 띠고 미세하게 찌푸려졌다.

　서교호텔의 커다란 온돌방. 그곳에는 벌써 맥주와 소주, 양주까지 각종 술들이 즐비하게 준비되어 있었다.

　술이라면 어느 누구에게도 지지 않는다는 은서, 미진과 남자의 자존심을 걸고 한번 제대로 붙어 보자는 심산으로 재진 등이 준비한 것들이었다. 일찍 자고 싶은 여자들은 건너가 자라고 바로 옆에 별도의 온돌방을 하나 더 잡아 놓기까지 했다.

　그들은 동아리 MT라도 온 것마냥 빙 둘러앉아 작심한 듯 주거니 받거니 술을 마시기 시작했다.

　궤짝째 켜켜이 쌓여 있는 술병만 보고도 어지러워 신물이 넘어올 것만 같던 루애는 결국 맥주 두 잔만 마시고 일찌감치 무리에서 떨어져 나왔다.

　자신은 전작이었던 와인 두 잔에 맥주 두 잔만 마시고도 머리가 어질어질해 죽겠는데, 나머지는 맥주는 시시하다고 폭탄주를 몇 잔이나 만들어 마시고도 멀쩡했다. 술하고 원수라도 진 사람들 같았다.

　미진이 그러고 앉아 있지 말고 옆방으로 건너가 자라고 했지만, 루애는 가지 않았다. 처음 결심했던 대로 두 눈 부릅뜨고 친구들을 지켜봤다. 그녀가 그러고 있어 봤자 별 도움도, 소용도 없겠지만.

새벽 2시가 넘어가자 슬슬 포기하는 사람들이 나왔다. 재진이 가장 먼저 더 이상 못 마시겠다고 손사래를 치며 물러났고 그 뒤를 이어 형은과 인성, 태호가 포기 선언을 하고 잔을 엎었다.

예상대로 미진과 은서, 그리고 남자 중에는 진환과 준성, 성일, 그리고 근우가 남았다. 이제 폭탄주는 양주로 바뀌었다.

얼마 지나지 않아 진환과 준성마저 손사래를 치며 뒤로 물러났다. 그 둘은 화장실로 뛰어 들어가 몇 번이나 속을 게우고 비척거리며 돌아왔다. 그러더니 이내 인사불성이 되어 이미 구석에 처박혀 자고 있는 인성과 태호 옆에 엎어져 잠이 들어 버렸다.

형은도 더 이상 못 참겠는지, 루애의 어깨에 기대어 꾸벅꾸벅 졸았다. 그러더니 돌연 우욱거리며 장식장에 놓여 있던 옆방 키를 가지고 뛰어 나갔다.

루애는 깜짝 놀라서 형은을 따라가야 되나 망설였다. 친구들을 돌아보니, 다행히 은서와 미진은 여전히 쌩쌩해 보였다.

미진이 자신들은 괜찮으니 걱정 말고 형은한테나 가 보라는 눈짓을 보내 왔다. 그제야 루애는 안심하고 옆방으로 달려갔다.

벨을 누른 지 한참 만에야 형은이 문을 열어 주었다. 속을 게우고 그새 샤워까지 한 모양이었다. 알몸을 타월로 가리고 문을 열어 준 형은의 머리카락은 축축하게 젖어 있었다. 깜짝 놀란 루애가 황급히 안으로 들어가 문을 닫았다.

"괜찮아?"

"아. 몰라, 몰라."

형은은 제정신이 아닌 듯 불분명한 발음으로 중얼거렸다. 한 손을 팔랑거리며 비틀비틀 안으로 들어가더니 보료 위에 아무렇게나 엎어져 씩씩거리며 중얼거렸다.

"후우, 징한 것들. 저것들은 사람도 아니야. 아이고, 죽겠다."

루애가 냉큼 달려 들어가 이불장에서 이불을 꺼내 형은의 몸을 덮어 주었다. 그리고 내친김에 룸에 비치되어 있는 베스가운을 꺼내 싫다는 형은에게 억지로 입혔다.

"아웅, 귀찮아. 나 좀 가만 내버려 둬."

"가만있어. 너 이러다 진짜 감기 걸려."

어깨를 찰싹 때리자 그제야 형은이 칭얼거리면서도 순순히 루애가 시키는 대로 소매에 팔을 꿰고 가운을 입었다. 가운 끈까지 단단히 여며 준 루애는 이불을 다시 목 끝까지 끌어다 덮어 주었다.

제 딴에도 그게 따뜻하고 마음에 들었는지, 형은이 깊은 한숨을 내쉬었다. 그리곤 이불을 폭 뒤집어쓰고 이내 쌕쌕 단숨을 몰아쉬며 깊은 잠에 빠져들었다.

진이 다 빠진 루애도 한숨을 내쉬었다. 그리고 형은이 벗어 던진 옷가지가 어디 있나, 주변을 둘러보았다. 그런데 형은이 입고 있던 붉은색 팬츠가 보이지 않았다.

혹시나 싶어서 욕실로 들어가 보았다. 아니나 다를까. 형은의 옷은 물에 흠뻑 젖은 채 욕실 바닥에 아무렇게나 내팽개쳐져 있었다.

"후우, 송형은. 옷을 이렇게 해 놓고 내일 뭘 입고 나갈래?"

고개를 절레절레 저으며 물에 젖은 옷을 집어 들었다. 아쉬운 대로 물기를 탈탈 털어 옷걸이에 넣어 봉에 걸었다. 그것으로도 안 될 것 같아 드라이어로 대충이나마 물기를 말렸다.

이대로 몇 시간만 걸어 두면 그럭저럭 입을 수 있게는 되지 않을까 싶었다.

그러고 나니 이제는 루애가 지쳐 몸이 천근만근이었다. 마시지도 못하는 술에 신경까지 바짝 곤두세우고 자리를 지켰던지라, 형은과 실랑이까지 하고 대충 마무리를 하니 피곤이 물밀 듯이 몰려왔다. 그래도 선뜻 잠은 오지 않을 것 같았다.

지친 몸을 끌고 방에 털썩 주저앉은 루애는 생수만 벌컥벌컥 들이켰다. 갑갑한데도 끝까지 벗지 않았던 두꺼운 카디건을 그제야 벗어 던졌다.

형은이 벗어 둔 옷의 물기를 털면서 덩달아 젖어 버린 카디건은 그야말로 한 짐이었다.

엉금엉금 기어서 너른 온돌 바닥에 카디건이 잘 마르도록 넓게 펴 두고 다시 제자리로 돌아가 기다란 문갑 서랍장에 기대고 앉았다. 그리고 리모컨으로 불을 다 끈 뒤 머리 위의 스탠드 하나만 켜 놓았다.

"후우."

이제야 좀 살 것 같았다. 노란 불빛이 어두운 방을 희미하게 밝히며 루애의 머리 위로 떨어졌다.

탐스런 까만 머리카락을 훑어 내린 불빛이 새하얀 셔츠를 노르스름하게 비추며 그동안 겉옷에 꽁꽁 감춰져 있던 루애의 풍만한 가슴골을 은밀하게 파고들었다.

가녀린 체구에 비해 루애의 가슴은 놀라우리만치 풍만하고 탐스러웠다. 헐렁한 다른 곳들과 다르게 가슴 부분만 팽팽하게 당겨져 있어 단추 두어 개가 금방이라도 떨어져 나갈 듯 아슬아슬해 보였다.

아니나 다를까. 루애가 다시 손을 들어 생수를 들이켜자 아슬아슬하게 걸려 있던 단추 하나가 더 이상 버텨 내지 못하고 톡 풀어져 버렸다.

금세 활짝 벌어지는 셔츠 깃 사이로 깊은 가슴골과 터질 듯 부풀어 오른 뽀얀 젖두덩이 가감 없이 훤히 모습을 드러냈다.

피곤에 지친 루애는 그런 것도 모르고 다리를 쭉 뻗은 채 고개를 뒤로 젖혔다. 문갑 서랍에 편하게 기대고 앉아 지그시 눈을 감았다.

"미진이하고 은서한테 다시 가 봐야 되는데……. 자면 안 되는데……. 하아. 그래도 잠깐만 이러고 있자. 카디건 마를 때까지만……."

그렇게 눈을 감고 얼마나 있었을까. 깜박 잠이 들었는지도 모르겠다. 문득 문이 조용히 열렸다가 닫히는 소리를 들은 것만 같았다. 순간, 문 앞의 자동 센서가 반짝 켜진 것 같기도 했다.

'뭐지……? 미진이나 은서인가? 하지만 키는 분명히 아까 형은이가 가지고 왔는데.'

잘못 들은 건가, 잘못 본 건가 싶으면서도 루애는 무거운 눈꺼풀을 힘겹게 들어 올렸다. 초점이 맞지 않는 눈을 게슴츠레 뜨고 고개만 비스듬히 돌려 문 쪽을 바라보았다. 아무것도 보이지 않았다. 자동 센서 등은커녕 그저 컴컴하기만 했다.

역시 잠결에 잘못 들은 건가 보다, 하면서 루애는 다시 눈을 감고 고개를 돌리려고 했다. 그런데 순간 어둠 속에서 무언가가 움직였다. 어둠과는 또 다른 어두운 무언가가 분명히 움직였다.

흠칫, 놀란 루애의 눈이 번쩍 떠졌다. 그와 함께 잠잠하던 현관 앞의 자동 센서 등이 켜졌다.

그리고 마침내 환한 불빛을 받으며 서 있는 누군가의 모습이 또렷하게 보였다.

"헉!"

루애의 입에서 단말마와도 같은 거친 숨이 터져 나왔다.

그였다. 처음 봤을 때부터 이상하게 그녀의 온 신경을 잡아채고 놓아주지 않는 사람. 이전과는 다른 의미로 그녀를 떨리고 긴장되게 만드는 사람. 우연인 듯한 작은 스침에도 그녀의 신경을 올올이 곤두서게 만드는 사람.

불쾌한 건 아니었다. 그래서 루애는 그런 그가, 아니, 그에게 이런 생소한 반응을 일으키는 자기 자신이 두렵고 이상했다.

이근우.

바지 주머니에 양손을 꽂고 현관 앞의 벽에 느긋이 한쪽 어깨를 기대고 선 그가 혼을 빨아들일 듯 강렬한 눈빛으로 그녀를 바라보고 있었다.

무방비한 상태로 바닥에 앉아 있어서 그런가. 안 그래도 190cm에 육박할 만큼 커다란 그가 더욱 크고 위압적으로 느껴졌다.

루애는 너무 놀라서 입만 벙하니 벌린 채 아무 말도 하지 못했다. 그가 한쪽 입술 꼬리를 비스듬히 말아 올리고 천천히 다가오는데도 루애는 커다래진 눈만 깜박거릴 뿐, 뒤로 젖혀진 고개를 들 생각조차 하지 못했다.

근우가 천천히 그녀 옆에, 그녀와 마찬가지로 긴 다리를 길게 뻗고 문갑 서랍장에 기대어 앉을 때까지도.

그가 마술처럼 알 수 없는 힘으로 루애의 시선을 오롯이 잡아채고 소름이 돋을 만큼 섹시한 목소리로 나지막하게 말했다.

"그 물, 다 마실 거 아니면 나도 좀 줄래요?"

그제야 화들짝 정신을 차린 루애가 제 손에 들고 있던 생수병을 후다닥 그에게 건넸다.

순간적으로 멈췄던 피가 다시 빠르게 돌기 시작하는지, 온몸이 화끈거리고 심장이 트럭에라도 받힌 듯 무섭게 뛰어 댔다. 아마도 얼굴까지 발갛게 달아오르지 않았을까 싶었다.

루애는 얼른 고개를 바로 하고 손등으로 뺨을 감쌌다. 아니나 다를까. 불에 덴 듯 뺨이 뜨거웠다.

그러거나 말거나. 그는 진짜 너무 목이 말라서 이 방에 물을 얻어 마시러 온 것이 다인 양, 반밖에 안 남은 물을 단숨에 들이켰다. 너무도 태연하고 느긋하게. 루애는 마른침을 꿀꺽 삼키고 곁눈질로 그를 쳐다보았다.

"여, 여긴 어떻게……."

한쪽 눈썹을 힐끗 치켜 올린 그가 태연히 바지 주머니 안에서 여분 키 하나를 꺼내 보였다. 그 당연하다는 듯한 태도에 루애는 아랫입술을 세게 깨물었다.

물론 그가 어떻게 이 방에 들어올 수 있었는지 궁금하기는 했었다. 하지만 그녀가 묻고자 하는 건 그런 뜻이 아니지 않는가. 루애는 미간을 찌푸리고 그를 힐난하듯 노려보았다.

"그건 그렇다 치구요. 이 방에는 왜 왔느냐구요."

"아, 그런 뜻이었군. 한번 맞혀 봐요. 내가 이 방에 왜 왔을 것 같아요?"

루애의 눈동자에 경계의 빛이 더욱 분명하게 어렸다. 좀 전의 아찔했던 충격에서 재빨리 벗어난 루애가 보다 분명한 어조로 차갑게 말했다.

"그쪽하고 농담하고 싶은 기분 아니에요. 만약 자러 온 거라면, 미안하지만 그건 안 되겠어요. 보다시피 여긴 이미 잠들어 있는 사람이 있어서. 나가 주세요."

근우가 뾰족해진 루애를 달래듯 나직한 미소를 머금었다.

"자러 온 거 아니에요. 여자가 잠들어 있는 방에 일부러 같이 자겠다고 들어올 만큼 뻔뻔하고 몰염치한 놈은 아니거든요."

그럼 왜 온 거냐고 되묻는 듯한 루애의 눈빛에 근우가 잠시간 그녀의 눈을 조용히 응시하다가 대답했다.

"루애 씨하고 얘기를 하고 싶어서 왔어요. 왠지 아직 자고 있지 않을 것 같았거든요. 자고 있다면 그냥 돌아서 나갈 생각이었어요."

루애는 숨을 급하게 들이쉬고 한동안 내뱉지 못했다.

"그래서 저기 서서 그냥 보고만 있었던 겁니다. 자고 있어서. 아쉽지만 자는 모습이라도 조금만 더 보고 금방 돌아가려고 했죠. 그런데…… 고맙게도 루애 씨가 일어나 줬네요."

루애는 무슨 말을 해야 될지 몰라서 한동안 마른침만 계속 삼켰다. 그러다 문득 뇌리에 스치는 대로 얼른 말을 쏟아냈다.

"미진이랑 은서는요? 아직도 마시고 있어요?"

그러자 근우가 질렸다는 듯 고개를 절레절레 흔들었다.

"와, 진짜 세던데요. 여자 남자 통틀어서 그렇게 술 센 사람 처음 봤어요. 특히, 미진이. 은서하고 성일이까지 나가떨어졌는데, 미진이만 끝까지 남아 있더라구요. 내가 보기엔 미진이도 한계까지 마신 것 같던데, 정신력으로 끝까지 버티더라고요. 그래도 좀 아까 더 이상 못 견디겠는지, 푹 쓰러졌어요."

그럼 저 방에 남자들하고 같이 자고 있다는 말인가? 깜짝 놀란 루애는 얼른 자리에서 일어나려고 했다.

이러고 있을 때가 아니라 어서 가서 끌고 오든 어떻게든 데리고 와야겠다 싶었다. 그런 루애의 팔목을 근우가 재빨리 잡았다.

"괜찮아요. 안심해요. 다들 손가락 하나 까딱할 힘도 없을 만큼 곯아떨어졌으니까. 그래도 혹시나 싶어서 녀석들 다 한쪽으로 밀어 놓고 미진이하고 은서 옆에 이 서랍장으로 바리

케이트 만들어 놓고 왔어요. 별일 없을 겁니다."

"그래도……."

"알았어요. 이 방으로 다 데리고 옵시다. 하지만 조금만 뒤에…… 30분만 나한테 시간을 줘요. 오늘 밤 내내 이런 기회가 오지 않을까 해서 악착같이 버텼는데, 그 정도도 안 되겠어요?"

두 사람의 시선이 노랗게 뿌려지는 불빛 아래에서 미묘하게 엉켜 달라붙었다. 뜨거운 그의 시선이 루애의 얼굴을 애무하듯 조심스럽게 돌아다녔다. 그의 시선이 닿는 곳마다 붉은 열꽃이 피어났다. 그에게 잡힌 손목에 뜨거운 불길이 일었다.

강하게 잡힌 것도 아니건만, 조금만 움직여도 손쉽게 뿌리칠 수 있건만, 루애는 어쩐 일인지 그의 손을 뿌리치지 못했다.

루애는 엉거주춤 일으켰던 몸을 다시 바닥에 주저앉혔다. 그러자 근우가 싱긋 미소 지으며 그녀의 손목을 순순히 놓아주었다.

아, 내가 대체 왜 이러는 걸까. 루애는 자신이 왜 이러는지 알 수 없었다. 무슨 생각으로, 무엇을 바라고 이러는지 스스로도 도통 알 수가 없었다.

그저 막연히 생각했다.

'그냥 얘기만 좀 하고 싶다잖아. 그게 전부라잖아. 30분.

그 정도로 무슨 일이 생길라고. 그 정도는…… 괜찮지 않을까?'

루애의 터질 듯 풍만한 가슴이 무섭게 오르내렸다. 루애는 아랫입술을 꼭 깨문 채, 어지러운 시선으로 저쪽의 희끄무레한 어둠을 응시했다.

커다란 이불 더미로밖에 보이지 않는 형은으로부터 그 옆 바닥에 넓게 펴져 있는 시꺼먼 그림자로 그녀의 눈동자가 어지럽게 돌아다녔다. 그러다 문득 루애의 시선이 그 시꺼먼 그림자에 못 박히듯 굳어졌다.

'저게 뭐지? ……아!'

그제야 방바닥에 들러붙어 있는 시꺼먼 그림자가 자신의 카디건이었다는 것을 생각해 낸 루애는 그야말로 소스라치게 놀라 제 자신을 얼른 내려다보았다.

"하!"

방만하게 활짝 벌어진 셔츠 깃 사이로 가감 없이 드러나 보이는 제 뽀얀 가슴 둔덕에 루애는 기겁해서는 얼른 양팔로 가슴을 끌어안았다.

'미쳤어, 미쳤어! 지금까지 이 꼴로 저 남자 앞에 있었단 말이야? 게다가 이 사람, 아까부터 저기 서서 날 계속 내려다보고 있었잖아. 위에선 훤히 더 잘 보였을 텐데.'

낭패도 이런 낭패가 없었다. 은서와 형은은 그 환상적인 가슴을 왜 감추고 다니느냐고, 도저히 이해할 수가 없다고 난리였지만 그건 남모르는 소리일 뿐. 이 부담스럽게 큰 가슴 때문에 10대 시절에 그녀가 당했던 일들을 알게 된다면 절대로 그렇게 말할 수 없을 터였다.

다른 여자들은 부럽다고 할지 몰라도 그녀한테 이 가슴은 최대의 콤플렉스이자 잘라 버리고 싶은 살덩이일 뿐이었다. 한때는 축소 수술을 심각하게 고민해 본 적도 있었다. 자신의 가슴으로만 향하는 남자들의 음탕한 시선들이 소름 끼치도록 싫어서.

그러나 그 또한 다른 사람 앞에 가슴을 드러내고 만지게 하는 일이기에 포기하고 감추는 쪽을 선택했었다.

'틀림없이 이 남자도 내 가슴을 실컷 훔쳐봤을 거야. 그리고 제멋대로 음탕한 상상을 해 댔겠지. 그도 남자니까. 남자란 원래 다 그렇게 생겨 먹었으니까.'

그녀가 아는 남자들은 다 그랬다. 학교 선생들부터 시작해서 길거리의 모르는 남자들, 대학 동기들도 마찬가지였다.

대학교에 들어가 교복 대신 펑퍼짐한 옷을 입게 되면서 그런 시선들은 많이 사라졌지만, 옷감이 얇아지는 여름에는 아무리 윗옷을 펑퍼짐하게 입어도 절로 가슴의 윤곽이 드러나기 때문에 다시금 그런 음탕한 시선들에 시달리고는 했었다.

그녀한테 별반 관심이 없었던 동기나 선배들마저 새삼 그녀를 아래위로 훑어보고 힐끔거리며 사귀자고 치근덕거리기도 했었다.

누가 그 시꺼먼 속들을 모를 줄 알고!

루애는 근우도 마찬가지라고 생각했다. 그가 자신한테 관심을 보이는 이유도 어쩌면 그녀 자신이 아니라 큰 가슴 때문일지도 모른다는, 자격지심에 가까운 피해 의식이 뾰족하게 돋아났다. 루애는 아랫입술을 꽉 깨물고 그를 획, 노려보았다.

어? 그런데 자신을 바라보는 그의 시선과 눈이 마주치자 루애는 일순 당황했다. 그녀의 얼굴을 그리듯 지그시 바라보고 있는 그의 시선이 너무도 깊고 따스했기 때문이었다.

파렴치한 욕망 따위는 보이지 않았다. 그녀에 대한 순수한 호감과 열망이 느껴졌다. 굳이 감추려고도 하지 않는 그 순수한 열망이 그녀의 영혼까지 파고드는 것 같았다.

그가 나른하게 미소 지으며 말했다.

"그거 알아요? 루애 씨는 종잡을 수 없는 사람이라는 거."

루애가 뜬금없이 무슨 소리냐는 눈빛으로 근우를 쳐다보았다.

"언뜻 보면 굉장히 차갑고 깐깐하고 답답해 보여요. 그런데 어느 순간 다시 보면 한없이 여리고 연약해 보이기도 하죠. 상처 입기 쉬운 어린아이처럼 보호해 줘야 될 것 같은 그런 기분이 들어요. 특히, 지금처럼 그렇게 아랫입술을 괴롭히고 있을 때면 더더욱."

루애는 긴장되거나 초조할 때면 으레 습관처럼 깨무는 아랫입술을 얼른 빼냈다. 그러자 근우의 미소가 더욱 깊어졌다.

"루애 씨를 보고 있으면 게가 생각나요. 멍멍 짖는 개 말고 옆으로 엉금엉금 기어가는 게 말이에요. 부드럽고 연약한 속살을 감추기 위해서 단단한 외피를 둘러쓰고 있는 게. 조금만 위험하다 싶으면 커다란 집게발을 마구 휘둘러 대죠. 가까이 오지 말라고 상대방을 위협하기 위해서."

"무슨 말을 하는 건지 모르겠네요."

"그래서 루애 씨가 더욱 궁금해졌어요. 어떤 사람인지, 어떤 여자인지 알고 싶어졌어요. 나한테 기회를 주지 않을래요?"

흠칫, 놀란 루애의 눈이 커다래졌다.

"나한테 기회를 줘요. 루애 씨가 어떤 사람인지 알아 갈 수 있는 기회를."

근우가 루애의 떨리는 영혼까지 꿰뚫어 보는 듯한 깊은 눈빛으로 그녀의 커다래진 눈동자를 오롯이 응시하며 속삭이듯 말했다.

"루애 씨도 나한테 끌리고 있다는 거 알아요. 아니라고 하지 말아요. 그 말이 거짓말이라는 건 나도, 루애 씨도 알고 있는 사실이니까."

웃기지 말라고, 어디서 허튼수작이냐고 쏘아붙이려 했다.

그러나 루애는 입술만 달싹거릴 뿐, 한마디도 하지 못했다. 그저 흔들리는 커다란 눈동자로 홀린 듯 근우의 얼굴만 바라보았을 뿐이었다.

"우리 한번 사귀어 봅시다. 정식으로, 남자 대 여자로."

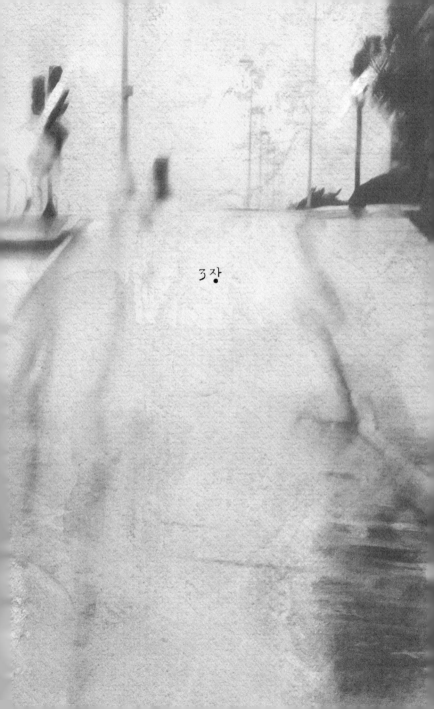

3장

새해의 첫 토요일, 첫 주말.

평년보다 따뜻한 날씨에 오늘도 밖에는 어김없이 하얀 눈 대신 겨울비가 보슬보슬 내리고 있었다.

그리고 루애는 한 시간 전부터 거울 앞에서 떠나질 못하는 중이었다.

그녀 뒤의 침대 위에는 옷장의 옷들을 죄 꺼내 놓은 것처럼 한 무더기의 옷들이 산처럼 쌓여 있었다. 그럼에도 루애는 옷장에서 또 다른 옷을 꺼내 몸에 대 보았다.

"흐음, 이거 괜찮다. 화사해 보이기도 하고."

파스텔 톤의 하늘색 원피스가 그녀의 뽀얀 피부를 한결 더 화사하게 해 주는 것 같았다.

옅은 베이지색 카디건을 걸치고 얼마 전에 큰맘 먹고 구입한 코발트블루의 A라인 코트를 입으면 딱일 것 같았다. 거기에 작은 손가방을 들고 미색 스타킹에 단화를 신으면…….

"너무 신경 써서 입은 티가 나나?"

그래, 이건 좀 심했다. 누가 봐도 남자와의 데이트를 위해서 잔뜩 차려입은 모양새가 아닌가.

남들의 시선을 의식해 가급적 눈에 안 띄는 무채색 옷을 고집해 온 그녀인지라 막상 큰맘 먹고 화사한 색상의 옷을 입으려고 하니, 화사해 보이는 것까지는 좋은데 스스로가 어색하고 쑥스러워서 도저히 엄두가 나지 않았다.

"안 되겠다. 이것보다는 좀 더 심플하고 무던한 게 좋겠어. 신경을 쓴 듯 안 쓴 듯 세련되면서도, 주말이니까 조금은 가볍고 경쾌하게. 흐음, 뭐가 좋을까."

루애는 아랫입술을 잘근거리며 이미 한 번 입었다가 던져버린 침대 위의 옷가지들을 뒤적거렸다.

오늘은 하루애의 스무네 해 생에 최초로 남자와 데이트를 하는 날이었다. 상대는 당연히 이근우. 때문에 루애는 아침부터 계속 이 난리였다.

이틀 전 새벽 3시 40분.

이근우한테 정식으로 사귀자는 프러포즈를 받은 시간이었다. 그리고 루애는 그로부터 한 시간 뒤, 그의 제안을 받아들였다.

무슨 생각으로 그 제안을 덜컥 받아들였는지 모르겠다. 수없이 돌이켜 생각해 봤지만, 그녀 스스로도 그 이유를 정확히 알 수 없었다. 그저 머릿속이 새하얘졌었다는 것밖에 기억이 나지 않았다.

그리고 마치 그녀의 영혼까지 꿰뚫어 보는 듯한 그 강렬하고 깊은 시선, 그 눈동자. 그 외에는 모든 것이 흐릿하기만 했다.

뭔가에 단단히 홀린 것 같았다. 그리고 그 무언가는 당연히 이근우였을 것이다. 그런 기분, 그런 감정은 태어나서 처음이었다.

평소 고질병처럼 가지고 있던 남자에 대한 부정적인 편견이나 거부감, 두려움 따위는 까마득하게 잊혔었다. 그의 말 한마디 한마디, 시선을 뗄 수 없는 그 강렬한 눈빛에 가슴이 떨리고 발끝까지 짜릿한 전류가 흘렀다.

아직 얼떨떨하긴 했지만 후회는 하지 않는다. 후회는커녕 그날 이후로 세상이 다 달라 보였다. 매 순간이 새롭고 매일이 흥분되고 기대됐다.

물론 어느 정도 두렵고 걱정되는 마음이 있기는 했다.

내가 정말 잘하는 걸까. 잘할 수 있을까.

근우와 사귀기로 한 것은 미진과 다른 친구들에게는 아직 비밀이었다. 미진에게까지 비밀로 하는 게 마음에 조금 걸리기는 하지만, 할 수 없었다. 축하보다는 염려와 우려로 쌍심지를 켜고 반대할 것이 뻔하기 때문이었다.

미진은 항상 그랬다. 대학교에 입학하고 한 학기가 지났을 즈음, 루애는 남학생 천지인 공대 생활에 좀 더 익숙해지기 위해서, 남자에 대한 두려움과 거부감을 완전히 극복하기 위해서 남자를 한번 사귀어 보면 어떨까 하는 고민을 심각하게 해 본 적이 있었다.

아무나 말고 최대한 진중하고 순박해 보이는 사람을 골라서 말이다.

그런데 미진은 말로는 그것도 좋은 방법일지 모르겠다고 하면서, 그러라는 건지 말라는 건지 쟤는 어떻고, 얘는 어떻고 하면서 끊임없이 부정적인 말들을 늘어놓았다.

요는 즉, 남자란 모름지기 허리하학적인 동물로 이성보다는 본능적인 욕구에 충실한, 믿을 수 없는 족속이라는 말이었다.

언제는 일부만 그럴 뿐 다 그런 건 아니라고, 그리고 동물적 욕구에 충실하다고 해서 나쁜 건 아니지 않느냐고, 그건 남자나 여자나 마찬가지고 누구나 한 번쯤은 실수할 수 있는 것이니 진심으로 반성하고 뉘우치면 용서하고 넘어가는 아량도 베풀 줄 알아야 된다면서 남자들의 대변인인 양 항변을 해 대더니 말이다.

물론 그때야 아빠 때문에 괴로워하던 그녀를 위해서 그렇게 말할 수밖에 없긴 했겠지만 말이다.

어쨌든 가장 믿고 의지하는 친구가 옆에서 계속 그녀의 불안감을 부채질하는 말들을 해 대니, 안 그래도 남자라면 일단 부정적인 선입견을 갖고 보는 루애로서는 이내 마음을 접을 수밖에 없었다.

그래 놓고 정작 미진은 반드시 해치워 버리고 말아야 할 필생의 과제인 것마냥 틈만 나면 미팅이다, 소개팅이다 해서 남자들을 만나고 다녔다. 그리고는 번번이 역시 남자는 다 똑같다, 아니다 하면서 치를 떨고는 했었다.

"넌 정말 남자 만나지 마라. 너 같은 애는 남자 한번 잘못 만나면 진짜 끝장이야. 네 그 마음의 병, 영영 못 고친다니까. 고치기는커녕 아예 딱딱하게 굳어서 사회생활까지 못 하게 될지도 몰라. 남자만 보면 부르르 치가 떨리는데 사회생활을 어떻게 하겠어, 안 그래? 그러다 너 아버지 미워하고 원망하던 마음까지 되살아나면 어떡하려구. 안 돼. 그러니까 넌 그냥 이대로 쭈욱 심신 수양하고 살다가 아, 진짜 이놈이다! 이놈 아니면 안 되겠다! 하는 놈 나타났을 때, 그때 한번 생각해 봐. 내가 보기에는 그 길이 진리야."

그렇게 노래를 부르는 미진이었으니, 이번에도 루애가 근우와 사귀기로 했다고 하면 대번에 쌍심지를 켜고 온갖 트집을 잡으며 반대를 할 터였다.

하여 루애는 근우에 대한 자신의 마음에 확신이 생길 때까지 비밀에 부칠 생각이었다.

루애는 약속 시간 10분을 남겨 두고서야 간신히 나갈 채비를 마쳤다. 고르고 고르던 옷 중에서 최종 낙찰을 본 건 결국 처음에 입었다가 던져 버린 청바지였다.

밖에 비도 오는데 치마는 암만 생각해 봐도 좀 그렇고, 토요일인 것을 감안하면 캐주얼한 청바지가 가장 무난할 듯싶었다.

다행히 그녀는 다리가 길고 곧아서 청바지가 꽤 잘 어울리는 편이었다. 골반부터 종아리까지 딴딴하게 잡아 주는 진을 입으면 마른 편인 가는 다리도 나름 늘씬하게 보이는 효과가 있었다.

루애는 고심 끝에 그 위에 터틀넥이 풍성한 미색의 앙고라 니트를 입었다. 솜털처럼 보슬거리는 것이 솜사탕마냥 달콤하고 사랑스러웠다. 거기다 엄마의 유품인 허리 길이의 깜찍한 크림색 밍크코트를 걸치고 루애는 거울 앞에 서서 이쪽저쪽 돌아보았다.

이것도 좀 과한가, 싶어서 미간을 찌푸리는데 핸드폰 벨이 울렸다.

Rrrr. Rrrr.

깜짝 놀라 얼른 전화를 받았다.

"여보세요."

—나야, 근우.

수화기에서 흘러나오는 남자다운 중저음의 목소리에 벌써부터 루애의 가슴이 콩닥콩닥 뛰어 대기 시작했다.

—집 앞에 거의 다 온 것 같은데 맞는지 모르겠다. 골목 끝에 있는 짙은 밤색의 원목 대문 집이라고 그랬지? 잠깐만.

루애는 얼른 시간을 확인했다. 2시 55분. 정확히 약속 시간 5분 전이었다. 어쩜, 시간관념도 마음에 든다. 자신도 어떤 약속이든 약속을 하면 5분 전에 도착해야 직성이 풀리는 사람인데.

그녀의 입가에 만족스러운 미소가 번졌다.

—여기 문패가 있는데, 하성수라고 쓰여 있네. 아버님 함자 맞아?

"어, 맞아."

루애는 고개를 끄덕이며 그대로 백을 들고 서둘러 방을 나섰다.

제대로 찾았다고 말하는 그의 목소리에서 웃음기가 느껴졌다. 한쪽 입술 끝만 살짝 올리며 미소 짓는 그의 얼굴이 보지 않아도 눈앞에 훤히 그려졌다.

루애는 쏜살같이 계단을 뛰어 내려갔다.

베트남 하노이에서 추진 중인 건설 건으로 바쁜 아빠는 오늘도 일찌감치 회사에 출근하셨다. 때문에 1층 거실은 텅 비어 있었다.

"잠깐만 기다려. 바로 나갈게."

루애는 얼른 전화를 끊고 거실을 가로지르며 주방에 있을 양 씨한테 큰 소리로 말했다.

"아주머니, 저 나가요!"

"어, 그래. 루애 나가니?"

155cm가 될까 말까 한 아담한 키에 오동통한 체격의 양 씨가 앞치마에 젖은 손을 닦으며 주방에서 달려 나왔다.

엄마가 돌아가신 직후, 입주 가정부로 이 집에 들어온 양 씨는 외모만큼이나 마음이 푸근하고 넉넉한 사람이었다.

이 큰 집 살림을 혼자 도맡아 하며 여문 손끝만큼이나 마음 씀씀이도 살뜰하고 깊어서, 대쪽 같은 성품에 깐깐하기로 유명한 하 사장에게도 빠른 시간에 신임을 얻고, 당시 지옥처럼 힘든 시기를 겪고 있던 어린 루애에게도 큰 힘과 따뜻한 위로가 되어 준 사람이었다.

루애한테 양 씨는 단순한 입주 가정부가 아니었다. 아무 말 하지 않아도 그녀의 마음을 알아주고 따뜻하게 보담아 안아주는 이모와도 같은 이였고, 무조건 그녀의 편이 되어 주는 친구였으며, 평생 자리보전만 하다 돌아가신 엄마 대신 넉넉하고 따스한 품을 알게 해 준 고마운 이였다.

양 씨도 그런 루애를 친자식처럼, 친조카처럼 아끼고 귀애해 주었다.

"우와, 우리 루애 오늘 어디 좋은 데 가나 보다. 왜 이렇게 차려입었어? 그거 사모님 유품이지? 웬일이래, 평소에는 입으라고 해도 너무 부담스럽다고 안 입더니. 어우, 정말 잘 어울린다. 너무 곱다."

뿌듯한 눈으로 윗옷과 맞춰 발목까지 오는 미색 어그 부츠를 꺼내 신는 루애를 바라보며 양 씨는 연신 감탄 어린 찬사를 늘어놓았다.

그에 조금은 쑥스러운 듯 양 볼이 발그스름하게 상기된 루애가 부츠를 다 신고 양 씨를 돌아보았다.

"나 이상하지 않아요? 정말 괜찮아요?"

"아우, 이상하긴. 우리 루애는 몸매가 예뻐서 뭘 입어도 다 예뻐. 그렇게 차려입으니까 당연히 배는 더 예쁘지. 눈이 다 부셔서 못 쳐다보겠다, 얘. 어머, 그러고 보니까 오늘은 화장도 좀 했네? 어쩐지, 얼굴이 아주 화사하게 폈다 싶더니. 루애, 오늘 정말 좋은 데 가나 보다? 말해 봐. 대체 얼마나 좋은 델 가기에 이렇게 쫙 차려입고 나왔대?"

양 씨가 호기심 가득한 눈초리로 자신보다 머리 하나는 더 큰 루애를 새삼스레 위아래로 찬찬히 훑어 내렸다. 루애의 상기된 뺨이 더욱 붉게 물들었다. 손등으로 뺨을 감싸며 루애가 얼른 현관 쪽으로 몸을 돌렸다.

"아니에요, 좋은 데는 무슨. 그냥 이제는 한 살도 더 먹었고 어엿한 사회인인데, 입어도 되지 않을까 싶어서 한번 입어 본 거예요."

양 씨가 미심쩍은 눈빛으로 루애를 빤히 쳐다보았다.

"그래? 알았다. 네가 그렇다면야, 뭐. 내가 그냥 알면서도 모르는 척 속아 넘어가 줄게."

"아니라니까요."

"알았어. 알았으니까 나가서 모쪼록 신나고 재미있게 보내고 오세요. 그럼 오늘 늦겠네? 사장님도 좀 늦는다고 하시던데. 오늘도 저녁은 나 혼자 대충 때워야겠구나."

루애의 어깨를 여문 손으로 톡톡 털어 내며 양 씨가 중얼거렸다. 미안해진 루애가 미간을 찌푸리고 고개를 돌렸다.

"그러지 마시라니까. 혼자서라도 잘 좀 챙겨 드세요. 맹물에 밥 말아서 선 채로 김치하고 드시지 마시고. 아줌마 그러는 거 나 정말 싫다구요."

"알았어, 안 그럴게. 냉장고에 있는 반찬 죄 꺼내서 배 터지게 먹을 테니까 걱정 마."

"죄송해요, 혼자 드시게 해서."

"아이구, 됐네요. 당연한 걸 가지고 쓸데없이. 어여 나가. 약속 시간 늦겠다."

루애는 다시 한 번 미안해하는 눈빛으로 양 씨를 돌아보았다. 그리곤 다녀오겠습니다, 하며 양 씨를 한 번 꼬옥 안아 주고 서둘러 현관을 나섰다.

우산을 받쳐 들고 마당을 가로질렀다. 빗물에 미끄러워진

돌계단을 넘어지지 않도록 조심하면서 최대한 빨리 뛰어 내려갔다.

그러다 정작 대문 앞에 서서는 잠시 걸음을 멈췄다. 새삼 심호흡을 하며 숨을 한차례 고른 후에야 루애는 천천히 대문을 열고 밖으로 나갔다.

비가 주룩주룩 오는데도 근우는 차 밖에 나와 그녀를 기다리고 있었다. 골프 우산만큼 커다란 우산을 쓰고 자신을 바라보는 근우의 강렬한 눈과 마주치자, 방금 전 숨을 골랐던 것이 무색하게 다시 숨이 차오르기 시작했다.

"안녕."

그가 말했다. 빗소리와 함께 조용한 골목에 은은하게 울려 퍼지는 그의 목소리는 더없이 근사했다. 마른침을 꿀꺽 삼키고 나서야 루애는 입술을 달싹일 수 있었다.

"안녕."

그가 씨익, 미소 지으며 계단을 내려오는 그녀를 위해서 차 문을 열어 주었다.

근우는 오늘도 변함없이 숨 막히도록 근사하고 멋졌다. 강렬한 남성미를 발산하는 조각 같은 얼굴은 말할 것도 없고, 새하얀 이너 티 위에 걸쳐 입은 짙은 카멜색 가죽 재킷과 풍성한 카키색 하프 코트, 그리고 탄탄하고 긴 다리를 감싸고 있는 빛바랜 듯 밝은 색상의 청바지는 마치 금방이라도 화보에서 툭 튀어나온 모델마냥 섹시하고 근사했다.

뭘 입어도 눈부시도록 근사한 사람은 그녀가 아니라 그인 듯싶었다. 루애는 속으로 청바지를 입고 나오길 잘했다고 생각했다.

"개 좋아한다고 했지?"

골목을 내려와 큰길로 들어섰을 때, 근우가 지나치듯이 흔연스레 물었다. 갑작스러운 질문에 루애가 '어?' 하고 멍하니 되물었다.

'게? 저번에 나를 보면 게가 생각난다더니, 그 게를 말하는 건가? 그런데 내가 언제 좋아한다고 했지? 그런 말 한 적 없는데.'

힐끗 그녀를 돌아본 그가 아, 하면서 싱긋 미소 지었다.

"그 게 말고, 이번엔 멍멍 짖는 개 말이야. 강아지. 어제 통화하면서 그랬었잖아. 강아지를 엄청 좋아하는데 어렸을 때 한번 잃어버리고 아팠던 기억이 있어서, 또 잃어버릴까 봐 겁이 나서 못 키운다고."

아, 그 얘기였구나. 그제야 루애는 어제 그와 전화로 주고받았던 얘기가 생각났다.

어제는 새해의 첫날이었던 터라 그를 만나지 않고 그냥 통화만 했었다. 아빠도 집에 계신데, 첫날부터 밖에 나가기가 좀 그랬다.

족히 서너 시간은 통화를 했던 것 같다. 무슨 할 얘기가 그리 많았는지. 생각해 보면 딱히 한 얘기도 없는데 말이다.

돌아가신 엄마와 '포미' 얘기 외에는 별로……

그것도 하려고 했던 것이 아니라, 어쩌다 보니 그렇게 됐었다.

새해 첫날이다 보니 설을 언제 지내느냐, 설에 어디 내려가느냐, 제사를 지내느냐 마냐, 뭐 이런 소소한 얘기를 하다가 자연스럽게 엄마가 돌아가셨다는 얘기가 나왔고, 행여 분위기가 무거워질까 봐 이런저런 얘기를 하다 보니 얼떨결에 포미 얘기까지 하게 됐었다.

엄마가 돌아가시고 한 달도 안 돼, 겁이 많아서 마당에도 잘 나가지 않는 포미가 별안간 사라졌었다. 가족 중에서 유난히 엄마를 좋아하고 따르던 녀석이었는데. 엄마도 그런 포미를 무척 예뻐하였더랬다. 가끔은 루애가 샘이 날 정도로 말이다.

그런 포미마저 사라져 버렸으니, 당연히 집안은 발칵 뒤집어졌었다. 루애도 루애지만 아빠가 더 난리였다.

엄마의 유품을 아직도 안방 가득 간직하고 있는 분이, 아내가 죽은 지 한 달도 안 돼 아내가 그토록 예뻐하던 포미가 사라졌으니 그 마음이 오죽하였겠는가.

며칠 동안 온 동네를 이 잡듯이 찾아다니며 거금의 포상을 하겠다는 안내문도 여기저기에 붙여 놨었다. 그런데도 결국 포미를 찾지 못했다.

그때 친척 중의 한 분이 그랬다. 원래 개가 영물이라 저를 사랑해 주던 주인이 떠나면, 그 개도 주인을 따라 홀연히 떠나 버리기도 한다고. 아마 포미도 자신을 가장 사랑해 주던 주인을 따라서 가 버린 것이 아니겠느냐고 말이다.

그 후로는 강아지를 다시 키우고 싶어도 키울 수가 없었다. 돌아가신 엄마가 생각나서, 포미가 생각나서. 지금도 포미를 닮은 황금색 포메라이언을 보면 자꾸 걸음을 멈추고 돌아보게 된다.

혹시 우리 포미가 아닐까, 우리 포미는 어떻게 됐을까, 하는 생각을 하면서 말이다.

"아직도 겁이 나서 못 키울 것 같아?"

조심스러운 근우의 물음에 루애는 얼른 상념에서 벗어났다. 왜 자꾸 강아지 얘기를 꺼내는 걸까. 루애는 의아해하면서도 순순히 대답했다.

"아니, 그런 건 아닌데, 그냥…… 그럴 기회가 없을 뿐이야. 애견 센터 같은 데 가서 돈 주고 사서 키우고 싶은 생각 같은 건 없거든. 그건 좀…… 그래. 걔들도 엄연한 생명체인데 물건처럼 사고판다는 게 좀……."

루애가 근우를 곁눈질로 힐끔 쳐다보다 겸연쩍은 얼굴로 말을 이었다.

"알아, 이런 생각이 얼마나 유치하고 어린애 같은지. 하지만 어떻게 해. 내 마음이 그런 걸."

"그럼 포미는 어떻게 키우게 됐어?"

"엄마가 바깥출입을 잘 못 하시니까, 아빠가 엄마 적적하실까 봐 아는 지인분한테 부탁해서 새끼 때 분양받아 오셨었어."

근우가 알겠다는 듯 고개를 끄덕였다.

"그럼 만약에 우연히 그런 기회가 또 온다면 다시 키울 마음은 있어?"

음, 하고 잠시 생각해 본 루애가 어깨를 으쓱거렸다.

"그런 기회가 온다면야 마다할 이유는 없지."

그제야 살짝 굳었던 그의 입가에 안심한 듯한 미소가 어렸다.

"미안한데, 뒷좌석 바닥에서 뭐 하나만 꺼내 줄래? 네 의자 뒤에, 바로 보일 거야."

루애는 별생각 없이 몸을 뒤로 돌렸다. 그의 말마따나 찾아볼 것도 없이 그것이 바로 보였다. 하얀색의 커다란 통.

뭐지? 이게 맞나? 루애는 손을 뻗어 위에 달린 손잡이를 들어 올렸다. 생각보다 무척 가벼웠다. 그리고 그 순간 들려온 희미한 울음소리.

끼잉.

깜짝 놀란 루애는 '설마?' 하며 그것을 얼른 들어 앞으로 가져왔다. 아니나 다를까. 그것은 단순한 통이 아니라 케이지였다. 그리고 그 안에는…….

"핫!"

루애의 입에서 막힌 듯한 신음 소리가 터져 나왔다. 루애는 거의 숨도 쉬지 못한 채, 멍하니 케이지 안을 들여다보기만 했다.

제 눈으로 보고 있으면서도 믿기지가 않았다. 그 안에 포미의 어렸을 때와 똑같이 생긴 황금색 포메라이언이 꼼지락거리고 있다는 것이.

"이, 이게……."

"오늘이 우리의 첫 데이트잖아. 그래서 오늘을 기념할 만한, 시간이 흘러도 오늘을 오랫동안 기억할 만한 무언가를 선물해 주고 싶었어. 뭐가 좋을지 생각이 나지 않았는데, 아침에 일어나니까 이게 문득 생각나더라. 아, 이거면 되겠다, 하는 생각이 들었지."

"그럼 애를 나 주려고……?"

"걔를 데리고 오면서도 자신은 없었어. 네가 과연 좋아해 줄까. 혹시 아직은 자신 없다고, 싫다고 하는 건 아닐까 싶어서. 그럼 그 녀석을 어떻게 해야 하나, 걱정을 좀 했었지. 그런데 다행이다. 그 녀석, 최소한 너한테 버림받지는 않을 것 같아서 말이야."

루애가 황망한 표정으로 근우와 새끼 강아지를 번갈아 쳐다보았다.

"우연한 기회가 생기면 키울 수 있다고 하지 않았었나?"

근우가 그녀를 돌아보며 한쪽 눈을 찡긋거렸다.

"지금이 그 기회야. 키워 주라."

"근우야……."

"사내놈이래. 여자애를 찾았는데, 안타깝게도 없더라구. 고 녀석만큼 예쁜 녀석도 없고. 그래서 나 말고 네 옆에 다른 놈이 있다는 건 생각만 해도 싫은데, 뭐, 어떡하겠어. 아직 두 달밖에 안 된 아기라니까 어른답게 쿨하게 봐주기로 했지."

진심으로 얘기하는 듯한 그의 찡그린 표정에 황망한 와중에도 루애의 입에서 헛웃음이 흘러나왔다.

순간, 케이지 안에서 다시 끼잉, 하는 새끼 강아지의 울음소리가 들려왔다.

루애는 화들짝 놀라서 케이지 안을 들여다봤다. 이제 막 잠에서 깨어났는지, 케이지 앞까지 고물거리며 기어 나온 새끼 강아지가 단추처럼 동그랗고 새까만 눈동자를 깜박거리며 그녀를 애처롭게 쳐다보고 있었다. 마치 여기는 답답하니까 자신을 좀 꺼내 달라는 듯이.

그런데도 루애는 선뜻 손을 내밀지 못하고 도와 달라는 듯 근우를 쳐다보았다.

근우가 자신은 모르겠다는 듯 어깨를 으쓱거렸다. 그리곤 아랫입술을 깨물기 시작하는 루애한테 용기를 내서 손을 뻗어 보라는 듯 눈빛으로 케이지를 가리켰다.

그러고도 한참을 더 머뭇거리던 루애가 마침내 용기를 내 손을 뻗어 케이지 문을 열었다.

손바닥만 한 녀석이 기다렸다는 듯이 냉큼 그녀의 손으로 다가왔다. 그리곤 신기한 듯, 혹은 첫 인사를 나누듯 자그만 분홍빛 혀를 내밀어 루애의 손가락을 할짝거렸다. 짧은 앞발로 그녀의 손을 잡으려고 안간힘을 쓰면서.

"큭큭, 아, 간지러워. 야, 하지 마. 간지럽단 말이야. 어?"

드디어 그녀의 입가에 함박웃음이 지어졌다. 사랑에 빠질 수밖에 없는 새끼 강아지의 귀여운 애교와 앙증맞은 모습에 루애는 더 이상 머뭇거릴 수 없었다.

양손으로 새끼 강아지를 담뿍 안아 들고 머루처럼 새까만 눈동자와 눈을 맞췄다.

"안녕? 난 루애야. 너는 이름이 뭐니? ……애, 이름이 뭐야?"

"나야 모르지. 이름은 주인이 지어 줘야 하는 거 아닌가?"

루애가 아랫입술을 깨물며 중얼거렸다.

"뭐라고 하지? 뭐라고 하는 게 좋을까? 아기야, 넌 어떤 이름이 좋겠니?"

그러나 새끼 강아지는 무슨 말인지 모르겠다는 듯, 고개를 갸웃거릴 뿐이었다. 그리곤 난 모르겠으니 안아 주기나 하라는 듯 짧은 앞발을 허우적거리며 버둥거렸다.

루애가 바짝 끌어안자 기다렸다는 듯이 그녀의 턱과 입술 주변을 마구 핥기 시작했다.

"꺄악. 야, 그만해. 간지럽다니까."

녀석을 얼굴에서 떼어 내면 될 걸, 딱 붙이고선 그만하라고 아우성인 그녀를 보며 근우는 피식, 헛웃음을 흘렸다. 허나 그도 잠시. 근우는 짐짓 진짜로 골난 듯, 눈을 부라리며 강아지한테 손을 뻗었다.

"야, 그만해. 요 녀석 진짜 안 되겠네. 어딜 감히, 나도 아직 근접하지 못한 곳을! 안 되겠다. 걔 얼른 케이지에 집어넣어. 내일 더 예쁘고 얌전한 여자애로 바꿔다 줄게."

깜짝 놀란 루애가 강아지를 숨기듯 재빨리 품에 끌어안으며 그에게 눈을 흘겼다.

"됐어. 내 선물이라며. 선물을 줬다 뺏는 게 어디 있니? 난 얘가 좋아. 다른 애는 필요 없어."

"그러지 말고. 내일 더 예쁜 여자애로 바꿔다 준다니까. 아무래도 남자 놈은 안 되겠어. 쬐끔한 놈이 벌써부터 응큼해서는. 아직 이름도 없잖아."

"이름이야 바로 지으면 되지. 음, 뭐로 할까? ……딱히 생각나는 게 없네. 할 수 없다. 정식 이름은 천천히 생각하기로 하고 일단 아지라고 하자. 아지야."

루애가 다시 강아지를 얼굴 높이로 들어 올려 까만 눈과 시선을 맞추고 다정하게 불렀다.

"아지? 혹시 강아지의 그 아지? 큭, 그게 뭐야."

"뭐 어때. 예쁘기만 하고만. 아지야, 너도 아지라는 이름

괜찮지?"

아지가 좋다는 듯 낑, 거리며 그녀의 입술을 다시 핥았다.

"어쭈, 저놈 봐라. 하지 말라니까, 너 이리 와."

근우가 다시 손을 뻗어 아지를 빼앗으려고 하자 루애가 꺄악, 장난스레 비명을 지르며 그의 손을 이쪽저쪽으로 피했다. 덩달아 아지도 낑낑대며 버둥거렸다.

"오, 괜찮아, 아지야. 누나가 지켜 줄게. 저 형아 진짜 나쁜 형아다, 그지? 괜히 심술이야. 야, 저리 가!"

루애가 아지의 앞발을 잡고 그의 손을 쳐 내는 시늉을 했다. 그에 근우는 어쭈, 하며 계속 아지를 잡으려고 했고, 루애와 아지는 힘을 합쳐 용감하게 싸우며 대항했다. 그렇게 두 사람이, 아니, 아지까지 셋이 웃고 떠들며 장난을 치는 사이 차는 신촌에 도착했다.

차에 혼자 두고 내릴 수가 없어서 루애는 아지를 품에 꼭 끌어안고 내렸다. 아지도 그녀의 따뜻한 품이 마냥 좋은지, 밍크코트에 폭 파묻혀 꼼짝도 하지 않았다.

아지는 처음 와 보는 신촌이 신기하기만 한지, 고 앙증맞은 눈을 동그랗게 뜨고 지나가는 사람들을 구경하기에 바빴다. 그런 아지 때문에 루애의 입에서는 미소가 떠나지 않았다.

"아지야, 저기가 누나가 다니는 학교야. 어때, 근사하지? 그리고 여기는 누나가 밥 먹으러 자주 왔던 곳이고, 그리고 저기는 누나 친구들하고 자주 가서 차 마시던 곳."

루애는 손가락으로 이곳저곳을 가리키며 연신 아지하고만 속살거렸다. 그쯤 되자 둘을 흐뭇하게 바라보기만 하던 근우는 조금씩 약이 오르기 시작했다.

그녀와의 첫 데이트를 기념하기 위해서 데리고 온 녀석인데 루애가 하도 아지한테만 신경을 쓰고 관심을 기울이니, 정작 자신은 찬밥 신세가 된 것 같아서 기분이 어째 좀 그랬다.

거기다 아지와 함께 있으니 미처 생각지도 못했던 불편한 점이 한두 가지가 아니었다.

녀석 때문에 영화를 보러 갈 수도 없었고, 아무 카페나 들어가 언 몸을 녹일 수도 없었다. 카페든 어디든, 아지를 보고선 다들 난색을 표했기 때문이었다.

그렇게 두 사람은 몇 번 퇴짜를 맞고서야 간신히 아지의 출입을 허락해 주는 곳을 찾을 수 있었다.

memorise.

굴다리 앞의 이면 도로를 이용해 신촌역 가는 방향에 위치한 어느 허름한 4층 건물의 2층에 위치한 카페. 학교 때문에 지난 4년 동안 신촌을 제 집처럼 매일 드나들었던 루애로서도 처음 와 보는 곳이었다.

직사각형의 작은 나무판에 붉은 글씨로 'memorise'라고
쓰여 있는 간판부터가 젊은 취향이 아니었다.

역시나. 내부도 세련되고 감각적인 것을 추구하는 젊은이
들의 취향과는 거리가 멀었다.

투박한 나무 문을 밀고 들어가면 딸랑, 하고 울리는 경종
소리가 그랬고, 내부는 마치 어느 깊은 산속의 산장을 그대
로 옮겨다 놓은 것만 같았다.

산에서 바로 나무를 베어다 턱턱 쌓아 놓은 것만 같은 바
닥과 벽, 장작이 잔뜩 쌓여 있는 벽난로, 열 개 남짓한 테이
블들도 온통 나무로 대충 짜 놓은 것 같았다.

심지어 흘러나오는 음악도 한물간 6~70년대의 올드 팝
이었고, 주인으로 보이는 아저씨마저 수염이 덥수룩한 것이
더도 말고 덜도 말고 딱 산장지기의 모습이었다.

단숨에 도심에서 깊은 산속으로 훌쩍 건너온 듯한 착각이
들 정도였다.

"우와."

절로 루애의 입에서 탄성이 흘러나왔다. 매일같이 지나쳤
는데도 학교 앞에 이런 곳이 있는 줄은 몰랐더랬다. 신기하
고 놀라웠다. 단박에 루애는 이곳에 매료되었다.

루애는 들뜬 표정으로 연방 주변을 두리번거렸다. 덕분에
루애를 근사한 곳으로 데리고 가려 했던 계획이 틀어져 시
큰둥해 있던 근우의 기분도 조금 나아졌다.

두 사람은 창가에 자리를 잡고 앉았다. 아지를 코트 속에서 꺼내 손가락으로 벽난로를 가리키며, '저게 뭔 줄 알아? 바로 벽난로라는 거야'라고 알려 주는 루애를 흐뭇하게 바라보며 근우가 말했다.

"하루애의 취향이 이쪽이었군. 하나 접수 완료."

"꼭 그런 건 아니야. 그냥 재미있잖아. 새롭고."

"어쨌든 맘에 든다는 얘기잖아."

"어, 맘에 들어. 사람이 많지 않은 것도 맘에 들고. 꼭 아지트 같잖아. 우리만 아는."

우리만 아는 아지트라. 그 말에 근우의 입술에 더욱 깊은 미소가 지어졌다.

두 사람은 그곳에서 오랜 시간을 보냈다. 추적추적 비 오는 거리를 헤매고 다니는 것에도 지쳤고, 고즈넉한 산장마냥 타닥타닥 불꽃을 피워 내는 벽난로의 따뜻한 온기 속에 마주 앉아 두런두런 이야기를 나누는 것도 나름 운치 있고 즐거웠다.

내친김에 두 사람은 그곳에서 저녁 식사마저 해결했다. 저녁을 먹기에는 다소 이른 시간이었지만, 투박한 접시에 수북이 담겨 나오는 김치볶음밥도 맛있었고 주인장 아저씨가 직접 내려 주는 커피도 기대 이상으로 훌륭했다.

주인아저씨는 친절하게도 아지를 위해서 미지근하게 데운 우유도 서비스해 줬다.

우유로 배를 채운 아지는 기분이 좋은지, 테이블 위를 촐랑거리며 뛰어다녔다. 하지만 아직 발바닥이 여물지 않아서 몇 걸음 떼지 못하고 미끄러지기 일쑤였다.

그 모양이 얼마나 귀엽고 깜찍한지, 루애는 또 까르르 웃음을 터트렸다.

보다 못한 루애가 제 밍크코트를 펼치고 그 위에 아지를 올려놓으려고 했다. 그러자 근우가 얼른 그녀의 옷을 치우더니 제 코트를 테이블에 펼쳐 그 위에 아지를 올려 주었다. 그제야 아지는 미끄러지지 않고 신나게 그 위를 콩콩 뛰어다녔다.

루애가 그에게 고맙다는 눈짓을 보내고 아지한테 얼굴을 기울였다.

"아이고, 그렇게 좋아?"

귀를 쫑긋 세운 아지가 짧은 꼬리를 마구 딸랑이며 그녀한테 돌진했다. 놀아 달라고 앞발을 버둥거리며 또다시 그녀의 입술을 핥기 시작했다. 그러자마자 근우가 아지를 덥석 잡아 들어 올렸다.

"어허, 하지 말라니까. 이 자식이."

난데없이 허공에 달랑 들린 아지가 놓아 달라고 낑낑거렸다. 루애가 깜짝 놀라 소리쳤다.

"하지 마, 왜 그래. 놀아 달라고 그러는 건데."

"애하고 뽀뽀하지 마. 건강에…… 안 좋대."

"괜찮아, 안 죽어. 포미하고도 항상 이러고 놀았는데, 뭐."

루애가 돌려 달라고 손을 내밀자, 근우가 아지를 좀 더 높이 들어 올렸다.

"그래도 안 돼."

정색을 하고 대답하는 근우를 루애가 어이없다는 눈초리로 쳐다보았다.

"왜?"

"어쨌든 이놈도 남자잖아. 기분 나빠."

아깐 그냥 하는 소린 줄 알았다. 그런데 이제 보니 진심이었나 보다.

루애는 새끼 강아지를 상대로 질투하는 그가 어이없으면서도 조금은 귀여워 보였다. 태어났을 때부터 섹시했을 것 같은 남자한테 할 소리는 아니었지만.

루애는 키득거리며 얼른 손을 뻗어 그에게서 아지를 잽싸게 뺏어 왔다.

"알았어, 뽀뽀만 안 하면 되지?"

불의의 습격을 당한 근우가 재빨리 다시 아지를 낚아채오려다가 그 소리를 듣고는 어깨를 으쓱거리며 손을 내렸다.

그 모습이 왜 또 그리 귀여운지, 루애는 속으로 한참을 더 키득거렸다.

남자와 데이트하는 게 이렇게 즐거울지 몰랐다. 우려했던 것과 달리 근우는 조금도 독단적이거나 거만하고 강압적이지 않았다. 재미있고 다정하고 배려심이 깊었다.

행여 루애가 조금이라도 불편해할까 봐 눈에 띄지 않게 그녀를 배려하고 챙겨 주었다.

그녀의 말 한마디, 한마디에 귀를 기울여 주고, 그녀가 한 모든 말들을 허투루 듣지 않고 소중하게 기억해 주었다. 그리고 그녀가 부담스러워하지 않을 정도로만 다가왔다.

진심으로 그녀를 위하고 있다는 것이 느껴졌다.

루애는 생각했다.

이런 남자라면, 이런 사람과라면 사랑을 할 수도 있겠다는 생각.

오랜 시간 상처 입고 닫혀 있던 마음의 문이 빗장을 풀고 서서히 열리고 있었다.

눈앞의 남자를 향해서, 조심스럽지만 기꺼이…….

❈ ❈ ❈

다정하고 배려심이 깊어? 독단적이지 않고 강압적이지 않아? 천만에! 내가 미쳤지. 잘못 봐도 한참 잘못 봤다! 독재자도 저런 독재자가 없었다. 루애는 씩씩거리며 옆에 앉아 있는 근우를 죽일 듯이 노려보았다.

두 사람은 지금 홍은동 어느 한적한 주택가 골목에 차를 세워 놓고 대치 중이었다.

근우는 무시무시한 교관처럼 팔짱을 떡하니 낀 채 빨리빨리 안 움직이고 뭐하냐는 눈초리로 루애를 매섭게 노려보고 있었고, 루애는 루애대로 벌겋게 달아오른 얼굴로 씩씩거리며 근우를 노려보고 있었다.

오늘로 두 사람이 만난 지 한 달이 좀 넘었다.

그동안 두 사람은 매일 만나 친구들 몰래 깨소금 볶는 연애를 즐겼다. 방학이라서 상대적으로 시간이 많은 근우가 매일 퇴근 시간마다 신문사 앞으로 루애를 데리러 왔다.

루애는 자신과 동갑인 근우가 아직 군대도 다녀오지 않았는데 2학년에 재학 중이라는 사실이 못내 의아스러웠다. 하지만 서울대에 진학하기 위해서 재수, 삼수를 했던 모양이라고 이해하고 넘어갔다.

물론 그가 그 때문이라고 말한 적은 한 번도 없었다. 그냥 그녀 생각이 그랬다. 그녀의 동기 중에서도 서울대에 다시 도전하기 위해서 휴학하는 친구들이 더러 있었으니 말이다.

어쨌든 덕분에 두 사람은 매일 만나 신촌 등지를 돌며 데이트를 즐겼고, 서로에 대해서도 많은 것을 알게 되었다.

서로의 가족과 친구들, 좋아하는 것과 싫어하는 것, 놀랍도록 비슷한 부분과 판이하게 다른 부분이 있다는 것도 자연스럽게 알게 되었다.

이를 테면, 두 사람은 모두 외동이라는 공통점이 있었다.

가요보다 팝을 즐겨 듣는다는 공통점도 있었고, 좋아하는 책이나 작가도 비슷했다. 다행히 정치적 성향도 같았다.

하지만 판이하게 다른 점도 있었다. 남들의 시선을 강하게 의식하는 루애와 다르게 근우는 남들의 시선 따위는 거의 신경도 쓰지 않았다. 아마도 어렸을 때부터 사람들의 시선에 지겹도록 인이 배겼기 때문일 터였다.

그와 함께 있으면 루애까지 좋든 싫든, 어디에서든 사람들의 따가운 눈총 세례를 받고는 했다. 특히 여자들의 감탄과 시기, 질투, 호기심에 찬 시선들.

뭐, 힘들지만 이해는 한다. 좀 잘나고 눈에 띄는 사람이어야지. 그처럼 동뜨게 섹시하고 멋진 남자를 만나려면 감수해야 될 일이 아닌가 싶기도 했다.

하지만 이건 도저히 못 참겠다. 자기한테 딱 하루만 연수를 받으면 바로 장롱면허 신세를 면하게 될 거라고 하도 큰소리를 탕탕 치기에 그러마고 했더니 이건 뭐, 스파르타도 아니고 해도 너무했다.

오늘을 위해서 삐까뻔쩍한 스포츠카를 친구의 허름한 중고차와 바꿔 타고 온 정성까지는 좋았다. 힘들어도 운전을 처음 배울 때 무조건 수동으로 배워 놔야 한다는 주장 역시 일견 타당성이 있어 그러마고 수용했다.

그녀가 운전석에 앉자마자 무섭게 돌변해서는 해병대 교관처럼 명령조로 이래라저래라 하는 것도 충분히 그럴 수 있다고 생각했다.

자존심이 살짝 상하기는 했지만 긴장하고 조심하라는 취지로 부러 더 그러는 것이라고 생각해서, 꾹 참고 근우가 시키는 대로 고분고분 따랐다.

하지만, 이건 아니다. 두 시간 남짓 한적한 도로를 왔다 갔다 해 본 것이 전부인 그녀한테 난데없이 까마득한 오르막을 올라가 보라니 그게 말이나 되는 소리인가, 이 말이었다.

좀 전부터 갑자기 잘한다, 소질 있다, 치켜세우더니 이제 보니 그게 다 속셈이 있었던 거다. 루애는 씩씩거리며 완강하게 버텼다.

"싫어, 안 해, 못 해."

"해! 할 수 있어. 저게 뭐가 무섭다고 난리야. 내가 알려 준 대로만 하면 된다니까."

근우가 엄한 교관처럼 턱을 치켜들고 냉엄하게 꾸짖었다. 그러자 루애가 답답하다는 듯 소리쳤다.

"안 된다니까. 이제 겨우 시동 안 꺼트리고 운전하게 됐는데 저길 어떻게 올라가. 오토라면 또 몰라. 그러다 만에 하나 중간에 시동 꺼트리면, 네가 책임질래?"

"안 꺼트려. 꺼트려도 내가 시키는 대로만 하면 아무 일 없어. 그러니까 빨리 올라가."

"야! 너 정말 계속 이럴래? 참는 데도 한계가 있어. 해도 너무하잖아."

"너무하긴 뭐가 너무해. 그럼 이 정도도 안 하고 운전할 수 있을 줄 알았어? 특히, 넌 이거 반드시 해야 돼. 너희 집 올라가는 골목도 이 정도 경사잖아. 그런데 이걸 못 하겠다면 차는 어떻게 끌고 다닐래? 큰길가에 차 대 놓고 걸어 다닐 거야?"

"안 하겠다는 게 아니라 지금 당장은 무리라는 거지. 운전에 좀 더 자신감이 생기고 익숙해진 다음에 해도 되는 거잖아. 왜 꼭 지금 해야 되는데? 그리고 나 차 사게 되면 오토 살 거야. 이걸로 굳이 연습할 필요 없다구."

근우가 피식, 헛웃음을 흘렸다. 가당치도 않다는 듯한 비웃음이었다.

"오토가 무슨 만능인 줄 알아. 그리고 그렇다고 해도 이 정도는 눈 감고도 오를 정도가 되어야 만일의 사태에 대비할 수 있어. 잔말 말고 빨리 기어 넣고 출발해."

아우, 이 고집불통, 독재자, 파시스트! 도저히 말이 통하지 않는다.

루애는 입바람으로 흘러내려 온 머리카락을 훅 날리며 근우를 대차게 노려보았다. 그리고는 절대 움직일 수 없다는 듯 그처럼 팔짱을 끼고 차의 시동도 아예 꺼 버렸다. 어디 한번 누가 이기나 해 보자는 태도였다.

그쯤 되자, 근우도 생각을 달리할 수밖에 없었다. 지금처럼 강하게 몰아붙여서는 답이 없을 것 같았다. 1보 전진을 위해 2보 후퇴하는 심정으로 근우는 단단히 뿔난 그녀를 살살 구슬리기 시작했다.

"괜찮아, 루애야. 겁먹을 거 없어. 저 정도는 아무것도 아니야. 지금 네 실력으로도 충분히 올라갈 수 있는 높이야. 안 그러면 내가 미쳤다고 저길 올라가 보라고 하겠어? 나도 옆에 타고 있는데? 자신감을 가져. 너, 운전 진짜 잘한다니까."

그러면서 온갖 감언이설로 그녀를 잔뜩 치켜세웠다. 그러다 보니, 루애도 점차 '정말 그런가?' 싶으면서 자신감이 생기기 시작했다.

그렇게 한참을 더 실랑이하며 망설인 끝에 마침내 루애는 용기를 긁어모아 올라가 보기로 했다.

두 손을 불끈 쥐고 파이팅을 부르짖는 근우의 응원에 힘입어 루애는 심호흡을 한 뒤에 시동을 걸고, 에베레스트 산처럼 까마득하게 느껴지는 오르막을 천천히 올라가기 시작했다.

'어, 된다, 된다!'

거짓말처럼 스멀스멀 부드럽게 올라가는 차체에, 온몸에 쥐가 날 듯 잔뜩 긴장해서 바짝 얼어붙었던 루애의 표정이 점차 환하게 밝아졌다.

루애는 속으로 '아싸!' 쾌재를 부르며 액셀 페달을 더욱 힘껏 밟았다.

그렇게 중간쯤 도달했을 때였다. 별안간 옆에서 '앗! 잠깐, 빨리 세워!'라는 다급한 외침이 벼락처럼 들려왔다.

소스라치게 놀란 루애는 무슨 일인지도 모른 채, 반사적으로 죽을힘을 다해 브레이크 페달을 밟아 차를 세웠다.

끼이이익! 털컹!

"왜, 뭔데? 무슨 일인데?"

루애는 설마 자신이 길고양이라도 친 게 아닌가 싶어서 사색이 된 얼굴로 창밖을 내다보았다. 손발이 부들부들 떨렸다.

그런데 밖에는 아무것도 없었다. 잽싸게 도망치는 고양이 꼬리조차 보이지 않았다. 겁에 질려 사방을 두리번거리던 루애는 일단 안심했다.

"후우."

얼굴을 핸들에 박고 안도의 한숨을 몰아쉬는 그녀의 머리 위로 아무 일도 없었다는 듯이 태연한 근우의 목소리가 들려왔다.

"됐어. 다시 출발해."

순간, 루애는 문득 깨달았다. 근우가 일부러 차를 세우게 했을지도 모르겠다는 것을. 설마, 하는 생각과 함께 루애는 고개를 번쩍 들고 근우를 돌아보았다.

"뭐야, 너 혹시 일부러 그런 거야?"

물으면서도 '에이, 설마' 했다. 그런데……. 근우는 뻔뻔하게 '뭐가?' 하는 눈빛으로 그녀를 힐끔 쳐다보고는 그만이었다. 가타부타 그렇다, 아니다라는 말도 없이, 그저 손가락으로 오르막 끝을 가리키며 빨리 출발하자는 손짓만 할 뿐이었다.

그 의뭉스러운 태도에 의심이 확신으로 돌아선 루애가 버럭 소리를 질렀다. 머리 꼭대기까지 화가 치밀었다. 도저히 참을 수가 없었다.

"이근우! 너 정말 왜 그래! 일부러 그런 거지, 그치, 맞지! 미쳤어? 미치지 않고서야 어떻게 이럴 수가 있어!"

사색이 됐던 그녀의 얼굴이 금세 시뻘겋게 달아올랐다. 24년을 살아오면서 이렇게 이성을 잃을 만큼 화를 내 보는 것은 처음이었다. 이젠 하다하다 이근우 덕분(?)에 별 처음도 다 겪는다 싶었다.

그런데 더욱 분통이 터지는 건, 그녀를 있는 대로 미치고 팔딱 뛰게 만들어 놓고 정작 본인은 대수롭지 않다는 듯, 태연자약 느긋하기만 하다는 사실이었다.

"다 했어? 다 했으면 흥분 그만 가라앉히고 출발하자. 일단, 기어 중립에 놓고 브레이크와 클러치페달 꽉 밟아. 시동 걸고 기어는 1단으로 바꾸고, 이번에는 액셀을 2~3초 정도 먼저 밟아 준다는 느낌으로 클러치에서 액셀로 발을 옮기면서 동시에 브레이크에서 재빨리 발을 떼는 거야. 평지에서하고 크게 다를 것 없어. 순간적으로 차가 뒤로 밀린다 싶어도 놀라거나 당황하지 말고, 침착하게 하면 돼. 어려울 것 없어."

"하! 말은 참 쉽다, 응? 그렇게 쉬우면 사고는 왜 나니? 난 못 해. 자신 없어."

루애는 고개를 절레절레 저으면서 핸들에서 아예 손을 놔 버렸다. 그러자 느긋하던 근우의 얼굴이 차갑게 굳어 버렸다. 그가 더없이 차갑고 무서운 눈빛으로 그녀를 노려보았다.

두 사람이 만난 이래, 그렇게 차갑고 무서운 근우의 얼굴은 처음 보았다. 루애는 일순 움찔했다. 허나 그보단 여기서 차를 출발시키는 게 무서웠다.

"아무리 그래도 안 되는 건 안 되는 거야. 바보라고, 겁쟁이라고 해도 할 수 없어. 이대로 미끄러지고 말 거라구. 그럼 우리 둘 다 죽어. 하아. 그러지 말고 근우야, 네가 해 주라."

루애는 이제 울상이 되어 애원하기 시작했다.

"제발, 그러지 말고 이리 와서 나랑 자리 좀 바꿔 줘. 빨리 바꾸면 되잖아. 응?"

"안 돼. 네가 해. 여기까지 잘 올라왔잖아. 그러니까 끝까지 충분히 올라갈 수 있어. 내가 알려 준 대로만 하면 돼. 겁만 먹지 않으면 된다구. 날 믿어."

대체 뭘 믿으라는 건가. 미끄러지면 끝장인데!

"안 미끄러진다니까. 내가 그렇게 안 놔 둬. 내가 하라는 대로만 해. 그리고 여차하면 내가 이거 바로 잡아당길 테니까 걱정 마. 그럼 절대 안 미끄러져."

근우가 핸드브레이크를 잡고 있는 제 손을 눈짓으로 가리켰다. 그럼에도 루애는 안 된다며 고개만 절레절레 흔들었다.

근우가 자유로운 다른 손으로 부들부들 떨리는 그녀의 얼굴을 가만히 감싸 안았다. 처음으로 닿는 그와의 직접적이고도 친밀한 신체 접촉이었다.

겁에 잔뜩 질려 있는 와중에도 루애의 본능이 움찔 몸을 움츠렸다. 불에 덴 듯 도망치려는 그녀의 얼굴을 근우의 손이 재빨리 붙잡았다.

루애의 얼굴을 빠듯하게 감싸 쥐고 자신과 시선을 맞추도록 들어 올렸다. 그리곤 어린아이처럼 겁먹은 그녀의 뺨을 엄지로 부드럽게 어루만졌다.

부릅떠진 채 사시나무처럼 흔들리는 루애의 까만 눈동자와 깊숙이 시선을 맞춘 근우가 나지막하지만 거부할 수 없는 힘이 실린 목소리로 속삭였다.

"날 믿어. 한 번만 날 믿어 봐. 나는 널 절대 위험에 빠트리게 하지 않아. 널 실망시키는 일도 절대 없을 거다. ……그러니까 한 번만 나를 믿어 봐, 루애야."

루애의 커다란 눈동자가 파르르 떨렸다.

'믿……어? 믿는다? 이근우를, 이 남자를 믿는다……? 과연

이 남자를 믿을 수 있을까? 이 남자를 믿고 나를 걸 수 있을까?

글쎄, 모르겠다. 하지만…… 믿고 싶다. 한 번 믿어 보고 싶다. 이 남자라면, 이근우라면…… 자신을 아프게 하지 않을 것 같다는 마음이 생겨나 버렸다.

루애는 이를 악물고 고개를 천천히 끄덕거렸다. 굳어 있던 그의 얼굴에 감미로운 미소가 감돌았다.

그의 깊은 눈동자에서 뜨거운 무언가가 타올랐다. 그 불길이 그녀의 얼굴을 깃털처럼 부드럽게, 혹은 델 듯 뜨겁게 어지러이 배회하며 어루만졌다. 떠나는 그의 손길이 아쉬웠다.

루애는 자세를 바로 하고 돌아앉아 양손으로 핸들을 꽉 움켜잡았다. 몇 번이나 거듭 심호흡을 한 끝에 용기를 내어 시동을 걸었다.

부르릉.

심장이 벌 떼처럼 뛰어 댔다. 핸들을 움켜잡은 손바닥에 금세 식은땀이 고여 축축하게 젖어 들었다. 기어를 움켜잡은 손등 위로 그의 커다란 손이 겹쳐졌다.

왠지 모르게 힘이 나고 마음이 놓였다. 그와 함께 기어를 1단으로 바꿨다. 그리고 재빨리 발의 위치를 바꿔 액셀을 힘껏 밟았다.

부르릉, 끼이익, 부르릉, 덜컥.

부르르 떨며 요동치던 차체가 앞으로 나아가지 못하고 뒤로 주륵 미끄러지다가 시동이 다시 덜컥 꺼져 버렸다.

　첫 번째 시도는 안타깝게도 실패였다. 루애는 염려했던 대로 차가 뒤로 주르륵 미끄러지자 소스라치게 놀라 경악했다. 겁도 있는 대로 집어먹었다.

　'안 되잖아. 역시 무리였어.'

　허나 그런 마음이 든 것도 잠시.

　"잘했어. 거봐, 더 이상 안 미끄러지잖아. 다시 한 번 해 보자. 이번에는 될 거야."

　대견하다는 그의 진심 어린 응원에 루애는 다시 금세 용기를 얻었다.

　'그래, 까짓 거, 한 번 더 해 보자. 죽기 아니면 까무러치기지. 그의 말대로 더 이상은 안 미끄러지잖아. 그리고…… 근우가 옆에 있잖아. 그러니까 괜찮을 거야. 아무 일도 없을 거야. 할 수 있어. 해 보자, 하루애!'

　루애는 다시 한 번 용기를 내어 도전했다. 그리고 결과는 대성공이었다! 잠시 뒤로 주르륵 미끄러지는 듯싶기는 했지만, 이번에는 미끄러지던 차가 꿀럭거리며 앞으로 나아가 주었다. 한없이 멀고 높게만 느껴지던 오르막을 단숨에 달려 올라갔다.

　"와아, 성공이다! 근우야, 봤어? 내가 했어, 내가 해냈다구!"

"거봐, 내가 뭐라고 그랬어. 넌 충분히 할 수 있다니까. 잘했어. 진짜 잘했다, 루애야!"

환희와 기쁨에 들떠 소리치는 루애를 바라보는 근우의 얼굴에서도 환한 미소가 터져 나왔다.

두 사람의 손은 여전히 꼬옥 맞잡은 채였다.

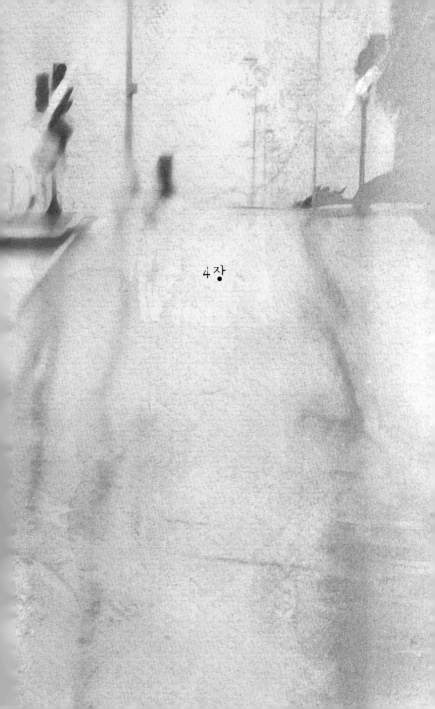

4장

지난 한 달 새 루애의 운전 실력은 일취월장했다. '친절한 근우 씨'와 '막돼먹은 근우 씨'를 수시로 오가는 근우의 혹독한 교습 덕분이었다.

얼굴 한 번 찡그리지 않고 살살 웃으면서도 결코 봐주는 법 없는 근우 덕분에 루애는 이제 복잡한 서울 시내에서도 능숙하게 차를 몰 수 있게 되었다. 그것도 스틱으로 말이다.

그녀가 운전을 능숙하게 할 수 있게 되자, 그제야 근우는 바꿔 타기로 했던 친구로부터 자신의 차를 되찾아 왔다. 마누라는 빌려줘도 차는 빌려주지 않는다던데, 그 말도 근우한테는 해당되지 않는 말이었나 보다.

근우는 그 비싼 스포츠카의 운전대를 스스럼없이 루애에

게 수시로 맡겼다.

운전도 자꾸 해야 는다면서, 거의 매일 한 번씩 꼭 운전을 시켰다. 그녀 혼자 운전하고 다녀도 안심이 되겠다는 확신이 들 때까지는 계속 그럴 모양이었다.

루애는 처음에는 고개를 절레절레 저었었다.

자신이 혹시 잘못해서 그 비싼 차에 흠집이라도 나게 하면 어쩌나, 하는 걱정 때문이었다. 그러나 근우는 그게 무슨 대수냐면서 쓸데없는 데 신경 쓰지 말고 운전이나 제대로 하라고 타박을 했다.

어쨌든 덕분에 루애의 운전 실력은 하루가 다르게 늘었다.

오늘도 변함없이 근우는 루애의 퇴근 시간에 맞춰 신문사 앞에 도착해 그녀를 기다리고 있었다. 친한 동료 여기자들의 부러움 가득한 시선을 받으며 루애는 그에게 서둘러 달려갔다.

이젠 신문사에 있는 대부분의 사람들이 두 사람이 사귀고 있다는 것을 알 정도가 되었다.

심지어 교류가 별로 없는 타 부서 사람들까지 루애한테 애인이 근사하더라며 아는 체를 할 정도였다. 루애는 부끄러우면서도 왠지 목에 힘이 들어가고는 했다.

"안녕, 오래 기다렸어?"

바람에 머리카락을 나부끼며 달려온 루애를 내려다보며

근우가 다정하게 미소 지었다.

"아니, 나도 방금 도착했어. 하루애 기자님, 오늘 하루도 수고 많으셨습니다."

차 문을 열어 주는 근우에게 루애가 싱긋, 미소 지었다. 아무리 힘들고 피곤해도 근우의 저 말 한마디면 하루의 피곤이 싹 다 사라졌다. 하여 퇴근 시간만 되면 힘이 더 불끈불끈 솟는 루애였다.

창밖으로 스쳐 가는 전경을 보고 루애가 고개를 갸웃거렸다. 으레 신촌으로 갈 줄 알았는데 방향이 그쪽이 아니었기 때문이었다.

차는 정반대 방향인 강남으로 향하고 있었다. 평일에는 그녀의 통금 시간 때문에 멀리 갈 수가 없어서 집하고 가까운 신촌 등지에서만 데이트를 했었는데. 한강 다리를 건너며 루애가 물었다.

"어디 가는 거야?"

"한강 고수부지. 밤에 한강 고수부지를 한 번도 가 본 적이 없다면서. 거기서 보는 한강 야경은 어떨지 궁금하다고 했지? 오늘 한번 가 보자."

어머, 그냥 해 본 소리였는데 그걸 또 기억하고 오늘 바로 가 볼 생각인가 보다. 루애의 입술에 보일 듯 말 듯한 미소가 어렸다.

그는 항상 이런 식이었다. 그녀가 무슨 말을 하면 당시에

157

는 '어, 그래?' 하고 별 반응을 보이지 않는다. 그녀가 살짝 서운할 정도로.

하지만 이제는 안다. 그가 그녀의 말을 한마디도 놓치지 않고 모두 기억하고 있다는 것을. 그다음에 바로 이처럼 그녀가 얘기했던 것들을 하나둘 들어주니 말이다.

그녀가 한강 고수부지에서 서울의 야경을 보고 싶다고 말한 건 바로 어제였다.

최근 연인들의 데이트 코스로 떠오르고 있다는 성산동의 어느 강변 카페를 찾아 식사를 하다가 눈앞에 펼쳐진 야경을 보고 무심코 꺼냈던 말.

루애는 그동안 밤에 한강 고수부지를 가 본 적이 없었다. 딱히 가 보고 싶다는 생각이 든 적도 없었고, 차도 없어서 가 볼 기회가 없었다.

미진의 차를 타고 가 볼 수도 있었겠지만, 한밤중에 여자끼리 한강을 찾을 일이 뭐가 있겠는가. 친구들과 만나도 9시면 먼저 일어나 집에 가기 바쁜 그녀였는데.

그런데 반짝거리는 야경을 내려다보고 있자니 드라마나 영화에 나오는 한강에서 바라보는 서울의 야경이 생각났다.

왜 그런 장면이 있지 않은가. 고즈넉한 밤에 한강변을 찾은 연인이 반짝이는 불빛을 달빛 삼아 다정하게 산책도 하고, 그 불빛들을 고스란히 투영하는 강물을 차 안에서 바라보며 사랑을 속삭이기도 하는……. 어머, 너무 야한가? 흠흠.

어쨌든 그래서 무심코 그런 말을 꺼낸 거였는데, 그걸 또 기억하고 있다가 오늘 바로 가자고 할 줄이야. 배시시 미소 짓는 그녀의 뺨이 흥분과 기대로 살짝 달아올랐다.

몇십 분 후 두 사람은 검은 강물이 넘실거리는 한강을 앞에 두고 있었다.

아직 동장군이 기세를 부리는 2월의 매서운 한파 때문인지, 널따란 고수부지는 차량들만 몇 대 서 있을 뿐 고즈넉하니 한적했다.

검은 하늘과 검은 강물만이 그들 앞에 놓인 전부였다. 강 건너 화려한 불빛과 빠른 속도로 다리를 건너가는 차량들의 불빛은 다른 세상인 양, 멀게만 느껴졌다.

두 사람은 한동안 말이 없었다. 고요히 흘러가는 검은 강물이 뭐 대단한 볼거리라도 되는 양, 강물만 바라보며 앉아 있었다.

루애는 기분이 이상했다. 배 속에서 수천 마리의 개미들이 다글다글 기어 다니는 것만 같았다. 간지러우면서도 따끔거리고 울렁이면서도 가슴이 설레었다.

그가 아무 말이라도 해 주면 좋으련만. 웬일인지 그도 말이 없었다. 그렇게 얼마나 있었을까. 근우가 문득 조금은 가라앉은 목소리로 말했다.

"나갈까?"

루애는 기다렸다는 듯이 얼른 고개를 끄덕거렸다. 잽싸게 두 사람은 차 밖으로 나왔다.

휘이잉.

그녀의 가녀린 몸이 밀려날 정도로 매서운 강바람이 무섭게 밀려왔다. 머리카락이 사방으로 날리며 시야를 가렸다.

깜짝 놀란 루애가 어깨를 움츠리고 재빨리 강물을 등진 채 뒤돌아섰다. 생각보다 한겨울의 강바람은 차고 매서웠다.

"으, 추워."

절로 앓는 소리가 흘러나왔다.

"큭, 그렇게 추워? 그냥 들어갈래?"

언제 보닛을 돌아왔는지, 눈앞에 선 그가 허리를 숙이고 그녀와 시선을 맞춰 왔다. 루애는 시야를 어지럽히는 머리카락 사이로 그를 올려다보며 고개를 가로저었다.

"아니, 걸을래."

"춥잖아. 괜찮겠어?"

"이 정도 추위야, 뭐. 괜찮아."

"추위도 많이 타면서 센 척은. 오케이, 그럼 잠깐만."

불쑥 뻗어 온 손에 루애는 흠칫 놀랐다. 그러나 이내 그가 하는 대로 가만 내버려 두었다.

근우는 그녀의 코트 깃을 단단히 여며 주고 자신의 목에 두르고 있던 목도리로 그녀의 목을 칭칭 감았다. 얼굴의 반이 가려질 정도로.

눈만 빼꼼히 나온 그녀를 내려다보며 근우가 빙긋 미소 지었다.

"됐다. 좀 낫지?"

그가 기다란 손가락으로 바람에 날리는 그녀의 머리카락을 다정하게 귀 뒤로 넘겨 주었다. 루애는 아무 말도 하지 못한 채, 고개만 주억거리며 그의 시선을 피해 버렸다.

검은 밤하늘 아래, 저 멀리 외로이 켜 있는 가로등 불을 등지고 선 그의 얼굴이 숨 막히도록 근사하고 매혹적이라서 오래 쳐다볼 수가 없었다. 괜스레 쑥스럽고 얼굴이 화끈거려 왔다.

그렇게 피한 그녀의 시선에 그의 커다란 손이 들어왔다. 무언가를 바라듯 내밀어진 손바닥을 뚫어지게 응시하다가 시선만 들어 그를 올려다보았다. 약간은 긴장한 듯한 그의 미소에서 루애는 시선을 떼지 못했다.

그의 짙은 한쪽 눈썹이 미세하게 위로 치켜 올라갔다. 그리고 마치 허락을 구하듯 손끝부터 조심스럽게 거슬러 올라와 이내 그녀의 손등을 오롯이 감싸는 크고 따뜻한 손.

그에 따라 목도리 위로 빼꼼히 나온 루애의 눈도 점차 커다랗게 부릅떠졌다. 그녀를 깊숙이 응시해 오는 그의 까만 눈동자가 밤하늘처럼 한없이 깊어졌다.

근우에게 손이 잡힌 건 이번이 처음은 아니었다. 요전 오르막 사건이 있었을 때도 그녀의 손을 덥석 잡기는 했었다.

161

하지만 그때는 워낙 긴박했고 기어 때문에 어쩔 수 없는 상황이기도 했었다. 그녀가 오죽 겁을 먹고 있었어야지.

딱 그때 한 번뿐이었다. 그 후로는 한 번도 그런 적이 없었다.

그런데 지금은…… 그런 위기 상황도 아닌데 그가 그녀의 손을 잡았다. 허락을 구하듯 조심스럽게. 마치…… 진짜 다정한 연인처럼…….

루애의 가슴이 쿵쾅, 쿵쾅 무섭게 뛰어 댔다.

스물네 살이나 돼서 남자와 손 한번 잡았다고 이런 기분을 느낀다는 것이 얼마나 우스운 일인지는 그녀 자신도 잘 알고 있었다. 하지만 어쩌겠나. 그녀에게는 이 모든 것들이 처음인데.

그에게 잡혀 있는 손에서 불길이 이는 것만 같았다. 크고 뜨거운 단단한 불길. 그와 맞닿은 살갗에 짜릿한 전류가 흘렀다.

하지만…… 싫지 않았다. 거부감도 들지 않았다. 되레…… 소중하게 보호받고 존중받고 있다는 기분이 들었다. 어색하지만 설레고 안심이 되었다.

루애는 마른침을 꿀꺽 삼키고 아랫입술을 지그시 깨물었다.

그의 짙은 눈썹 한쪽이 미세하게 치켜 올라갔다. 마치 괜찮느냐고 묻는 것 같았다.

루애는 시선을 내리깐 채, 그에게 잡혀 있는 손을 빼지 않는 것으로 대답을 대신했다. 루애의 손을 잡은 근우의 손에 와락, 힘이 실렸다.

두 사람은 손을 마주 잡은 채 한강변을 거닐었다. 강 너머에서 불어오는 밤바람은 여지없이 차고 매서웠다. 목도리로 칭칭 감았음에도 불구하고 루애의 얼굴은 금세 깡깡 얼어붙었다.

그럼에도 루애는 추운 줄 몰랐다. 손등에서 발화한 따뜻한 온기가 온몸을 따스하게 감싸며 추위를 저 멀리 쫓아내 주었다.

100여 미터 떨어져 있는 간이매점에 다다랐을 즈음, 루애의 손은 근우의 코트 주머니 속에 쏙 들어가 있었다.

"춥지? 따뜻한 거라도 마실까?"

밤하늘처럼 깊고 그윽한 목소리에 루애는 간신히 입술을 늘이고 고개를 끄덕거렸다. 근우는 간이매점에서 따뜻한 캔 커피 두 개를 샀다.

그는 따뜻한 캔 커피를 그녀의 양손에 꼭 쥐어 주었다. 루애가 하나는 네 거잖아, 하며 돌려주려고 하자 근우가 빙긋이 미소 지으며 말했다.

"이러면 좀 덜 추울 거야. 차에 가서 마시자."

가슴 떨리도록 환한 미소를 지으며 그가 그녀의 손을 잡아끌었다. 갔던 길을 되돌아오는 길. 루애는 이 춥지만 낭만적인 순간이 끝나는 것이 조금은 아쉽기까지 했다.

차에 들어오자마자 근우는 히터를 최고치로 틀었다. CD 플레이어에서 잔잔한 팝송이 흘러나왔다.

따뜻한 커피와 좋은 음악, 자연 조명에 드리워진 화려한 야경, 그리고 그와 자신.

루애는 연인들이 왜 데이트 장소로 한강을 찾는지 알 것 같았다. 모든 것이 완벽했다. 가슴 설레고 행복했다. 세상에 그와 자신, 단둘만 있는 기분이었다. 루애는 이 순간을 영원히 잊지 못할 것 같았다.

루애가 캔 커피를 반쯤 마셨을 무렵, CD 플레이어가 찰칵 하고 다음 섹터로 넘어갔다. 제임스 블런트의 'You're Beautiful'이 감미롭게 흘러나왔다. 달콤한 이 순간과 더없이 잘 어울리는 노래였다.

노래 한 곡이 다 끝나 갈 때까지 두 사람은 아무 말이 없었다. 노래가 끝나자 근우가 손을 뻗어 같은 곡을 리플레이 시켰다. 아련한 기타 반주와 함께 제임스 블런트의 감미로운 목소리가 다시 흘러나왔다.

그러나 이번에는 아까와 달랐다. 감미로운 가수의 음색 위로 그보다 더 감미로운 중저음의 목소리가 나지막이 덧입혀졌다.

"My life is brilliant(내 인생은 눈부셔)."

바로 옆에서 읊조리듯 흘러나오는 근우의 음성에 루애의

고개가 절로 그를 향해 돌아갔다. 그녀를 뜨겁게 응시하고 있는 깊은 눈동자와 시선이 뒤엉켰다.

"My love is pure(내 사랑은 순수해)."

그의 검은 눈동자가 루애의 얼굴을 어루만지듯 은밀하게 맴돌았다.

"I saw an angel. Of that I'm sure(난 천사를 보았어. 난 확실해)."

그물에 사로잡힌 듯 루애는 그의 시선에서 벗어날 수 없었다.

"She smiled at me on the Geniac(그녀가 제니악에서 나를 보고 미소 지었어)."

제임스 블란트는 'Subway'라 부르고 그는 'Geniac'이라고 읊었다.

"She was with another people(그녀는 다른 사람들과 함께였지만)."

근우는 이번에도 'Man'을 'People'로 바꿔 읊었다.

"But I won't lose no sleep on that, Cause I've got a plan(그러나 그 때문에 잠 못 이룰 만큼 걱정하지는 않을 거야. 왜냐면 나한테는 계획이 있으니까)."

그가 소리 없이 손을 뻗어 홀린 듯 멍하니 있는 루애의 뺨을 어루만졌다.

"You're Beautiful, You're Beautiful(넌 아름다워, 정말 아름다

워) ······You're Beautiful, it's true(넌 아름다워. 이건 정말이야)."

그의 얼굴이······ 천천히 조금씩 가까이 다가왔다. 뜨겁게 일렁이는 그의 눈빛에 사로잡힌 루애는 꼼짝할 수 없었다. 그저 가쁜 숨을 몰아쉬며 떨리는 두 손을 꼭 움켜쥐는 것밖에는······.

그가 다시 주문처럼 가사를 읊조렸다.

"She cought my eye, As we walked on by. She could see from my face that, I was, fucking high(그녀는 내 눈을 사로잡았어. 스쳐 지나가는 동안, 그녀도 내 얼굴을 보고 엄청난 흥분을 볼 수 있었을 거야)."

한쪽 뺨에 따스한 그의 입김이 닿았다. 귀밑의 작은 솜털까지 오소소 돋아나는 것 같았다.

"We share a moment that will last till the end(우리는 잊히지 않을 순간을 함께 나눌 거야)."

과거형을 현재형으로 바꿔 속삭이는 그의 마지막 밀어는 거의 알아들을 수 없을 만큼 낮고 달콤했다. 마침내······ 그 달콤한 밀어를 속삭이던 입술이 그녀의 입술에 살포시 와 닿았다.

날개의 깃털처럼 부드럽게 닿는 그 달콤한 부딪힘에 루애는 파르르 어깨를 떨었다.

한 번, 두 번. 그의 입술이 부드럽게 그녀의 입술을 감싸며 맞닿았다 떨어지기를 반복했다. 그에 따라 긴 속눈썹에 가려진 그의 눈꺼풀도 눈앞에서 가까워졌다 멀어지기를 반복했다.

루애는 눈을 감을 생각도 못 한 채 그런 그의 얼굴을 보고 또 바라보았다.

짙은 그림자를 드리우고 있던 긴 속눈썹이 스르르 말려 올라가며 야릇하게 빛나는 그의 검은 동공이 그녀를 깊이 응시해 왔다.

맞닿은 입술로 그의 낮게 갈라진 허스키한 목소리가 흘러들어왔다.

"이제 눈 감아도 돼. 루애야, 눈 감아."

주문에 걸린 인형처럼 루애의 눈꺼풀이 그제야 스르르 감겼다. 그와 동시에…… 솜털처럼 부드러웠던 입맞춤이 조금 더 깊어졌다. 입술이 열리고 뜨거운 숨결이 짙은 무스크 향과 함께 밀려 들어왔다.

그리고는 이내 거친 폭풍우처럼 그녀의 숨을 앗아 갔다.

✥ ✥ ✥

첫 키스의 맛은…… 커피 향처럼 진하고 깊었으며, 매서운 강바람처럼 짜릿하고 짙은 무스크 향처럼 황홀했다.

커다란 혀가 그녀의 혀를 낚아채 부드럽게 빨아올릴 때는 온몸의 진기가 그에게로 빨려 들어가는 것만 같았다.

입속 예민한 곳까지 핥아 올려질 때는 온몸이 부르르 떨리고 전율이 일었더랬다.

입안 가득 밀려오는 그의 뜨거운 숨결과 목구멍으로 거침없이 밀려 내려오는 달큰한 타액에는 다리 사이 깊은 곳에 힘이 왈칵 들어갔더랬다.

첫 키스의 짜릿한 전율과 황홀경에 빠져서도 그 순간 어찌나 당혹스럽던지, 루애는 어찌할 바를 모른 채 그저 그에게 매달려 허벅지만 딱 붙이고 있었더랬다.

하아…….

벌써 며칠이 지난 일이건만, 그날 밤을 생각하면 금세 온몸이 뜨거워지면서 전신이 짜릿해진다. 당혹스럽게도 다리 사이가 저릿해지는 것 또한 마찬가지였다.

키스 한 번에 그렇게 가 버릴 수도 있다니. 아무래도 친구들 말대로 그동안 너무 굶고 살았나 보다.

아님, 근우의 키스 실력이 그야말로 엄청난 발군이든지.

흠, 다 좋은데 이 대목에만 오면 마음 한구석에서 뾰족한 날 하나가 돋아난다.

그동안 얼마나 많은 여자들과 키스를 해 봤기에 그처럼 엄청난 발군의 실력을 얻게 된 것인가 싶어서 말이다.

이미 지나간 과거에 연연해하는 것만큼 유치하고 어리석은 짓이 없다고 스스로를 꾸짖어 봐도 별 소용이 없었다.

에휴, 자신도 어쩔 수 없는 속 좁은 여자인 모양이다 싶어

루애는 한숨을 푹 내쉬었다. 발치에서 놀아 달라고 낑낑거리는 아지를 안고 괜히 눈을 부라렸다.

"요놈, 좋은 말로 할 때 바른대로 불라. 네 형이라는 작자, 대체 어떤 사람인가?"

난데없는 사극풍의 어조에 아지 녀석, '이 여자가 갑자기 못 먹을 걸 먹었나?' 하는 눈빛으로 루애를 빤히 쳐다보았다. 그러다가 이내 천진난만한 얼굴로 놀아 달라고 애교를 부려 댔다.

"그래, 네가 뭘 알겠니."

또다시 한숨이 흘러나왔다. 그러자 아지 녀석, 이때가 기회다 싶었는지 혓바닥을 날름거리며 루애에게 달려들었다.

키스에 흠뻑 빠진 건 루애뿐만이 아닌 모양이었다. 혀를 날름거리며 입술로 돌진해 오는 아지에 화들짝 놀란 루애가 꽥 소리를 지르며 아지를 침대에 떨어트리고 제 입술을 단단히 틀어막았다.

"입술은 안 된다고 했잖아! 근우 형아 거라니까!"

어머, 말하고 보니 어감이 좀 색스럽다. 새삼 그날 그녀의 이마를 쓰다듬으며 근우가 했던 말이 또렷하게 떠올라 버렸다.

"이젠 내 거야. 그러니까 함부로 쥐어박고 그러지 마. 아프단 말이야."

얼굴이 금세 화르르 달아올랐다. 루애는 화끈거리는 얼굴을 손으로 가리고 가래떡처럼 몸을 배배 꼬았다.

"이제부터 자기 거라고 함부로 하지 말래. 아우, 어쩔 거야. 어쩜 걔는 말도 그렇게 멋지게 한다니."

베개에 얼굴을 처박고 루애는 다리를 동동거렸다. 뽀뽀 한 번 하려다가 난데없이 내동댕이쳐진 아지는 출렁이는 침대에 간신히 네 발을 모으고 앉아 뽀로통하니 루애를 쳐다보았다.

그러다 치사하다는 생각이 들었는지, 동그란 코끝을 찡그리며 팽 돌아 침대 가장자리로 폴짝 뛰어갔다. 이가 나려는지 근질거리는 입을 벌려 베갯잇만 자근거리며 씹어 댔다.

"하아……."

굿나잇 키스를 하는 시간이 점점 길어지고 있다. 그와 더불어 루애와 헤어지는 순간이 점점 힘들어지고 있다.

한강 고수부지에서 그녀와 처음 키스를 나눈 지 한 달하고도 보름이라는 시간이 지났다. 그사이 루애는 완전한 사회인으로, 성숙한 여인으로 변모했다.

그만큼 그녀와의 키스는 더욱 깊고 농밀해졌다. 퇴근 후 만나서 차를 마시고 이야기를 나누는 시간보다 이렇게 그녀의 집 앞에 차를 세우고 키스하는 시간이 훨씬 더 길어진 것 또한 사실이었다.

솔직히 요즘은 하루 종일 그녀만 생각하고, 그녀와의 키스만 생각하는 것 같다. 루애를 품에 안고 키스를 나누고 있노라면 근우는 자신들이 어디에 있는지조차 망각해 버리고는 했다.

그야말로 그녀에게 흠뻑 취해 무아지경에 빠져들고 마는 것이다.

가끔은 그런 자신이 신기하기도 했다. 예전에는 한 번도 그런 적이 없었는데. 한창 호르몬이 왕성하던 10대 시절에도 호기심에 여자들과 몇 번 키스해 본 것이 전부였었다.

별다른 감흥이랄 것도 없었다. 그저 '아, 키스라는 게 이런 거로구나' 라는 생각만 들었을 뿐이었다.

섹스도 하려면 얼마든지 할 수 있었다. 고등학생 때 만나주던 여자들 중에 그와 섹스를 하고 싶어서 안달하던 여자가 한둘이 아니었으니까.

하지만 키스 이상을 해 보고 싶었던 여자는 단 한 명도 없었다. 심지어 그는 포르노를 보며 까만 밤을 하얗게 불태웠다는 친구들과 달리, 포르노를 봐도 별 감흥이 없었다. 그저 '아, 섹스는 저렇게 하는 거구나' 하는 정도?

하지만 루애는 처음부터 달랐다. 그녀를 볼 때마다 한 번도 느껴 본 적 없던 사내로서의 욕망이 들끓고, 가지고 싶다는 소유욕이 미친 듯 들끓었다.

그를 안달하게 만들고 조바심치게 만드는 상대는 그녀가 유일무이했다. 요즘 같아선 한때 자신이 불감증이 아닐까 의심했던 것이 우스울 지경이었다.

특히, 루애만 생각해도 가슴이 뜨거워지면서 아랫도리가 불끈 서 버리는 바람에 곤란해질 때가 한두 번이 아니었다. 심지어 엊그제 밤에는 중학생 때 몇 번 하고 말았던 몽정까지 했더랬다.

이래선 루애와 키스하다가 더 이상 참지 못하고 그녀를 짐승처럼 덮치는 것도 시간문제이지 않을까 싶었다.

아, 그건 그로서도 절대 바라는 일이 아니었다. 자신과 마찬가지로 처음일 것이 분명한 루애를 그런 식으로 안고 싶은 생각은 추호도 없었다.

그녀와의 처음은 영원히 잊지 못할 만큼 특별했으면 싶었다. 만약 루애가 혼전 순결을 원한다면…… 힘들어도 소중하게 지켜 주고 싶다는 게 그의 진심이었다.

시간이 지날수록 점차 힘들어지고는 있지만, 가능하다면 최선을 다해서…….

물론 그전에 나이 문제를 먼저 해결해야겠지만.

아, 정말. 젠장할.

은서에게 빨리 고백하라고 다그친 지가 언젠데 재진이 이

자식, 아직까지 함흥차사다. 곧 말할 거라고 잠깐만 기다려 달라더니, 벌써 석 달이나 훌쩍 지나 버렸다.

"하아…… 근……우……."

잠깐 입술이 떨어진 사이, 루애가 가쁜 숨을 헐떡이며 그의 이름을 불렀다. 스스로도 어찌할 수 없는 흥분과 욕망으로 바르르 떨리는 목소리가 근우의 욕망에 다시금 불을 지폈다.

기다란 몸의 반 이상이 보조석으로 넘어가 온몸으로 그녀를 짓누르고 있는 근우의 단단한 등 근육이 저릿한 전율에 꿈틀, 요동쳤다.

발갛게 상기된 루애의 얼굴을 한 손으로 감싸고 뜨겁게 그녀를 내려다보았다. 그리고 잠시간의 떨어짐도 참지 못해, 가쁜 숨을 할딱거리는 그녀의 입술을 와락 집어삼켰다.

파닥거리는 자그마한 혀를 잡아채 깊이 빨아들였다. 학, 하고 가쁜 숨을 몰아쉬는 입속으로, 목구멍까지 깊숙이 혀를 집어넣었다.

그녀의 얼굴이 시트에 파묻힐 듯 뒤로 젖혀졌다. 루애가 그의 뒷머리채를 와락 움켜잡았다.

키스가 깊어질수록 그의 머리카락을 파고드는 그녀의 손길 역시 더욱 드세어졌다. 뒤통수에 이는 짜릿한 통증이 그의 욕망을 더욱 불태웠다.

그의 단단한 가슴에 짓눌려 이지러지는 풍만한 가슴의 감촉이 근우를 미치게 만들었다.

자신이 무엇을 하는지, 무엇을 원하는지도 모른 채 본능적으로 들썩이는 루애의 야릇한 허리 움직임에 그의 허리도 자꾸만 들썩이려고 했다.

단전 아래가 단단하게 뭉친 건 이미 오래전이었다. 온몸을 휘도는 짜릿한 전율과 다리 사이를 파고드는 욱신거리는 통증은 고문에 가까웠다. 그의 목 깊은 곳에서 그르릉거리는 막힌 신음 소리가 흘러나왔다.

그녀의 어깨와 등줄기만 하릴없이 줄기차게 훑어 내리던 손길에 저도 모르게 강한 악력이 실렸다. 한 줌도 되지 않을 루애의 가는 허리를 거칠게 움켜잡고 근우는 허억, 허억 가쁜 숨을 몰아쉬었다.

한 가닥 남은 이성이 머릿속에서 '이제 그만!'이라는 위험 경보를 보냈다. 놓아주어야 한다. 더 이상 가기 전에 그녀를……. 그러나 그녀를 열망하는 마음이 '한 번만 더, 한 번만 더!' 하며 욕심을 부추겼다.

결국 근우는 시뻘겋게 달아오른 욕망에 무릎을 꿇고 말았다. 콘솔 박스를 타 넘어 보조석으로 완전히 넘어갔다.

좁은 공간에서 두 사람의 몸이 하나로 뒤엉켰다. 네 개의 다리가 연리지처럼 하나로 겹쳐지고 가녀린 상체가 크고 단단한 상체에 빈틈없이 맞닿아 짓눌렸다.

루애는 온몸을 내리누르는 그의 거대한 체중에 숨이 막

힐 것 같았다. 하지만 내면에서 맹렬하게 타올라 숨통을 압박해 오는 거대한 욕망의 회오리에 비하면 아무것도 아니었다. 그의 커다란 손이 그녀의 얼굴을 꼼짝 못하게 움켜잡았다.

근우는 뜨거운 그녀의 입속을 마음껏 유영하며 달콤한 타액을, 가쁘게 터져 나오는 숨결을 한 톨도 빠짐없이 들이마셨다.

자신에게 깔려 있는 그녀의 허리가 다시 한 번 들썩이는 것이 느껴졌다. 바르르 떨리는 욕망의 떨림이 밀착된 가슴으로, 온몸으로 느껴져 왔다.

하아, 더 이상 참을 수가 없다. 하지만 무엇을? ……모르겠다. 그것이 무엇이든지 간에 더 이상 참는 것은 불가능했다.

루애의 얼굴을 움켜잡고 있던 손으로 가녀린 어깨를 와락, 움켜잡았다. 그리고는 눈 깜짝할 사이에 들썩거리는 그녀의 허리를 으스러트릴 듯 강하게 움켜잡았다.

솜털처럼 부드러운 앙고라 니트와 스커트의 허릿단 사이로 그보다 더 보드랍고 달콤한 그녀의 맨살이 만져졌다.

"하아!"

그녀의 풍만한 가슴이 크게 부풀어 올랐다. 안 그래도 뜨겁게 맞닿아 있는 가슴이었다. 그 출렁이는 매혹의 압박이 느껴지지 않을 리 만무했다.

무엇보다 그의 뒷머리를 잡아채는 그녀의 다급한 손길과 한쪽 어깨를 파고드는 날카로운 손톱에 근우의 이성은 끊어져 버렸다.

짜릿한 전율이 등골을 훑고 발바닥에서 정수리까지 단숨에 치달아 올랐다. 근우는 더 이상 참지 못하고 앙고라 니트 속으로 손을 집어넣었다.

바르르 떨리는 매끄러운 살결을 음미할 겨를도 없이 레이스째 들썩이는 젖가슴을 와락, 움켜잡았다. 그의 커다란 손에 다 들어오지도 않을 만큼 풍만한 가슴이 무도한 손아귀 안에서 이지러졌다.

"하악!"

루애의 고개가 더없이 뒤로 젖혀지고 낭창한 허리가 용수철처럼 펄떡거리며 위로 치솟아 올랐다. 그러나 근우는 드디어 쟁취한 열락을, 환희를 결코 놓아주지 않았다.

더욱 바듯하게 움켜쥐고 손가락으로 말랑한 젖가슴을 누르고 쓸어내렸다. 얇은 레이스 위로 오도독 솟아오르는 단단한 멍울에 극심한 갈증을 느꼈다.

피가 거꾸로 도는 것 같았다. 맹렬한 기세로 치미는 욕망에 근우는 헐떡이며 그녀의 목 깊은 곳으로 더욱 혀를 밀어넣었다.

자신의 타액인지, 그녀의 타액인지도 모를 달큰한 타액을 기갈난 듯 삼키며 손바닥을 쿡쿡 찔러 오는 단단한 멍울을 손가락으로 잡아 긁어내렸다.

루애가 뭍으로 걷어 올려진 물고기처럼 퍼덕거리며 간헐적으로 달뜬 교성을 흘렸다. 스스로도 어찌할 수 없는 애욕에 몸을 바르작거리며 그에게 무작정 매달렸다.

"아, 어, 어떡해…… 근우야, 하아, 아, 그, 그건 안 돼……
근우야…… 하아악……."

"괜찮아…… 괜찮을 거야……. 하아, 루애야……."

두 사람은 자신이 무슨 말을 지껄이는지도 몰랐다. 그저 서로에 대한 열망과 욕망에 휩쓸려 본능적으로 움직이고 받아들이고 있을 뿐이었다.

마지막 보루였던 얇은 레이스가 그의 손길에 위로 말려 올라갔다.

마침내 온전하게 손에 들어온 탐스러운 가슴. 처음으로 만져 본 그녀의 속살에 근우는 부르르 떨었다. 루애 역시 난 생처음 내밀한 속살에 닿은 단단한 남자의 손길에 어찌할 바를 모르고 퍼덕거렸다.

"하아아, 루애야……."

단단한 멍울을 손가락으로 잡고 양체 볼처럼 말랑거리는 크고 보드라운 젖가슴을 손아귀에 넣고 주물거렸다. 바듯하게 움켜쥐고 손가락으로 긁어내렸다.

"하읍! 그, 그만!"

무섭게 타오르는 욕망과 환희에 왈칵 겁이 난 루애의 입에서 날카로운 신음 소리가 터져 나왔다. 본능적으로 니트 속을 파고든 그의 손목을 힘껏 움켜잡았다. 동시에 다른 손으로는 이제껏 매달리고 잡아당기던 그의 어깨를 강하게 밀쳤다.

순간, 그의 움직임이 거짓말처럼 우뚝 멈췄다. 그녀의 숨결과 간당간당하게 남아 있던 이성까지 모조리 집어삼켜 버리던 강렬한 키스도, 그녀의 한쪽 가슴을 바듯하게 움켜잡고 미칠 것처럼 자극해 대던 애욕의 손길도 모두.

두 사람 모두 그대로 멈춘 채 거친 숨을 헉헉, 몰아쉴 뿐이었다.

잠시 후, 근우는 두 눈을 질끈 감고 그녀의 목덜미에 얼굴을 깊숙이 파묻었다. 거친 숨이 가라앉을 때까지 근우는 그대로 꼼짝도 하지 않았다.

그렇게 얼마나 있었을까.

거칠었던 호흡이 가라앉고 들썩이던 가슴이 잠잠해질 즈음, 근우가 생명처럼 움켜잡고 있던 그녀의 가슴을 스르르 놓아주었다. 거칠게 밀어 올렸던 브래지어를 제자리에 내려 주고 어느새 가슴 위까지 홀러덩 젖혀져 있던 니트도 꼼꼼하게 정돈해 주었다.

천천히 고개를 든 근우는 제 아래에 깔려 있는 루애를 내려다보았다. 헝클어진 머리카락과 발갛게 달아오른 얼굴이 어둑한 그림자에 가려 자세히 보이지는 않았다. 그러나 자신을 올려다보는 그녀의 눈동자는 어둠 속에서도 확연하게 보였다.

그녀의 눈동자는 아직 짙은 애욕에 젖어 몽롱하게 흐려져 있었다. 바르르 떨리는 긴 속눈썹과 발갛게 달아오른 눈가의 홍조도 아직 그대로였다. 부풀어 오른 촉촉한 입술은 탐스럽게 벙긋 벌어져 있었다.

그녀의 거부 따위, 무시해도 그만이긴 할 터였다. 난생처음 경험하는 깊은 스킨십에 너무 당황해서 본능적으로 밀어냈을 뿐, 그를, 그의 손길을 거부하는 것이 아니라는 것쯤은 그도, 그리고 그녀도 알고 있을 터였다. 만약 근우가 달래듯 다시 밀고 들어간다면 루애는 어쩔 줄 몰라 하면서도 그를 기꺼이 받아 줄 터였다.

그건 욕망에 눈이 먼 남자의 착각이나 바람이 아니었다. 그도 그녀도 부정할 수 없는 명백한 진실, 두 사람이 공히 느끼고 있는 현실이었다.

그러나 근우는 이쯤에서 그녀를 놓아주기로 마음먹었다. 루애를 이런 곳에서 안을 수는 없으니까. 그녀와 자신의, 사랑하는 이와의 첫 경험을 이런 곳에서 무턱대고 불장난처럼 치르고 싶지는 않았다.

근우는 좀 더 당당하게, 근사하게 그녀를 안고 싶었다. 하찮은 거짓이라도 모두 걷어 낸 뒤에 오롯이 이근우라는 존재로, 있는 그대로의 모습으로 당당하게 하루애의 남자가 되고 싶었다.

그때까지는 그녀를 온전히 지켜 줘야만 한다.

그녀 스스로 선택할 수 있도록, 그와의 사랑을 후회하거나 원망하지 않도록.

그 후에 하루애를 당당히 가지리라.

조만간, 곧…… 반드시…….

근우는 손가락으로 헝클어진 그녀의 머리카락을 정돈해 주며 자신으로 인해 달아오른 루애의 사랑스러운 모습을 망막에 깊이 아로새겼다.

허스키하게 가라앉은 목소리로 그가 속삭였다.

"괜찮아?"

루애가 수줍은 듯 시선을 떨구고 보일 듯 말 듯 고개를 끄덕거렸다. 그가 입가에 부드러운 미소를 머금고 다시 속삭였다.

"루애야, 나 좀 봐."

내리뜬 그녀의 긴 속눈썹이 파르르 흔들렸다. 커다란 손으로 그녀의 얼굴을 감싸고 다시 한 번 부드럽게 애원하듯 속삭이자, 루애가 용기를 내어 그를 마주 보아 주었다.

"부끄러워하지 마."

"……."

"이래도 되는 걸까, 너무 빠른 건 아닐까, 의심하고 후회도 하지 말고."

"……."

"분명하게 말하지만 나는 한순간의 욕망이나 감정 따위로 이러는 게 아니야. 너니까, 내가 사랑하는 여자니까…… 널 원하는 거다. ……사랑한다, 하루애."

루애가 가쁜 숨을 몰아쉬며 도톰하게 부풀어 오른 입술을 달싹거렸다. 흔들리는 커다란 눈망울을 깊이 응시하며 근우는 그 사랑스러운 입술을 살포시 어루만졌다.

"쉬이…… 괜찮아. 지금은 아무 말도 하지 마. 네 대답은 나중에 들을게. 그때까지만 여기, 마음속에 깊이 담아 둬. 지금 너의 마음과 나의 마음, 우리가 함께했던 가슴 설레는 순간들, 그리고 그동안 내가 너한테 했던 모든 말들. 조만간 하나하나 꺼내서 다시 들여다볼 때가 올 거야. 그때 지금 내가 한 말만 기억해 주면 돼."

"왜 그런 말을……."

"사랑한다, 하루애. 너를 진심으로 사랑해."

그가 천천히 얼굴을 내려 떨리는 루애의 입술에 살포시 입을 맞췄다. 휘둥그레져 있던 루애의 눈꺼풀이 바르르 떨리다가 이내 스르르 감겼다.

밖에는 봄을 알리는 성급한 이른 봄비가 보슬보슬 내리며 대지를 촉촉이 적시고 있었다.

❈   ❈   ❈

"그러니까 언제 말할 건데?"

—알았어. 조만간, 며칠 내로 말할게.

풀 죽은 재진의 대답에 근우의 미간이 짜증스러운 듯 찌푸려졌다. 조만간, 곧 말하겠다고 한 게 벌써 수백 번은 넘는다.

침대에 길게 누워 있던 근우가 벌떡 몸을 일으켰다. 맨몸을 드러낸 그의 구릿빛 상체가 불빛을 받아 반짝거렸다. 그가 움직일 때마다 빠듯하게 조여진 단단한 근육들이 황홀하게 물결쳤다.

"그러니까 그게 언젠데. 나도 더 이상은 못 참아. 확실하게 말해. 언제까지 얘기할래?"

근우는 하루라도 빨리 루애한테 본의 아니게 나이를 속였다는 사실을 털어놓고 떳떳하게 그녀를 만나고 싶었다. 루애가 그 사실을 알게 되면 분명히 어떻게 그럴 수가 있느냐며 불같이 화를 낼 텐데, 그 생각만 하면 골이 다 지끈거리는 근우였다.

지난 석 달간 루애를 만나 오면서 근우는 그녀가 거짓말을 병적으로 싫어한다는 것을 알았다.

시한부를 선고받은 말기 암 환자한테도 하얀 거짓말을 해서는 안 된다는 것이 그녀의 확고한 생각이었다. 어떤 거짓말이든 거짓말은 거짓말이라, 의도가 있다 하더라도 정당화 될 수 없다고 했었다.

그러니 그의 마음이 편했겠는가. 하루에도 열두 번, 루애한테 사실대로 말하고 싶어서 말이 목 끝까지 나왔다가 들어가고는 했었다. 하지만 그가 그답지 않게 하고 싶은 말을 하루 이틀 뒤로 미뤄 온 건 오직 친구인 재진의 부탁 때문이었다.

재진은 처음부터 한결같이 동일한 부탁을 해 왔다. 은서한테 자신이 먼저 고백을 한 다음에 루애한테 고백을 해 달라고.

가엾은 놈. 아직도 은서의 마음을 확실하게 잡지 못했단다. 연하라는 사실을 밝히면 기다렸다는 듯 은서가 자신을 바로 찰 거란다. 처음에는 진도가 꽤 빨리 나가는 눈치더니 알고 보니 그렇지도 않은 모양이었다.

하루가 일주일이 되고, 일주일이 한 달이 되더니, 급기야 석 달이라는 시간이 지나고 말았다. 그러니 이젠 근우로서도 더는 재진을 기다려 줄 수가 없었다.

루애를 속이고 있다는 사실에 마음이 불편한 건 둘째치고, 그의 발등에 불이 떨어졌으니 이렇게 재진을 밤마다 빚쟁이처럼 닦달해서라도 하루 속히 문제를 해결해야만 했다.

근우는 결국 군에 자원입대하기로 결심하고 휴학계를 냈다. 그렇다고 바로 입대할 생각은 아니었다. 올 중순이나 연말 즈음으로 생각하고 있었다.

기왕 결심한 거 하루라도 빨리 다녀오는 것이 좋겠지만 아무래도 루애 때문에 그건 불가능할 듯싶었다. 지금 당장 군에 가 버리면 그녀를 놓칠지도 모르니까. 근우는 최대한 루애와의 관계를 공고히 해 둔 다음에 입대할 생각이었다.

허나 아이러니하게도 근우가 그동안 고심만 하고 있던 자원입대를 결심하게 된 결정적 이유 또한 루애였다.

그가 자신과 동갑이라고 알고 있는 그녀한테 특별한 설명도 없이 2학년에 재학 중인 모습을 보여 주기도 싫었고, 이미 어엿한 사회인이 되어 그보다 저만치 앞서 가 있는 그녀한테 걸맞는 남자가 되고 싶었다. 그러기 위해서, 해치워 버릴 건 하루 빨리 해치워 버리는 편이 나을 것 같았다.

근우는 제대 후에도 복학하지 않고 그녀를 책임질 수 있는, 그녀가 어디서든 당당하게 그를 연인이라고 소개할 수 있는 그런 남자가 되기 위한 계획을 조심스레 세우고 있었다.

허나 그 또한 나이 문제를 해결한 뒤의 일일 터였다. 그녀의 성격상, 석 달씩이나 그가 자신을 속여 왔다는 것을 알면 쉬이 용서하지 않을지도 몰랐다. 하루가 여삼추 같은 그로서는 빨리 연하라는 사실을 고백하고 용서를 구해서 루애를 확실하게 제 여자로 만들어야만 했다. 그래야 안심하고 계획대로 군에 입대할 수 있을 터였다.

―곧 할게, 곧.

"야!"

—알았어, 나도 미치겠다구. 네가 매일 사람을 이렇게 못 살게 구는데 나라고 얘기를 하고 싶지 않겠냐? 그런데 은서가…… 걔 요즘 진짜 이상하단 말이야. 마음이 식었는지 잘 만나 주려고도 하지 않고, 만나면 어떻게든 트집 잡아서 싸우려는 사람마냥 짜증만 내고. 나도 미치겠단 말이다. 후우, 아무래도 딴 놈이 생긴 것 같긴 한데, 야, 너 혹시 루애한테 무슨 얘기 못 들었냐?

침대에서 일어나 방을 이리저리 돌아다니던 근우가 천장을 올려다보며 깊은 숨을 내쉬었다. 그리곤 이를 악물고 말했다.

"몰라. 우리는 만나면 우리 얘기밖에 안 하니까. 우리 얘기할 시간도 모자란데 다른 사람 얘기할 시간이 어디 있냐."

가끔 김미진의 얘기를 하기는 했지만. 몇 달 후면 김미진이 파리로 유학을 간단다. 샤르동샤바라고 세계 유수의 패션 스쿨이라는데, 세계 각지에서 모여드는 인재들로 경쟁률이 높아서 입학하는 것만도 하늘의 별 따기란다. 그런 곳에 떡하니 합격한 미진이 자랑스럽다고 하면서도 루애는 미진을 오랫동안 볼 수 없게 될 거라며 무척 속상해하기도 했었다.

그곳을 졸업한 뒤로도 자신이 목표로 정한 유명 브랜드 사(社)에 입사해 디자이너로 인정받기 전에는 한국에 절대 돌아오지 않을 거라는 당찬 계획을 김미진이 아주 오래전부터 세우고 있었다나, 뭐라나.

낙심하던 루애한테는 미안한 얘기지만, 근우로서는 듣던 중 아주 반가운 이야기였다. 솔직히 근우는 루애 옆에 김미진이 있다는 사실이, 뿐만 아니라 두 사람이 둘도 없는 친구라는 사실이 처음부터 무척이나 눈에 거슬렸다.

이유는, 딱 꼬집어 얘기할 수는 없었다. 물론 김미진이 그를 원수 보듯이 쳐다보며 사사건건 시비를 걸고 못마땅해하긴 했다. 한 달쯤 전에 루애가 그와 사귀고 있다는 사실을 밝힌 후부터는 그 정도가 부쩍 더 심해졌다.

루애 앞에서는 아무렇지 않은 척 굴다가 그녀가 잠깐 자리만 비우면 그를 노려보는 눈빛이 장난이 아니었다. 마치 제 여자를 훔쳐 간 불한당처럼 노려보는데, 웃기지도 않았다. 게다가 어차피 얼마 가지 못할 텐데, 하며 가소롭다는 듯 비소를 흘리기까지 했다.

'친구면 친구답게 굴 것이지, 지가 뭐라구.'

뭐, 짐작 가는 구석이 없는 것은 아니다. 루애를 바라보는 김미진을 보고 있노라면 저절로 드는 느낌이라는 게 있으니까. 너무 과민한 건지도 모르겠다. 허나 그가 보기에는 틀림없을 성싶었다.

여자를 사랑하는 여자.

루애를 바라보는 김미진의 눈빛은 단순히 절친한 동성 친구를 바라보는 눈빛이 아니었다. 그 눈빛은 분명…… 남자의 눈빛이었다. 사랑하는 여자를 바라보는 남자의 눈빛. 가질 수 없다는 것을 알기에 더욱 갈구하고 집착하는 애욕의 눈빛. 바로 그것이었다.

아, 물론 이건 어디까지나 그만의 느낌이었다. 그 느낌을 뒷받침할 만한 뚜렷한 일 같은 건 없었다. 김미진도 나름 잘 감추고 있는 듯이 보이고. 그래서 그도 모른 척해 주고 있는 중이었다.

이제 몇 달만 지나면 멀리 파리로 떠나 버릴 텐데, 괜히 긁어 부스럼 만들어 봤자 그에게 이로울 게 하나 없으니 말이다. 그저 그전까지만, 루애가 미진과 단둘이 만나는 일이 없도록 신경을 쓰면 되지 않을까 싶다.

—야, 부럽다. 하긴 지금이 제일 뜨거울 때이긴 하지. 좀 있으면 니들도 100일이지? 그때 뭐할 거냐? 선물은 준비했어? 아, 그보다 니들 어디까지 갔냐? 키스는 당연히 일찌감치 해치웠을 테고, 거기까지 갔냐? 도장 확실하게 콱 찍어 났어?

근우의 관자놀이에 시퍼런 힘줄이 돋아났다.

"강재진. 경고하는데, 한 번만 더 루애를 놓고 그따위 추잡한 말 올리면 가만 안 둔다."

대번에 달라진 근우의 무시무시한 음성에 재진이 얼른 꼬리를 내렸다.

—알았어, 인마. 그냥 부럽고 궁금해서 물어본 건데 뭘 그렇게 정색하고 화를 내냐. 어쨌든 너 이번에는 진짜 임자 제대로 만난 것 같다. 천하의 이근우가 여자한테 이렇게 쩔쩔매면서 목맬 줄 누가 알았느냐고. 우리 모두 엄청 놀라고 있다니까. 특히 진환이는 속이 꽤 쓰린 모양이더라. 너도 알지? 진환이가 처음에 루애한테 마음 있었던 거. 그런데 네가 나타나서 확 채 가 버렸잖아. 진환이 입장에서는 완전히 믿는 도끼에 발등 찍힌 격이지. 다른 누구도 아니고 제일 친하다는 친구 놈이…….

"시끄럽고, 이번 주 토요일까지 무조건 해결 봐. 더 이상은 못 기다려. 네가 얘기를 했든 말든 난 무조건 일요일에 루애한테 말할 거다. 그렇게 알고 처신 제대로 해. 은서한테 차이기 전에 먼저 끝을 내든지."

—야, 그런 게 어디 있어. 이번 주 토요일이면, 우웩! 3일밖에 안 남았잖아! 난 아직…….

재진이 봐 달라고 우는 소리를 늘어놓든 말든 근우는 가차 없이 전화를 끊어 버렸다. 진작 이렇게 했어야 했다. 말을 들어 보니 어차피 은서와 잘될 것 같지도 않은데, 쓸데없이 시간만 낭비했다.

근우는 핸드폰을 책상 위로 던져 놓고 달력을 내려다보았다. 다음 주 월요일 칸에 붉은색으로 동그라미가 쳐져 있었다. 그 동그라미 안에 적혀 있는 '100'이라는 숫자를 내려다보며 근우는 미간을 찌푸렸다.

"무슨 일이 있어도 일주일 안에는 깔끔하게 해결을 봐야 되는데, 루애가 따라 줄지 모르겠군."

근우는 다소 심각해진 표정으로 욕실로 들어갔다.

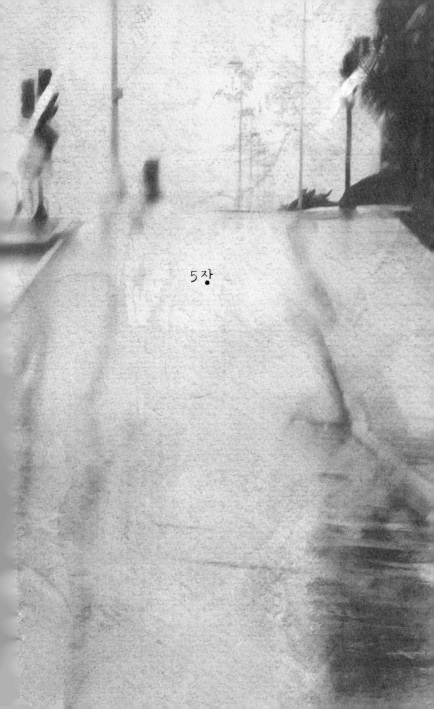

5장

오늘은 근우가 D—day로 잡은 토요일 오후였다.

결국 재진으로부터는 그날 이후 아무 연락이 없었다. 아직 은서에게 나이를 속였다는 사실을 고백하지 못한 모양이었다.

시간을 그렇게 많이 줬는데도 아직 못 했다면 그 녀석에게 더 이상 시간을 주는 것은 무의미할 터였다.

며칠 전부터 긴히 할 말이 있다는 그의 언질에 잔뜩 긴장한 듯, 그녀는 아까부터 말이 별로 없었다.

말이 없는 것은 그도 마찬가지라서, 집 앞에서 그녀를 픽업해 한강 고수부지로 오는 내내 두 사람은 한두 마디 나눈 것이 고작이었다.

2월 초순에 왔었을 때와는 달리, 4월 중순에 접어든 한강변은 저녁 시간임에도 이른 봄을 만끽하러 나온 사람들로 북적이고 있었다. 어둑한 어둠이 깃들기 전, 붉은 노을이 검푸른 하늘을 붉게 물들이고 있었다.

근우는 비교적 인적이 드문 한산한 장소를 골라 차를 세웠다. 주차를 하고도 두 사람은 한동안 서로 눈치만 살필 뿐, 선뜻 입을 열지 못했다.

근우는 오랫동안 고민해 왔음에도 불구하고 막상 사실을 털어놓으려고 하니 어떻게 말을 시작해야 할지 몰라서 입이 쉬이 떨어지지 않았고, 루애는 루애대로 그가 도대체 무슨 얘기를 하려고 저렇게 심각한가 싶어 괜스레 초조하고 불안해졌기 때문이었다.

그렇게 시간이 얼마나 흘렀을까.

무거운 한숨과 함께 마침내 근우가 말문을 열었다.

"일전에 내가 했던 말, 기억하니? 군대 얘기 나왔을 때, 당장 기다려 달라는 말은 하지 않겠다고 했던 거."

흠칫, 놀란 루애가 그를 돌아보았다가 다시 정면으로 시선을 돌리고 고개를 끄떡거렸다.

'아, 드디어……. 혹시 했는데, 역시 군대 얘기였구나. 아직 한참 남았다더니 벌써 입영 통지서가 나왔나 봐.'

내심 각오를 하고 있었는데 막상 군대 얘기가 나오니 심장이 철렁 내려앉았다. 그러나 이전과 달리 눈앞이 캄캄하거나 하지는 않았다. 이미…… 그녀의 마음은 오래전에 정해져 있었다. 루애가 희미한 미소를 지으며 담담한 어조로 대답했다.

"하려던 얘기가 그거였어? 난 또 뭐라고. 그거라면 있지, 근우야……."

"잠깐만. 내 얘기, 끝까지 들어 줘. 네가 생각하고 있는 것과는 많이 다른 얘기일 테니까. 대답은 다 말하고 난 후에, 그때 들을게."

안 그래도 무표정할 때는 나이보다 훨씬 어른스럽고 조금은 무섭게까지 보이는 그였다. 그런데 저렇게 심각한 표정으로 안색을 굳히고 있으니 선뜻 다가가기 어려울 만큼 낯설어 보이기까지 했다.

루애는 깊이 숨을 들이마신 뒤 천천히 고개를 끄덕거렸다.

"아마, 아니, 분명히 많이 실망스럽고 화가 나는 이야기일 거야. 어쩌면 나를 더 이상 보고 싶지 않을지도 모르지. 그만큼 지금부터 내가 할 이야기는 꽤 충격적일 거야. 미리 말하지만, 난 너 안 놔. 뻔뻔하다고 해도 나는 너, 잡을 거다."

루애의 심장이 미친 듯이 뛰기 시작했다. 뭔가 예상했던 것과는 다른, 엄청난 이야기가 터져 나올 것 같다는 두려운 예감이 들었다.

때문에 루애는 한쪽 뺨에 내리꽂히는 근우의 따가운 시선을 느끼면서도 차마 그를 돌아보지 못했다.

"구차한 변명 따위도 하지 않을 거다. 어찌 되었든 상황을 이렇게까지 끌고 온 건 다른 누구도 아닌 내 자신이고, 내 잘못이니까. 하지만 이거 하나만은 믿어 줘. 처음부터 널 속일 생각 같은 건 없……. 아니다. 생각해 보니까 이것도 구차한 변명이네. 후우, 단도직입적으로 말할게."

그가 다시 한 번 무거운 한숨을 내쉬었다.

"나, 너랑 동갑 아니야."

뭐?

생각지도 못했던 황당한 말에 지그시 내리뜨고 있던 루애의 눈이 번쩍 떠졌다.

"스물네 살, 아니라구."

얘가 지금 뭐라고 그러는 거야? 언뜻 이해가 가지 않아 루애가 멍하니 근우를 돌아보았다. 무섭게 굳어 있는 그의 얼굴이 시야에 들어왔다.

농담이라고 치부하기엔 이 상황이나, 그의 표정이 너무 심각하다. 그래도 그녀의 입장에서는 농담이라고밖에는 선뜻 이해가 가지 않았다. 그녀도 모르게 어이없다는 듯, 실소가 터져 나왔다.

"뭐라고? 난데없이 그게 무슨 소리야. 그럼 그동안 나이를 속여 왔다는 말이야? 대체 왜? 무엇 때문에? 설마, 미성년자라도 되니?"

자신의 말을 진지하게 받아들이지 못하는 루애 때문에 그의 미간에 굵은 빗살이 그어졌다.

"스물하나. 말했었잖아, 아직 2학년이라구."

그제야 루애의 눈이 점차 휘둥그레졌다.

"네가 생각하는 것처럼 휴학과 복학을 밥 먹듯이 한 적 없어. 휴학은 이번이 처음이야."

"마, 말도 안 돼……. 어, 어떻게……."

루애의 머릿속으로 처음 만났던 작년 크리스마스이브의 상황들이 주마등처럼 빠르게 스쳐 지나갔다.

그때, 분명 재진은 은서와 동갑이라고 했었다. 다른 친구들도 마찬가지였다. 그런데 어떻게……. 설마 격의 없이 반말하던 그들이 모두 근우에게는 형님들이었다는 말인가? 아니, 그럴 리는 없었다. 그들은 분명 절친한 친구들 같았는데…….

헉! 그렇다면 그들 모두 한통속이 되어서 자신들을 속였다는 말인가? 그럼 은서도 재진에게 속고 있다는 얘기?

아니, 그것보다 어떻게 그동안 자신을 감쪽같이 속일 생각을 한 건지. 그럼 그동안에 나누었던 모든 순간들이, 달콤했던 속삭임들이 전부 거짓이었다는 말인가?

경악에 차서 하얗게 질려 가는 그녀의 얼굴을 보며 근우가 서둘러 말을 이었다.

"나이 속인 거 정말 미안하다. 하지만 너를 처음 만난 순간부터 지금 이 순간까지 단 한순간도 너에게 진실하지 않았던 적은 없었어. 나이 외에는 그 어떤 것도 너를 속이거나 거짓을 말한 적이 없었다. 그것만은 사실이다. 믿어 줘. 그러니까 지난 우리의 시간을 부정하거나 의심하지는 마."

근우는 변명 따위는 하지 않겠다고 해 놓고서는 금방 말을 바꿔 변명을 늘어놓는 자신이 한심스러웠다. 그러나 다른 도리가 없다. 루애를 잡기 위해서라면 변명이 아니라 이보다 더한 짓거리도 할 수 있었다.

"지금 당장은 받아들이기 힘들겠지. 모든 것이 의심스럽고 화도 날 거야. 이해해. 화내고 싶으면 얼마든지 화내. 다 받아 줄게. 하지만 헤어지자는 말만은 하지 마. 그것만은 절대 받아 주지 못하니까."

루애는 무엇이 진실이고 무엇이 거짓인지, 모든 것이 뒤엉켜 아무런 생각도 할 수 없었다.

분명 방금 전까지만 해도 그녀의 모든 것을 걸 만큼 사랑한다고 믿었던 사람이었는데 불현듯 그가 타인마냥 낯설어 보였다.

아, 어떻게 이런 일이 있을 수 있지? 루애는 눈을 질끈 감고 양손에 얼굴을 파묻어 버렸다. 생각할 시간이 필요했다. 지금은 모든 것이 너무 혼란스럽다.

"집에…… 가야겠어."

"루애야."

루애가 주섬주섬 외투와 백을 챙겼다. 하얗게 질린 채 그를 쳐다보지도 않고 차 문을 열려고 했다.

표정이 일그러진 근우가 황급히 손을 뻗어 루애의 팔목을 움켜잡았다. 루애는 소스라치게 놀라면서도 그를 돌아보지 않았다.

"안 돼. 가지 마."

"……놔. 혼자 있고 싶어. 생각할 시간이 필요해."

"생각할 시간이라면 얼마든지 줄게. 단, 내 눈앞에서 사라지지만 마."

언제나 거만할 정도로 당당하고 자신만만하던 그의 목소리가 미세하게 떨리고 있었다. 그러나 그녀의 팔목을 움켜잡고 있는 손은 여전히 뻔뻔하리만치 무도하고 당당했다. 루애가 다른 손을 뻗어 그의 손을 밀어냈다.

"애처럼 고집부리지 마. 고집 피우고 밀어붙인다고 해서 언제나 네 뜻대로 되는 거 아니야."

그러나 그의 손은 꿈쩍도 하지 않았다.

"놔, 놓으라구."

언성을 높이고 화를 내기보다 착 가라앉은 목소리로 차갑게 일별하는 그녀가 더 무섭고 두렵다. 그럴수록 근우는 그녀의 팔목을 더욱 세게 움켜잡았다.

"아니. 못 놔. 안 놔."

그제야 그녀가 그를 돌아봐 주었다. 충격과 혼란으로 거세게 흔들리는 그녀의 눈동자는 분출되지 못한 노여움으로 무섭게 부글거리고 있었다.

"내가…… 우습니? 그래, 우습기도 하겠다. 내가 생각해도 내 자신이 한심하고 우스운데, 넌 오죽하겠어. 기자랍시고 깝죽대고 다니면서 정작 제 눈앞의 거짓은 거짓인지도 모른 채 마냥 속고만 있었으니."

"비아냥거리지 마. 한 번도 너를 우습다고 생각해 본 적 없으니까."

"아니, 넌 나를 우습게 봤어. 그랬으니까 지금껏 천연덕스럽게 나를 속여 왔겠지. 별다른 노력도 기울이지 않고 말이야. 내가 제일 화가 나고 내 자신이 한심해서 못 견디겠는 게 뭔지 알아? 바로 그 점이야. 네 말대로 네가 나이 외에 다른 것들은 사실 그대로 말해 왔었다는 거. 그러고 보니까 그래, 네 입으로 직접 휴학이나 복학 따위를 거론한 적은 한 번도 없었어. 그저 나 혼자 멋대로 그렇게 생각하고 결론을 내렸을 뿐. 재미있었니? 네가 흘려 주는 빵 부스러기가 뭔지도 모르고 주워 먹으면서 바보처럼 속아 넘어가는 날 보는 게 재미있었어? 하, 나 정말 바보 아니니? 어떻게 그동안 의심 한 번 해 보지 않았을까."

그녀의 입에서 신경질적인 웃음이 흘러나왔다.

"하루애, 비아냥거리지 말라고 했지. 차라리 화를 내. 그냥 화를 내고 욕을 하란 말이야."

근우가 다른 손도 뻗어 그녀의 어깨를 와락 움켜잡았다. 그리고 하얗게 질려 있는 얼굴에 얼굴을 바짝 들이대고 터지기 일보 직전의 용암마냥 부글거리는 까만 눈동자를 무섭게 노려보았다.

"나쁜 놈이라고 욕해. 어떻게 너 같은 놈이 날 속일 수 있느냐고, 거짓말쟁이라고 욕을 하란 말이야."

그가 루애의 한쪽 손목을 움켜잡고 번쩍 치켜들게 만들었다. 그리고 그대로 자신의 뺨을 후려쳤다.

짝!

그의 오른쪽 뺨이 금세 붉게 달아올랐다. 그럼에도 근우는 그녀의 손으로 제 뺨을 또 후려치려고 했다.

흠칫 놀란 루애가 강하게 반항하며 손을 빼내기 위해 몸부림쳤다.

"이거 놔! 뭐하는 짓이야! 이거 당장 못 놔!"

"왜, 이러고 싶은 거 아니었어? 너 같은 놈 꼴도 보기 싫다고 후려 패고 싶은 거 아니었냐구. 때려, 때리라니까? 참지 말고 때리란 말이야."

루애가 아무리 거세게 몸부림치며 버둥거려도 근우의 힘을 당해 낼 수는 없었다. 이제 근우는 그녀의 양손으로 제얼굴과 머리, 어깨 등을 사정없이 마구 때리고 있었다.

사색이 된 루애가 비명을 지르며 그에게 틀어 잡힌 팔을 빼내기 위해 발버둥 쳤다.

"하지 마! 하지 말란 말이야! 그만해!"

"사랑해, 사랑한다, 하루애."

"거짓말! 안 믿어. 안 믿을 거야. 처음부터 넌 나를 속였어! 거짓말쟁이! 불한당! 나쁜 놈!"

"그래, 나 나쁜 놈이다. 거짓말쟁이야. 하지만 루애야, 널 사랑해. 처음 본 순간부터 사랑하지 않은 순간이 없었어! 널 놓치고 싶지 않았다구! 안 놓을 거야. 무슨 일이 있어도 절대 안 놔."

퍽, 짝! 퍽! 퍽!

"아악! 그만해! 헉헉⋯⋯. 이 나쁜 놈. 나쁜 새끼!"

그에게 잡힌 손을 빼내는 것뿐만 아니라 그를 때리지 않기 위해서 힘을 주고 버티는 것 또한 루애에게는 불가능한 일이었다. 루애가 버둥거리며 소리쳤다.

"저리 가, 너 싫어! 싫단 말이야!"

"사랑해, 사랑해!"

"아악! 흑흑흑, 하, 하지 마. 그만⋯⋯."

"사랑해! 너도 나 사랑하잖아! 아니야? 아니면 아니라고 말해 봐. 내 눈을 똑바로 보고 말해 보라구. 그럼 당장 네 눈 앞에서 꺼져 줄 테니까."

"싫어, 저리 가!"

"이렇게 끝낼 거였으면 애초에 널 사랑하지도 않았어. 내가 요즘 어떤지 알아? 하루 종일 너만 생각해. 미친놈처럼, 실성한 놈처럼 온종일 너만 생각한다구! 그까짓 나이 때문에, 널 속이고 있다는 죄책감 때문에, 너를 놓칠까 봐, 네가 나한테 실망하고 가 버릴까 봐 무서워 죽겠다구! 그러니까 말해. ……제발 말해 줘, 루애야. 나를 사랑한다구……. 거짓말쟁이 개새끼임에도 불구하고 나를 사랑한다구, 어서!"

"이, 이……!"

루애는 너 같은 거짓말쟁이는 절대 사랑하지 않는다고 말하려고 했다. 그러나 실핏줄이 터져 붉게 충혈된 눈으로 자신을 절박하게 바라보는 그를 보는 순간, 그녀의 입에서는 전혀 다른 말이 흘러나와 버렸다.

"이 나쁜……! 네가 뭔데 나를 이렇게 만들어! 네가 뭔데! 왜 남의 마음을 네 멋대로 흔들어 놓고…… 이제 와서 이러면 나더러 뭘 어떻게 하라구……."

"루애야, 제발……."

"그래, ……사랑해. 그래서 네가 더 미……."

그래서 그가 더 밉다는 말을 루애는 끝까지 할 수 없었다. 부지불식간에 입술이 그의 입술에 틀어막혔기 때문이었다.

"흡!"

루애의 두 눈이 부릅떠졌다. 얼굴이 그의 커다란 양손에 단단히 틀어잡혔다. 덕분에 손이 간신히 자유로워졌다.

루애는 그의 단단한 어깨를 마구 밀치며 내리쳤다. 그러나 그녀의 모든 숨을 앗아 갈 듯 거세게 밀려오는 그의 입맞

춤은 더욱 깊어만 질 뿐, 멀어지지도 약해지지도 않았다.

"흡, 흡!"

"사랑해. 사랑해!"

"흡, 하, 하지…… 흡!"

거친 숨결이 한데 엉키고 타액과 타액이 하나로 뒤섞였다. 혀뿌리가 뽑혀져 나갈 만큼 그의 입속으로 혀가 빨려 들어갔다.

무도하리만치 난폭한 혀가 그녀의 치아를 훑으며 입안 곳곳을 휘돌아다녔다. 얼굴 위치가 이쪽저쪽으로 마구 뒤바뀌었다. 그때마다 그의 난폭한 키스는 더 깊고 치열해졌다.

근우는 그 와중에도 열렬히 속삭이고 애원했다.

사랑한다, 사랑한다, 사랑한다.

열렬한 사랑의 외침이 뜨거운 숨결로, 질척거리는 타액으로 해일처럼 밀어닥쳤다.

그를 때리고 밀어내려고만 하던 루애의 주먹이 부르르 떨리며 멈춘 것은 그로부터 한참이 지난 후였다.

부릅떠졌던 루애의 두 눈이 질끈 감기며 뜨거운 눈물 한 줄기가 이미 흥건하게 젖어 버린 뺨에 물기를 더했다. 떨리던 주먹이 스르르 펴지며 마침내 밀어내기만 하던 단단한 어깨를 꽉 움켜잡았다.

❉　　　　❉　　　　❉

비 온 뒤에 땅이 굳는다는 말이 있듯이, 근우와 루애의 사랑도 한 번의 전쟁을 치른 뒤에 더욱 단단해졌다. 근우는 앞으로는 어떠한 이유로든 거짓말을 하지 않겠다고 맹세했다. 루애는 그 약속을 믿고 그를 용서해 주었다.

하지만 은서는 끝내 재진을 용서해 주지 않았다. 재진의 예상대로 은서는 그가 자신보다 세 살이나 어리다는 사실을 알자마자 단칼에 이별을 통보했다.

재진의 말에 의하면 은서는 살짝 놀라기는 했으나 그다지 화도 내지 않았단다. 헌데 웬걸. '흐응, 그래?' 하고 고개를 갸웃거린 은서는 기다렸다는 듯이 싱긋 웃으며 '그럼 안녕' 하고 이별을 통보하고는 가 버렸단다.

그런 은서의 태도에 재진은 더욱 깊은 상처를 받았다. 자신이 은서한테 그 정도밖에 안 되는 존재였나, 하는 회의감에 한 달 가까이 거의 술만 퍼 마셨다.

그런데 더욱 기가 막힌 건 그 후 은서의 태도였다.

어쩌다 모 술집에서 우연히 마주쳤는데, 정색이 된 재진과 달리 은서는 아무렇지도 않은 듯 그에게 와서 아는 척을 하더란다.

그리고는 근우와 루애 때문에라도 앞으로 종종 만날 일이 생길 텐데, 촌스럽게 굴지 말고 친한 누나, 동생 사이로 사이좋게 지내자며 어깨를 톡톡 두드리더란다.

남자로는 아니지만 동생으로는 재진이 아주 마음에 든다면서.

형은에게 나중에 들은 얘긴데, 사실 재진이 연하라는 사실을 고백하기 훨씬 전부터 은서는 다른 남자를 만나고 있었단다.

이른바 양다리. 새로 만난 남자한테 흠뻑 빠져서 안 그래도 재진을 조용히 떼 버릴 궁리를 하고 있던 중이었다나, 뭐라나.

그런데 더 황당한 건 그 남자 역시 연하라는 것. 그것도 무려 네 살이나 어리단다.

은서가 다니는 수영장에 새로 온 코치라는데, 첫눈에 홀딱 반해서는 네 살이나 연하라는 사실을 알면서도 적극 대시해서 결국 낚아챘다고 한다. 뭐, 그 역시 넉 달을 못 넘기고 끝나고 말았지만.

재진도 그 사실을 나중에 알고는 하도 어이가 없어서 그저 웃기만 했었다. 양은서의 바람기는 못 말리겠다면서. 뭐, 그땐 재진 역시 다른 여자 친구가 생긴 상태였고 말이다.

어쨌든 그런저런 우여곡절을 겪은 끝에 근우와 루애의 친구들은 딱히 두 사람 때문이 아니더라도 저희끼리 따로 만나서 놀 정도로 편한 친구 사이가 되었다.

그렇게 친해진 서로의 친구들로 인해 근우와 루애만 되레 더 피곤해졌다.

주말만 되면 같이 놀자고 사방에서 불러 대는 통에 단둘만의 금쪽같은 데이트 시간이 턱없이 부족해졌기 때문이었다.

근우야 친구들이 그러든 말든 핸드폰을 꺼 놓고 노상 무시하자는 쪽이었지만, 루애까지 차마 그럴 수는 없었다. 파리 출국 일자가 점차 다가오는 미진 때문에라도 말이다.

미진이 떠나기 전에 그녀와 좀 더 많은 시간을 보내고 싶은데 어찌 된 게 근우와 미진, 루애가 가장 소중하게 생각하는 두 사람이 앙숙마냥 서로의 이름만 들어도 신경을 곤두세우고 앙앙대는지, 다 함께 모일 때가 아니면 편하게 볼 수도 없었다.

미진과 약속이 있어서 오늘은 못 만나겠다고 하면 근우가 짜증을 내며 어떻게든 따라붙고, 할 수 없이 그렇게 셋이 만나면 험악해진 분위기 탓에 항상 끝이 좋지 않았다.

그나마 여럿이 만나면 두 사람 모두 자중하는 편이었다. 정말 애들처럼 왜들 그러는지 모르겠다.

어쨌든 그렇게 시간이 흘러 계절이 바뀌었다. 가만히 서 있기만 해도 땀이 줄줄 흐르던 무더운 여름이 가고 선선한 바람이 불어오는 가을이 되었다.

그리고 9월 6일. 마침내 미진이 파리 유학길에 올랐다. 토요일이라서 모두 함께 공항으로 배웅을 갔다.

꿈을 위해 먼 길을 떠나는 친구를 응원하기 위해서라도

웃음으로 배웅해야 하는데, 루애는 자꾸만 눈물이 나서 혼났다. 루애의 눈물을 닦아 주며 미진이 말했다.

"바보야, 울긴 왜 우냐. 내가 어디 죽으러 가냐?"

"울긴 누가 운다고 그래. 미진아, 가서 꼭 네 꿈 이루고 와. 몸 건강하고."

"오냐. 으이그, 이 헛똑똑이. 센 척, 강한 척은 독판 혼자 다 하면서 속은 물러 터져 가지고는. 에휴, 이걸 어떡하면 좋아."

어린 자식 떨어트려 놓고 멀리 돈 벌러 떠나는 어미처럼 구는 미진을 어이없다는 듯 쳐다보며 루애가 피식, 웃음을 흘렸다.

"그래, 그렇게 웃어. 그래야 내가 맘 놓고 가지. 그리고 넌 웃는 게 예뻐."

"치. 남들이 보면 네가 나 업어 키운 언니인 줄 알겠다."

"사실이 그렇지, 아니냐? 덩치만 컸지, 속은 열 살배기 꼬맹이에서 한 치도 벗어나지 못하고 있는 걸 내가 이만큼 키워 놨는데. 그랬더니 다 컸다고 나 몰래 남친이나 만들고 말이야. 많이 컸다, 하루애."

미진이 루애의 머리카락을 짓궂게 마구 헝클어트렸다. 순간, 루애의 눈가가 다소 촉촉하게 젖어 들었다. 루애가 깡마른 미진을 꼬옥 끌어안았다.

"그래, 내가 여기까지 올 수 있었던 건 모두 네 덕분이었어. 네가 없었으면 난 여전히 가시 돋친 지옥 굴에 살고 있었을 거야. 고마워, 미진아."

순간 미진이 움찔했다. 비로소 담담함을 가장하고 있던 미진의 얼굴도 애잔하게 젖어 들었다. 제 가슴을 파고든 루애의 어깨를 미진이 소중하게 보담아 안았다. 그러면서도 미진은 끝까지 농담을 잊지 않았다.

"말만. 그래 놓고 딴 놈 좋다고 홀랑 가 버리냐. 이래서 세상에 믿을 년 하나 없다는 말이 있는 거야."

"큭, 하여튼 김미진."

미진의 등을 툭 때리고 몸을 떼려는 루애를 미진이 더욱 세게 부둥켜안았다. 그리고 루애의 귀에 대고 속삭였다.

"잊지 마. 네 옆에는 항상 내가 있다는 거. 내가 너무 보고 싶거나 힘들면 와. 아무리 바빠도 너라면 언제든 환영이니까. 단, 그땐 너 혼자 와야 돼. 거추장거리는 놈은 제발 떼어 놓고 와라."

"큭큭, 알았어, 그렇게."

"그리고 저번에 내가 한 말, 잊지 말고 꼭 명심해. 저놈이 너 아프게 하면 주저 말고 뻥 차 버리고 나한테 와. 어렸을 때처럼 혼자 끙끙 앓지 말고. 난 그게 제일 걱정이다."

"걱정 마. 그럴 일 없을 테니까. 너나 힘들면 바로 전화해. 괜히 쪽팔린다 어쩐다 해서 참지 말고. 그럼 내가 만사 제쳐 놓고 날아갈게. 아, 그리고 무엇보다 밥 제때 챙겨 먹는 거

잊지 말고. 너, 여기서 더 마르면 정말 뼈밖에 안 남는 거 알지?"

미진의 입가에 빙긋 미소가 지어졌다. 그러다 서로 꼭 끌어안고 석별의 정을 나누고 있는 두 사람을 못마땅하게 굽어보고 있는 근우와 눈이 딱 마주쳤다.

촉촉이 젖어 가던 미진의 눈매가 다시 매서워졌다. 근우를 똑바로 노려보며 루애에게 속삭였다.

"이근우, 너무 믿지 마. 저놈도 남자 새끼야. 아니, 남자 중에서도 마초 근성에 찌든 상남자 새끼지. 특히 저런 놈은 언젠가 반드시 얼굴값 하게 되어 있다구. 그러니까 마음 너무 많이 주지 말고, 처놈이 아무리 꼬셔도 몸 함부로 주지 마라."

"아우, 야. 넌 어떻게 끝까지……."

얼굴이 화끈 달아오른 루애가 못 말리겠다는 듯 고개를 저으며 미진의 품에서 벗어나려고 했다. 허나 미진이 재차 확 끌어당겨 안는 바람에 루애는 미진의 품으로부터 벗어날 수가 없었다.

"내 말, 꼭 명심해. 너를 제일 잘 아는 친구로서 걱정돼서 하는 말이니까."

그래, 미진만큼 그녀를 잘 아는 친구도 없을 터였다. 다소 당혹스러웠지만 루애는 미진이 무엇을 걱정하는지 잘 알기에 소중한 친구를 마주 꼭 끌어안아 주었다.

"알았어, 명심할게. 하지만 미진아, 걱정하지 마. 그거 극복한 지가 언젠데. 그리고 그럴 리 없겠지만 만에 하나 네 말대로 근우가 나를 아프게 한다고 해도 나, 예전처럼 그렇게 무너지지 않아. 지금 우리 나이가 몇 살인데, 사랑에 한 번 실패한다고 해서 세상 다 끝난 것마냥 굴 파고 들어가서 징징거리겠니? 해야 될 일이 얼마나 많은데. 우리, 다시 만났을 땐 지금보다 조금은 더 성장한 모습으로 만나자. 넌 인정받는 패션 디자이너로, 나는 부끄럽지 않은 기자로, 각자의 꿈을 위해서 각자가 서 있는 자리에서 최선을 다하자. 나는 너 믿어. 그러니까 너도 나 믿어. 알았지?"

루애는 머릿속으로 언제가 될지는 모르나 그리 멀지 않은 미래의 자신들 모습을 그려 보았다.

지금보다 조금은 나이 든 얼굴로, 허나 나이가 든 만큼 보다 현명하고 단단해진 미진과 자신. 그리고 그 옆에는 서로의 사랑하는 사람들, 남편과 아이들이 함께하고 있을 터였다.

아직은 너무 섣부른 바람일지 모르나 루애는 자신의 옆에 서 있을 사람이 근우이기를 조심스럽게 바라 보았다.

살며시 돌아본 그녀의 시선에 그녀만을 세상의 전부인 양 올곧이 응시하고 있는 근우의 모습이 콕 들어와 박혔다. 그녀와 시선이 마주치자 단박에 환하게 밝아지는 그의 미소. 루애의 입가에도 환한 미소가 어리었다.

　　❊　　　　❊　　　　❊

　미진이 떠나고 한 달 뒤, 근우도 입영 통지서를 받았다.

　각오는 하고 있었지만 근우가 막상 열흘 뒤에 입대를 한다고 생각하니, 루애는 가슴이 철렁 내려앉는 것 같았다.

　그에게 처음 얘기를 들었을 때 겉으로는 한껏 의연한 척했으나, 헤어지고 집에 돌아와서는 괜스레 불안하고 초조해서 밤에 잠 한숨 자지 못했었다.

　가만히 생각해 보니, 그와 교제를 시작한 이래 단 하루도 그와 만나지 않은 날이 없었다. 그런데 열흘 밤만 지나면 그와 통화할 수도 없고, 만날 수도 없다니…… 그것도 무려 2년씩이나! 생각만 해도 눈앞이 캄캄해지는 것 같았다.

　착잡하고 불안한 건 근우도 마찬가지였다. 도저히 이대로 루애를 두고 가지 못할 것 같았다. 물론 그녀가 고무신을 거꾸로 신을 거라고는 생각하지 않는다. 그래도 사람 마음이란 모르는 것 아닌가.

　2년이라는 시간이 짧은 것도 아니고, 하루가 다르게 미모에 물이 오르는 루애를 다른 놈들이 가만둘 것 같지도 않다.

　더구나 두 달만 더 지나면 루애는 스물다섯 살이 된다. 그리고 1년 후에는 스물여섯. 말 그대로 바야흐로 결혼 적령기에 접어드는 것이었다.

근우는 특단의 조치가 필요하다는 결론에 도달했다. 입대 전에 루애와의 관계를 보다 공고히 하는 것뿐만 아니라, 양가 어른들에게도 두 사람의 관계를 확실하게 인식시키고 인정을 받아 놔야 그나마 안심이 될 것 같았다.

다행히 그의 부모님과는 이미 얘기가 다 끝났다. 지난달 추석 때, 근우는 여자 친구가 누구인지 궁금하다며 집에 한번 데리고 오라는 어머니 홍 여사의 성화에 못 이겨 루애를 집으로 데리고 갔더랬다.

홍 여사의 성화도 성화였지만, 그보다 세 살 연상에 직업은 기자라는 말에 대번에 미간을 찡그리며 '생긴 건 보나 마나 겠구만' 이라며 시큰둥해하던 아버지 이 회장한테 보란 듯이 루애를 자랑하고 싶었기 때문이었다.

결과는 그의 예상대로 대성공이었다.

'넌 어째 생긴 거나 성격은 나를 꼭 닮았으면서 여자 보는 눈은 그리 낮냐. 여자는 모름지기 네 엄마처럼 하늘하늘 꽃처럼 여리고 예쁘고, 솜털처럼 순하고 착한 데다 나이도 어려야 되는 거다. 그래야 여자는 남자 어렵고 공경할 줄 알고, 남자는 여자를 보호해 주고 예뻐해 줄 마음이 생기는 게다. 그런데 너보다 연상에 기자야? 쯧쯧쯧, 안 봐도 비디오네. 그런 여자는 톡 쏘는 맛은 있을지 몰라도 절대 오래 못 만난다. 자식이, 어려서 아직 뭘 몰라도 한참 몰라요' 라며 혀를 끌끌 차던 이 회장의 핀잔은 루애를 본 순간 쏙 들어가 버렸다.

심지어 이 회장은 루애 몰래 엄지를 척 들어 보이며 근우의 귀에 대고 '역시, 너 내 아들 맞구나' 라고 속삭이며 한쪽 눈을 찡긋거렸었다.

무엇보다 이 회장은 루애가 청림건설 하성수 사장의 딸이라는 사실에 매우 흡족해했다.

규모는 크지 않지만 국내보다 해외에서 더 많은 실적을 올리는 중견 건설사로 내실도 탄탄하고, 무엇보다 오너인 하성수 사장의 인품이 무척 훌륭하다는 것이 이 회장의 설명이었다.

거친 건설 바닥에서도 대쪽 같은 성품으로 우직하게 한 우물만 파는 보기 드문 건실한 기업가라며 하 사장을 높이 평가하기도 했다.

물론 개인적인 친분은 없었다. 허나 이 회장이 누구인가. 국내의 웬만한 기업과 인물들에 대한 데이터라면 닥치는 대로 긁어모아 한 손에 쥐고 있는 인물이 아닌가.

그런 이 회장인 만큼 청림이나 하 사장에 대한 평가가 틀릴 리 없었다.

이 회장은 루애가 하 사장의 여식이라면 그 인품이나 성품 역시 두말할 나위 없을 거라며 고개를 끄덕거렸다.

어머니인 홍 여사는 굳이 말할 것도 없었다. 하나밖에 없는 아들이 처음으로 집에 데리고 와서 소개시켜 주는 여자 친구라는 사실만으로 홍 여사는 루애가 예뻐 죽으려고 했다.

루애가 무슨 말을 하든, 무슨 행동을 하든 무조건 다 예쁘고 좋다며 칭찬이 늘어졌다. 홍 여사한테 루애는 이미 친딸 같은 귀한 며느리와 진배없었다.

문제는 루애의 집이었다.

사위 사랑은 장모라는데, 장모님도 안 계시고(우물가에서 숭늉 찾는 격이긴 하지만), 루애와 그녀의 친구들, 부친인 이 회장한테 그녀의 아버지가 하도 엄하고 깐깐한 성품의 양반이라는 말을 많이 들어 놔서 근우로서는 여간 걱정스러운 것이 아니었다.

루애도 그런 아버지가 걱정스러운지, 그를 선뜻 집에 데려가려 하지 않았고 말이다.

그래도 그가 누구인가. 쇠뿔도 단김에 빼란다고, 한번 마음먹었으면 죽이 되든 밥이 되든 일단 부딪혀 봐야 직성이 풀리는 성격답게 근우는 망설이는 루애를 설득해서 하 사장한테 정식으로 인사를 드리러 갔다.

역시 결과는 예상대로 그다지 좋지 않았다. 하 사장은 근우가 영 탐탁지 않은 모양이었다. 처음부터 그를 마치 귀한 딸을 훔치러 온 도둑놈처럼 쳐다보았다.

아직 나이가 어려 대학교를 졸업하지도 못했다는 것과 곧 군에 입대한다는 사실까지 포함해서 하나부터 열까지 근우의 모든 것이 마음에 들지 않는 눈치였다.

그중에서도 단연 하 사장이 마뜩지 않아 한 것은, 공교롭게도 이 회장과는 정반대로 근우의 부친이 가람금융의 이만섭 회장이라는 사실이었다.

하 사장의 성품을 익히 들어 알고 있었기에 솔직히 근우는 얼추 예상하고 있었다. 하여 그다지 놀랍거나 마음의 상처 따위는 입지 않았다. 철이 들기 전 꼬맹이 때부터 하도 겪어 왔던 일이라 새삼스럽지도 않았고 말이다.

돈이라면 성진 같은 대기업 부럽지 않을 만큼 엄청나게 보유하고 있는 근우네 집이었지만, 실상 그 부는 정당한 방법으로 축적된 것이 아니었다.

할아버지는 악랄한 일수꾼, 사채업자로 악명을 날리던 분이셨고, 그 돈으로 세워진 가람금융은 현재 명동의 큰손으로 위세를 떨치고 있었다.

그것으로도 모자라 7년 전부터 이 회장은 기업 M&A 시장에까지 뛰어들어 천문학적인 돈을 벌어들이기 시작했다.

덕분에 가람금융과 이만섭 회장이라는 이름 뒤에는 인면수심의 돈놀이꾼에 사채꾼이라는 수식어와 더불어 악랄한 기업 사냥꾼이라는 꼬리표까지 붙게 되었다.

근우는 어렸을 때부터 아버지 앞에서는 쉬쉬하며 친한 척 웃어 보이다가도 뒤돌아서는 손가락질하며 욕하고 멸시하는 사람들을 수없이 보아 왔다.

평범하게 살아가는 소시민들이라면 몰라도 한국에서 나름 알려진 중견 기업 이상의 기업인치고 가람금융과 이만섭 회장의 악명을 모르는 이는 없지 않을까 싶다.

하 사장이 아는 기업 중에서도 이 회장의 마수에 걸려 하루아침에 흔적도 없이 쪼개진 기업이 한두 군데가 아니었다.

그런 집안의 아들이라는데, 돈이 전부가 아니라는 신념으로 살아가는 양심적 기업가인 하 사장 입장에서 근우가 탐탁지 않은 것은 당연한 일일 터였다.

하여 근우는 하 사장이 그와 함께 식사도 하지 않고 자리에서 일어나는데도 원망하는 마음일랑은 조금도 들지 않았다. 그보다 되레 루애와 양 씨가 더 당황해서는 어쩔 줄 몰라 했다.

"아빠……."

"사장님, 식사 준비 다 됐는데요……."

"그래? 그럼 식사하면 되지, 뭐가 문제야. 루애 친구, 아니, 친한 동생이라는데 당연히 한 끼 먹여서 보내야지. 루애 친구가 집에 어디 한두 번 왔나. 별일도 아닌 걸 가지고 호들갑은. 그리고 나는 이따가 먹겠네. 갑자기 속이 좀 좋지 않네 그려."

하 사장의 말인즉슨, 근우를 루애의 단순한 친구 이상으로는 여기지 않겠다는, 그러니 더 이상 깊이 만날 생각 따위는 꿈도 꾸지 말라는 완곡하면서도 명백한 뜻이었다.

소파에서 일어난 하 사장이 근우를 힐끗 내려다보았다.

"이름이 근우 군이라고 했나? 어쨌든 오늘 이렇게 봐서 반가웠네. 기왕 왔으니 밥이나 한 끼 먹고 가게."

그리고는 지체 없이 몸을 돌려 서재로 향하는 하 사장이었다. 발끈해서 일어나려는 루애의 손을 근우가 지그시 잡아 내렸다.

근우는 자리에서 묵묵히 일어나, 뒤도 돌아보지 않는 하 사장을 향해 깊이 고개를 숙였다.

"아버님이 처의 어떤 부분을 탐탁지 않아 하시는지 잘 압니다. 루애에 비해서 부족한 면이 많다는 것도 잘 알고 있습니다. 지금 당장은 그 간극을 따라잡을 수 없다는 것 역시 압니다. 그리고 앞으로 2년간은 제가 아무리 노력한다고 해도 그 간극은 더욱 벌어지겠죠. 루애를 두고 사회를 떠나 군에 입대할 수밖에 없으니까요. 하지만 아버님, 감히 말씀드립니다만 루애에 대한 제 마음만은 어느 누구와 비교한다고 해도 어리거나 모자라지 않는다고 자신합니다."

서재로 걸어가던 하 사장의 걸음이 우뚝 멈췄다. 그러나 그도 잠시. 하 사장은 여전히 뒤를 돌아보지 않고 계속 걸어갔다.

"외람되지만 한 가지만 더 말씀드리겠습니다. 제 노력이

나 능력으로 어찌할 수 없는 것들로 저를 판단하거나 배척하지 말아 주십시오. 이 자리에서 지금 당장 루애와 저를 인정해 달라고 말씀드리지는 않겠습니다. 다만, 어떤 신입견이나 편견 없이 저란 놈 자체만 봐 주시기 바랍니다. 제가 루애한테 어울리는 놈인지 아닌지 시간을 두고 지켜봐 주십시오. 그럼 머지않은 미래에 반드시 보여 드리겠습니다. 루애의 선택이 틀리지 않았다는 것을, 그리고 기다려 주신 아버님의 판단역시 틀리지 않았다는 것을 말입니다. 그때까지만 저에 대한 판단을 유보해 주시기 바랍니다."

루애가 자리에서 일어나 근우의 손을 꼬옥 잡았다.

눈물이 그렁그렁 맺힌 눈으로 그를 올려다보며 활짝 미소지었다. 그리고 어느 때보다 확신에 찬 눈빛으로 굳은 듯 미동이 없는 하 사장의 뒷모습을 간절하게 바라보았다.

"저도 부탁드려요, 아빠. 저를 믿고 기다려 주세요. 전……근우 믿어요."

❉   ❉   ❉

"걱정 마라. 우리가 네 대신 루애 잘 챙기고 있을 테니까."

"그래, 안 그래도 우리가 이미 순번도 다 정했다."

거나하게 취한 인성과 성일의 말에 근우가 한쪽 눈썹을 힐끗, 치켜 올렸다.

근우의 입대를 3일 앞둔 토요일 주말 저녁, 환송회를 해 준답시고 모인 친구들 때문에 일찌감치 술자리가 벌어졌다.

"무슨 순번?"

"매주 주말마다 돌아가면서 루애하고 한 번씩 데이트하기. 이근우 대용 1일 남친이라고나 할까?"

"미친놈들."

근우가 상대할 가치도 없다는 듯 일거에 싹을 잘랐다.

"왜, 우리한테 루애 뺏길까 봐 겁나냐?"

사케를 홀짝거리던 형은이 손뼉을 짝 치며 맞장구를 쳤다.

"어머, 그거 재미있겠다. 꽃미남에 시크남에 근육남까지, 골라 먹는 재미가 있잖아. 나도 껴 줘, 나도."

'그럴래?' 하면서 키득거리는 친구들과 형은을 근우가 무서운 눈초리로 노려보았다. 형은이 깜짝 놀란 척 엄살을 떨었다.

"어머, 쟤 노려보는 것 좀 봐. 아이구, 무시라. 눈에서 아주 레이저 나오겠네. 하여튼 이근우, 소유욕 쩌는 건 알아줘야 한다니까. 루애야, 너 조심해야겠다. 저런 애가 바로 여차하면 총 들고 탈영하는 그런 스타일이거든."

농담이라도 일부러 약 오르는 말만 골라 하는 형은이었다.

들다 못한 루애가 형은의 손에서 술잔을 확 빼앗았다.

"너 그만 마셔. 취했어."

"안 취했어. 나도 이제 미진이만큼은 마신다구."

형은이 잽싸게 루애의 손에서 술잔을 뺏어 갔다. 그리고
는 다시 말도 안 되는 농담을 재미있다고 지껄이며 성일과
술을 주거니 받거니 했다.

맞은편에 앉아 있는 진환이 붉으락푸르락해진 루애에게
넌지시 술 한 잔을 권했다.

"그냥 다들 너희 기분 풀어 주려고 하는 거야. 알지?"

투명하고 커다란 눈을 깜박이며 싱긋 웃는데, 그 얼굴이
하도 예쁘고 맑아서 루애도 덩달아 방긋 웃고 말았다.

생긴 것처럼 근우의 친구 중 가장 속이 깊고 섬세해 가끔
은 동성 친구처럼 느껴지기도 하는 진환이었다. 근우와도
가장 막역한 친구 사이이고 말이다.

처음에는 외모부터 성격까지 정반대인 두 사람이 가장 친
한 친구라는 것이 희한했었다. 허나 따지고 보면 그녀와 미
진도 그렇기에 이해 못 할 것도 없었다.

그래서 그런가. 루애도 유독 진환한테 마음이 가장 많이
갔다.

루애는 싱긋 웃으며 스스럼없이 빈 술잔을 앞으로 내밀었
다. 그런데 근우가 그런 루애의 손을 지그시 아래로 잡아 내
렸다.

'왜?' 하는 눈빛으로 돌아보자 근우가 다소 엄한 눈빛으로

그녀를 바라보며 고개를 가로저었다.

"그만 마셔. 술 한 잔만 마셔도 취하는 사람이 겁도 없이. 너 벌써 두 잔째야."

"괜찮아. 나도 이제 마실 수 있어. 그동안 갈고닦은 내공이 있잖아. 이 정도로는 안 취해."

사실이 그랬다. 근 1년 가까이 위계질서 확실한 기자 세계에서 회식이다 뭐다 해서 술자리를 자주 갖다 보니까 알게 모르게 술이 늘었다.

사실 루애는 대학 때부터 남자들한테 얕보이기 싫어서 울며 겨자 먹기 식으로 술 버리기 신공을 연마해 왔었다.

그 노력의 결과, 이젠 그 신공이 말 그대로 신의 경지에 올라서 눈앞에서 그녀가 술을 마시는 척하면서 버려도 아무도 알아채지 못할 정도의 수준에 올랐다.

오죽하면 동료 기자들 사이에서 하루애 하면 술을 아무리 마셔도 얼굴색 하나 변하지 않고 취하지 않는 주당으로 통하겠는가.

그러나 그것도 한두 번이지. 주구장창 입에 술을 머금고 있다 보면 조금씩 목구멍 뒤로 술이 넘어가지 않을 수 없었다. 그러다 보니 가랑비에 옷 젖는 줄 모른다고, 어느새 그녀도 소주 서너 잔 정도는 마실 수 있게 되었다.

물론 그것과 별개로 여전히 체질상 술하고는 상극이라서 한 잔만 들어가도 밤새 다리에 쥐가 올라 고생하는 건 여전했지만 말이다.

그러한 사실을 잘 알고 있었기에 근우의 미간이 대번에 찡그러졌다.

"취하고 안 취하고의 문제가 아니야. 술 한 잔만 마셔도 너, 밤새 고생하잖아. 몸에 맞지도 않는 걸 왜 억지로 마셔. 이게 뭐 좋은 거라고."

그러면서 근우가 그녀에게 몸을 기울여 귓가에 속삭였다.

"밤새 네 다리만 주무르게 만들 생각으로 일부러 그러는 거라면…… 걱정 마. 네 허락 없이는 아무 짓도 하지 않을 테니까. 손만 잡고 자라면 그렇게 하지. 물론 상당히 힘들겠지만, 너를 위해서라면 참을 수 있어. 그러니까 그만 마셔. 우리의 특별한 첫날밤을 위해서."

첫날밤.

귓가를 뜨겁게 달구며 흘러 들어온 그의 섹시한 음성에 루애는 얼굴은 물론 귓불까지 금세 새빨갛게 달아올랐다.

사실 이건 친구들도 부모님들도, 아무도 모르는 비밀이지만, 오늘 두 사람은…… 함께 밤을 보내기로 약속했다.

근우의 종용 때문이라든가 그런 건 절대 아니었다. 물론 며칠 전부터 근우가 그런 뜻을 온몸으로 계속 비치기는 했었다. 무언가에 쫓기듯 절박하게 그녀를 안고 쉬이 놔주질 않았다.

점차 이성을 잃고 과감해지는 그의 스킨십에 몇 번은 정말 위험할 뻔한 적도 있었다.

본능적으로 굳어지는 루애의 몸짓에 근우가 간신히 이성을 차리고 물러났기에 망정이지, 안 그랬다면 차 안에서 정말 아무런 준비도 없이 첫날밤을 치르고 말았을지도 모른다.

그러나 그런 근우의 초인적인 인내심이 조만간 한계에 다다를 것이라는 건 그나 그녀도 본능적으로 잘 알고 있었다. 그리고 그가 왜 그리 불안해하며 조바심치는지도. 그가 원하는 것이 무엇인지도…….

때문에 루애도 요 며칠 그 문제를 놓고 심각한 고민에 휩싸였었다. 근우의 바람대로, 점점 커져 가는 욕망이 시키는 대로 그의 여자가 되는 것이 과연 좋은가. 후회하지 않을 자신이 있는가.

대답은 쉬이 나오지 않았다. 물론 루애는 근우를 사랑하고, 사랑하는 만큼 진심을 다해 믿는다. 누군가를 이토록 사랑하고 믿는 건 그가 처음이었다.

가끔은 그녀 스스로도 깜짝 놀랄 때가 있다. 하루 종일 근우만 생각하고, 보고 있어도 보고 싶고, 그가 하는 모든 말과 행동 하나하나에 흠뻑 빠져 정신을 차리지 못하는 스스로를 깨달을 때마다.

그리고…… 근우 못지않게 그를 간절히 원하는 자신의 욕망에 루애는 소스라쳐 놀라고는 했다.

루애는 근우를 사랑하게 된 뒤로 욕망이라는 것이 더럽고 추한 것만이 아니라는 사실을 알게 되었다. 사랑하는 사람과의 행위와 욕망이 얼마나 아름답고 황홀한 것인지, 그것이 얼마나 자연스럽고 당연한 감정인지 새롭게 알게 되었다.

허나 그런 깨달음과 사랑과는 별개로, 루애는 여전히 지난하고 오랜 막연한 두려움을 떨치지 못하고 있었다.

너무 빠른 것은 아닐까. 상황과 분위기에 이끌려 너무 빨리, 멀리 가고 있는 것은 아닐까. 돌이킬 수 없는 짓을 저지르기 전에 이쯤에서 그만 멈춰야 되는 것은 아닐까.

양가 부모님한테 서로 인사는 드렸지만 그렇다고 그게 뭐? 정식으로 교제하고 있다는 사실만 알려 드렸을 뿐, 결혼 얘기가 오간 것도 아닌데.

사실 현실적으로 벌써 결혼 얘기가 오간다는 것도 우스운 일이었다. 근우는 아직 학교도 졸업하지 못했고, 군대를 다녀와도 겨우 스물세 살밖에 안 되는데 말이다.

그와의 사랑이 변함없어 결혼을 하게 된다고 해도 그건 아마 먼 훗날의 일이 될 터였다. 아직은 결혼의 '결' 자를 떠올리는 것도 시기상조였다.

그런데 그와 사랑을 나눈다?

그래도 되는 걸까? 물론 결혼이 사랑의 종착역이라고는 생각하지 않는다. 결혼이 신성하고 완벽하지 않다는 것도 잘 알고 있었다.

결혼은 그저 가정을 이루기 위한 하나의 사회적 규범일 뿐, 한순간에 와르르 무너질 수 있다는 것을 루애는 어릴 적 경험을 통해서 일찍이 깨달아 버렸다. 때문에 결혼을 해야만 사랑을 나눌 수 있다고는 생각하지 않는다.

문제는 그 사랑을 얼마나 믿을 수 있고, 그 사랑에 자신을 걸 수 있느냐 없느냐의 문제일 터였다. 물론 영원한 사랑이라는 것도 세상에는 없다고 생각한다.

그러니 지금 당장은 서로가 아니면 안 될 것 같은 사랑이라도, 그는 다른 남자들과 다르다, 내 사랑만은 특별하다고 아무리 믿는다고 해도, 언젠가는 그와 자신도 시들해져서 헤어질 수도 있다는 것을 루애는 염두에 두지 않을 수 없었다.

때문에 루애는 그와 헤어졌을 때, 자신이 무엇을 후회하고 후회하지 않을 것인지에 대해서 다시 한 번 곰곰이 생각해 보았다. 그렇게 생각하자 결론은 의외로 쉽게 내려졌다.

상처 입을 것이 두려워 뒷걸음질 치는 사랑은 하지 말자. 어쩌면 처음이자 마지막이 될지도 모르는 이 사랑에 최선을 다하자. 후회 없이 뜨겁게 사랑하고 모든 것을 걸어 보자.

루애는 며칠 전 근우가 아버지 앞에서 당당히 했던 말을 떠올렸다.

그녀의 선택이 틀리지 않았다는 것을 입증해 보이겠다는

그 말. 루애는 그 말을, 그의 사랑을, 이근우 그 자체를 믿어 보자 마음먹었다.

그래서 어젯밤 용기 내어 그에게 말했다. 오늘 밤, 그와 함께 있고 싶다고…….

솔직히 그 말을 하는데 너무 창피하고 부끄러워서 쥐구멍이라도 있으면 들어가고 싶은 심정이었다.

덜컥 겁도 났다. 내가 정말 잘하는 걸까. 후회하지 않을 자신이 있을까. 혹시 그가 자신을 쉬운 여자로 생각하면 어쩌나.

근우는 한동안 아무 말이 없었다. 그러다 갑자기 그녀를 확 끌어안았었다. 그가 떨리는 목소리로 속삭였다.

"사랑해, 사랑한다, 하루애!"

루애는 그의 사랑한다는 말보다, 어린아이처럼 떨리는 목소리에 안도했었다. 가슴 벅찬 듯 기쁨에 떨리는 그 목소리. 루애는 근우의 등을 꼭 끌어안아 주었더랬다.

그런데 막상 근우가 귀에 대고 오늘 밤이 어떻고 저떻고 은밀하게 속삭이니, 또다시 겁이 덜컥 나 버렸다.

농담이었다고 얼버무리고 도망쳐 버리고 싶기도 하고, 묘한 기대감과 설렘에 가슴이 미친 듯이 콩닥거리는 것이 그녀의 마음을 이젠 그녀 자신도 알 수가 없을 지경이었다.

그런 루애의 바르르 떨리는 손을 근우가 테이블 밑으로 단단히 움켜잡았다. 그 크고 단단한 손에 불안감이 조금씩 사그라졌다. 꼬옥 맞잡은 두 손만큼이나 하나로 엉킨 두 사람의 시선이 은밀하게 타올랐다.

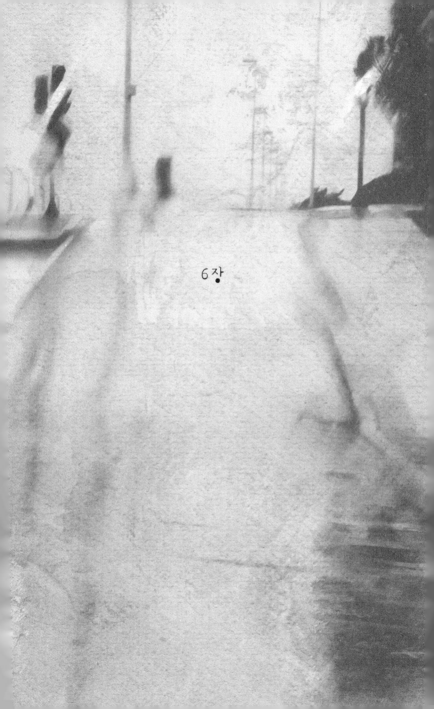

6장

두 사람은 30분가량 더 친구들과 함께했다. 근우가 슬쩍 시간을 확인했다. 9시 20분. 이제 슬슬 일어나야 될 시간이었다. 근우가 친구들을 쭈욱 훑어보며 마지막으로 잔을 들어 올렸다.

"어쨌든 고맙다. 잘 다녀올게."

잘 다녀오라는 둥, 넌 군대 체질이라서 잘 버틸 거라는 둥, 다들 한마디씩 하며 근우와 잔을 부딪쳤다. 넘칠 만큼 잔에 가득 담긴 술을 한 번에 쭉 들이켜고 근우는 루애한테 그만 일어나자는 눈짓을 보냈다. 눈치 빠른 녀석 몇 놈이 벌써 일어나는 거냐며 볼멘소리를 냈다.

"루애 통금 있잖아. 늦지 않게 데려다줘야지. 미안하지만 먼저 일어날게. 니들은 더 마시려면 마셔. 진환이한테 카드 줬으니까 나중에 그걸로 계산하고. 휴가 나오면 그때 보자."

몇 놈이 오늘 같은 날도 통금을 지켜야 하느냐며 투덜거리긴 했지만, 루애가 워낙 통금 시간을 칼같이 지킨다는 것을 다들 익히 알고 있기에 별다른 말들은 없었다.

마침 일이 되려고 했는지, 하 사장은 오늘 아침 하노이 현장에 문제가 생겼다는 연락을 받고 급하게 출장을 갔다. 덕분에 루애는 큰맘 먹고 준비해 뒀던 '워크숍' 거짓말을 하지 않아도 될 수 있게 됐다.

사실 지난번에는 통했지만 이제는 하 사장이 두 사람의 교제 사실도 알고, 군 입대를 앞두고 있다는 것도 알고 있기에 통하지 않을 것 같아서 겁을 잔뜩 집어먹고 있었는데, 천만다행인 일이 아닐 수 없었다.

무조건 루애의 편인 양 씨하고는 이미 말을 맞춰 놨다. 만약에 하 사장이 루애의 귀가를 확인하기 위해서 전화를 걸어 오면, 감기 몸살에 걸렸는지 약 먹고 일찍 잠자리에 들었다고 둘러대 주기로 말이다.

하 사장은 양 씨까지 루애와 동조해 자신한테 거짓말을 하리라고는 꿈에도 생각하지 못할 터였다. 거짓말을 죽기보다 싫어하는 루애였지만 오늘은 선택의 여지가 없었다.

'아빠, 정말 죄송해요.'

이래서 딸 키워 봤자 소용없다는 말이 있는 모양이다.

두 사람은 로바다야끼를 나와서 남산으로 향했다. 루애는 여기는 왜 왔나 싶었지만 소리 내어 묻지는 못했다. 사실, 로바다야끼를 나와서 차에 탄 후로는 긴장이 돼서 거의 숨도 제대로 쉬지 못했다. 루애는 근우를 쳐다보지도 못한 채 커다래진 눈으로 어둑한 창밖을 바라보며 마른침만 꼴깍 삼켰다.

그가 손을 뻗어 그녀의 손을 꼬옥 잡아 주었다. 어두컴컴한 남산 길을 오르면서도 그는 그녀의 손을 놓지 않았다. 그렇게 얼마나 달렸을까. 전방에 환하게 불을 밝히고 있는 하얏트호텔이 웅장한 모습을 드러냈다. 그가 차의 속도를 천천히 줄였다.

'아, 여기로 오려는 거였구나. 그럼 여기서…….'

새삼스레 가슴이 세차게 뛰며 입안이 바싹 말라 왔다. 긴장한 기색이 역력할 자신을 바라보는 그의 시선이 느껴졌다.

입구를 통과하는 순간, 그가 그녀의 손을 가만히 잡아당겼다. 흠칫 놀라는 루애의 손등에 그가 지긋이 입을 맞췄다. 마치 안심하라는 듯, 다 괜찮을 거라는 듯. 그 솜털처럼 따스한 입맞춤에도 루애의 등줄기에는 짜릿한 전율이 흘러내렸다.

근우는 이미 룸도 예약을 해 놓은 상태였다. 프런트를 거칠 것도 없이 그는 루애를 바로 엘리베이터에 태웠다. 루애는 근우가 미리 준비해 놓아 다행이라는 생각이 들었다. 그렇지 않았다면 그가 프런트에서 방을 찾는 동안, 뻘쭘하게 뒤에 서서 엄청 창피했을 것이다. 도둑이 제 발 저린다고, 지레 얼굴을 화끈거리면서 말이다.

그렇다고 이렇게 어마어마한 룸을 예약해 놓을 필요는 없었는데. 루애는 근우를 따라 룸에 들어서고는 깜짝 놀랐다. 별도의 응접실은 물론 천장부터 바닥까지 통유리로 탁 트여 있어 서울 도심의 야경이 한눈에 다 내려다보이는 스위트룸이 그녀를 기다리고 있었다.

영화에서나 봤지, 고급 스위트룸에 직접 와 본 건 처음이었다. 그러나 놀라고 감탄할 새도 없었다. 방에 들어오자마자 더 이상 못 참겠다는 듯이 근우가 그녀를 문에 밀어붙이고 급하게 입술을 포개어 왔기 때문이었다.

"흡! 근, 근우야, 잠깐만…… 흡!"

"하아, 미안, 더 이상 못 참겠어. 어제 너한테 그 얘기를 들은 직후부터 계속 이 생각뿐이었다. 오늘도 환송회고 뭐고 널 당장 이리 데리고 오고 싶어서 미치는 줄 알았어. 하아, 하루애."

차 안에서 나누었던 키스와는 확실히 달랐다. 위험한 순간까지 갈 뻔했던 농밀한 애무도 숱하게 많았지만 이 정도로 뜨겁고 급박하고 자극적이지는 않았었다.

그녀의 입안을 온통 차지하고 있는 그의 입술뿐만 아니

라, 꼼짝 못하게 그녀의 얼굴을 부둥켜 잡고 있는 커다란 손과 온몸으로 부딪혀 오는 단단한 몸, 모든 것이 불처럼 뜨겁고 제어 불가능한 거센 회오리 같았다.

그 뜨거운 불길에, 거센 회오리에 루애도 금세 휩쓸려 버렸다. 수줍고 부끄럽고 당황했던 것을 모두 잊은 채 루애 역시 적극적으로 그에게 매달려 키스를 되돌려 주었다. 그의 거친 숨결에 루애의 숨결도 뜨겁게 달아올랐다. 그의 손이 가슴을 스치듯 만지며 흔들리는 허리를 와락 움켜잡았을 때는 저도 모르게 교성을 내지르고 말았다.

"하악!"

갑자기 근우가 그녀를 번쩍 들어 올렸다. 그녀의 다리를 들어 그의 허리를 휘감게 만들었다. 흔들리는 그녀의 몸을 억세게 끌어안고 걸음을 옮겼다. 그러는 와중에도 근우는 그녀의 입술을 놓아주지 않았다.

출렁이며 두 사람이 커다란 침대로 한 덩이가 되어 쓰러졌다.

"하아……. 근, 근우야……."

그의 뜨거운 입술이 귓바퀴를 스쳐 목으로 미끄러져 내려갔다. 축축한 혓바닥이 쇄골을 핥으며 얇은 브래지어 끈만 아슬아슬하게 걸려 있는 어깨로 이동해 갔다. 블라우스는 어느새 어디론가 사라지고 난 후였다.

파고드는 그의 어깨도 어느새 탄탄한 구릿빛 피부를 드러내 놓고 있었다. 그가 스스로 벗었는지, 아니면 그녀가 벗겨 냈는지는 기억이 없어 알 수 없었다.

루애는 온몸이 타는 듯이 뜨겁고 전신에 쥐라도 오른 양 머릿속까지 저릿했다. 얼굴을 어루만지고 어깨를 쓸어내리는 그의 손길에 온몸이 바르르 떨리며 전율이 일었다.

그의 입술이 그녀의 어깨를 지나 팔뚝으로, 그리고 세차게 오르내리는 가슴 둔덕으로 미끄러져 내려갔다. 그녀의 허리를 단단히 휘어 감은 그의 팔뚝에 강한 힘이 실렸다.

그녀의 허리가 들리며 맞닿은 두 사람의 상체가 조금 더 바짝 밀착되었다. 매트리스에서 떨어진 틈으로 그의 손이 파고들었다. 활처럼 휜 척추를 따라 천천히 올라오는 그의 손길에 루애는 탁한 신음을 흘렸다.

"아아……."

그의 커다란 손이 가슴을 덮어 올 때까지 루애는 브래지어 후크가 벗겨진 것도 깨닫지 못했다. 가쁜 숨을 몰아쉬는 그녀의 입술에 진한 키스를 퍼붓던 근우의 입술이, 바르르 떨리는 뽀얀 살갗에 자잘한 흔적을 남기며 아래로 내려갔다.

소름 끼치도록 아주 천천히…….

그러다 마침내 근우가 욕망에 헐떡이는 루애를 올려다보며 단단하게 솟아오른 핑크빛 멍울을 입에 머금었다.

"허억!"

루애가 근우의 팔뚝을 움켜잡고 고개를 뒤로 젖혔다. 용수철처럼 펄떡이는 상체를 전신으로 지그시 내리누른 근우가 탐스러운 과실을 핥짝이며 신음했다.

"하아……."

"근우야…… 근우야……."

물방울 모양의 탐스러운 가슴이 그의 입과 손길에 점점 더 뜨겁고 거세게 이지러지며 형체를 잃어 갔다. 온몸을 내달리는 강렬한 전율에 루애는 흐느끼며 거듭 그만을 찾아 허덕거렸다.

자신도 모르게 땀으로 축축이 젖어 가는 탄탄한 어깨를 움켜잡고 쓸어내리기를 반복하다가 아찔하도록 가슴에 매달려 있는 그의 머리를 부여잡고 허리를 들썩거렸다.

뽀얀 살결에 붉은 자국이 새겨질 만큼 그녀의 가슴을 탐닉하던 근우의 손이 푸들푸들 떨리는 아랫배로 천천히 미끄러져 내려갔다. 한 손으로도 족히 잡힐 만큼 가녀린 허리를 한순간 강하게 움켜쥐고 근우는 거친 숨을 몰아쉬었다.

근우는 다급하게 루애의 입술을 다시 와락 집어삼키고 그녀의 스커트 지퍼를 천천히 내렸다. 찌이익. 지퍼가 내려가는 소리에 루애가 급하게 숨을 몰아쉬었다. 그는 그 다급한 숨결마저 오롯이 집어삼켰다. 재빨리 스커트 자락을 침대 밑으로 쳐 냈다.

그리고 발목부터 거슬러 올라오는 그의 손, 그 뜨거운 감촉! 루애는 본능적인 수줍음으로 다리를 모으고 몸을 웅송 그리려고 했다. 그러나 근우가 허락하지 않았다. 그의 단단한 근육질의 허벅지는 이미 그녀의 가랑이 사이를 파고들어 자리를 잡고 있었다.

다리를 오므릴 수도, 활짝 벌릴 수도 없는 상황에 루애는 그저 하릴없이 퍼덕거리며 몸을 뒤틀었다. 왈칵 치켜든 두려움에 그녀는 저도 모르게 그의 어깨를 강하게 밀쳤다.

순간, 근우의 모든 움직임이 거짓말처럼 딱 멈췄다. 진정으로 그를 거부하는 몸짓이 아니라는 것을 안다. 첫 경험에 대한 두려움이 몰고 온 본능적인 몸짓일 뿐이라는 것도. 허나 그럼에도 근우는 더 이상 움직일 수 없었다.

간신히 머금고 있던 그녀의 입술을 놓아주고 고개를 들었다. 누구의 것인지도 모를 가느다란 타액이 길게 이어졌다가 툭 끊어졌다. 안타까운 시선으로 내려다보며 붉게 달아오른 루애의 굳은 얼굴을 손끝으로 어루만졌다.

"루애야."

스스로도 당혹스러워 고개를 돌리고 시선을 피하는 루애의 턱을 살며시 잡아당겼다. 움찔한 그녀가 더욱 강하게 모로 고개를 돌렸다.

"루애야, 날 봐. 나 좀 봐 줘, 응?"

달궈진 욕망으로 탁하게 갈라진 그의 음성이 간절하게 흘러나왔다. 그제야 루애가 머뭇거리며 마지못해 고개를 돌려 그를 올려다보았다. 금방이라도 울음을 터트릴 듯 빨갛게 달아오른 얼굴로 주저하며 그를 올려다보는 그녀는 마치 해서는 안 될 부끄러운 짓을 해 버리고 잔뜩 주눅 든 어린아이처럼 한없이 여리고 약해 보였다.

그 모습이 어찌나 사랑스러운지, 근우의 가슴이 새삼 철렁이며 전신에 짜릿한 전율이 흘렀다.

차가운 이성으로 단단한 외피를 둘러쓰고 있는 루애의 이런 얼굴을 볼 수 있는 사람은 오직 자신뿐이라는 생각에 그의 몸이 다시 뜨거워졌다. 이런 그녀를 좀 더 울게 만들고 싶다는 사나운 욕망이 그의 안에서 다시금 들끓었다. 이대로 그냥 모른 척, 루애를 끝까지 몰아붙이고 싶다는 욕망에 숨이 막힐 지경이었다.

그럼 루애도 더 이상 거부하지 못하리라. 이내 그녀도 욕망에 항복하고 그를 받아들이리라. 자신의 밑에서 쾌락에 울부짖으리라. 그를 허락하고 그의 여자가 되리라.

하지만, 그것만으로는 부족하다.

근우는 루애의 모든 것을 원했다. 그녀 스스로가 원해서 기꺼이 몸을 열고 그의 것이 되어 주기를 바랐다. 거기에는 한 톨만큼의 의심이나 두려움, 망설임 따위는 없어야만 했다. 본능적인 두려움 따위도 허락할 수 없었다. 근우는 흔들리는 루애의 동공을 꿰뚫을 듯이 들여다보며 갈라진 음성으로 속삭였다.

"말해 봐, 날 사랑해?"

루애의 눈가가 파르르 떨렸다. 아랫입술을 꼭 깨물고 고개를 끄덕거렸다.

"그런데 왜……. 뭐가 두려운 거야. 혹시 여기까지 온 거 후회하니? 너무 빨라? 싫어?"

루애가 간신히 아랫입술을 놔주고 입술을 달싹였다.

"아니야, 그런 게 아니라……. 나도 모르겠어. 내가 왜 이러는지……. 그냥 좀 무서워. 이상해……."

"왜, 내가 널 아프게 할까 봐?"

"아니."

루애가 세차게 고개를 가로저었다. 참기 힘든 욕망으로 굳어진 그의 입가에 흐릿한 미소가 어리었다. 장난치듯 손끝으로 루애의 콧잔등을 가볍게 톡 건드렸다.

"아니긴, 맞으면서. 근데 아마 맞을 거다. 어쩌면 너, 많이 아플지도 몰라. 내가 네 안에 들어가는 순간, 쾌락보다 참기 힘든 고통을 느끼게 될지도 모르지. 처음이니까. 처음은 누구나 아프고 두려운 법이니까."

당혹스러울 만큼 적나라한 그의 말에 당황한 루애의 얼굴이 새빨갛게 물들었다. 루애는 어찌할 바를 모르고 시선을 돌려 버렸다. 그가 이토록 적나라하게 직접적으로 말할 줄은 몰랐다. 그가 그녀 안으로 들어오는 순간이라니, 맙소사!

그런데 이번에는 근우가 시선을 피하도록 순순히 내버려

두지 않았다. 그녀의 턱을 잡아 돌리고 자신을 똑바로 올려
다보게 만들었다.

"아프지 않게 할 테니까 걱정 말고 날 믿어 달라는 말은 못
해. 그건 말 그대로 거짓말이니까. 나도 어떻게 될지 모르는
데 그런 말을 어떻게 해. 내 욕심만 채우자고 너한테 그런 거
짓말은 하고 싶지 않다."

"근우야……."

"그러니까 도저히 못 하겠으면 지금 말해. 괜찮아. 말했잖
아. 네가 싫다고 하면 언제든 그만두겠다고, 고통스러워도
날 기꺼이 받아들일 마음의 준비가 될 때까지 참고 기다리겠
다고. 널 간절히 원하지만 그보다 더 중요한 건 너야. 네 마
음, 네 사랑, 너, 하루애."

근우가 그녀를 뜨겁게 내려다보며 엄지 끝으로 파르르 떨
리는 루애의 입술을 어루만졌다.

"너보다 더 중요한 건 이 세상에 아무것도 없어. 널 위해
서라면 이런 욕망 따위 얼마든지 참을 수 있다. 내가 원하는
건 오로지 너야. 널 아프게 하는 건 나도 싫다. 그저 아무 의
미 없는 본능적인 몸짓이라도 네가 나를 밀어내는 건 더더
욱 싫고. 기다릴게. 참아 볼게. 아니, 참을게. 그러니까 나를
그렇게 두려운 눈빛으로 쳐다보지 마. 밀어내지 마."

"근우야……."

"네가 원하는 걸 말해. 어떻게 해 줄까. 내가 어떻게 해

주길 바라니?"

"나, 나는……."

모르겠다. 자신이 원하는 것이 뭔지, 그가 무엇을 해 주기를 바라는 것인지, 하나도 모르겠다.

그를 원하는 욕망과 막연한 두려움 사이에서 루애는 마냥 혼란스러울 뿐이었다. 차라리 근우가 이대로 강하게 밀어붙여 주었으면 싶기도 했다. 그녀가 주저하거나 망설일 틈도 없이, 정신없이 몰아붙여 자신을 가져 주었으면 싶기도 했다.

그런데 그는 그럴 생각이 전혀 없는 모양이었다. 어쩌면 근우가 지금 이 순간 바라는 것은 그녀의 완벽한 항복일지도 모르겠다는 생각이 들었다. 이성이나 현실, 본능 따위는 끼어들 틈도 없는 그를 향한 완벽한 사랑과 믿음.

그저 단순히 그녀가 지금 느끼고 있는 첫 경험에 대한 두려움 따위를 말하는 것이 아니라고 느껴졌다.

그래, 어쩌면 그가 옳은지도 모르겠다. 지금 그와 나누려는 행위는 단순히 사랑을 확인하고 육체를 나누는 것이 아니다. 자신을 주고 그를 받는 무언의 약속, 언약. 너와 내가 아닌, 영혼까지 하나가 되기 위한 과정.

생각이 거기에까지 미치자, 루애의 가슴이 세차게 뛰기 시작했다. 그것이야말로 그녀가 진정으로 꿈꾸고 바라 오던 사랑이라는 것이었다. 불가능하다는 것을 알기에 더욱 간절히 꿈꿔 오던 바로 그 영원한 사랑. 변치 않을 너와 나, 우리.

'정말 그런 사랑이 가능할까?'

그래, 어쩌면 그라면, 이 남자라면 가능할지도 모르겠다.

그녀의 가슴속에서 뜨거운 것이 밀려 올라왔다. 벅차오르는 감정에 온몸이 사시나무처럼 바들바들 떨려 왔다. 그를 향해 뻗어 가던 사랑이 순식간에 전혀 다른 차원의 어떤 것으로 넘어가는 것이 느껴졌다.

솔직히 그동안에는 그를 간절히 원하고 사랑하면서도 머릿속으로는 항상 끝을 염두에 뒀었다. 이처럼 강렬한 사랑은 처음이자 마지막일지도 모른다는 생각을 하면서도 영원한 사랑이라는 것은 없다고 믿었기에 이 사랑도 언젠가는 끝날 거라는 생각을 하지 않을 수가 없었다.

그와의 오늘을 결심한 것도 그 때문이 아니었던가. 먼 훗날 돌이켜 생각해 봤을 때, 이 마지막일지도 모를 사랑에 후회를 남기지 않기 위해서.

그런데 자신이 틀렸는지도 모르겠다. 이 사람이라면…….

일순, 사시나무처럼 떨리던 루애의 떨림이 멈췄다. 근우를 올려다보는 루애의 눈동자에 검푸른 불빛이 파르륵, 피어올랐다. 미동도 하지 않은 채 긴장한 눈빛으로 자신을 내려다보는 근우의 뺨을 가만히 쓸어내렸다.

그의 굳은 얼굴 근육이 움찔, 떨렸다.

"미안……."

속삭임에 가까운 루애의 나지막한 읊조림에 근우의 깊은 눈매가 실낱처럼 가늘어졌다. 그의 검은 눈동자에 역시 아직은 아닌가, 하는 낙담의 빛이 빠르게 스치고 지나갔다. 두 눈을 지그시 감은 근우가 그녀의 손바닥에 입을 맞췄다.

"괜찮아. 그런 말 하지 않아도 돼. 괜찮아, 루애야."

근우는 가까스로 입술을 늘려 미소를 지어 보였다. 그리고 상체를 들어 그녀에게서 몸을 떼려고 했다. 순간, 루애가 그의 얼굴을 확 잡아당겼다. 흠칫 놀라 벌어지는 그의 입술에 진한 키스를 퍼부으며 다급하게 중얼거렸다.

"가지 마. 어린애처럼 굴어서 미안해. 하지만 이젠 안 그래, 안 그럴래. 그러니까 가지 마, 근우야. ……사랑해."

"흡, 루, 루애야."

"사랑해 줘, 지금 당장. 널 원해, 이근우. 어느 때보다도 간절하게. 다 줄게. 네가 원하는 게 뭐든 다 줄게. 그러니까 너도…… 다 줘. 네 모든 걸, 네 사랑을 모두……. 보여 줘, 느끼게 해 줘. 네가 나를 얼마나 사랑하는지, 네 사랑이 얼마나 뜨거운지. 어서, 근우야!"

그의 입술과 혀를 빨고 물며 애원했다. '헉!' 하고 들이마시는 그의 단숨까지도 거칠게 탐하고 빼앗았다. 근육으로 불끈거리는 단단한 어깨를 끌어안고 어정쩡하게 벌어져 있던 다리를 활짝 벌려 그의 허벅지와 허리를 휘감았다.

갑자기 돌변한 그녀의 과감한 행동에 당황한 건 오히려

근우였다. 그러나 그도 잠시. 그녀의 뜨거운 유혹의 몸짓에 억눌려 있던 욕망이 폭발했다. 호시탐탐 때를 기다리며 폭발할 기회를 노리고 있던 욕망이었다. 근우는 기꺼이 루애의 부름에 응했다.

짜릿한 희열을 선사하는 자그마한 혀를 휘감고 그녀의 입속 깊이 혀를 밀어 넣었다. 치열 하나하나를 핥으며 루애의 입술을 잠식해 들어갔다. 한 손으로는 그녀의 얼굴을 움켜쥐고 다른 한 손으로는 탐스런 가슴을 한 움큼 움켜잡았다.

퍼덕거리는 그녀의 몸을 온몸으로 내리누르며 커다란 그의 손으로도 오롯이 차지 않는 루애의 풍만한 가슴을 마음껏 희롱하고 애무했다.

어느새 오도독 솟아올라 그의 손바닥을 콩콩 찧어 대는 단단한 멍울이 더없이 사랑스러웠다. 그 멍울을 손끝으로 빙빙 돌리며 긁어내렸다. 그의 농밀한 손짓 하나하나에 루애가 헐떡거리며 거친 신음을 내뱉었다.

달콤한 그녀의 입술을 놓아주고 턱으로, 목으로 입술을 내렸다. 그의 입술이 지나온 길목마다 뽀얀 살결에 붉은 꽃물이 들었다. 붉은 꽃길이 가녀린 목을 지나 가슴으로 길게 이어졌다. 그리고 마침내 탱탱하게 솟구친 핑크빛 멍울이 그의 입속으로 쏘옥, 빨려 들어갔다.

"하아!"

그녀의 입에서 거친 교성이 터져 나왔다. 온몸이 타는 것처럼 뜨거워졌다. 뾰족한 가시가 일제히 들어와 박힌 듯 온몸이 따끔거리며 저릿해져 왔다. 그의 입술에 희롱당하고 있는 멍울 끝에서 발화한 전류가 온몸의 혈관을 타고 빠르게 전신을 내달렸다. 머리끝까지 쭈뼛 곤두서는 느낌이었다.

루애는 어찌할 수 없는 쾌락에 고개를 뒤로 젖히고 연신 야릇한 교성을 내질렀다. 아무리 입술을 깨물어도 터져 나오는 신음을 참을 수 없었다.

저도 모르게 근우의 머리카락을 움켜잡고 상체를 퍼덕거렸다. 급기야 피부를 스치는 보드라운 시트에조차 저릿한 전율을 느끼며 헐떡였다. 이미 그녀의 감각은 살짝 건드리기만 해도 터져 버릴 듯 최고치로 예민해진 상태였다.

그러니 근우의 손이, 입술이 그녀의 전신을 쓸고 어루만지며 핥아 댈 때마다 루애는 점점 더 견딜 수 없는 쾌락에 함몰되어 갈 수밖에 없었다. 근우가 집요하게 탐닉하던 가슴을 놓아주고 입술을 아래로 내렸을 때는 그야말로 그대로 자지러질 것만 같았다.

특히, 그의 혀가 음흉하게 배꼽을 파고들며 핥짝였을 때는…… 아! 루애는 저도 모르게 그의 단단한 어깨에 손톱을 박고 날카로운 교성을 터트렸다.

그러나 그 또한 그다음의 자극에 비하면 아무것도 아니었다. 근우는 마치 그녀의 온몸에 자신의 흔적을 새기려는 것 같았다. 그의 입술이 배꼽을 지나 점차 아래로 내려갔다.

"하아, 하아, 아잇! 아, 안 돼, 거기는…… 근우야, 하앗!"

속옷이 벗겨지는 것과 동시에 뜨거운 숨결이 그녀의 중심부를 건드렸다. 본능적으로 근우가 무엇을 하려는지 깨달은 루애는 소스라치게 놀라서 양손으로 그의 머리카락을 잡아당겼다. 그러나 때는 이미 한발 늦은 후였다.

"아흑!"

뜨겁고 축축한 혓바닥이 그녀의 은밀한 중심을 길게 핥아 올리는 순간, 루애는 뭍으로 건져 올려진 연어처럼 퍼덕거리며 움켜쥐고 있는 근우의 머리카락을 억세게 그러잡았다. 다리가 절로 오므라들며 가랑이 사이에 경련이 일었다.

일순, 그녀의 배 속에서 뜨거운 무언가가 팍! 하고 폭발을 일으켰다. 눈앞이 캄캄해지면서 그의 타액이 아닌 다른 무언가로 중심이 축축하게 젖어 가는 것이 소름 끼치도록 생생하게 느껴졌다.

부끄럽고 창피하고 당혹스러웠다. 그러나 더욱 당혹스러운 것은 미치도록 창피해서 그를 밀어내야 하는데, 머릿속으로는 그래야만 한다는 생각이 드는데, 이전과는 비교할 수조차 없는 강렬한 쾌락에 눈을 떠 버린 육체는 이성을 배신하고 그 음란하기 짝이 없는 남부끄러운 행위에 더없는 흥분을 느끼고 있다는 사실이었다.

"아, 아흑, 근우야, 거, 거기는 안, 안 되는데…… 이거 너무……. 아, 아, 아, 앗!"

그녀의 말과 달리 그녀의 육체는 그가 선사해 주는 쾌락에 정직하게 반응하고 있었다. 오므렸던 다리가 파르르 떨리면서도 점차 넓게 벌어졌다. 근우의 머리카락을 움켜잡고 있는 손도 이제는 그의 얼굴을 밀어내려는 것인지, 아니면 자신에게 더욱 밀착시키기 위해 잡아당기고 있는 것인지 모를 지경이 되어 버렸다.

그녀의 솔직하면서도 발칙한 반응에 근우의 입에서 만족스런 웃음이 흘러나왔다. 순간, 루애의 입에서 자지러질 듯한 교성이 터져 나왔다.

"하아악!"

뜨거운 숨결과 터져 나온 그의 웃음에 내밀한 속살의 떨림까지 너무도 생생하게 느껴졌기 때문이었다. 태어나서 이처럼 충격적인 감각은 처음이었다.

물론 그녀도 이 같은 행위가 가능하다는 건 안다. 아무리 이성과 성에 문외한일지라도 스물네 살을 헛먹은 건 아니니까. 하지만 결단코 그녀 자신이 이런 행위를 할 수 있을 거라고는 단 한 번도 상상해 본 적이 없었다. 아무리 사랑하는 사람하고라도.

그런데, 그런데…….

아흑! 그녀 안에도 음란함이 도사리고 있었나 보다. 그가 선사해 주는 엄청난 쾌락 외에는 아무것도 생각나지 않았다. 거대한 벌새가 그녀 안에서 빠르게 날개를 퍼덕이는 것 같기도 하고 커다란 해일이 몸속에서 휘몰아치는 것 같기도 했다.

근우로서도 이건 무척이나 뜻밖의 상황이었다. 그 스스로도 자신이 이 같은 행위를 할 수 있을 거라고는 생각지 못했으니까. 더럽다고 생각했었다. 왜 굳이 저렇게까지 해야 하나, 의아스럽기도 했었다.

그러나 막상 해 보니 아무렇지 않았다. 아니, 아무렇지 않기는커녕 미친 듯이 흥분되고 달콤하고 황홀하기까지 했다.

처음에는 그저 10대 때 책이나 영화에서 봤던 기억을 되살려 처음일 그녀의 고통을 덜어 주기 위해서 어떻게 하는 것이 좋을지, 그 생각만 했다. 어떻게든 긴장하고 굳어 버릴 그녀의 몸을 최대한 부드럽게 풀어 주고 이완시켜야 한다는 생각뿐이었다. 그리고 그것은 손으로도 충분하리라 생각했었다.

그런데 이미 제어가 불가능해져 버린 욕망을 좇아 달콤한 그녀를 정신없이 탐닉하다 보니, 이렇게 되어 버렸다. 다행히 루애는 그를 더 이상 밀어내지 않았다. 고조되는 그녀의 교성에 근우 역시 점차 흥분되어 갔다.

"아흑! 아, 그, 그만……."

자지러질 듯 터져 나온 루애의 날카로운 교성에 근우가 흠칫 동작을 멈추고 그녀를 쳐다보았다.

"아파?"

아, 아니, 아픈 건 아니었다. 다만…… 너무 이상해. 아, 이 건 너무 자극적이야. 너무 야해. 기분이 너무너무 이상해!

"그럼 싫어?"

루애는 아랫입술을 꽉 깨물고 울먹이며 고개를 가로저었 다. 그의 입가에 나른한 미소가 지어졌다.

"괜찮아, 루애야. 그냥 느껴. 조금만 더……. 하아, 나도 미 칠 것 같아. 네가 지금 얼마나 뜨거운지 알아? 너무 달콤해. 이대로 널 그냥 한입에 먹어 치우고 싶다……."

"아흑, 하, 하지 마, 그런 말……."

"아! 이런 젠장. 느껴져? 네가 날 꽉 조이고 있는 게 느껴 지냐구. 하아, 이렇게 좁은데, 손가락만으로도 이렇게 빡빡 한데 네가 과연 날 받아들일 수 있을까? 내가 들어갈 수 있 을까?"

거친 음성과 함께 그의 손가락이 빠르게 움직였다.

"앗! 핫핫핫!"

루애는 더 이상 아무 말도, 아무 생각도 할 수 없었다. 그 녀는 미친 듯 헐떡이며 그의 어깨를 와락 움켜잡았다. 빨라 진 그의 손놀림에 맞춰 그녀의 허리도 어지러이 들썩거렸 다.

그러다 한순간, 루애가 자지러질 듯 비명을 내지르며 그 의 목을 와락 끌어안았다.

"하아악!"

그에게 필사적으로 매달린 그녀의 가녀린 몸뚱이가 경련을 일으키며 퍼덕거렸다. 두 사람의 거친 호흡이 서로의 목덜미를 뜨겁게 달궜다. 잠시 후, 떨어지려고 하지 않는 루애를 살며시 바로 눕히고 근우가 상체를 일으켜 세웠다.

"하아, 하아, 하아……"

거친 숨을 몰아쉬며 욕망에 짙어진 눈빛으로 그녀를 내려다보았다. 루애는 모든 힘을 소진한 듯 흐트러진 모습으로 널브러져 색색, 가쁜 숨을 몰아쉬고 있었다.

빨갛게 달아오른 얼굴, 힘없이 늘어진 채 바들바들 떨리는 가녀린 육체, 그의 손바닥을 흠뻑 적신 애욕의 흔적. 그 모든 것들이 간신히 억누르고 있던 사나운 욕망에 불을 지폈다.

근우는 서둘러 벗어 던진 바지 주머니에서 미리 준비해 온 콘돔을 꺼냈다. 조바심치는 욕망에 손이 부들부들 떨렸다. 몇 번의 실패 끝에 흉기처럼 무섭도록 커져 버린 몸 끝에 그것을 간신히 씌울 수 있었다.

근우는 새삼 마른침을 꿀꺽 삼키며 루애를 내려다보았다. 그의 구릿빛 전신은 이미 땀으로 흥건히 젖어 있었다. 어쩐지 루애보다 그가 더 긴장되는 것 같았다. 근우는 크게 심호흡을 하며 젖은 그녀에게 자신의 몸 끝을 조심스럽게 밀착시켰다. 벌써부터 홧홧한 열기가 느껴졌다. 그는 턱없이 쉬어 갈라진 음성으로 그녀를 불렀다.

"루애야……."

"하아, 하아……."

"하루애, 날 봐."

떨리는 손을 뻗어 땀에 전 그녀의 얼굴에 달라붙은 머리카락들을 하나둘 걷어 냈다. 루애가 몽롱한 시선으로 그를 올려다보았다. 그 눈을 집요하게 응시하며 그가 다시 속삭였다.

"사랑해, 사랑한다, 하루애."

그때까지도 루애는 생전 처음으로 경험한 지독한 환희 속에 몽롱하게 젖어 있었다. 순간, 축축하게 젖어 버린 그녀의 몸에 뭉툭하고 단단한 무언가가 조심스레 비벼지는 것이 느껴졌다. 그제야 의식과 무의식의 경계 속에서 배회하던 의식이 흠칫 놀라 깨어났다. 희미하게 되살아난 의식이 본능적으로 무언가를 감지하고 파드득 솟구쳐 올랐다.

몽롱함에 젖어 있던 루애의 눈이 점차 커졌다. 방금 전과는 차원이 다른 묵직하고도 날카로운 통증에 나른하게 이완되어 있던 그녀의 몸에 힘이 와락 실리며 온몸의 근육세포들이 바짝 조여들었다.

그가 그녀의 눈을 뜨겁게 바라보며 속삭였다.

"내가 느껴져?"

아아……. 그제야 루애는 뭉근하게 압박해 오는 단단하

고 뭉툭한 존재가 무엇인지 알아차렸다. 루애의 입술이 소리 없이 벌어졌다. 그를 간절히 원함에도 무어라 형언할 수 없는 두려움에 그녀의 커다래진 눈동자가 파르르 흔들렸다. 그러나 루애는 결코 그의 시선을 피하지 않았다.

근우가 왼손을 내밀었다. 루애가 오른손을 뻗어 그의 손을 맞잡았다. 두 사람은 서로를 삼킬 듯이 바라보며 허공에서 맞잡은 손을 빠듯하게 움켜쥐었다. 그와 동시에 비벼지듯 은근히 압박만 해 오던 그것이 그녀의 몸을 벌리며 조심스레 들어오는 것이 느껴졌다.

루애의 눈과 입이 크게 벌어지는 것과 동시에 깍지 낀 두 사람의 손에 강한 악력이 실렸다. 반면 근우의 눈은 실낱처럼 가늘어지며 고통스러운 듯 일그러졌다.

부릅떠진 눈만큼이나 크게 벌어진 루애의 입에서 단말마와도 같은 신음이 터져 나왔다.

"하악!"

무어라 말로 형언할 수 없는 벼락같은 통증이 그녀의 몸을 반으로 자르며 정수리까지 치솟아 올랐다. 그가 그녀를 가득 채우며 들어오는 것이 오롯이 다 느껴졌다. 밀려오는 것은 그인데 그녀가 그에게 빨려 들어가는 것만 같았다. 아니, 거대한 그한테 남김없이 잡아먹히고 있는 것만 같았다.

해일처럼 삽시간에 그녀를 덮쳤던 전율이 다시금 발끝에서부터 빠르게 치밀어 올라왔다. 잔류처럼 배 속에 남아 있던 다글거림이 다시 맹렬하게 끓어오르며 단단하게 뭉쳤다. 멈췄던 우물이 다시 출렁이며 넘쳐흐르기 시작했다.

"아흑!"

루애는 더 이상 견디지 못하고 목을 뒤로 꺾었다. 활처럼 휘어 버린 그녀의 상체가 경련이라도 일으킨 듯 파들파들 떨렸다. 그의 손을 움켜쥔 손등에 핏줄이 파랗게 돋아났다.

"으, 하아!"

근우의 입에서도 거친 탄성이 흘러나왔다. 상상 이상의 전율과 쾌락이 그의 온몸을 타고 내달렸다. 전신의 말초신경이 그를 억세게 조이며 움켜쥐고 있는 뜨거운 그곳으로 집중되어 미친 듯 반응했다.

그대로 터져 버릴 것 같았다. 아니, 그대로 뜨겁게 타 버려 흔적 없이 녹아 버릴 것만 같았다.

이 정도일 줄 몰랐다. 섹스라는 것이, 그녀와 한 몸이 된다는 것이 이 정도의 극한 쾌락과 전율을 몰고 오리라는 것은 그조차 미처 상상하지 못했었다.

"아, 아…… 아파……."

고통스러운 듯 신음처럼 가느다랗게 흘러나온 루애의 음성에 근우는 반쯤 들어간 몸 끝을 얼른 뒤로 빼냈다. 그러나 루애는 더 크게 헐떡거리며 신음을 흘렸고 근우의 얼굴은 더욱 일그러졌다.

"아, 어떻게 해. 아파……."

"지금도, 하아, 지금도 많이 아파? 하아아…… 미안해. 하지만 나도……. 으윽."

괴로운 듯 신음을 흘리는 근우를 보고 루애가 입술을 깨물었다. 아픈가? 그도 아픈 건가? 나만, 여자만 아픈 줄 알았다. 그런데 아니었나 보다. 그도 그녀만큼이나 고통스러운 듯싶었다.

루애는 그를 위해 조금 더 용기를 내어 보기로 했다. 두 눈을 질끈 감고 으스러트릴 듯 잡은 그의 손을 더욱 강하게 움켜잡았다.

"괘, 괜찮아. 그러니까 근우야, 빨리……. 아흑, 사랑해, 사랑해, 근우야."

"하아, 루애야, 루애야."

그 역시 그녀의 손을 더욱 강하게 틀어잡았다. 그리고 물러났던 몸 끝을 이번에는 한번에 그녀 안으로 강하게 집어넣었다.

"아학!"

방금 전과는 비교도 되지 않는 엄청난 고통과 충격이 그녀를 덮쳤다. 엄청나게 크고 뜨거운 불쏘시개가 안으로 쑥쑥 밀고 들어와 내밀한 속살을 불로 지지는 것만 같았다. 순결한 처녀막이 찢어지며 사랑하는 남자의 몸을 받아들이는 것은 상상했던 것보다 몇 배나 큰 아픔이었다. 숨조차 쉬어지지 않았다. 루애는 정수리를 베개 깊숙이 처박고 소리 없는 비명을 내질렀다.

활처럼 휜 그녀의 가녀린 몸이 뻣뻣하게 굳어 파드득거렸
다. 하얗게 비어져 버렸던 의식이 다시 수면 위로 올라온 것
은 그로부터 수 분이 흐른 뒤였다. 질끈 감긴 그녀의 눈가로
투명한 눈물이 또르륵 굴러떨어졌다.

근우와 한 몸이 된 것을 후회해서는 절대 아니었다. 상상
이상의 고통 때문만도 아니었다. 모르겠다. 그냥, 눈물이 나
와 버렸다.

루애는 그에게 눈물을 들킬까 봐, 얼른 고개를 옆으로 돌
렸다. 순간 크고 따스한 손길이 그녀의 얼굴을 감싸 왔다.
조심스럽게 눈물을 닦아 내는 다정한 손길에 바보처럼 멈춰
야 될 눈물이 더 나 버렸다.

루애가 실눈을 뜨고 흐릿한 시야로 그를 올려다보았다. 안
타까움과 안쓰러움에 어쩔 줄 몰라 하는 사랑하는 이의 얼굴
을 올려다보며 그녀가 힘겹게 미소 지었다.

"근우야……."

"쉬이, 괜찮아. 힘든데 굳이 말할 필요 없어. 네가 말하지
않아도 다 아니까. ……사랑한다, 하루애. 그리고 미안하다,
나 때문에……."

탁하게 가라앉은 그의 목소리에 루애가 고개를 가로저으
며 한 손으로 근우의 얼굴을 감싸 안았다.

"아니, 너도 그런 말 하지 마. 어차피 한 번은 치러야 될

일이잖아. 우리가 계속 사랑을 하기 위해선⋯⋯. 나, 기분이 너무 이상해. 그런데 기뻐⋯⋯. 사랑해, 사랑해, 근우야."

"나도⋯⋯ 사랑한다, 하루애. 오직 너만, 영원히⋯⋯."

그가 허리를 숙여 그녀에게 다정히 키스했다. 눈물이 날 만큼 달콤한 키스였다. 그녀의 안을 가득 채우고 있는 그가 움찔거리며 움직이는 것이 느껴졌다. 그 생경하고도 낯선 이물감에, 여전히 아랫배를 웅웅 울리듯 밀려오는 묵직한 통증에 루애는 가느다란 신음을 흘리며 근우의 목을 힘껏 끌어안았다.

다시 숨이 가빠지면서 전신이 저릿저릿해졌다. 이미 다 깨져 버렸다고 생각했던 배 속의 우물에서도 다시 찰랑이며 뜨근한 액체를 흘려보내기 시작했다.

그러나 그는 여전히 움직일 생각을 하지 않았다. 그녀 안에 자신을 깊숙이 파묻은 채 본능적으로 움직이려는 욕망만 단단히 부여잡고 있었다.

루애와의 키스가 깊고 농밀해질수록 그녀의 고통은 점차 그에게도 전이되어 흘러왔다. 뜨겁고 좁은 그녀 안에 갇힌 채 옴짝달싹 못하는 그의 전신에 급기야 식은땀이 송골송골 맺히기 시작했다.

터질 듯 딱딱하게 굳은 근육들, 점점 더 축축해지는 어깨, 가쁜 호흡 속에 뒤섞여 간간이 흘러나오는 괴로운 듯한 그의 옅은 신음 소리. 루애는 그런 그가 더없이 고맙고 감동스

러우면서도 안타깝고 안쓰러웠다. 조금은 야속하다는 생각
이 들기도 했다.

　이젠 그만 움직여도 될 것 같은데, 그가 자신을 어떻게 좀
해 줬으면 좋겠는데…….

　루애는 용기를 내어 땀에 흠뻑 젖은 그의 탄탄한 등을 쓸
어내렸다. 점차 손을 내려 단단하게 뭉쳐 있는 그의 엉덩이
를 살며시 움켜잡았다. 그가 흠칫 놀라 부르르 떠는 것이 느
껴졌다. 그와 함께 루애도 파르르 떨었다. 그와 연결된 내
밀한 내부에서 울리는 진동이 삽시간에 온몸으로 퍼져 나갔
다.

　루애가 헐떡이며 애원하듯 말했다.

　"근우야, 나 좀 어떻게 해 줘…….."

　근우가 그녀를 간절하게 내려다보며 떨리는 목소리로 속
삭였다.

　"괜찮아? 괜찮겠어?"

　"어……. 아아, 모르겠어. 그냥…… 아흑, 너무 이상해. 제
발 나 좀 어떻게 해 줘, 근우야!"

　고개를 뒤로 젖히며 루애가 신음을 내질렀다. 저도 모르
게 움켜쥔 그의 엉덩이를 와락 잡아당기며 스스로 허리를
들썩거렸다. 성마르고 어설프기 짝이 없는 동작이었지만,
그것만으로도 잔뜩 억눌려져 있는 그의 욕망을 폭발시키기
에는 충분했다.

"으윽!"

지독한 쾌락이 몸 끝에서부터 정수리까지 치솟아 올랐다. 한순간에 죽을힘을 다해서 움켜잡고 있던 사나운 욕망의 고삐가 탁! 하고 풀려 버렸다. 그도 더 이상은 버틸 수가 없었다.

근우는 상체를 번쩍 들어 올리고 어설프게 마구잡이로 흔들리는 루애의 허리를 와락 움켜잡아 침대에 단단히 내리눌렀다.

이를 악물고 옴짝달싹 못하게 옥죄고 있던 그녀에게 갇혀 있던 몸 끝을 천천히 빼냈다. 그와 함께 그를 꽁꽁 감싸고 있던 내밀한 속살이 문어의 빨판처럼 스윽, 딸려 나왔다. 그 소름 끼치도록 짜릿한 전율에 근우는 크윽, 신음을 흘렸다. 그리고 이내 안으로 다시 돌진해 들어갔다.

"하악!"

"크윽."

근우는 이를 악물고 머릿속으로 수없이 되뇌었다. 최대한 천천히, 부드럽고 조심스럽게 하자고. 조금이라도 루애를 다치게 해서는 안 된다고. 그러나 그 숱한 다짐과 맹세도 종국에는 아무런 효력을 발휘하지 못했다. 그 같은 다짐 따위는 흔적 없이 사라져 버리고 오직 루애를 향한 사나운 욕망만이 거세게 타올라 그의 이성을 잠식했다.

조심스러웠던 그의 몸짓이 점차 거칠게 변해 갔다. 천천히 움직이던 허리가 빠르게 움직이며 그녀를 파고드는 강도가 강해졌다.

퍽! 퍽! 퍽!

침대가 쉴 새 없이 출렁이고 크고 단단한 그에게 잡힌 하얀 여체가 위아래로 요동치며 흔들렸다.

두 사람의 몸에서 흘러내린 땀과 타액으로 흥건하게 젖어 버린 내밀한 살들이 빠르게 맞붙었다가 떨어지는 음란한 소리가 끊임없이 방 안을 가득 채우며 울려 퍼졌다. 그 사이로 거칠고 날카로운 신음 소리들이 연달아 터져 나왔다.

거센 폭풍에 휩쓸린 듯 감당하기 힘든 전율과 아찔한 쾌락이 연달아 그녀를 덮치고 두들겨 댔다. 온몸이 산산이 부서지는 것 같았다. 그녀 자신은 이미 사라지고 없었다. 오롯이 근우만이 남았다. 오롯이 그만 존재하고 그만 느껴졌다.

루애는 시트를 잡아 뜯듯 움켜쥐고 끊임없이 덮쳐 오는 열락과 쾌락에 전율하고 울부짖었다.

"아, 아, 아! 아흑, 근우야."

"그래, 나야. 나라구! 너 이제 내 거야. 완전히 내 거라구. 어디에도 못 가. 오직 나만 봐. 오직 나만 보고 오직 나만⋯⋯ 큭, 아, 루애야. 헉헉."

끔찍하도록 짜릿한 희열이 그를 후려쳤다. 루애의 신음도 더욱 높고 가팔라졌다. 매트를 짚고 체중을 지탱하고 있는 근우의 팔뚝 근육들이 터질 듯 부풀어 올라 불끈거렸다. 루애가 그 팔뚝에 손톱을 박고 매달렸다.

그의 이마에서 굵은 땀방울이 후둑후둑 굴러떨어졌다. 그
럴수록 그는 더욱 깊고 강렬하게 루애를 파고들었다. 루애
가 애원하듯 흐느끼며 신음을 흘렸다.

"아흑, 아흑! 하아아."

"사랑해, 사랑해, 사랑해, 루애야."

"어, 으읍! 어! 아, 근우야!"

"하아, 그래, 아, 그래, 루애야. 내 어깨 잡아. 더 꽉 세게!
아윽! 아……!"

더욱 빨라지는 그의 움직임을 따라 루애의 몸은 폭풍우에
휩쓸리는 난파선처럼 이리저리 요동치며 휩쓸렸다. 마침내
두 사람의 입에서 단말마와도 같은 뜨거운 교성이 동시에
터져 나왔다.

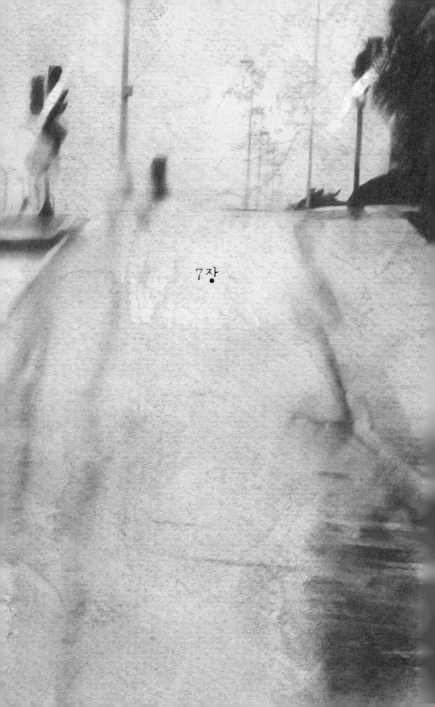

7장

2년이란 시간은 빠르게 지나갔다.

처음에는 하루가 여삼추인 듯 영원히 그날이 오지 않을 것 같았는데, 외로움을 참고 견디다 보니 하루가 한 달이 되고, 한 달이 1년이 되더니, 결국 까마득하게만 느껴지던 2년이 훌쩍 지나 버렸다.

그동안 이런저런 많은 변화가 있었다.

스물여섯 살이 된 루애는 이젠 어엿한 경력 기자가 되어 미모가 아닌 실력으로 신문사에서 그 능력을 인정받게 되었다.

취재처에서는 여전히 까칠하고 깐깐한 기자로 통하지만, 친구처럼 지내며 스스럼없이 정보를 교환하고 자문을 구하는 고마운 이도 생겼다.

한솔소프트의 문현설 사장. 루애가 신입 기자 시절에 인 터뷰했던 것을 인연으로 친분을 쌓게 된 그는 곰처럼 커다 란 덩치만큼 우직하고 넉넉한 심성으로 그동안 알게 모르게 루애를 많이 도와주었다.

현설은 국내외 IT 업계를 발칵 뒤집어 놓을 만큼의 비범 한 능력과 실력을 겸비한 천재 프로그래머답지 않게 무척이 나 겸손하고 진중한 사람이기도 했다.

취재처의 다른 남자들처럼 그녀를 힐끔거리며 어떻게 한 번 해 볼까 싶어서 치근거리는 법도 없고, 오로지 자신의 일 과 개발에만 미쳐 있는 사람이었다.

루애는 그의 그런 점이 무척 마음에 들었다.

편하고 믿음직스럽고 전혀 부담스럽지 않은 사람. 그러면 서도 배울 점이 무척 많은 사람.

때로는 나이 차 많이 지는 큰오빠 같기도 하고, 때로는 인 심 좋은 이웃집 아저씨 같기도 하고, 또 때로는 깐깐하고 엄 격한 선생님이나 삼촌 같기도 한 사람이었다.

근우가 그녀의 첫 남자라면, 현설은 그녀에게 첫 이성 친 구와도 같은 사람이었다.

물론 근우는 그런 사실을 전혀 모른다. 생각보다 소유욕 이 말도 못 하게 센 사람이라서, 만약 그가 군대에 있는 동 안 그 말고 그녀가 믿음을 줄 만한 이성 친구가 생겼다는 것을 알았다면, 예전에 형은이 농담 삼아 했던 말처럼 진작 총 들고 탈영을 감행하지 않았을까 싶다.

그가 걱정하거나 경계할 만한 인물이 전혀 아님에도 불구하고 말이다.

석 달 전에 전역한 근우는 결국 복학을 하지 않았다. 복학을 무기한 연기하고 제 힘으로 카페 프랜차이즈 사업을 해 보겠다는 폭탄선언을 했다.

당연히 그의 집에서는 한바탕 난리가 났었다. 이 회장이 호적에서 아예 파 버리겠다는 으름장까지 놓으며 그를 설득하려고 했지만, 근우는 절대 고집을 꺾지 않았다.

아직 소녀처럼 마음이 여리고 눈물이 많은 홍 여사가 루애한테까지 찾아와서 그녀 말이라면 근우가 들을 거라면서 그의 마음을 돌려 달라고 도움을 청하기도 했었다.

홍 여사의 부탁이 아니어도 루애 역시 근우가 복학도 미룬 채 갑자기 사업 전선(?)에 뛰어든다는 것은 반대였기에 그의 마음을 돌려 보려고 무진장 애를 썼었다.

허나 아무 소용이 없었다. 근우의 의지는 완강했다. 고집이 어찌나 센지, 루애조차 마음을 돌릴 수 없었다.

근우는 결국 부모님의 반대를 무릅쓰고 조부가 물려주신 신탁을 깨서 'The One'이라는 카페를 차렸다.

근우의 쇠심줄 같은 고집에 진 루애는 카페를 오픈하는 그를 물심양면으로 도왔다. 그러면서도 마음은 무척 무거웠다. 근우가 왜 그런 결심을 하게 되었는지 다른 사람은 몰라도 그녀 자신은 알 것 같았기 때문이었다.

모두 그녀 때문이었다. 아니, 엄밀하게 말하면 아버지, 하 사장 때문이었다. 근우가 휴가를 나올 때마다 하 사장은 틈만 나면 그에게 대못을 박는 말들을 서슴없이 하곤 했었다.

"제대가 언제지? 음, 아직 한참 남았군. 그런데 제대하면 뭐하나. 제대하면 바로 복학을 할 테고, 그럼 3년 더 학교를 다녀야 되는 거 아닌가. 이렇다 할 직업을 가지고 밥 벌어 먹고 살려면 족히 5년은 더 있어야 된다는 얘기고만. 쯧쯧. 길어도 너무 길어. 아무리 내가 시간을 두고 기다려 주고 싶어도 그건 너무 심하다고 생각하지 않나? 5년 후면 우리 루애 나이가 몇 살인 줄 아나? 스물아홉이네, 스물아홉. 게다가 어디 그걸로 끝인가. 이래저래 자리 잡고 그러다 보면 1~2년 훌쩍 지나가 버리는 건 금방일 텐데. 그럼 우리 루애 나이가……. 흠, 안 돼. 그건 너무 늦어. 내가 이런 말 한다고 섭섭다 생각 말고 자네도 염치가 있으면 잘 한번 생각해 보게."

그러면서 하 사장은 능력도 안 되면서 부모 재산만 믿고 덕 보려는 놈한테는 절대 루애를 줄 수 없다고도 했다. 그런 놈치고 제대로 된 놈 하나 없다면서. 그러니 젊은 혈기로 고집부리지 말고 일찌감치 맘 접고 이쯤에서 루애를 포기하라는 뉘앙스를 팍팍 풍겼더랬다.

심지어 하 사장은 루애한테 근우가 군에 입대하면서 주고 간 스포츠카를 그 집에 돌려주고 오라고 역정을 내고는 했다.

왜 쓸데없이 남의 차를 받아서 타고 다니느냐고, 아비가 더 튼튼하고 안전한 차를 사 줄 터이니 냉큼 돌려주고 오라고 말이다.

물론 루애는 그 말을 듣지 않았다. 하 사장의 말대로 부담스럽지 않은 것은 아니었지만, 근우가 자신이라고 생각하라며 주고 간 차를 돌려줄 수는 없었다.

루애는 뻔뻔하다고 손가락질 받더라도 근우가 제대할 때까지는 그의 차를 자신의 곁에 두고 싶었다. 뭐, 그가 제대한 후에도 결국 돌려주지는 못했지만.

그러니 근우가 그런 무리한 결심을 하게 된 것도 무리는 아니었으리라.

아마도 하 사장한테 보여 주고 싶은 건지도 모르겠다. 나이가 어리다고 무시하지 말라고. 반드시 제 힘으로 루애를 책임질 만한 능력이 있다는 것을 입증해 보이겠다고 말이다.

근우는 학업은 나중에 마쳐도 충분하다고 했다. 지금 중요한 것은 대학 졸업장 따위가 아니라고, 속상해서 울상이 된 루애의 손을 꼭 잡고 이렇게 말했다.

"두고 봐. 1년, 아니, 늦어도 2년 안에 아버님한테 반드시 인정받고 결혼 허락까지 받아 낼 테니까. 그럼 우리 그때 보란 듯이 아버님 축하받으면서 결혼하자, 루애야. 조금만 기다려 줘. 무슨 일이 있어도 2년 안에 반드시 널 내 아내로 맞이할 거니까. 세상에서 가장 예쁜 신부로 만들어 줄게. 세상 모든 사람들이 부러워할 만한 그런 신부로. 사랑한다, 하루애."

근우가 그렇게까지 말하는데 그녀가 달리 무슨 말을 더 할 수가 있었겠나. 그저 한없이 미안하고 안타깝고, 그를 그렇게까지 내몬 아빠가 원망스러울 뿐이었다.

근우는 지난 2년간 군대에 있으면서 사업 구상을 마치고 그에 대한 계획까지 치밀하게 세워 놓은 모양이었다.

그는 장소 물색에서부터 가구, 인테리어, 메뉴에 이르기까지 모든 것을 세워 놓은 계획대로 차근차근 밀고 나갔다.

루애가 할 수 있는 것은 그런 근우를 믿고 전심을 다해서 묵묵히 돕는 것뿐이었다. 소파에서부터 포크 하나까지 그와 그녀의 손길이 미치지 않은 것이 없었다.

근우는 이른 아침부터 학원이나 강연장 등을 전전하며 요식업 프랜차이즈 경영에 필요한 교육을 받고 칵테일과 양식 조리 과정까지 마스터했다. 그리곤 바로 카페로 돌아와 밤늦도록 일을 하고, 자정 넘어 문을 닫고도 셰프들과 함께 신메뉴 개발에 전념했다.

루애는 루애대로 최선을 다했다. 퇴근하기 무섭게 카페로 달려가 일을 도왔다. 근우가 옆에서 가만히 쉬고 있으라고 역정을 부려도 그것만은 안 되겠다며 고집을 부리고 알바생들과 함께 서빙을 하거나 주방에 들어가 설거지라도 했다.

그런 두 사람의 노력 덕분인지 'The One'은 오픈하고 얼마 되지 않아 금세 자리를 잡았다.

80여 평의 너른 공간에 통유리 너머 저 멀리 한강의 야경을 볼 수 있었고, 고급스러우면서도 젊은이들의 독특한 취향까지 적절히 고려한 인테리어도 한몫을 했다.

다양한 종류의 음료는 물론 각종 희귀 맥주와 와인, 양주 등 술도 마실 수 있고, 더불어 어디서도 맛볼 수 없는 근사한 식사까지 함께 즐길 수 있도록 한 콘셉트도 주효했고 말이다.

허나 단순히 그것뿐이었으면 그렇게 빨리 성공을 거두지는 못했을 것이다. 'The One'이 빠르게 성공을 거둘 수 있었던 가장 큰 원인은 어쩌면 바로 그, 이근우 때문이었을 것이다.

말이 나와서지만, 그의 외모가 오죽 출중하고 웬만해야 말이지.

새로 오픈한 카페에 호기심으로 한번 찾아왔던 손님들 중 여자 손님들은 백이면 백, 하루가 멀다 하고 'The One'을 찾는 골수팬이 되었다.

그 이유는 당연지사 두말하면 입 아픈, 이근우 때문이었다.

모델 뺨치는 몸매에 얼굴까지 입이 떡 벌어지는 초절정 섹시 미남자가 사장이라니 젊은 여대생의 눈이 돌아가지 않을 수가 있겠는가, 이 말이었다.

급기야는 아예 팬덤까지 형성해 매일 와서 주구장창 죽치는 극성팬들까지 생겼다.

근우가 시장조사를 하는 중에 호형호제할 정도로 친해져서 물심양면으로 그를 도와줬던 근처 카페 사장인 함승원까지 깜짝 놀라 혀를 내두를 정도였다. 예상은 하고 있었지만 그 정도로 빨리 대성공을 거둘 줄은 몰랐다고 말이다.

당연히 루애도 'The One'의 빠른 성공이 누구보다 기뻤다. 허나 그도 잠시. 시간이 흐를수록 초기의 기쁨은 점차 사그라지고, 그 자리에 불쾌한 불안감이 조금씩 싹트기 시작했다.

근우를 보기 위해서 매일같이 카페로 달려오는 젊고 예쁜 여대생들, 설혹 그와 눈이라도 마주쳤다 싶으면 얼굴을 빨갛게 물들이고 꺅꺅, 환호성을 질러 대는 여자들을 볼 때마다 루애는 그러지 말자고 하면서도 점점 신경이 예민해져 갔다.

나중에는 그가 함승원과 친하게 지내며 자주 만나는 것도 신경에 쓰였다. 함승원이 많은 도움을 준 고마운 이라는 건 알지만, 근우가 그와 호형호제하며 가깝게 지내는 건 싫었다.

홍대 바닥이 다 알 만큼 못 말리는 호색한에 바람둥이인 사람. 거기다 함승원은 유부남이기도 했다. 그런 남자가 시도 때도 없이 젊은 여자들을 옆에 끼고 다니며 추문을 뿌리니, 그 부인이 신경쇠약에 의부증까지 걸리지 않을 수가 있었겠는가.

얼마 전 'The One'에 놀러 온 함승원을 쫓아와 그녀한테까지 눈을 부라리며 막말을 해 댄 그 부인을 루애는 마냥 무어라 할 수만은 없었다.

물론 그렇다고 해서 근우가 함승원한테 물이 든다거나, 발가벗고 달려드는 젊고 예쁜 여자들에게 넘어갈 남자가 아니라는 것쯤은 잘 알고 있다.

그에게는 오직 그녀뿐이라는 것을, 다른 남자들처럼 장난으로라도 사랑하는 이를 두고 뒤에서 허튼짓 따위 할 사람이 아니라는 것을 그녀가 자신을 믿는 것만큼이나 믿어 의심치 않았다.

그런데 왜 이렇게 불안한 걸까. 왜 자꾸 신경이 곤두서는 걸까.

이러면 안 돼. 이러지 말자. 그를 믿어. 우리의 사랑을 믿어야 돼. 루애는 스스로를 꾸짖으며 수없이 맘속으로 되뇌었다.

함승원의 부인처럼 의부증에 시달리는 여자는 되지 말자고. 그럴 이유도 없고, 자신들은 함승원이나 그 부인과는 다른 사람들이라고.

그런 루애의 불안한 심리를 눈치챈 근우는 일주일에 적어도 두세 번 정도는 일부러 시간을 빼서 루애를 꼭 카페 밖으로 데리고 나와 주었다.

그래 봤자 저녁 식사를 하기 위한 한 시간 남짓에 불과한 짧은 데이트였지만, 루애는 그런 근우의 마음이 고맙고도 미안했다.

오늘도 두 사람은 저녁 식사를 핑계로 짧은 데이트를 즐기기 위해서 잠깐 밖으로 나왔다. 루애는 점심을 늦게 먹어서 밥 생각이 없었지만, 그와의 짧은 데이트를 놓칠 수 없어 냉큼 따라 나온 참이었다.

"회 먹을까? 너 회 좋아하잖아."

자주 가는 일식집으로 향하려는 근우의 팔을 잡아당기며 루애는 콧잔등을 찡긋거렸다.

"으응, 너무 거해. 배고파?"

저렇게 말하는 걸 보니 그녀는 배가 고프지 않은가 보다. 입이 짧아서 많이 먹지 못하는 그녀지만, 회라면 사족을 못 쓰는데 말이다.

점심도 못 먹어서 뱃가죽이 등에 붙을 지경이었지만 근우는 씨익 웃으며 고개를 가로저었다.

"아니. 왜, 따로 하고 싶은 거라도 있어?"

"음, 너만 괜찮으면 걷고 싶은데."

역시 그의 짐작이 맞았다. 근우는 피식 웃으며 그녀의 콧잔등을 손으로 톡 건드렸다.

"괜찮고말고. 누구 엄명이라고."

밥이야 가게에 가서 대충 때우면 그만이다. 근우는 배에서 민망하게 꼬르륵 소리만 나지 않길 바랄 뿐이었다.

"그럼 우리 좀 걷자. 안 가 본 골목만 골라서. 주차장 골목 지나서 주택가 안쪽으로 가 봤어?"

"몇 번. 그런데 골목이 워낙 많아서 다는 못 가 봤을 거야."

"오케이, 그럼 오늘은 홍대의 숨겨진 골목을 구석구석 탐방해 보자. 한 시간 안에 다 돌아볼 수는 없겠지만 그래도 얼추 가 볼 수는 있지 않을까? 그러다 배고프면 샌드위치나 김밥 같은 것도 사 먹자. 자, 출발!"

그의 팔짱을 끼며 소풍 가는 어린애처럼 들떠 눈을 반짝이는 루애였다.

그의 미소가 한층 더 깊어졌다. 루애는 자신과는 거리가 먼 얘기라고 하지만, 가끔 이런 모습을 보일 때면 근우는 루애가 귀여워 죽을 것 같았다.

두 사람은 손을 꼭 맞잡고 길에 이어진 노상 주차장을 지나 한적한 골목으로 들어섰다.

미로처럼 이어진 골목을 굽이굽이 지나 끝까지 들어갔다. 인적 드문 좁은 골목길에 오늘 하루 있었던 일을 이야기하는 두 사람의 목소리가 도란도란 끝없이 이어졌다.

그녀 말대로 근처 제과점에서 샌드위치도 사서 걸어 다니며 야금야금 먹어 치웠다. 근우는 가끔 이렇게 간단히 저녁을 해결하고 데이트를 하는 것도 괜찮겠다는 생각을 했다.

"어머, 저기 봐. 홍대에 저런 곳도 다 있네?"

깜짝 놀란 루애가 손끝으로 가리킨 곳은 골목 끄트머리에 위치한 허름한 식당이었다.

아무리 상권에서 한참 벗어난 한적한 골목이라지만, 그녀 말대로 홍대에 아직 저런 식당이 있었나 할 정도로 허름했다.

최근 70년대 향수를 불러일으키는 허름하고 소박한 인테리어로 유명세를 타기 시작한 모 식당 같은 게 아니었다.

격자 모양의 싸구려 나무 문을 대충 걸어 놓은 입구부터, 공사판에 굴러다니는 널빤지를 주워 와 대충 흰색 페인트칠을 하고 삐뚤빼뚤 '버섯매운탕'이라고 쓴 간판까지, 기가 막힐 정도로 허름하고 조악하기 그지없었다.

나무 문 사이사이에 박혀 있는 작은 유리창으로 흘러나오는 환한 빛이 아니었다면, 간판을 밝히는 형광등마저 없어서 영업을 하고 있는지도 모를 정도였다. 그리고 보니 칼칼한 찌개 냄새가 뭉근히 맡아지기는 했다.

'그래도 손님은 있는 모양이군.'

요즘 세상에 이렇게 하고 영업을 하겠다는 사람도, 굳이 이런 곳을 꾸역꾸역 찾아와 밥을 먹는 사람도 근우로서는 도통 이해가 가지 않았다. 그라면 천만금을 준다고 해도 불결할 것이 분명한 이런 곳에서는 절대 밥을 먹지 않을 텐데 말이다.

하긴 세상에는 취향이 독특한 사람도 있는 법이니까. 근우는 스윽, 한 번 쳐다본 것으로 관심을 끄고 걸음을 돌리려고 했다.

그런데 루애가 그의 팔을 놔주지 않았다. 목까지 길게 빼고 연신 허름한 식당 이쪽저쪽을 살피고 있었다.

"뭐해? 그만 가자."

"안은 어떨까? 궁금하다, 그지?"

"궁금하긴, 보나 마나 뻔하지."

시큰둥하게 대답하는 근우를 돌아보며 루애가 눈을 반짝였다.

"우리 한번 들어가 보자."

"뭐?"

뜨악하게 돌아보는 근우의 팔을 잡아당기며 루애가 말했다.

"원래 저런 곳이 숨겨진 맛집인 경우가 많거든. 봐 봐. 안 그럼 저렇게 손님이 있겠어?"

근우의 미간이 대번에 좁혀졌다. 이제 보니 그 취향 독특한 사람이 여기에도 한 명 있었다.

외모만 보면 허름하고 조악한 곳은 질색하고 쳐다보지도 않게 생겨 가지고는, 루애가 이럴 때마다 근우는 깜짝깜짝 놀라고는 했다.

근우가 떨떠름한 표정으로 허름한 식당을 한 번 쳐다보고 루애를 쳐다보았다.

"진짜, 들어가 보고 싶어?"

"어."

"밥도 먹고?"

"그럼, 당연히 먹어야지. 식당에 가서 밥 안 먹고 뭐해? 그리고 먹어 봐야 진짜 맛집인지 아닌지 알지."

루애가 이렇게 나오면 근우는 꼼짝을 할 수가 없다. 남들은 그를 보고 마초네 뭐네 하면서 루애를 꽉 잡고 있다고 하지만, 그건 정말 하나만 알고 둘은 모르는 소리다. 실상 알고 보면 꽉 잡혀 사는 건 루애가 아니라 그였다.

반드시 목소리가 크고 힘이 세야 강한 것이 아니다. 소리 없이 강한 것이 진짜 강한 거지. 말 한마디로 그를 좌지우지할 수 있는 사람은 세상에 오직 그녀 한 사람밖에 없다.

그러니 진짜 강자는 그녀이지, 그가 아니다. 그는 그저 겉으로만 센 척, 강한 척할 뿐.

그래도 근우는 슬그머니 한번 버텨 보았다.

"배 안 고프다며. 방금 샌드위치도 먹었잖아. 그러니까 오늘은 그냥 가고 다음에 오자, 다음에."

"걸었더니 다 소화됐어. 왜, 싫어? 하긴 넌 이런 데 별로 안 좋아하지. 은근히 결벽증이 있으셔서 말이야. 흐음, 그래도 난 한번 들어가 보고 싶은데."

루애가 어깨를 들썩이며 낮은 한숨을 내쉬었다.

"할 수 없지, 뭐. 네가 정 싫다면…… 알았어, 그냥 가자."

미련이 잔뜩 남은 얼굴로 루애가 몸을 돌렸다. 근우는 속으로 한숨을 내쉬며 검은 하늘을 올려다보았다.

'약한 자여, 그대 이름은 남자이리라.'

햄릿에 나오는 셰익스피어의 명대사를 반대로 읊조리며 근우는 돌아선 루애의 팔을 잡아당겼다.

"아니야, 쇠뿔도 단김에 빼랬다고 여기까지 온 김에 한번 가 보지, 뭐."

꼬락서니는 저래도 설마 먹고 죽을 음식을 내오겠나. 근우는 '정말?' 하고 반색하는 루애를 데리고 허름한 나무 문을 지나쳐 안으로 들어갔다.

내부는 더욱 가관이었다. 바닥은 축축하게 젖은 회색 시멘트 그대로였고 벽도 흰색 페인트로 대충 칠해 놓은 것이 고작이었다.

선술집에나 어울릴 듯한 둥근 양철 테이블이 군데군데 놓여 있고 중앙에는 고철상에 넘기면 딱일 것 같은 시커먼 연탄난로가 떡하니 놓여 있었다.

그 위에 놓인 찌그러진 커다란 쇠 주전자하며 천장으로 길게 연결된 연통까지 무엇 하나 제대로 된 게 없는 것 같았다.

거기다 10평 정도밖에 안 되는 좁은 공간을 가득 채우고 있는 음식 냄새와 찝찝한 열기라니!

그런데도 사람들은 뭐 대단한 음식이라도 먹는 양, 땀까지 뻘뻘 흘리며 시커먼 주철 냄비에 담긴 시뻘건 국물을 맛나게 먹어 대고 있었다.

손님들도 예상보다 많았다. 열 개의 테이블이 반 이상 차 있었다.

근우와 루애가 안으로 들어가자, 맛나게 식사를 하고 있던 사람들의 시선이 일제히 두 사람에게로 향했다.

정확하게 말하면, 천장에 닿을 듯한 커다란 장신에 한번 보면 절대로 잊을 수 없을 정도의 강렬한 포스를 마구마구 풍겨 대는 마성의 미남자를 향한 것이었지만.

남들의 시선 따위에 신경도 쓰지 않는 근우 대신 화끈 얼굴이 달아오른 루애가 얼른 그를 잡아끌어 빈자리를 찾아 앉았다.

"어서 오셔요잉. 아따, 이 총각은 참말로 허벌나게 잘생겨 부렸네잉. 워떠코롬 이케 키도 장승맹키로 크고 체격도 딱 벌어진 거시 한마디로 기가 막히네요잉. 혹시 영화배우요? 우덜 가게 첨 왔죠잉?"

후덕한 몸집에 인심 좋게 생긴 주인아주머니가 구수한 사투리를 구사하며 근우를 신기한 듯 위아래로 살펴보았다.

어색하게 미소 지으며 메뉴판을 찾는 척하는 근우를 보고 루애는 속으로 큭, 웃음을 흘렸다.

마성의 미남자 앞에선 나이 든 아주머니도 어쩔 수 없는 모양이구나 싶었다.

메뉴판을 찾는 데 실패한 근우가 부담스러울 정도로 자신을 빤히 쳐다보는 주인아주머니를 돌아보며 물었다.

"메뉴판이……."

"아따, 우덜 가게에는 메뉴가 따로 없어라. 무조건 버섯 매운탕 그기 하나밖에 없당께. 한 넘이 오믄 1인분, 두 넘이 오믄 2인분, 대통령이 와도 우덜 가게에선 시상 없이 무조건 머릿수대로 처묵어야 된당께. 긍께 여그도 탕 두 개, 오케이?"

기차 화통을 삶아 드신 듯 쩌렁쩌렁 울리는 주인아주머니의 구수한 사투리에 루애는 연신 키득거리며 재미있어 했고, 근우는 영 못마땅한지 뜨악한 표정이었다.

"근디 영화배우 맞죠잉?"

"아닙니다."

"아니긴 무신! 딱 봐도 배우고마이. 나가 요즘엔 통 못 봤어도 소싯적에는 영화 많이 봤어라. 긍께 딱 보면 안당께요

잉. 조건 주연배우, 요건 조연배우, 조건 암것도 아닌 엑소토
라잉. 근디 이쪽은 딱 봐도 주연배우고마이. 거 누구냐, 그랴!
남궁원이. 딱 그 판박인디, 뭘. 긍께 비싸게 구덜 말고 난중
에 가실 즉에 사인 한 장만 해 주고 가쇼잉. 난 잘 몰러도 젊
은 사람들은 이름만 딱 봐도 알 것 아니요잉. 그람 솔찮이 홍
보가 되것지요잉. 대신 나가 특별 싸비스로 버섯 팍팍 넣어서
끓여 올께요잉."

그러더니 주인아주머니는 근우가 무어라 할 새도 없이 쌩
하니 주방으로 달려갔다.

근우가 재미있어 죽겠다는 듯 연신 키득거리는 루애를 노
려보며 한쪽 눈썹을 치켜 올렸다.

"그만 웃지."

"네네, 주연배우님."

"하루애."

"알았어, 그만할게."

그러면서도 루애는 연신 웃음을 멈출 줄 몰랐다.

버섯매운탕은 오래 기다리지 않아 금방 나왔다. 특별 싸
비스라서 그런가? 커다란 주철 냄비에 그득 담겨 나온 찌개
는 2인분이라고 하기에는 그 양이 믿기 힘들 만큼 많았다.

뿐만 아니라 그 맛 역시 그녀의 예상대로 둘이 먹다가 하
나 죽어도 모를 만큼 맛있었다. 이마에 땀이 송골송골 맺힐
정도로 시원하게 매웠고 칼칼한 국물 맛은 그야말로 일품이

었다.

마지못해 한술 떠먹어 본 근우마저 언제 그랬냐는 듯 공깃밥 하나를 정신없이 후딱 해치워 버릴 만큼 말이다. 솜씨 좋은 양 씨 아주머니의 손맛과 비교해도 전혀 손색이 없을 듯싶었다.

두 사람은 각자 밥 한 공기를 게 눈 감추듯 뚝딱 해치우고서 남은 국물에 김 가루를 솔솔 뿌린 밥까지 볶아 싹싹 긁어 먹었다.

나중에는 두 사람 모두 너무 배가 불러서 물 한 모금 삼킬 수 없을 지경이었다.

기대 이상의 맛난 음식을 배불리 먹은 포만감에 근우도 기분이 좋아진 듯싶었다.

그러나 그것도 자리에서 일어나기 전까지만이었다.

주인아주머니가 계산을 하는 근우를 붙잡고 영화배우 맞지 않느냐며, 비싸게 굴지 말라고 화까지 내시며 사인을 해 달라고 고집을 부리시는 바람에 풀어졌던 그의 얼굴은 도로 울상이 되어 버렸다.

평소 같으면 차가운 표정과 눈빛 하나로 귀찮게 구는 사람을 제압하고도 남았을 그였지만, 나이 지긋한 어른한테는 어쩔 수 없는 모양이었다.

아무리 영화배우가 아니라고 말씀드려도 믿지 않고 사인을 해 달라며 매달리는 주인아주머니, 곤혹스러움에 어쩔 줄 몰라 하며 루애한테 연신 도움을 청하는 근우, 그 옆에서 나 몰라라 먼 산만 바라보며 연신 키득거리고 있는 루애.

루애는 단박에 식당의 매력에 흠뻑 빠지고 말았다. 그 후로 그녀는 일주일에 한 번 이상은 꼭 근우를 끌고 그 식당을 찾게 되었다.

근우는 말로는 싫다고 하면서도 그녀가 가고 싶다고 하면 두말 않고 따라나섰다.

✢   ✢   ✢

"하지 말라니까 자꾸 그런다. 하루애, 너 정말 서방님 말씀을 계속 거역할래?"

바쁜 알바생들을 도와 재빨리 서빙을 하고 돌아온 루애의 손에서 쟁반을 휙 빼앗으며 근우가 무섭게 다그쳤다.

어머, 오늘은 정말 화가 좀 났나 보다. 그녀를 노려보는 눈빛이 장난 아니었다. 루애는 얼른 배시시 웃으며 바(Bar) 뒤로 들어가 스툴에 답삭 앉았다.

"알았어. 여기 가만히 앉아 있을게. 그렇게 노려보지 좀 마. 그러다 눈에서 진짜 레이저 광선 나오겠다."

"웃지 마. 이번에는 진짜 그냥 안 넘어가. 도대체 몇 번을 말해야 알아들을래? 난 네가 힘들게 일하고 퇴근하자마자 이리 와서 몇 시간 동안 그렇게 앉아 있는 것만 봐도 속이

쓰려. 미안해 죽겠다구. 사람 마음 불편하게 왜 자꾸 그래. 너 아니면 일할 사람 없을까 봐? 네가 안 해도 쟤들이 다 알아서 해. 네가 왜 힘들게 서빙을 하고 난리야."

오늘은 아주 작심을 한 듯, 근우는 무서운 표정으로 허리에 손까지 척 얹고선 바짝 다가와 무섭게 호통을 쳤다. 바(Bar)에 손님들까지 잔뜩 앉아 있는데, 그들은 아예 보이지도 않는 모양이었다.

루애가 곤혹스러운 얼굴로 '손님들이 다 듣고 있잖아. 조용히 좀 말해' 라는 눈짓을 주며 작게 속삭였다.

"알았다니까. 이제 안 그럴게. 미안하다구."

"이번이 진짜 마지막 경고야. 한 번만 더 해. 그럼……."

"그럼 뭐, 어쩔 건데? 의자에 묶어 두기라도 할 거야? 쳇, 어디 한번 그래 보시든가."

루애가 눈을 흘기며 입술을 비죽거렸다. 그러자 근우가 한 걸음 더 성큼 다가와 그녀의 턱을 획, 잡아 들어 올렸다. 움찔 놀라서 동그래진 루애의 눈을 집어삼킬 듯 내려다보며 근우가 나지막하게 속삭였다.

"왜, 내가 하라면 못 할 것 같아?"

말 그대로 당장 노끈을 가져와 그녀를 스툴에 꽁꽁 묶어 버리고도 남을 기세에 루애는 움찔하며 마른침을 꼴깍 삼켰다.

한쪽 입술을 비스듬히 말아 올린 근우가 허리를 잔뜩 숙이고 루애와 눈높이를 맞췄다.

"아니면 내 앞에 묶어 놓고 있을까? 그래, 생각해 보니 그게 제일 좋겠다. 한 몸처럼 딱 붙어서……."

뜨악해지는 루애의 얼굴을 고스란히 투영하고 있는 그의 검은 눈동자에 짜릿한 섬광 같은 빛이 스쳐 지나갔다.

"맙소사, 대체 무슨 생각을 하고 있는 거야? 손님들이 다 듣고 있는데, 미쳤나 봐!"

금세 화르륵 달아올라 버린 얼굴로 루애가 얼른 근우의 손을 쳐 냈다.

그러나 근우는 피식, 웃으며 그녀의 얼굴로 다시 손을 뻗어 왔다. 그리곤 그녀의 붉어진 뺨을 손끝으로 살살 어루만졌다.

"내가 무슨 생각을 했는데? 난 그냥 내 앞에 묶어 두겠다고만 했을 뿐인데. 내가 보기엔 그러는 니가 더 응큼한 생각을 한 것 같은데?"

"이근우!"

훗, 근우가 속웃음을 웃으며 그녀의 귀에 대고 속삭였다.

"알았어. 기대에 부응하지. 실은 아까부터 나도 너 안고 싶어서 미치는 줄 알았어. 나가자."

"뭐?"

루애의 얼굴이 한층 더 새빨갛게 달아올랐다. 그녀는 재빨리 바(Bar)에 앉아 있는 젊은 여자 손님들의 표정을 살펴 댔다.

부러움과 질시, 호기심에 찬 시선으로 두 사람을 빤히 쳐다보고, 아니, 노려보고 있는 여자들의 굳은 표정에 묘한 쾌감이 일었다.

근우는 아마 모를 것이다.

그에게서 이런 반응을 이끌어 내기 위해서, 그가 누구의 남자인지 저들에게 똑똑히 보여 주기 위해서 그가 싫어하는 줄 알면서도 일부러 악착같이 서빙을 하고 카페 일을 도우려고 한다는 것을.

유치하다고 해도 할 수 없었다. 이렇게라도 안 하면 불안해서 미치겠는 걸 어쩌란 말인가.

루애는 지그시 아랫입술을 깨물었다. 그런 루애의 행동을 부끄러워서라고 생각한 근우의 미소가 한층 더 깊고 야릇해졌다.

"벌써 9시야. 10시까지 집에 들어가야 되잖아. 데려다줄게. 가자."

근우가 그녀의 손을 잡아 일으켰다.

사실 애초에 하 사장이 정한 통금 따위는 없었다. 그녀가 밤늦게 돌아다니며 술 마시고 노는 게 싫어서 자의로 정한 규칙이었을 뿐.

그런데 그게 한 해, 두 해 계속 이어지니 하 사장도 의례 당연하다는 듯 받아들였고 그러다 보니 자의 반, 타의 반으로 굳어졌을 뿐이었다.

그러한 사실을 어젠 근우도 안다. 때문에 10시 통금을 굳이 지킬 이유가 없다는 것도. 그런데도 근우는 요즘도 가급적이면 루애를 밤 10시까지는 무조건 집에 들여보내려고 했다.

아마 그 이유 또한 하 사장 때문일 터였다. 가뜩이나 미운 털이 박힌 그에게 또 다른 미운 털까지 박힐 수는 없다는 생각으로.

그래도 정말 이제는 그렇게까지 하지 않아도 되는데. 그녀가 근우와 사귄다는 것을 알게 된 뒤로 대학 때보다 되레 더 딸의 귀가 시간에 바짝 신경을 곤두세우는 아빠지만 말이다.

하지만 카페를 벗어나 드디어 그와 단둘이 있게 된다는 사실에 루애는 군소리 없이 그가 이끄는 대로 자리에서 일어났다.

"형, 나 루애 집에 데려다주고 올게요. 급한 일 생기면 바로 전화 주세요."

"급한 일은 무슨. 마감 전까지만 오면 되지. 사장님 없어도 두세 시간은 우리끼리 충분히 굴릴 수 있으니까 맘 푹 놓고 천천히 다녀와요. 루애 씨, 잘 가요. 내일 봐요."

바(Bar)를 나서는 두 사람에게 메인 바텐더이자 매니저인 형석이 활짝 웃으며 손을 흔들었다.

"아흑! 아, 근우야!"

"헉! ……하아, 루애야."

땀에 흠뻑 젖은 근우의 탐스러운 검은 머리카락이 천장에서 쏟아지는 불빛에 보석처럼 반짝거렸다. 다급한 그의 손에 이끌려 룸에 들어오자마자 침대까지 가지도 못하고 문 앞에서 치러 버린 정사.

차돌처럼 단단한 그와 벽 사이에 끼어 꼼짝 못한 채 절정에 올라 버린 루애는 차가운 벽에 얼굴을 대고 가쁜 숨을 몰아쉬었다. 두 사람 모두 옷도 채 벗지 못한 상태였다.

근우가 허물어지려는 루애의 허리를 단단히 끌어안고 그녀의 목 뒤에 얼굴을 파묻었다.

"하아, 하아……."

뜨겁게 몰아쉬는 거친 숨이 그녀의 뺨과 목을 적셨다. 여진처럼 남은 절정의 환희에 도취된 그가 다시 한 번 강하게 뒤에서 그녀를 파고들었다.

"하악……. 아응."

루애의 몸이 파묻힐 듯 벽에 떠밀리며 푸드득 떨렸다.

온몸에 솜털처럼 솟아난 소름들이 좀체 끝나지 않는 지독한 전율에 파르르 파르르 경련을 일으켰다.

"하아, 안 되겠다. 근처에 오피스텔이라도 하나 얻어야지."

아직도 모자라다는 듯 연거푸 그녀를 파고들며 근우가 거칠게 속삭였다.

"하아, 왜……? 아웃, 근우야……."

"그럼 아무 때나 널 안을 수 있잖아. 이렇게 계속 호텔에 드나들지 않아도 되고."

그가 루애의 귓불을 지분거리며 읊조렸다. 그 와중에도 그의 손은 블라우스 속으로 들어가 출렁이는 가슴을 연신 주무르며 애무를 멈추지 않았다.

오피스텔이라……. 사실 일주일에 서너 번 넘게 호텔을 찾는 돈이면 그게 더 싸게 먹힐지도 모르겠다는 생각이 들었다.

겨우 30분이나 한 시간 남짓 머무르는 것이 전부인데, 하루치 숙박료를 전부 지불해야 한다는 것이 아깝기는 했다. 서교호텔에는 모텔처럼 대실이라는 것이 없으니까.

그렇다고 모텔을 드나드는 건 좀 그렇다. 호텔이나 모텔이나 따지고 보면 그게 그거지만 그래도.

그런 루애의 마음을 아는지, 근우는 한 번도 그녀를 모텔로 데려간 적이 없었다.

그러다 보니 카페 근처에 있는 유일한 호텔인 서교호텔은 두 사람의 은밀한 아지트가 되어 버렸다. 프런트 직원들마저 두 사람의 얼굴을 알 정도로 말이다.

"어떻게 생각해? 응? 루애야. 말해 봐. 정말 오피스텔 하나 마련할까?"

이제 그의 나머지 한 손은 아래로 내려가 아직까지도 찔끔찔끔 애액을 흘려보내고 있는 그녀의 아래를 지분거리기 시작했다.

가장 예민한 부분을 손으로 누르고 비벼 대며 그녀를 계속 미치게 만들었다.

"하앗, 그만, 그만해."

"왜, 싫어?"

"아니, 그게 아니라……."

아직 빠져나가지 않고 그녀의 안을 가득 채우고 있는 그가 다시금 무섭게 팽창하는 것이 느껴졌다. 그 소름 끼치도록 선명한 느낌에 루애는 고개를 뒤로 젖히고 야릇한 교성을 흘렸다.

맥없이 벽에 기대고 있던 그녀의 손에 힘이 불끈 실렸다. 잡히지도 않는 벽을 움켜쥐고 그의 어깨에 기대어 헐떡거렸다.

"아웃, 아, 아!"

"하아, 너 때문에 진짜 미치겠다. 너무 꽉 조여. 그거 알아? 이럴 때 네가 날 얼마나 미치게 하는지? 네가 날 얼마나 조여 대는지 아느냐구. 그대로 갈 것 같아. 내가 널 먹는 게 아니라 네가 날 먹어 치우는 것 같아. 네가 날 남김없이……. 아!"

"아, 제발 하지 마, 그런 말."

"왜, 창피해? 너무 외설적이라서? 괜찮아. 우리끼린데 뭐 어때. 지금도 이렇게 조이면서, 이렇게 날 미치게 만들면서. 으윽. 루애야, 너도 솔직하게 말해 봐. 어때, 내가 느껴져? 널 가득 채우고 있는 내가 느껴지니?"

그가 뒤에서 재차 쿵, 쿵 강하게 밀려왔다. 루애가 자지러질 듯 교성을 내질렀다.

"핫, 핫! 어으, 근우야!"

"말해 봐, 루애야. 말해 줘. 알고 싶어. 지금 네 기분은 어떤지, 어떤 느낌인지…… 어서, 루애야."

"아웃, 몰라. ……그냥 뜨거워, 미칠 것 같아. 온몸이 너로 가득 찬 것 같아. 그냥 너만…… 하윽, 앗! 근우야!"

근우가 갑자기 그녀의 몸을 앞으로 휙, 돌려세웠다. 무릎 중간에 걸쳐져 있는 바지 주머니에서 콘돔 하나를 더 꺼내 재빨리 이로 뜯었다.

축축하게 젖어 버린 것을 벗겨 버리고 능숙하게 새로운 콘돔을 씌웠다.

발로 바지를 저 멀리 차 버리고 흐물거리는 루애를 번쩍 들어 올려 양다리로 제 허리를 칭칭 휘어 감게 만들었다.

'헛!' 하고 놀라는 루애의 입을 입술로 틀어막으며 강하게 그녀의 안으로 침입해 들어갔다.

"아웃, 아웃!"

"하아, 그래. 넌 내 거야. 잊지 마. 널 이렇게 만들 수 있는 사람은 나밖에 없어. 날 이렇게 만들 수 있는 사람도 너밖에 없고. 사랑한다, 하루애. 오직 너만, 으윽!"

결국 그날 밤, 루애는 11시가 훌쩍 지나서야 겨우 집에 들어갈 수 있었다.

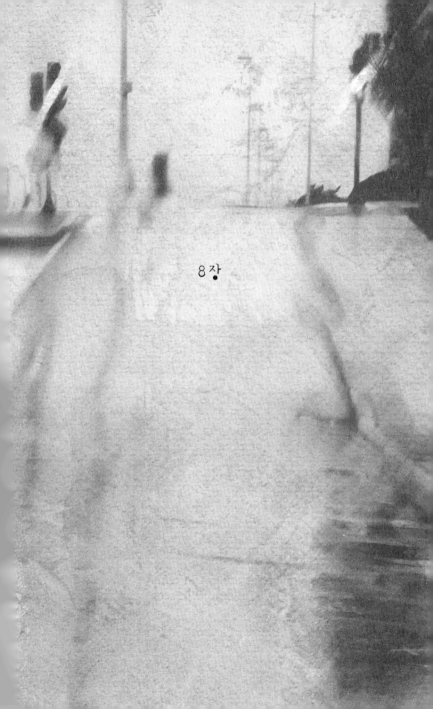

8장

"저기요."

"네."

손님이 부르는 소리에 루애가 얼른 돌아섰다. 근우가 주방에 잠깐 들어간 사이, 바쁜 홀을 보다 못해 얼른 나와서 서빙을 하고 돌아가던 중이었다.

잘해야 스물하나, 둘로밖에 보이지 않는 예쁘장한 여자 네 명이 묘한 시선으로 루애를 빤히 올려다보고 있었다. 며칠 전부터 매일 출근 도장을 찍기 시작한 여대생들이었다. 그 이유가 뭔지는 보나 마나 빤했다.

그녀를 아래위로 훑어보는 눈빛이 무척이나 도발적이라서 루애는 기분이 살짝 나빠지려고 했다. 그래도 어쨌든 손님은 손님. 루애는 최대한 환하게 미소 지으며 상냥하게 말했다.

"네, 뭐 필요한 거라도 있으세요?"

네 명 중 가장 가장자리에 앉은 단발머리가 대답했다.

"아니요, 딱히 필요한 건 없구요. 뭐 하나 물어볼 게 있어서요. 그쪽이 진짜 저 오빠 애인이에요?"

발칙할 정도로 단도직입적인 질문에 루애는 일순 당황했다. 1년 가까이 지나오는 동안, 남들이 보든 말든 개의치 않고 애정 표현을 서슴없이 하는 근우 때문에 이미 그녀가 그의 애인이라는 사실은 알 만한 사람들에게는 다 알려져 있었다.

때문에 그녀를 적대 어린 시선으로 노려보는 여자들이 많았지만, 이처럼 당돌하게 직접적으로 물어 오는 여자는 처음이었다. 루애는 얼른 당황한 마음을 감추고 싱긋 미소 지으며 대답했다.

"무슨 말씀이시죠?"

"아이씨, 그쪽이 저기 사장 오빠 애인이냐구요. 맞아요?"

되도 않게 짜증을 내는 단발머리를 지그시 내려다보며 루애는 순간 망설였다. 무례하기 짝이 없는 질문 따위, 그냥 무시해 버릴까? 하지만 루애는 이내 생각을 바꿔 싱긋 웃음을 지어 보였다.

"손님이 왜 저의 그런 지극히 개인적인 일을 물으시는지는 모르겠지만 어쨌든, 네, 그런데요?"

네 명의 어린것들이 서로 시선을 주고받으며 시근덕거렸다.

"어머, 웬일이니. 진짠가 봐."

"대박. 설마했는데 진짜 실망이다. 저 오빠, 생긴 건 초대박인데 여자 보는 눈은 완전 바닥인가 봐."

뭐? 이것들이 정말! 루애의 이마에 빠직 힘줄이 돋아났다. 그런데도 어린것들은 눈치 없이 또다시 엄한 질문들을 해 댔다.

"그럼 하나만 더요. 소문에 듣자 하니, 그쪽이 사장 오빠보다 나이가 훨씬 많다던데 맞아요?"

훨씬은 무슨! 세 살 차이밖에 안 나거든!

"야, 지금 그게 중요하냐? 가만있어 봐. 저기요, 사장 오빠랑 사귄 지 얼마나 됐어요? 어떻게 만났어요? 언니가 먼저 꼬셨죠? 어떻게 꼬셨어요?"

와, 진짜 뭐 이런 것들이 다 있어! 아무리 어려서 철이 없다고 해도 이건 너무하잖아. 테이블을 확 엎어 버리고 싶을 만큼 속에서 천불이 일었다. 그러나 루애는 끝까지 미소를 잃지 않고 침착하게 대응했다.

"아무래도 더 필요한 건 없으신 것 같네요. 좋은 시간 보내세요."

어린것들을 싸늘하게 한 번 쫙 훑어봐 주고 루애는 휙, 몸

을 돌렸다. 순간, 주방에서 언제 나왔는지 바(Bar) 한가운데
서서 팔짱을 끼고 그녀를 못마땅하게 노려보고 있는 근우와
눈이 딱 마주쳤다. 그가 집게손가락을 까닥거렸다. 얼른 튀
어 오라는 의미였다. 에이 씨, 들켰네. 루애는 이크, 하는 표
정으로 겸연쩍게 웃었다.

또 한 소리 듣겠다 싶었다. 그래 봤자 그녀가 헤실거리며
아양을 떨면 금세 풀어지긴 하겠지만. 덕분에 루애는 지난
1년 새 애교가 많이 늘었다. 은서와 형은이 깜짝 놀랄 정도
로.

물론 애교의 끝판왕인 은서와 비교하면 애교가 아닌 넉살
이 좋아진 정도에 불과하기 하다. 하지만 근우한테는 백발
백중 먹히는 넉살이니 애교라고 해도 무리는 없을 듯싶다.

뒤에서 어린것들이 조잘거리는 소리가 들려왔다. 마치 들
으라는 듯 일부러 큰 소리로 조잘거리는 소리가.

"뭐냐, 저거. 재수 없어. 뭐가 저렇게 도도해? 흥, 지가 뭐
나 된 줄 아나 보지? 지가 여기 사장이야? 이게 지 거야? 운
좋게 어린 남자 꼬셔서 팔자 한번 바꿔 보려는 년 주제에.
남자가 아깝다, 남자가 아까워."

"그러게. 그리고 옷은 또 저게 뭐냐. 거적때기처럼 펑퍼
짐해 가지고. 아우, 촌스러워."

"그래도 솔직히 생긴 건 좀 예쁘지 않냐? 지적이고 분위
기 있잖아."

"분위기는 개뿔. 완전 B 사감 스타일이구만. 저 오빠는 저런 여자가 뭐가 좋다고. 뻬쩍 말라서 촌스럽기 그지없는데. 혹시 알고 보면 저 여자가 돈 대서 여기 차려 준 거 아닐까? 그게 아니라면 나이 많은 저런 여자를 만날 리가 없잖아."

"야야, 꼴을 봐라. 그렇게 돈 많은 집 딸내미가 옷을 저따위로 입고 다니겠니? 너 같으면 그러겠어? 아니야. 내가 보기에는…… 혹시 방중술이 뛰어난 거 아닐까? 왜, 원래 얌전한 고양이가 부뚜막에 먼저 올라간다고, 저런 스타일이 도도한 척, 지적인 척, 얌전한 척 내숭은 있는 대로 떨면서 실은 뒤로 호박씨 까는 스타일이잖아. 의외로 남자들이 그런 걸 잘 몰라요. 남자하고는 손 한 번 잡아 본 적 없는 숙맥인 줄 알았는데, 자 봤더니 기가 막힌 거지."

"맞아. 입으로는 안 돼요, 안 돼요 하면서 몸으로는 완전 죽여주는 그런 거. 남자들이 그런 거에 한 방에 간다잖아. 그리고 원래 저 오빠처럼 마초 쩌는 남자들이 그런 거에 의외로 약한 법이라더라. 낮에는 요조숙녀, 밤에는 요부. 저렇게 잘난 남자일수록 여자가 자기한테만 요부인 줄 아는 거지. 속는 줄도 모르고."

루애의 얼굴이 순식간에 하얗게 질려 차갑게 얼어붙었다. 온몸의 피가 싸늘하게 식는 것 같았다. 처음이었다. 이처럼 천박하고 쌍스럽고 모욕적인 언사는. 단순히 화가 난다거나 기가 막힌 수준을 넘어섰다. 충격을 뛰어넘어 경악 그 자체였다.

느닷없이 구정물을 뒤집어쓴 듯 봉변을 당하면 사람은 순간적으로 화가 나기보다는 머릿속이 하얗게 비어지며 멍해진다. 그리고 그다음에 '나한테 무슨 일이 벌어진 거지?' 라는 생각과 함께 분노라든가 황당함, 억울함 같은 감정을 느끼게 되는 것이다.

루애가 지금 그랬다. 순간적으로 루애는 아무 생각도 나지 않았다. 그러다 점차 이성이 제 기능을 하기 시작하며 충격에 따른 후속 반응이 일어나기 시작했다.

진짜 뭐 저런 미친것들이 다 있나, 하는 생각과 함께 지금 이 자리에서 저런 것들한테 저런 미친 소리를 듣고 있다는 사실 자체에 분노와 참을 수 없는 수치심, 모멸감 등이 밀려왔다.

단발머리와 그 패거리들이 지껄인 저질스런 악담은 그녀만 들은 것이 아니었다. 그들 주변의 모든 사람들이 다 들었다. 심지어 조금 떨어져 있던 알바생 두 명도 그들이 지껄인 악담을 똑똑히 들었다.

주변의 손님들 몇 명은 '어머!' 하며 호기심 어린 눈초리로 루애와 단발머리 등을 번갈아 쳐다보았고, 그중 몇 명은 자신들이 생각만 하고 있던 말을 대신해 줘서 통쾌하다는 듯 입을 가리고 키득거리고 있었다. 루애는 그런 주변의 반응들이 더욱 충격적이었다.

근처에 있던 알바생 소영과 현진이 후다닥 루애에게 달려왔다. 하얗게 질린 루애를 보고 울상이 된 소영이 작게 소리쳤다.

"언니, 괜찮으세요? 아우, 뭐 저런 것들이 다 있냐."

"누나, 그냥 무시하세요. 누나가 부러우니까 괜히 심통 나서 하는 소리예요. 저런 것들은 상대할 가치도 없어요."

소영과 현진 딴에는 그녀가 걱정돼서 하는 소리였을 것이다. 그러나 루애 입장에서는 그것이 더 치욕적이고 모멸스러웠다. 나이가 한참 어린 알바생들 앞에서 이런 꼴을 보이고 있다는 것 자체가. 루애는 황급히 이성을 차리고 가까스로 웃어 보였다.

"괜찮아. 별일 아니야. 신경 쓰지 말고 가서 일들 해."

"괜찮기는요. 어우, 얼굴 하얗게 질린 것 봐. 안 되겠어요. 저따위 망발을 지껄이는 것들은 절대로 가만두면 안 돼요. 지들이 뭔데 감히. 손님이면 다야? 제가 사장님한테 확 일러 버릴까요? 그럼 당장 저것들 혼쭐을 내서 여기서 내쫓아 버리실 텐데."

소영은 저가 더 화가 나서 씩씩거렸다. 루애도 그러고 싶었다. 그러나 자신까지 그러면 안 될 것 같았다. 이런 일을 하다 보면 별별 황당한 일을 다 겪기 마련이라고 하지 않는가.

제 마음에 안 든다고 편의점에서도 저보다 훨씬 나이 많은 점장이나 주인의 뺨을 때리고 무릎까지 꿇리는 정신 나간 손님이 있다는데, 그에 비하면 이 정도는 유도 아니라는 생각이 얼핏 들었다.

"됐어, 그만해. 별일도 아닌 것 갖고 일 크게 만들지 말자. 현진이 말대로 무시하면 그만이야. 사장님한테는 아무 말도 하지 말고. 아, 저기 손님이 찾으신다. 빨리 가 봐. 그럼, 수고."

루애는 억지로 주저하는 알바생들의 등을 떠밀었다. 후우, 심호흡을 하고 고개를 들었다. 순간, 칼날처럼 날카로운 근우의 시선과 다시 한 번 딱 마주쳤다.

그도 뭔가 이상한 낌새를 느낀 모양이었다. 두 눈을 실낱처럼 가늘게 늘이고 그녀의 창백해진 안색을 살피는 표정은 여간 매서운 것이 아니었다. 하긴 둔한 사람이 아니니 알아차리지 못하는 것이 되레 이상한 일이긴 할 터였다.

허나 단발머리 등이 한 말이 저기까지는 들리지 않았을 테니, 그녀와 알바생들만 입을 다물면 무슨 일이 있었는지는 절대 모를 터였다.

소영의 말대로 단발머리 등이 그녀를 두고 어떤 말을 지껄였는지 알면 절대로 가만있을 사람이 아니었다. 어떤 식으로든 한바탕 난리가 날 것은 불 보듯 빤했다. 그러다 만에 하나 카페에 대해서 안 좋은 소문이라도 나게 된다면…….

'그건 절대로 안 되지. 나만 눈 질끈 감고 참으면 그만인

데 뭣하러……'

그래, 어디 똥이 더러워서 피하지, 무서워서 피하나. 루애
는 이번 일은 자기 선에서 조용히 참고 넘어가자는 쪽으로
마음을 정하고 근우를 향해 활짝 웃어 보였다. 마치 아무 일
도 없다는 듯. 그리고 천천히 바(Bar)로 걸어갔다.

그러나 역시 그 정도로는 근우를 속일 수 없을 듯싶었다.
그녀가 아무리 태연하게 활짝 웃어 보여도 그의 굳은 표정
과 날카로운 눈빛은 여전하기만 했다.

속내까지 꿰뚫어 보는 듯한 매서운 눈빛에 루애는 결국
그의 시선을 먼저 피하고 말았다. 바(Bar)에 들어가서도 루애
는 근우의 얼굴을 쳐다보지 못하고 황급히 그를 피해서 안
쪽 자리로 달아났다.

아니나 다를까. 근우가 득달같이 그녀를 쫓아왔다. 자리
에 앉으려는 루애의 팔뚝을 근우가 뒤에서 확 잡아챘다.

"무슨 일이야?"

"일? 무슨 일?"

루애가 무슨 말인지 모르겠다는 듯 천연덕스럽게 되물었
다.

"하루애."

"아, 방금 저기서 무슨 일 있었냐구? 아무것도 아니야. 그
냥……."

"아무것도 아닌데 네 얼굴이 그렇게 하얗게 질려? 말해.

무슨 일이야? 대체 누가 뭐라고 그랬기에……."

"아, 글쎄, 좀! 아니라니까!"

저도 모르게 루애는 버럭 소리를 지르며 근우의 손을 쳐 냈다.

주방 근처에서 남자 알바생한테 창고로 올라가 재고 확인하고 구아바 넥타 한 박스를 들고 내려오라고 지시하던 형석까지 깜짝 놀라 두 사람을 돌아볼 정도로 루애의 음성은 날카로웠다. 그러니 근우는 오죽했겠나. 그의 얼굴이 더욱 차갑게 굳었다.

그러나 그보다 더욱 놀라고 당황한 건 루애 자신이었다. 이래선 어린것들한테 당한 모멸감을 꾹 참은 보람이 없지 않은가. 더욱이 근우한테 신경질을 부릴 일도 아닌데 말이다. 명동에서 뺨 맞고 한강에서 화풀이한다더니, 완전 그 짝이었다.

루애는 고개를 돌린 채 아랫입술만 잘근잘근 깨물다가 근우를 확 밀치고 앞으로 걸어갔다. 그리곤 형석의 손에 쥐어져 있는 창고 열쇠를 빼앗듯이 낚아챘다.

"어, 루애 씨……."

깜짝 놀라서 황망해하는 형석을 보지도 않고 빠르게 말했다.

"내가 갔다 올게요. 어차피 난 여기서 별로 할 일도 없으니까. 창고 재고 확인하고 구아바 한 박스만 가지고 오면 되는 거죠?"

형석이 만류할 새도 없이 루애는 후다닥 바(Bar)를 나와 비상구로 달려갔다. 그런 그녀를 쫓아오는 근우의 날카로운 시선이 느껴졌지만 절대 뒤돌아보지 않았다. 허겁지겁 계단을 뛰어올라 옥상으로 향하는 철문의 자물쇠를 열고 한 단을 더 뛰어올라 갔다.

창고 문을 여는데 손이 떨려 열쇠가 잘 들어가지 않았다. 몇 번의 실패 끝에 간신히 문을 열고 창고 안으로 들어갔다.

탁!

닫은 문에 기대어 섰다. 불을 켤 생각도 하지 못한 채 루애는 그대로 어둠 속에 한참을 서 있었다. 온몸을 사시나무처럼 부들부들 떨면서. 루애는 떨리는 몸을 양팔로 끌어안고 울지 않기 위해서 입술을 꽉 깨물었다.

'울지 마. 울 일이 그렇게 없니? 철없는 어린것들의 경박한 입놀림 따위 무시하고 넘어가면 그만인데, 그게 뭐 얼마나 큰일이라고 이 난리 법석이야. 어른이면 어른답게 굴어. 창피한 줄 알아라, 하루애.'

그렇게 얼마나 있었을까.

어둠 속에 한참을 웅크리고 있다 보니, 바보처럼 바들바들 떨리던 몸이 서서히 가라앉으며 뒤집어졌던 속도 점차 진정되어 가는 것이 느껴졌다. 후우. 루애는 막혔던 숨을 크게 내쉬었다.

"됐어, 이제 정말 그만하자."

계속 이러면 정말 그가 카페 근처에는 오지도 못하게 할지 모른다.

오늘 일은 이럴 만한 충분한 이유가 있다고 치자. 허나 최근 들어 루애가 별일도 아닌 것 가지고 짜증을 부리거나 심각해지는 등, 점차 감정 기복이 심해지고 있다는 건 그나 그녀 모두 알고 있는 사실이었다.

때문에 얼마 전에는 근우가 평일은 힘드니 카페에 오지 말고, 가끔 밖에서 저녁 식사만 하거나 주말에 만나는 것이 어떻겠느냐는 말을 넌지시 한 적도 있었다.

물론 루애는 들은 척도 하지 않았었다. 그녀가 옆에 번연히 있는데도 이런 일이 벌어지는데 카페에 오지 말라고? 턱도 없는 얘기였다.

이럴 줄 알았으면 그가 이전에 오피스텔을 하나 마련한다고 했을 때 말리지 말 걸 그랬다. 오로지 사랑을 나누기 위해서 오피스텔을 마련한다는 게 아무리 생각해도 좀 그래서 말렸었는데, 지금 와 생각해 보니 두 사람만의 그런 공간이 있었으면 심적으로라도 안심이 되지 않았을까 싶기도 하는 것이다.

그런저런 연유로 반년 전부터 그와 사랑을 나누는 횟수가 부쩍 줄어든 것도 그녀의 막연한 불안감을 부추기는 한 요인으로 작용하는 듯했다.

루애는 제 머리를 한 대 쿵 쥐어박았다.

"정신 차려, 하루애. 언제는 근우가 나만 보면 그것만 밝히는 것 같다고 불안해했으면서. 그래서 피곤하다는 핑계 대고 계속 거부해 놓고 이제 와서 또 딴소리는. 대체 어느 장단에 맞추라는 거니. 정말 못 말리겠다."

루애는 고개를 절레절레 흔들었다. 그제야 시간을 너무 많이 허비했다는 생각이 들었다. 족히 2~30분은 지난 듯싶은데 창고에 올라간 사람이 죽었나 하겠다. 이렇게 쓸데없는 생각으로 머리가 복잡할 때는 움직이는 것이 최고였다. 빨리 재고 정리나 하고 필요하다는 구아바를 갖고 내려가야겠다.

루애는 뒤늦게 손을 뻗어 창고의 불을 밝혔다. 그제야 컴컴했던 공간에 환한 빛이 들어왔다. 'The One'이 창고로 활용하고 있는 공간은 10여 평 되는 기다란 방으로 철제 선반이 4단으로 양옆에 길게 박힌 곳이었다.

그 위에는 냅킨과 컵받침 등등 창고에 보관할 수 있는 각종 식자재와 물품들이 빼곡히 쌓여 있었다. 무게가 나가는 맥주와 음료수 캔들은 바닥에 착착 쌓여 일렬로 죽 늘어서 있었다.

루애는 일단 구아바 넥타 박스의 개수를 먼저 확인한 뒤에 다른 물품들의 재고를 꼼꼼히 확인해 나갔다. 그러다 금세 기억의 한계에 부딪혀 메모할 만한 것을 찾아 선반을 뒤적거렸다.

"여기 어딘가에 적을 만한 게 있을 텐데. 아, 찾았다."

다행히 카페 로고가 새겨진 메모지가 냅킨 뭉치 뒤에 잔뜩 쌓여 있었다. 여분의 펜도 몇 개 보였다. 루애는 얼른 메모지와 펜을 손에 쥐고 처음부터 다시 재고를 확인해 가기 시작했다.

그렇게 메모지 한 장이 거의 다 채워질 무렵, 별안간 문이 벌컥 열렸다. 소스라치게 놀란 루애가 고개를 휙 들어 올렸다.

"힉! 누구…… 아, 근우야."

예고도 없이 불쑥 들어온 사람이 근우라는 걸 안 순간, 루애는 안도의 한숨을 내쉬었다. 그러나 그도 잠시. 루애의 가슴은 다시 쿵쿵, 불안하게 뛰기 시작했다. 좁은 문 앞에 떡하니 버티고 서서 그녀를 내려다보는 그의 얼굴이 왠지 모르게 야차처럼 무시무시해 보였기 때문이었다.

험상궂게 일그러져 있는 건 아니었다. 고요한 바다처럼 무표정했다. 그래서 되레 더 무섭게 느껴졌다. 무슨 생각을 하는지 알 수 없는 얼굴로 그녀를 뚫어지게 내려다보고 있는데, 그 눈빛 또한 감정이 결여된 사람마냥 차갑게 얼어 있어 선뜻 말을 걸기 무서울 정도였다.

화가 날수록 감정이 차갑게 얼어붙는 사람이니, 아마 화가 나도 단단히 난 모양이었다. 순간 루애는 어쩌면 그가 방금 전 일을 다 알아 버렸을지도 모르겠다는 생각이 들었다. 그러지 않고서야 저토록 무시무시한 얼굴을 하고 있을 턱이 없으니 말이다.

애들이 말했을까. 그래, 십중팔구 그랬을 것이다. 그녀가 아무리 입단속을 시켜 놨어도 근우가 저런 얼굴로 다그치면 어느 누구라도 순순히 불지 않고는 배겨 나지 못할 테니까.

그래도 혹시 모르니 지레 겁먹지는 말자. 루애는 자신의 속내를 들키지 않기 위해서 얼른 시선을 돌리고 아무렇지 않은 척 말했다.

"왜 올라왔어, 바쁠 텐데. 여긴 거의 다 됐어. 조금만 하면 끝나. 먼저 내려가."

"하루애."

"아, 구아바! 그거 때문에 올라온 거야? 급한 거였나 보구나. 어머, 난 그런 줄도 모르고. 그럼 그거 가지고 먼저 내려가. 난 이거 마저 하고 내려갈게."

"하루애."

가뜩이나 바닥에 착 깔리는 허스키한 목소리인데 이름을 자꾸 무섭게 불러 대니 안 그래도 오그라든 가슴이 점점 더 오그라드는 것 같았다. 루애는 아랫입술을 질끈 깨물며 귀찮다는 듯 퉁명스럽게 말했다.

"왜, 뭐 할 말 있어? 뭔데? 뜸 들이지 말고 빨리 하고 가. 나 바빠."

그리고는 당장 하지 않으면 큰일이라도 나는 사람처럼 재고 확인에 열을 올렸다. 일부러 창고 안까지 꾸역꾸역 들어가 그와의 거리를 벌렸다.

"후우."

그가 내쉬는 무거운 한숨 소리가 들려왔다. 그리고 이내 저벅저벅 가까이 다가오는 발소리가 이어졌다. 루애의 심장은 금방이라도 살갗을 뚫고 튀어나올 듯 세차게 두근거렸다.

갑자기 그가 루애의 손목을 확 잡아 끌어당겼다. '어!' 하고 놀랄 새도 없이 루애는 다음 순간 근우의 단단한 품에 꼼짝없이 안겨 버리고 말았다. 화들짝 놀란 루애가 뭐야, 하면서 그를 밀어내려고 하자 근우는 그녀를 더욱 단단히 품에 가둬 버렸다.

머리 위에서 그의 허스키한 음성이 나지막이 흘러나왔다. 얼음장처럼 차가운 눈빛, 무시무시할 정도로 무표정했던 얼굴과 달리 그의 허스키한 음성은 봄볕처럼 다정하기 그지없었다.

"이 바보야, 왜 그런 소리를 가만히 듣고만 있어. 정신 나간 것들이 정신 나간 소리를 하면 그 자리에서 눈물 쏙 빠지게 혼쭐을 내 줬어야지. 그런 것들은 가만 놔두면 지들이 뭘 잘못했는지도 모르고 더 기고만장해서 날뛴다구."

역시, 그녀의 짐작이 맞았다. 움찔 놀란 루애가 아랫입술을 잘근거리며 말했다.

"……어떻게 알았어?"

"네 표정만 봐도 무슨 생각을 하는지 다 아는데, 그 정도도 모를까 봐? 내가 바보냐."

"소영이한테 물어봤어?"

근우가 다시 한 번 무거운 한숨을 내쉬었다.

"후우, 그래."

그럼 그렇지. 그 또한 그녀의 짐작이 맞았다. 루애는 고개만 푹 숙인 채 아무 말도 하지 않았다. 솔직히 딱히 할 말도 없었다. 스물일곱 살이나 먹어서는 그만한 일로 파르르 떨며 이리로 도망쳐 온 자신이 한심하게 느껴질 뿐이었다.

그가 그녀의 뒷머리를 부드럽게 쓸어내리며 말했다.

"김미진이 너한테 헛똑똑이라고 할 때마다 왜 그러나 싶었는데, 이제야 그 이유를 좀 알겠다. 평소엔 시시비비 가려 가면서 자기 할 말 똑 부러지게 하는 사람이 왜 이럴 땐 바보처럼 당하고 소심하게 구는 거야. 정말 나 미치는 거 보려고 그래?"

루애가 그의 가슴에 얼굴을 파묻고 중얼거렸다.

"그래서 어떻게 했는데?"

"어떻게 했을 것 같은데?"

"설마…… 진짜 막 뭐라고 혼내서 내쫓아 버린 건…… 아니지?"

"그럼 그런 것들을 가만히 내버려 둬? 당연히 질질 끌어다 내쫓아 버렸지. 두 번 다시는 우리 가게에 얼씬도 못 하도록."

대수롭지 않다는 듯 어깨를 으쓱거리는 근우를 올려다보며 루애가 기가 막혀 소리를 질렀다.

"미쳤어? 그렇다고 진짜 그러면 어떻게 해. 안 좋은 소문이라도 나면 어쩌려고. 어쨌든 손님인데……."

"그런 것들이 무슨 손님이야. 그런 것들 안 와도 우리 가게에는 하등 지장 없으니까 신경 쓸 것 없어."

"그래도……."

근우가 미간을 찌푸리고 루애의 턱을 가만히 들어 올렸다. 아직도 화가 덜 풀렸는지 그녀를 깊숙이 내려다보는 검은 눈동자 속에는 여전히 칼날처럼 시퍼런 불길이 일렁이고 있었다.

"잘 들어, 하루애. 내가 이걸 하는 이유는 단 하나야. 너와 우리를 위해서. 다른 이유는 없어. 그런데 네가 이것 때문에 그따위 천박한 말을 듣고도 참아야만 된다면, 차라리 안 하고 말아."

"근우야……."

"나한테 중요한 건 너밖에 없다. 그러니까 언제든 말만 해. 네가 싫다고 그러면 이따위 것, 당장이라도 치워 버릴 테니까."

루애의 눈이 휘둥그레졌다. 형형한 그의 눈빛으로 결코 빈말이 아닌 진심이라는 것이 그대로 전해져 왔기 때문이었다. 미쳤어! 그렇다고 어떻게 그리 쉽게 가게를 접겠다는 말을 해. 여기에 들어간 돈이 얼만데. 그동안의 노력은 또 어쩌고!

근우가 'The One'을 오픈한 것은 오롯이 그녀 때문이었다. 어린 나이와 부친의 사업 때문에 그를 못마땅하고 미덥지 않게 생각하는 하 사장에게, 자신의 능력으로 그녀를 책임질 만한 사내라는 것을 당당히 입증하고 인정받기 위해서.

그런데 이번에는 그녀 때문에 'The One'을 접게 하라고? 말도 안 되는 일이었다.

모두 자신의 그 망할 불안감과 의심병 때문이었다. 그러지 말자고 수없이 되뇌면서도 왜 자꾸 이러는지 모르겠다.

오늘 일만 해도 그랬다. 가당치도 않은 헛소리 따위에 귀 기울일 것 없이 무시하고 넘어갔으면 될 일을 가지고, 그 어린것들한테는 정작 말 한마디 벙긋하지 못하고 괜한 자격지심에 사로잡혀 일을 더 복잡하게 만들고 말았다.

어쩌면 그도 그동안 알게 모르게 쌓여 왔던 그녀에 대한 불만들이 오늘 일을 계기로 한 번에 터져 나온 건지도 모르겠다는 생각이 들었다. 단순한 질투라고 넘겨 버리기엔 최근 그녀의 행동들이 지나치게 까칠하고 과민했으니까 말이다.

하지만 이대로 인정하기에는 자신이 너무 초라하다. 자존심이 상하고 창피했다. 루애는 아랫입술을 꽉 깨물었다.

"바보, 너야말로 무슨 소리를 하는 거야. 누가 뭘 어쨌다고. 괜히 내 핑계 대고 꾀부릴 생각하지 말고 일이나 열심히 해."

근우의 깊은 눈매가 더욱 가늘어졌다. 그녀를 살피는 눈빛 또한 매섭고 날카로워졌다. 그 모든 것을 모른 척하고 루애는 주절주절 말을 늘어놓았다.

"그래도 오늘 일은…… 어쨌든 고마워. 내 선에서 알아서 처리했어야 했는데, 너무 황당하고 기가 막혀서 그러질 못했어. 그런 헛소리에 발끈해서 걔네하고 말 섞는 것도 우스운 일이다 싶었고. 말 같은 소리를 해야 말이지. 그런데 네가 그렇게 나서 줬다니까…… 후후, 솔직히 기분은 좋네. 어쨌든 네 덕에 내 체면이 좀 선 거잖아. 조용히 넘어갔으면 좋았겠다 싶으면서도 한편으로는 괜히 어깨가 으쓱거리고 목에 힘이 들어가는 게, 이 맛에 연애를 하는 거구나 싶기도 하고. 사람 마음이라는 게 진짜 얄궂은 거야. 그치?"

말하다 보니 얼마간의 진심이 흘러 나갔다. 그 덕에 딱딱하게 굳어 있던 루애의 어깨에서 힘이 조금 빠졌다. 루애는 조금 편해진 낯빛으로 근우를 말갛게 올려다보았다.

"그러니까 너도 이제 그만 눈에 힘 풀어. 괜한 생각은 하지도 말고. 치, 누구 맘대로 가게를 한다, 만다야? 이게 뭐

저 혼자 건 줄 아나 보지? 언제는 네 게 내 거고, 내 건 네 거라며. 그런데 당장이라도 때려치우겠다는 말이 나와? 웃겨. 이봐요, 이근우 씨. 남자가 칼을 한번 빼 들었으면 무라도 베어야지, 그런 말 함부로 하는 거 아닙니다."

이번에는 되레 루애가 눈을 뾰족하게 뜨고 훈계하듯이 말했다. 그제야 근우의 얼굴에서도 굳은 기색이 사라지고 옅은 미소가 어렸다. 안심한 듯 근우가 그녀의 이마에 입을 맞췄다. 짙은 한숨과 함께 그의 목소리가 그녀의 안으로 흘러들어 왔다.

"후우, 그래, 명심할게. 그러니까 너도…… 괜한 생각 하지 말고 지금처럼 내 옆에 있어. 사람 불안하게 만들지 말고."

루애가 그의 품에 얼굴을 파묻고 순하게 고개를 끄덕거렸다.

※   ※   ※

그러나 역시 사람의 마음이라는 건 뜻대로 안 되는 모양이었다. 근우가 그토록 불안해하지 말라, 다짐을 하며 변함없이 그녀를 사랑해 주는데도 루애의 막연한 불안감은 나아질 줄 모르고 점점 깊어져만 갔다.

이유는 그녀 자신도 여전히 알 수 없었다.

그저 너무 완벽한 남자를 연인으로 둔 여자의 숙명이려니

하며 스스로를 합리화시킬 뿐이었다.

어느덧 시간은 흘러 흘러 'The One'을 오픈한 지 2년 차에 접어들었다. 변함없이 가게는 근우를 보러 온 젊은 여자 손님들로 넘쳐났다.

그에게 결혼을 약속한 여자가 있다는 사실이, 그 여자가 바로 저녁마다 나타나 그의 옆에 딱 달라붙어 있는 루애라는 사실이 사람들의 입을 타고 널리 알려졌지만, 그렇다고 그러한 소문이 그를 흠모하여 매일 찾아오는 여자들의 극성을 잠재우지는 못했다.

근우는 여전히 그런 여자 손님들한테는 눈길 한 번 주지 않았다. 필요 이상의 친절은 절대 베풀지 않았으며, 어떨 때는 심하다 싶을 만큼 냉담하게 대하기도 했다.

헌데 대체 무슨 심사들인지. 근우가 차갑고 냉담하게 대하면 대할수록 여자들은 더 애가 달아 어쩔 줄을 몰라 했다. 참으로 알다가도 모를 일이었다.

그즈음, 루애는 나름대로 자신의 불안감을 감추는 데 어느 정도 능숙해졌다. 도둑질도 계속하면 는다고, 자존심이 상해서라도 꾹꾹 눌러 참고 아무렇지 않은 척하다 보니 근우의 눈을 속일 만큼 자신의 감정을 감추는 데 능숙해져 버렸다.

무엇보다 가장 놀라운 변화는 그녀의 옷 입는 스타일이 백팔십도로 변했다는 점이었다. 물론 여전히 신문사에서는 가슴을 가릴 수 있는 펑퍼짐한 외투나 카디건 등을 고수했다. 허나 카페에만 들어서면 그녀의 스타일은 완전히 달라졌다. 펑퍼짐한 외투나 카디건 등에 감춰져 있던 몸매가 확연히 드러나는 옷으로 탈바꿈하는 것이다.

처음에는 대단한 용기가 필요했었다. 사람들 앞에 풍만한 가슴과 그 때문에 더욱 가늘어 보이는 허리 라인까지 고스란히 드러나는 타이트한 티를 입고 선다는 것은 그녀로서는 엄청난 용기가 필요한 일이었다.

허나 루애는 눈 질끈 감고 용기를 끌어모았다. 일전에 단발머리 등한테 들었던 '저 촌스러운 꼬락서니' 라는 말이 좀체 뇌리에서 떠나지 않은 까닭이었다.

루애의 용기 무쌍한 과감한 변화에 그녀 자신이나 친구들보다 놀란 건 근우였다.

처음에는 근우가 되레 얼굴이 벌게져서는 뭐하는 짓이냐며, 그녀가 벗어 놓은 외투를 억지로 입히고는 했었다. 그러면 루애는 순순히 입는 척하다가 금세 답답하다며 다시 슬며시 벗어 던져 놓았다. 그러다 보니, 근우도 더 이상은 억지로 옷을 덧입힐 수 없었다.

반응은 루애가 예상한 것 이상이었다. 외투 하나 벗었을 뿐인데 그녀를 촌스럽다고 얕잡아 보던 여자들의 시선이 확연히 달라졌고, 무엇보다 근우의 시선이 어딜 가나 떨어질 줄 몰랐다.

남들의 시선 따위 아랑곳하지 않던 그가 간간이 있는 남자 손님들을 죽일 듯이 노려보며, 그들의 시선에 신경을 바짝 곤두세우기 시작한 것이었다.

도려내고 싶을 만큼 치명적인 콤플렉스에, 두렵고 혐오스럽기만 하던 남자들의 음흉한 시선이 그토록 짜릿하게 느껴진 것은 태어나 처음이었다.

풍만한 가슴에 쏠리는 시선들에 불쾌하고 소름이 돋는 것은 여전했지만 루애는 조금씩 자신감을 얻고 있었다. 자신에게서 불안한 시선을 떼지 못하는 근우를 볼 때마다 짜릿한 희열을 맛보고는 했다.

'어때, 너도 이제 내 기분이 어떤지 알겠지?'

유치하지만 솔직히 그런 기분이 드는 건 어찌할 수 없었다.

루애는 일주일에 한 번은 꼭 가던 '버섯매운탕' 집도 더 이상 찾지 않았다. 특별한 이유가 있는 건 아니었다. 그저…… 근우가 그곳을 별로 좋아하지 않으니까, 그녀 때문에 마지못해 가 준다는 것을 아니까.

물론 그도 거기 찌개를 좋아하고 잘 먹기는 한다. 허나 아무리 맛난 음식도 계속 먹으면 질리는 법. 더구나 그는 처음부터 그 식당을 그리 내켜 하지 않았었다. 때문에 루애는 가급적이면 근우가 싫어하는 것, 내켜 하지 않는 것은 하지 않고자 노력했다.

과감해진 그녀의 스타일을 근우가 진심으로 싫어하거나 못마땅해했다면, 루애는 그 또한 곧 때려치우고 과거의 조신하고 답답한 스타일로 돌아갔을 터였다.

그러나 그도 얼마 가지 못했다. 폭발적이었던 근우의 반응은 서너 달이 지나면서 점차 시들해졌다. 근우의 시선이 처음처럼 집요하게 자신을 쫓아다니지 않는다는 것을 알게 된 순간, 루애는 더욱 불안해져 버렸다.

익숙해진다는 건 다른 의미로 무관심해진다는 것이 아닐까. 아니, 그런 그의 반응이 실은 익숙함을 가장한 무관심이 아닐까. 루애는 그런 의심을, 불안을 좀체 거둬들일 수가 없었다. 자신에게 익숙해지는 근우의 반응이, 그 마음이 너무도 두려웠다.

언제부턴가 루애는 그런 불안감을 가끔씩 진환에게 털어놓게 되었다. 처음부터 그랬던 건 아니었다. 처음에는 그저 근우가 진환을 카페에 불러내면, 바쁜 그 대신 그녀가 진환의 말동무가 되어 주는 정도였을 뿐이었다.

주로 대화를 이끌어 가는 건 루애였고, 진환은 듣기만 하는 쪽이었다. 그래 봤자 그녀가 하는 이야기라고는 취재하면서 있었던 재미난 에피소드 정도에 불과했다. 그러던 것이 어느 순간부터 점차 넋두리로 변해 가며 불안하고 답답한 속내가 조금씩 흘러나오기 시작했다.

만약 미진과 갑자기 연락이 끊어지지만 않았어도, 진환이 아무리 대나무 숲처럼 조용히 그녀의 이야기만 들어 준다고 해도 그한테 그런 유치하고 창피한 속을 드러내 보이지는 않았을 터였다. 허나 그즈음에는 그녀가 허심탄회하게 마음을 열고 고민을 털어놓을 상대가 진환밖에 없었다.

은서와 형은이 있긴 했지만, 그들을 믿고 복잡한 속내를 털어놓을 수는 없었다. 미안한 말이지만 은서와 형은은 결코 입이 무거운 타입이 아니었다.

그녀들한테 그런 속내를 조금이라도 비쳤다가는 바로 근우의 귀에 들어가는 것은 물론, 그의 친구들한테까지 파다하게 퍼져 버릴 것이 자명했다.

그렇다고 예전처럼 양 씨 아주머니한테 털어놓을 수도 없었다. 그녀가 살인을 저질렀다고 해도 무조건적으로 그녀 편을 들며 그런 일을 당해도 싼 놈이라고 할 분이기에, 근우를 그런 식으로 욕먹게 하고 싶지 않았다.

그저 갑자기 연락이 두절되어 버린 미진이 야속할 따름이었다. 얼마 전까지만 해도 샤르동샤바를 우수한 성적으로 졸업하고 그 실력을 인정받아서 그토록 바라던 패션 회사에 입사했다고 신나 했던 미진이었는데. 어느 순간 갑자기 핸드폰이 결번이 되었고 메일을 보내도 답이 없었다.

해서 생각하다 못해 그녀의 집으로 연락을 취해 보았었다. 미진의 부모님이나 여동생이라면 미진이 왜 갑자기 연락을 끊었는지, 그녀한테 대체 무슨 일이 생긴 건지, 하다못

해 바뀐 핸드폰 번호라도 얻을 수 있지 않을까 해서였다.

그런데 수차례 전화를 해도 쉬이 연락이 닿지 않았다. 대학 교수이신 부모님은 워낙 바쁘셔서 그렇다고 해도, 미진의 여동생마저 집에 없었다. 그러다 천신만고 끝에 미진의 어머니와 연락이 닿았는데, 돌아온 대답은 무척 실망스러운 것이었다.

미진의 어머니는 단칼에 미진의 바뀐 연락처나 주소를 알려 줄 수 없다고 하셨다. 이유인 즉슨, 미진이 원치 않기 때문이라고 하셨다. 그러면서 미진의 어머니는, 사실은 미진이 얼마 전에 해서는 안 될 커다란 실수를 해서 힘들게 들어간 회사에서 잘렸다고 하셨다. 그래서 충격과 자책감으로 미진이 꽤 힘든 시간을 보냈었다고.

그러다 최근에야 겨우 마음을 추스르고 다시 도전하기로 독하게 마음을 먹었단다. 보란 듯 성공해서 꿈을 이루기 전까지는 절대 한국으로 돌아오지 않겠다고 했단다.

그러니 진정으로 미진을 위한다면 섭섭하다 생각하지 말고, 그녀의 의사를 존중해 달라고 하셨다. 멀리서나마 미진을 응원하며 기다리라고, 루애가 친구로서 해 줄 수 있는 일은 그것뿐이라면서.

루애는 미진이 걱정되었다. 섭섭하기도 했다. 마음의 상처도 받았다. 하지만 미진의 어머니 말씀이 맞는다는 것도 알았다. 그녀가 친구로서 미진을 위해 해 줄 수 있는 것은, 미진을 믿고 기다려 주는 것뿐일지도 모른다는 생각이 들었다.

그래서 루애는 당장이라도 파리로 날아가서 미진을 위로하고, 아무리 그래도 나한테까지 어떻게 연락을 끊을 수 있느냐고 따지고 싶은 것을 꾹 참고 기다리기로 결심했다.

그런 상황에서 보내게 된 진환과의 시간은 처음의 의도와는 다르게 흘러갔다. 삶의 의욕을 전부 잃은 듯 텅 빈 눈동자로 허공만 응시하며 묵묵히 그녀의 이야기에 귀를 기울여 주는 진환에게서 루애는 큰 위로와 위안을 받았다.

처음에 근우한테서 진환이 군대에서 겪은 폭행과 그로 인해 후유증을 앓고 있다는 얘기를 들었을 때는 설마했었다.

그녀도 물론 군대에서 벌어지는 무차별적인 폭행이 얼마나 심각한지는 알고 있었다. 하지만 그런 일을 겪은 이들을 실제로 보지 못했기에 솔직히 그녀한테는 먼 나라 얘기일 수밖에 없었다.

그런데 진환을 보니, 그 폐해가 얼마나 심각한지 알 수 있었다. 군대에 입대한 지 얼마 안 돼서 선임들의 무자비한 폭력에 부상을 입고 의가사 제대를 했다더니, 반년 만에 보게 된 진환은 완전히 다른 사람이 되어 있었다.

지속적인 구타에 만신창이가 됐다던 육체는 어느 정도 회복이 됐을지 몰라도, 마음은 여전히 지옥 굴을 헤매고 있는 듯싶었다. 해골처럼 변해 버린 몰골과 텅 빈 눈동자, 누군가가 옆에 조금만 다가와도 움찔 떨며 불안해하는 증상까지.

근우가 미리 말을 해 주지 않았어도 진환이 얼마나 극심한 우울증과 대인기피증에 시달리고 있는지 알았을 터였다.

그나마 근우에게만은 마음을 열고 의지한다는 것이 여간 다행스러운 일이 아니었다. 근우가 아니었다면, 집 밖으로 나와 볼 용기조차 내 보지 못하지 않았을까 싶었다.

고맙게도 진환은 루애에게 금세 곁을 내줬다. 죽마고우인 다른 친구들과도 30분 이상은 함께 있지 못하는 진환이었지만, 그녀하고는 곧잘 눈도 마주치고 함께 있어도 편안해하는 눈치였다.

며칠 전부터는 그녀의 말에 고개를 끄덕이기도 하고, 그녀의 마음을 다 이해한다는 듯 잔잔히 웃어 주기도 했다. 그렇게 서서히 변해 가는 진환을 보면서 루애도 덩달아 위로받고 위안을 받았다. 누군가한테 도움이 된다는 건 생각보다 뿌듯하고 감사한 일이었다.

9장

토요일 오후. 루애는 오늘도 변함없이 'The One'을 가기 위해서 홍대로 향했다. 진환과의 약속 시각이 3시였기에 그에 맞춰서 주차장에 도착했다.

　요즘엔 근우가 굳이 집에 가서 데려오지 않아도 그 스스로 약속 시각에 맞춰 카페로 직접 찾아올 정도로 진환은 많이 좋아졌다. 놀라울 정도로 과거의 모습을 찾아가는 진환이 너무도 고마웠다.

　그런 그를 기다리게 해서는 안 된다는 생각에 루애는 서둘러 주차를 하고 건물로 들어가려 했다. 그때, 누군가 뒤에서 그녀를 불렀다.

　"저기요, 잠깐만요."

'뭐지?' 하는 생각에 뒤를 돌아보았다. 20대 후반에서 30대 초반쯤으로 보이는 단아한 미모의 여자가 잔뜩 긴장한 모습으로 서 있었다.

루애는 그 여자가 누구인지 바로 기억이 났다. 어제저녁, 'The One'에 혼자 와서 장시간 앉아 있다가 간 손님이었다. 그녀의 기억이 맞는다면, 어제 처음 온 손님이기도 했다.

루애가 여자를 똑똑히 기억하는 이유는, 비단 보기 드문 단아한 미모에 고급스러운 옷차림 때문만은 아니었다. 여자는 내내 근우한테서 시선을 떼지 못했었다. 그러다 근우와 눈이라도 마주칠라면 화들짝 놀라 고개를 돌리고는 했었다.

루애는 가게에 놀러 온 친한 후배 기자 두 명과 얘기를 나누면서도 그 여자가 계속 신경 쓰여 얘기에 집중을 하지 못했다.

그러다 그 여자가 바(Bar)로 돌아가는 근우를 불러 세우는 것을 보았다. 두 사람이 무슨 대화를 했는지는 알 수 없었다. 다만, 근우의 무심하던 얼굴이 그 여자가 무어라고 하자 뜨악하게 변했다가 이내 차갑게 얼어붙는 것은 분명하게 보았다.

일순, 근우는 시선을 들어 루애 쪽을 재빨리 살피기도 했다. 루애는 저도 모르게 황급히 시선을 돌리고 이야기를 나누는 척했었다. 그러나 그의 매서운 시선이 자신에게 한동안 머무는 것을 똑똑히 느꼈었다.

루애가 다시 힐끔 시선을 돌려 여자의 테이블 쪽을 쳐다
보았을 때, 근우는 그 자리에 없었다. 여자 혼자 어깨를 잔
뜩 굳히고 앉아 있을 뿐이었다. 그리고 5분도 안 돼 근우가
루애네 테이블로 왔다. 집에 갈 시간이니 이제 그만 일어나
자며.

9시가 훌쩍 지난 시간이었으니 슬슬 일어날 때이긴 했다.
그런데 루애는 왠지 모르게 근우가 바짝 긴장해서 서두른다
는 느낌을 받았다. 한시라도 빨리 루애를 가게에서 데리고
나가고 싶어 한다는 느낌. 또 시작이냐고, 그러지 말자고 스
스로를 꾸짖으면서도 루애는 그런 느낌을 좀체 떨쳐 낼 수
없었다.

그런데 그랬던 어제의 그 여자가 그녀를 불러 세운 것이
다. 긴장한 기색이 역력한 잔뜩 굳은 얼굴로, 선생님한테 무
언가를 고자질하러 온 학생마냥 앞으로 모은 두 손을 꽉 맞
잡은 채.

예감이 좋지 않았다. 무언가 안 좋은 일이 벌어질 것만 같
은 느낌. 그러나 루애는 불안하게 떨리는 가슴을 진정시키
고 차분하게 말했다.

"무슨 일이시죠?"

"그쪽이 요즘 근우와 사귄다는 분, 맞죠?"

근우? 그의 이름을 너무도 자연스럽게 부르는 여자 때문
에 루애의 표정이 삽시간에 차갑게 얼어붙었다. 여자를 바

라보는 루애의 눈동자에 경계 어린 불쾌감이 진득하게 고였다.

여자의 커다란 눈동자가 일순 파르르 흔들렸다. 그러나 이내 여자는 각오를 다지듯 마른침을 꿀꺽 삼키고 루애에게 한 걸음 가까이 다가왔다.

"아, 미안해요. 초면에 다짜고짜 그런 걸 물어서. 늦었지만 내 소개 먼저 하죠. 김가희라고 해요."

여자가 오른손을 내밀었다. 루애는 그 손을 힐끔 내려다보았을 뿐 마주 잡지 않았다. 눈을 가늘게 좁히고 여자를 차갑게 응시하며 되물었다.

"그런데요, 대체 무슨 일이시죠? 혹시 근우하고 아는 분이신가요?"

"……네, 알죠. 그것도 아주 잘."

루애의 눈꼬리가 파르르 떨렸다. 뭐야, 이 여자. 대체 뭐라고 그러는 거야?

"아, 지금은 아니구요. 예전에 그랬었어요. 근우가 고3 올라가고 얼마 안 돼서였으니까, 벌써 4년 가까이 지났네요."

예상치 못한 여자의 대답에 루애의 눈이 조금 부릅떠졌다. 그녀를 만나기 훨씬 전인 고3 때의 근우를 알고 있다는 말에 경계심이 순간적으로 느슨해졌다.

당시 근우와 이 여자가 어떻게 알게 된 사이인지는 모르겠지만, 여자의 나이로 미루어 짐작건대 4년 전이면 여자는

20대 중반이었을 것이다. 열아홉 살이었던 근우와 20대 중반이었던 이 여자가 아무리 친했다 한들 무슨 사이였겠나 싶었다. 아, 혹시 과외 선생이었나?

그러나 이어진 여자의 말은 그녀의 예상을 뛰어넘는 것이었다. 여자는 긴장을 했으면서도 루애의 눈을 똑바로 바라보며 말했다.

"……사귀었어요, 근우랑."

순간, 자신이 잘못 들은 줄 알았다. 루애의 표정이 멍해졌다.

"꽤 오래, 진지하게……. 근우는 다른 여자들처럼 재미 삼아 만났던 거였는지 몰라도 적어도 나는 그랬어요. 근우만 좋다면, 그와의 미래를 꿈꿀 정도로. 그가 결혼을 할 나이와 조건이 될 때까지 4년이고 10년이고 얼마든지 기다릴 각오가 되어 있었어요. ……우습죠? 나이도 한참이나 많은 여자가 겨우 열아홉 살 먹은 남자애한테 그런 마음을 품었다는 게."

여자가 쓸쓸하게 미소 지었다. 루애는 너무도 황망하고 기가 막혀 커다래진 눈만 깜박일 뿐이었다. 입도 뻥긋거려지지 않았다. 그런 루애를 바라보며 여자는 계속 말을 이어 나갔다.

"그런데 내 딴에는 진짜 진지했었어요. 그런 희망을 품을 만한 이유도 있었구요. 그쪽도 아는지 모르겠지만, 근우는 고등학생 때 여자들을 수시로 갈아 치우며 만났었어요. 결코 한 여자와 두 달 이상은 넘지 않았었죠. 그런데…… 나하고는 넉 달을 넘게 만났었어요. 꽤…… 깊은 관계이기도 했구요."

돌이켜 생각하니 새삼 수줍은 듯 여자의 단아한 얼굴이 붉게 상기되었다. 멈췄던 루애의 심장이 엇박자로 쿵쿵 뛰어 대기 시작했다.

"근우는 여느 평범한 고등학생들과는 달랐어요. 그는 그때 이미 성숙한 남자였죠. 외모나 행동, 성격, 생각하는 거, 모든 게……. 솔직히 지금보다 그때가 더 매력적이었던 것 같아요. 그때는 거칠고 충동적인 면도 있었는데, 어제 보니까 너무 차갑고 무서워졌더라구요. 어른이 되면 어떤 모습이겠구나, 하고 상상하던 그대로이긴 하지만……. 후후. 어쨌든 그때부터 또래 여자아이들은 물론 나처럼 나이 많은 여대생들도 근우한테서 헤어 나오지를 못했죠. 교문 밖에서 기다리고 있다가 그가 나오면 집까지 쫓아갈 정도로."

여자가 시선을 들어 루애를 묘한 눈빛으로 쳐다보았다.

"근우는 또래 여자애들은 거들떠도 안 봤어요. 여자들이 쫓아다니는 게 귀찮아서 적선하듯 두 달이라는 조건을 걸고 만나 주기 시작했다는데, 늘 자기보다 훨씬 나이 많은 여자만 골라 만났었죠. 근우한테 또래 여자애는 그냥 어린애였나 봐요. 연상인 여자가 자기 수준에 맞는다고 생각했는지도 모르죠. 그때부터였나 봐요. 근우의 취향이 연상녀로 굳혀진 게."

싸늘하게 굳은 루애의 얼굴을 빤히 쳐다보며 여자가 한 걸음 가까이 다가왔다.

"그쪽도 연상, 맞죠?"

흠칫한 루애의 눈매가 서늘하게 가라앉았다. 여자가 그럴 줄 알았다는 듯 피식 웃었다.

"역시 그럴 줄 알았어. 그러고 보면 세 살 버릇 여든까지 간다는 말이 맞는 것 같아요, 그죠?"

여자는 도발하듯 루애를 빤히 올려다보며 눈빛을 번득였다. 그제야 굳어 있던 루애의 입술이 움직였다.

"김가희 씨라고 했나요?"

여자가 고개를 끄덕거렸다. 루애가 서늘한 눈빛으로 여자를 굽어보며 차갑게 말했다.

"김가희 씨는 참 이상한 분이네요. 그런 얘기를 나한테 하는 이유가 뭐죠? 설혹 근우가 김가희 씨의 주장대로 그쪽 하고 깊게 사귄 사이였다고 한들, 그게 지금 나와 무슨 상관 이라구요. 그건 김가희 씨가 말한 대로 이미 4년이나 지난 아주, 아주 오래전 일일 뿐인데 말입니다. 그렇게 케케묵은 옛이야기를 굳이 날 찾아와서 하는 이유를 정말 모르겠네 요."

"그건……."

"혹시 아직도 근우를 잊지 못하고 있다, 뭐 그런 말을 하고 싶은 겁니까? 그렇다면 김가희 씨, 참 딱한 사람이군요. 보아하니 나이도 서른쯤 되는 것 같으신데 이젠 정신을 좀 차리셔야죠. 케케묵은 과거 따위를 들고 와서 그런 말을 한다는 것도 우습지만, 성인이 미성년자하고 사귀었다는 게 자랑은 아니잖아요? 부끄러운 줄 아셔야죠."

여자의 얼굴이 돌처럼 딱딱하게 얼어붙었다. 순하게 생긴 동그란 눈가가 파르르 떨렸다. 금방이라도 닭똥 같은 눈물을 뚝 떨어트릴 것 같은 눈망울. 그러나 루애는 여자가 조금도 불쌍하다는 생각이 들지 않았다.

"그리고 미안하지만, 그 사람한테는 이미 결혼을 약속한 사랑하는 사람이 있어요. 객기와 호기심으로 이 여자, 저 여자 만나고 다녔던 철없는 소년도 더 이상은 아니구요. 예전에 근우와 넉 달을 만났었다구요? 그럼 혹시 그 후에 근우하고 어떤 식으로라도 연락을 하거나 만난 적이 있었나요? 내가 아는 그라면 그런 일은 절대 없었을 것 같은데, 내 말이 틀린가요?"

여자가 떨리는 아랫입술을 와락 깨물었다. 그 모습에 루애의 심장이 덜컹거렸다. 당황하거나 불안할 때면 아랫입술을 깨무는 자신의 모습이 여자에 투영되어 보였기 때문이었다.

그러고 보니 어깨까지 내려오는 검은 생머리, 단아하고

차분한 분위기, 가녀린 몸매까지 그녀 자신과 닮은 부분이 상당히 많은 것 같았다. 불쾌하기 짝이 없는 예리한 통증이 심장을 관통했다. 그러나 루애는 끝까지 냉정한 표정을 잃지 않고 침착함을 고수했다.

"그런데도 아직 그를 잊지 못하고 질척거리면서 이런다는 거, 같은 여자로서도 보기가 좀 그렇네요. 더 이상 스스로에게 부끄러운 짓 하지 마시고 조용히 돌아가세요."

드디어 여자의 눈에서 그렁거리던 눈물이 툭 떨어졌다. 여자가 갑자기 이를 악다물고 낮게 소리쳤다.

"네가 뭘 알아! 아무것도 모르는 주제에. 지금이야 그가 네 것 같겠지. 하지만 웃기지 마. 개 버릇 남 주니? 이근우, 걔는 절대 한 여자한테 만족 못 하는 애야. 두고 봐. 조만간 너도 나나 다른 여자들과 같은 처지가 될 테니까. 실컷 이용만 당하고 지겨워지면 버려지는 장난감 같은 신세."

"이봐요!"

"그리곤 기억에서 완전히 지워지겠지. 어제 나한테 한 것처럼. 세상에, 그래도 저와 내가 어떤 시간을 보냈었는데, 내가 저한테 어떻게 했었는데, 어떻게 내가 누군지 모를 수가 있어? 저 때문에 얼마나 힘든 시간을 보냈었는데! 그래도 난…… 우연히 얘기 듣고 어떻게 컸는지, 어떻게 변했는지 너무 궁금해서, 용기를 내서 얼굴이나 한번 보려고 찾아간 거였는데…… 그런데 뭐? 귀찮게 하지 말고 쫓아내기 전에 당장 꺼지라고? 하!"

이제야 루애는 여자가 왜 이러는지 얼핏 알 것 같았다. 어제 근우가 자신을 알아보지 못한 것이, 무시하고 내쫓아 버리려고 한 것이 무척이나 자존심 상했던 모양이다.

그래, 여자한테 그런 말을 했다면 근우가 조금 심하긴 했다. 그래도 그렇지, 이제 와서 자신에게 이런 말을 하는 건 너무한 것 아닌가? 루애는 여자가 제정신이 아니라고 생각했다.

"이봐요, 김가희 씨."

"그러니까 너도 조심해. 그 말 해 주려고 왔어. 같은 여자로서 녀석한테 속고 있는 네가 너무 안됐었어. 걔 너무 믿지 마. 걔가 널 만나는 이유야 빤하니까. 열아홉 살밖에 안 됐던 그때도 그렇게 밝히던 놈이었는데, 어른이 된 지금이야 오죽하겠어?"

여자가 알 만하다는 야릇한 눈빛으로 루애의 전신을 쓱, 훑어 내렸다. 흉측한 벌레가 온몸을 기어 다니는 것 같았다. 루애는 주먹을 꽉 움켜잡았다.

"도저히 말이 통하지 않는 사람이군요. 가세요. 그쪽하고는 더 이상 할 말 없습니다."

루애는 차갑게 일별하고 냉정하게 몸을 돌렸다. 뒤에서 여자가 울먹이며 중얼거리는 소리가 들려왔다.

"알아, 나도 내가 지금 얼마나 정신 나간 짓거리를 하고

있는지……. 나라고 뭐 좋아서 이러는 줄 알아? 나라고 창피
한 걸 몰라서 이러는 줄 아느냐구. 어제 그 자식이 나를 그렇
게 더러운 벌레 보듯 쳐다보며 쫓아내지만 않았어도……."

"왔어? 어, 얼굴이 왜 그래. 무슨 일 있어?"

바(Bar)로 걸어오는 루애를 보고 활짝 웃으며 반기던 근우
의 한쪽 눈썹이 휙 치켜 올라갔다. 창백해진 안색하며 돌처
럼 딱딱하게 굳은 루애의 얼굴이 예사롭지 않았다. 바(Bar)로
들어오지도 않고 스툴에 몸을 기대는 것도 이상했다. 걱정
되는 마음에 근우가 얼른 바(Bar)를 나가 루애의 옆에 자리를
잡았다.

"왜 그래, 또 무슨 일이야?"

'또'라는 말에 루애의 얼굴이 더욱 차갑게 얼어붙었다.
손끝이 파르르 떨렸다. 루애는 얼른 손을 재킷 주머니에 집
어넣고 마른침을 꿀꺽 삼켰다. 뺨에 닿는 그의 시선이 아프
도록 따가웠다. 루애는 간신히 헝클어진 속을 진정시키고
근우를 바라보았다.

"별일 아니야. 오다가 골목에서 사람이 튀어나오는 바람
에……."

근우의 미간이 확 좁아졌다.

"쳤어?"

갑자기 낮아진 그의 목소리에 긴장감이 어렸다. 루애는

서둘러 손을 내저었다.

"아니야, 치기는. 그냥 살짝 부딪혔는데 그쪽도 괜찮다고 했어. 그래도 혹시 몰라서 무슨 일 생기면 연락 달라고 명함 주고 오는 길이야."

루애는 잘하지도 못하는 거짓말을 억지로 지어 냈다. 그 래도 근우는 안심이 안 되는지, 찌푸려진 미간을 펴지 못했 다.

"살짝만 친 거야?"

"어, 사실 친 것도 아니야. 그저 스친 정도."

"흐음, 그래도 혹시 모르니까 바로 병원에 데려가 보는 게 좋은데. 처음에는 괜찮다고 했다가 나중에 뺑소니네 뭐네 하 면서 시끄럽게 구는 사람들이 종종 있거든. 이럴 게 아니라 지금이라도 병원에 데려가 보자. 연락처는 받았지? 어디서 그랬어?"

당장이라도 쫓아갈 듯 자리에서 벌떡 일어나는 근우의 팔 을 루애가 황급히 잡아당겼다.

"괜찮다니까. 진짜 그 정도는 아니야. 나 이래 봬도 기자거 든? 그 정도도 판단 못 할까 봐. 그만 앉아. 오버하지 말고."

루애가 못 말리겠다는 듯이 눈을 흘기며 쳐다보자, 그제 야 근우가 '그런가?' 하면서 스툴에 다시 앉았다. 미심쩍다는 눈빛으로 그녀를 바라보며 형석에게 물 한 잔을 부탁했다.

"그런데 그 정도 가지고 그렇게 사색이 되어서 들어와?"

"그러게. 너무 놀라서 그런가 봐. 처음이잖아. 이런 식으로라도 사람하고 접촉 사고 일으킨 게."

형석에게서 얼음과 레몬을 동동 띄운 시원한 생수 잔을 얼른 받아 든 근우가 그녀의 앞에 내려놓으며 혀를 끌끌 찼다.

"그러니까 항상 조심해야지. 아차, 하는 순간에 바로 사고라고. 으이구, 놀라긴 정말 많이 놀랐나 보다. 난 정말 무슨 큰일이라도 생긴 줄 알았네. 자, 이거 얼른 마셔."

루애는 순순히 물 잔을 들어 마셨다. 상큼하고 시원한 물이 들어가니 속이 좀 진정되는 것 같았다. 루애는 물 한 잔을 깨끗이 비우고 근우를 힐끔 쳐다보았다.

"그런데 나, 오다가 주차장에서 좀 이상한 사람 봤다?"

자연스럽게 손끝으로 그녀의 머리카락을 쓸어내리며 근우가 흔연스레 되물었다.

"이상한 사람?"

"어떤 여자였는데, 주차장 앞에 서서는 기분 나쁠 정도로 날 뚫어지게 쳐다보더라구. 처음에는 내가 신경이 예민해져서 그런가 보다 싶었는데 아니었어. 분명히 뭔가 할 말이 많은 얼굴로 날 쳐다보고 있었어. 마치 내가 오기를 기다리고 있었던 사람마냥."

순간적으로 근우의 눈동자에 짜증이 스쳐 지나갔다. 또 시작이구나, 하는 눈빛이었다. 루애는 속살을 지그시 깨물며 모른 척 말을 이어 나갔다.

"그런데 계속 보니까 아는 얼굴이더라구."

곁눈질로 그의 표정을 힐끔 살폈다. 그리고는 고개를 갸웃거리며 지나가는 어투로 말했다.

"왜, 어제 저 자리에 두 시간 넘게 혼자 앉아 있던 손님 있잖아. 어깨까지 내려오는 검은 생머리에 30대 초반쯤으로 보이는 단아한 여자. 오 기자가 나하고 분위기나 외모가 비슷하다고 해서 계속 눈이 갔었거든. 그래서 확실히 기억해."

순간, 루애의 머리카락을 귀 뒤로 넘겨 주던 근우의 손이 우뚝 멈췄다. 그러나 그건 숨 한 번 몰아쉴 정도의 짧은 순간일 뿐이었다. 이내 근우는 아무렇지 않은 척 태연하게 그녀의 머리카락을 귀 뒤로 넘겨 주었다.

"그래? 난 누군지 모르겠는데. 그 여자가 왜?"

무심한 듯 대답하는 근우의 표정에는 아무런 변화가 없었다. 시원한 생수에 진정된 루애의 심장이 서걱거리며 얼어붙기 시작했다.

"할 말이 있는 사람처럼 날 뚫어지게 쳐다보고 있었다구. 나를 기다리고 있었던 것 같았다니까."

"설마, 그 여자가 왜 그러겠어. 아는 사람도 아니고. 혹시 이전에 어디서 본 적 있었어?"

"……아니, 어제 처음 봤어. 여기서."

"그럼 더 이상하지. 알던 사람도 아니고 여기서 어제 잠깐

본 사람이 너한테 무슨 볼일이 있다고. 그냥 누군가를 기다리고 있었겠지. 그러다 눈이 번쩍 뜨일 만큼 예쁜 여자가 지나가니까 호기심에 쳐다본 걸 테고. 네가 지금 놀라고 신경이 예민해져 있어서 이상한 생각이 들었던 걸 거야. 그냥 잊어버려."

루애가 그를 스윽 돌아보았다.

"그럴까?"

"그래."

"혹시…… 너하고 아는 사람 아니야?"

근우의 눈매가 미세하게 꿈틀거렸다. 그러나 이내 그는 낮은 한숨을 푹 내쉬며 얼굴을 가까이하고 루애의 눈을 똑바로 쳐다보았다.

"하루애, 괜찮다 싶더니 또 시작이야? 내가 그런 여자를 어떻게 알아."

서서히 얼어붙던 그녀의 심장이 쩍, 하고 갈라졌다. 그 속에서 송곳처럼 뾰족한 가시가 무수히 박힌 시커먼 넝쿨이 스멀스멀 기어 올라왔다.

뻔뻔하게 그녀의 눈을 똑바로 쳐다보면서도 얼굴색 하나 바뀌지 않고 거짓말을 해 대는 근우를 루애는 조용히 응시했다. 스스로가 의아할 만큼 루애의 심장은 얼어붙은 밤바다처럼 고요했다.

근우가…… 처음으로 낯설고 생경하게 느껴졌다. 그를 만

나 온 지 4년. 매혹적인 그의 깊은 눈동자를 마주하고 가슴
이 떨리지 않은 적도 이번이 처음이었다. 루애는 자신도 놀
라우리만치 아무렇지 않은 듯 싱긋, 미소 지었다.

"그래, 네 말이 맞겠지. 아무래도 내가 너무 예민해져서
그랬나 봐. 미안."

근우도 빙긋 미소 지었다. 근우가 그녀의 손을 꼭 움켜잡
는데도 루애는 아무것도 느끼지 못했다. 그의 등 뒤로 진환
이 들어오는 것이 보였다. 루애는 그에게 잡혀 있던 손을 재
빨리 빼고 진환을 향해 흔들었다.

"진환아, 여기."

❖　　　❖　　　❖

의심이라는 마음의 병은 처음에는 대수롭지 않게 여겨질
만큼 희미하지만, 그 의심에 확신을 줄 만한 아주 작은 빌미
라도 생기면 무서울 정도로 자라나 버리고 만다.

그 가지를 잘라 내려 하면 할수록 점점 더 기하급수적으
로 자라나 끝내는 몸통까지 잡아먹고 마는 것이다. 한번 그
덫에 제대로 걸리고 나면 너무 괴로워 벗어나고 싶어도 절
대 벗어날 수가 없다. 의심의 병은 불가항력적인 늪이었다.

루애는 지금 그 늪에 한없이 빠져들어 가고 있었다.

김가희를 끝까지 시침 뚝 떼고 모른 척하고, 되레 그녀를

이상하게 몰아간 근우를 이해하고자 한다면 못 할 것도 없었다.

아무 의미 없는 카페 여자 손님들한테도 불안해하면서 신경을 곤두세우는 그녀이니, 과거에 자신과 나름 진하게 사귀었던 여자가 나타났다는 사실을 루애가 알게 되면 그 정도가 더욱 심해지지 않을까, 염려되는 마음에 그랬을 것이라고 말이다.

철없던 10대 시절의 무분별했던 여성 편력도 그의 입장에서는 그녀한테 알려지는 것이 심히 꺼려졌을 터이고 말이다.

하지만 그건 어디까지나 이성적인 사고가 작동할 때에만 가능한 일이었다. 이성마저 점점 불안과 의심에 잠식되어 가는 요즘, 루애는 좀체 이성적인 판단을 할 수가 없었다.

김가희를 만난 지 두 달이나 지났건만 그녀의 뇌리에는 여전히 그날 김가희가 했던 말이 틈만 나면 생생하게 리플레이되고 있었다. 그와 더불어 얼굴색 하나 안 바뀌고 그녀한테 거짓말을 하던 근우의 그 뻔뻔한 얼굴, 그 눈빛, 그 목소리!

차라리 근우가 이런저런 사실들을 있는 대로 솔직하게 말해 주었다면, 이 정도로 의심의 병이 깊어지지는 않았을 것이다.

그녀를 만나기도 전인 까마득한 과거의 연애사 따위 쿨하게 덮고 넘어갔을 터였다. 대놓고 서로 말한 적은 없었지만 그녀를 만나기 전에 근우가 그녀처럼 연애를 한 번도 해 본 적이 없을 거라고는 꿈에도 생각해 본 적이 없었으니까 말이다.

그녀를 만나기 전인 과거 따위 아무래도 상관없었다. 중요한 건 현재이고 함께할 미래이니까. 그런데 그 과거가 불쑥 눈앞에 나타났고 근우는 과거를 감추기 위해서 그녀한테 거짓말을 했다. 그건 엄연히 다른 문제였다. 과거로 끝날 수 있는 문제를 그가 현실로 끌고 왔다.

루애는 그런 근우를 이해할 수 없었다. 아니, 이해하고 싶지 않았다. 용서하고 싶지도 않았다. 그에 대한 믿음이 점점 무너져 가고 있었다.

하지만 아이러니하게도 그러면 그럴수록 루애는 악착같이 자신의 사랑에 매달렸다. 특별하리라 믿었던 자신의 사랑이, 선택이 틀렸다는 것을 인정하고 싶지 않았다.

루애는 하 사장을 적극적으로 설득하기 시작했다. 이제 그만 그를 인정해 달라고 매달렸다. 의외로 그 과정은 길지 않았다. 어렵지도 않았다.

하 사장은 기다렸다는 듯이 근우를 인정하고 두 사람의 결혼을 허락했다. 물론 근우가 복학을 해서 학업을 끝마쳐야 한다는 단서가 붙기는 했지만, 그가 학업을 마치기 전이라도 결혼식을 올려 줄 수 있다는 가능성은 열어 두었다.

당연히 근우는 바로 복학 준비에 들어갔다. 3년이나 남은 대학을 2년 만에 졸업해 보이고야 말겠다는 당찬 계획도 세웠다. 하여 복학까지 8개월이나 남았음에도 벌써부터 전공 서적을 섭렵하며 공부에 매진했다.

그렇다고 카페를 소홀히 할 수도 없어 근우는 그야말로 하루 24시간이 모자랄 정도로 쉴 틈 없이 바쁜 나날을 보냈다.

그러다 보니 두 사람이 함께 있을 수 있는 시간은 점차 줄어들 수밖에 없었다. 아니, 그보다는 근우가 루애한테 신경을 쓸 여력이 상대적으로 줄어들 수밖에 없었다는 말이 맞을 터였다.

예전처럼 루애의 표정 변화 하나하나에 신경을 쓸 수 없었다. 웬만한 일은 그저 그런가 보다, 하면서 넘어가게 되었다. 근우는 그런 자신을 루애도 이해해 주리라고 믿었다.

물론 루애는 근우를 이해했다. 적어도 겉으로는 그런 척했다. 익숙해진 만큼의 편함을 동반한 무관심을 이해하고, 둘이 함께할 미래를 위한 그의 노력과 열정을 때로는 안쓰럽게 생각하며 응원하기도 했다. 그러나 루애의 마음은 점차 안으로 곪아 가고 있었다.

동시에 존재하는 양립된 마음.

루애는 머지않은 미래에 근우와 결혼을 하면 이 깊어진 불안과 의심도 저절로 나아지지 않을까 막연하게 바랄 뿐이었다.

가만히 서 있기만 해도 땀으로 온몸이 흠뻑 젖어 버리는 7월의 한가운데. 루애는 여느 때처럼 퇴근을 하고 곧장 'The One'으로 달려갔다.

저녁임에도 푹푹 찌는 바깥과 다르게 카페는 더없이 시원하고 상쾌했다. 막혔던 숨이 절로 쉬어지는 것 같았다. 루애는 홀을 누비는 알바생들과 눈인사를 하며 바(Bar)로 걸어갔다.

그런데 근우가 보이지 않았다. 새벽에 일을 마치고 집에 들어가 잠깐 눈을 붙이고, 새벽같이 일어나 오후까지 공부를 하다가도 오후 4~5시면 카페에 다시 출근하는 그인데, 저녁 7시가 다 된 시각에도 보이지 않는 것이 이상했다.

형석과 고갯짓으로 인사를 나눈 루애는 재빨리 시선을 돌려 근우를 찾았다. 혹시 친구라도 찾아와서 테이블에 같이 앉아 있는 것은 아닌가 싶어서.

역시, 그녀의 예상이 맞았다. 루애는 어렵지 않게 창가 테이블에 앉아 있는 근우의 뒷모습을 찾을 수 있었다. 그런데 함께 있는 사람은 그녀의 예상을 빗나갔다. 진환 등의 친구가 아니라 함승원이 그의 맞은편에 앉아 있었다.

루애의 미간이 미세하게 찌푸려졌다. 요즘따라 유난히 발길이 잦아진 함승원이었다. 가뜩이나 힘들어 죽겠는 사람을 왜 그렇게 뻔질나게 찾아오고 불러내는지 모르겠다. 루애는 함승원을 힐끗 노려보고는 시선을 돌리려고 했다.

그런데 좀 이상했다. 소파에 편히 기대어 앉아 흐뭇하게 웃고 있는 함승원의 시선이 근우가 아닌 그 옆으로 향해 있었다. 그러고 보니 근우와 이야기도 나누고 있는 것 같지 않았다. 뒷모습일 뿐이지만 근우는 분명 고개까지 끄덕이며 누군가의 말을 열심히 듣고 있는데 말이다.

'뭐지? 근우 옆에 또 누가 있나?'

루애는 고개를 갸웃거리며 바(Bar) 안으로 들어갔다.

"아직도 밖은 푹푹 찌죠? 이렇게 더운데 취재 다니기 정말 힘들겠어요. 자, 여기. 마시면 힘이 좀 날 거예요."

형석이 눈치 빠르게 시원한 레몬에이드를 한 잔을 얼른 건네주었다.

"고마워요. 안 그래도 매니저님이 만들어 주는 이 레몬에이드가 엄청 간절하던 참이었는데. 후우, 이제 좀 살 것 같다."

한입 쭉 들이켠 루애가 좀 살겠다는 표정으로 형석을 바라보며 싱긋 웃었다.

"언제든 말만 해요. 바로 대령할 테니까."

"역시 매니저님밖에 없다니까요. 그런데 근우는 대체 누구하고 저렇게 심각하게 얘기하고 있는 거예요?"

"아, 주류 거래처 직원이요. 함 사장님이 데리고 왔어요."

"함 사장님이요? 샤인은 우리하고 주류 거래처가 다르다고 하지 않았나요?"

혼잣말처럼 중얼거리며 고개를 갸웃거리는 루애를 힐끔 돌아본 형석이 어깨를 으쓱거렸다.

"그랬죠. 그런데 얼마 전부터 함 사장님이 자기네랑 같은 거래처로 바꾸자고 계속 성화네요. 샤인도 최근에 바꿨는데, 기존 거래처보다 단가도 싸고 취급하는 물품도 많대요. 무엇보다 재고 처리를 확실하게 해 준다면서 적극 추천하더라구요. 그래도 우리 이 사장이 확답을 안 주니까, 결국 직접 거래처 직원을 데리고 왔어요."

"그래요?"

루애는 함승원이 거래처 홍보까지 직접 발 벗고 나서 줬다는 말에 웬일인가 싶었다. 그럴 사람이 아닌데 말이다. 그런데 아니나 다를까. 형석이 보나 마나 뻔하지 않느냐는 투로 말했다.

"그런데 데리고 온 걸 보니, 역시 여자더라구요. 그것도 굉장히 섹시하고 젊은 여자. 무슨 뜻인지 알죠?"

루애가 알 만하다는 듯 피식, 헛웃음을 흘리며 고개를 끄덕거렸다. 정말 함승원의 바람기는 답이 없구나 싶었다.

급기야 참다못한 부인이 이혼을 요구하고 나섰다는 소문도 솔솔 들려오던데 마흔도 넘은 아저씨가 이제 그만 자중 좀 하시지, 대체 왜 저러는지 모르겠다. 여자라면 아주 환장을 하는 종자다.

"그럼 이번에는 저 여자래요? 쯧쯧. 이혼 얘기까지 오가는 판국에 대체 왜 저런대요? 이쯤 되면 있는 여자도 정리하고 가정에 충실한 척이라도 해야 하는 거 아니에요?"

"그러게 말입니다. 하긴 믿는 구석이 있으니까 저러는 거 겠죠. 함 사장 부인, 말로만 그러는 거지 절대 이혼할 사람이 못 되거든요. 함 사장도 위자료 아까워서 이혼할 사람이 아니고. 그럴 거였으면 벌써 했겠죠."

하긴 그도 그렇다.

"그리고 저 여자, 아직은 함 사장하고 그런 사이 아닐 겁니다. 함 사장 혼자 달아올라서 열 내고 있을 뿐이죠."

"매니저님이 그걸 어떻게 알아요?"

"이 바닥에서는 나름 유명한 여자거든요. 이제 갓 스물둘, 셋쯤 됐나? 하여튼 그렇게 어린데 벌써 C&P 유통의 서부 지역 담당자 자리를 꿰찬 당찬 여자죠. 소문으로는 남자 사장들 후리는 실력으로 그 자리까지 올랐다고 하는데, 직접 눈으로 본 게 아닌 이상 단정 지어 말할 수는 없고. 어쨌든 남자 홀리는 재주가 뛰어난 건 사실이에요. 내가 아는 신촌의 사장들 중에서 저 여자한테 반해서는 오랫동안 거래해 오던 거래처하고 계약 끊고 C&P 유통하고 계약 튼 사람이 한둘이 아니거든요. 늙은 놈이나 젊은 놈이나 저 여자 한번 어떻게 해 볼까 싶어서 바짝 애들이 달았다고 하더라구요."

루애의 미간이 미세하게 찌푸려졌다.

"에이, 설마요. 진짜 그런 이유만으로 거래처를 바꿨겠어요?"

"그렇긴 하죠. 하지만 신촌의 반 이상이 저 여자하고 계약을 텄다는 걸 보면, 아예 근거 없는 소리는 아니지 싶어요. 거래 조건이 아무리 좋아도 그건 솔직히 쉽지 않거든요. 그런데 더 기가 막힌 게 뭔지 알아요?"

인상을 찌푸리면서도 루애는 호기심에 눈을 동그랗게 뜨고 형석을 올려다보았다.

"저 여자의 영업 수완이 기가 막힌다는 겁니다. 그게…… 아, 아니다. 미안해요. 내가 루애 씨 붙들고 별말을 다 하네요."

형석이 새삼 말을 하려다 마니 루애는 더욱 궁금해졌다.

"왜요, 뭔데요?"

"아니에요, 루애 씨한테 하기에는 좀 그런 얘기라서."

"으음, 얘기를 하다 마는 게 어디 있어요. 괜찮아요, 말해 보세요."

그러자 형석이 난처한 표정으로 머리를 긁다가 '에이, 모르겠다' 하며 목소리를 낮춰 이야기를 다시 하기 시작했다.

"이건 어디까지나 내 얘기가 아니라 들리는 소문이 그렇다는 거니까 날 이상하게 보지 마요? 에, 그러니까 그게…… 저 여자가 사장들한테 줄 듯 말 듯 애만 잔뜩 올렸다가 결정적인 순간에 발을 뒤로 뺀다는 거예요. 그러니까 사장이 더 미쳐 환장을 하는 거죠. 쉽게 봤다가 그게 아니니까. 그렇게 저 여자한테 목매고 있는 사장이 한둘이 아니랍니다. 이제나 주나, 저제나 주나 하면서. 아마 함 사장도 그럴걸요? 그러니까 저가 더 혈안이 돼서 영업을 하고 다니죠."

세상에, 형석의 말이 사실이라면 기가 막힌 영업 수완이 아니라 어우동이 따로 없을 터였다. 그나저나 얼마나 예쁘면 남자들이 너 나 할 것 없이 달려들어 정신을 못 차린다는 걸까?

루애는 근우한테 가려져 보이지 않는 여자가 무척이나 궁금해졌다. 아무리 거래 조건을 설명 중이라고 하더라도 그런 여자가 근우 옆에 딱 달라붙어 앉아 있다는 것 자체도 신경에 쓰였고 말이다.

슬그머니 얇은 여름 재킷을 벗은 루애는 그 후로 형석과 이런저런 얘기를 나누면서도 근우의 테이블에서 한시도 시선을 떼지 못했다.

마침내 이야기가 다 끝났는지 근우가 자리에서 일어났다. 그를 따라 일어나는 함승원과 늘씬한 여자의 다리가 얼핏 보였다.

루애를 발견한 근우의 얼굴에 환한 미소가 어렸다. 그가 긴 다리로 성큼성큼 다가왔다.

"언제 왔어?"

"한 20분 전쯤?"

그가 익숙해진 습관대로 루애의 찰랑거리는 머리카락을 쓸어내리며 귀 뒤로 넘겨 주었다.

"그럼 왔다고 얘길 하지."

"손님하고 있길래. 얘기는 잘됐어?"

"어, 그럭저럭……."

"하이, 루애. 오랜만이네. 잘 있었어?"

근우의 말을 중간에 톡 자르고 함승원이 끼어들었다. 루애가 가볍게 목례를 취하며 인사를 건넸다.

"네, 덕분에요. 사장님도 잘 계셨어요?"

"그럼, 나야 뭐 항상 해피니스지. 우와, 루애는 어째 볼 때마다 더 예뻐지는 것 같네. 스타일도 점점 더…… 뭐라고 그럴까. 우아하면서도 은근히 섹시해졌다고나 할까? 여자한테 섹시하다는 말은 칭찬인 거 알지?"

시선을 힐끔 내려 루애의 풍만한 가슴과 가는 팔, 허리를 재빨리 훔쳐보는 함승원이었다.

목까지 올라오는 라운드넥에 짧은 반팔 소매의 옅은 핑크색 블라우스는 그다지 타이트하지 않은데도 얇은 옷감 때문인지, 루애의 풍만한 가슴에서 가는 허리로 이어지는 환상적인 라인을 확연히 드러내 주고 있었다.

루애는 팔로 가슴을 가리고 싶은 충동을 꾹 참고 빙긋 웃어 보이며 재빨리 근우의 표정을 살폈다. 불쾌한 듯 근우의 미간이 미세하게 찌푸려져 있었다.

"드디어 부모님한테 결혼 승낙 받았다면서? 축하해. 얘기는 근우한테 진작 들어서 알고 있었는데 이 녀석이 어찌나 루애를 신줏단지처럼 싸고도는지, 통 보여 주질 않아서 이제야 얼굴 보고 축하를 해 주네."

하루에 두세 시간은 항상 'The One'에 있는데 보기 힘들기는. 노상 근우를 밖으로만 불러내니까 그렇지. 루애는 속으로 이죽거리면서도 고맙다는 인사는 잊지 않고 챙겼다.

"그런데 근우한테도 말했지만 축하를 해 줘야 되는 건지, 애도를 표해야 되는 건지 모르겠네. 솔직히 결혼 그거, 해 보면 별거 아니거든. 제 발로 무덤에 기어들어 가는 거라구. 그러니까 이제라도 다시 한 번 잘 생각해 봐. 내가 인생 선배로서……."

"어후, 함 사장님은 진짜 주책이셔. 결혼 앞둔 분들한테 '축하한다', '잘살아라'는 덕담은 못 해 줄언정, 그게 어디 하실 말씀이에요?"

혀 짧은 발음으로 애간장을 살살 녹이는 애교 가득한 여자의 음성이 톡 튀어나와 함승원의 말을 막았다. 분명 핀잔을 주는 말인데, 발음과 목소리가 그래선지 마치 되레 잘했다고 부추기며 아양을 떠는 것 같았다.

마침내 함승원 뒤에 가려져 있던 여자가 모습을 드러냈다. 루애는 저도 모르게 마른침을 꿀꺽 삼켰다. 이 여자가 아까 형석이 말했던 이야기의 주인공이 맞는다면, 왜 그런 소문이 떠도는지 십분 알 것 같았다.

앙증맞고 깜찍한 인형 같은 외모의 은서와 눈이 번쩍 뜨일 만큼 화려한 미모를 자랑하는 섹시한 형은의 장점만을 따다가 빚어 놓으면 저런 모습이 아닐까 싶었다.

폭포처럼 등허리까지 굽이굽이 흘러내린 황갈색 머리카락에 감싸인 얼굴은 완벽한 계란형이었고 백옥처럼 새하얀 피부를 자랑하고 있었다.

자그마한 얼굴의 반 이상을 차지하고 있는 커다란 눈은 고양이처럼 꼬리가 요염하게 치켜 올라가 있었고, 붙이지 않고서야 저토록 길고 풍성할 리 없는 속눈썹은 광대뼈까지 긴 그림자를 드리우고 있었다.

앙증맞은 오뚝한 콧날에 작지만 놀라울 정도로 도톰한 입술은 그녀가 입고 있는 새빨간 색의 원피스처럼 붉어 루애마저도 시선을 떼기 힘들 정도였다.

허나 그보다 더 놀라운 건 여자가 입고 있는 원피스였다. 옷인지 네글리제인지 구분이 가지 않을 만큼 얇은 끈 하나에 간신히 지탱하고 있는 붉은색 원피스는 풍만한 가슴골이 훤히 다 들여다보일 정도로 깊게 파져 있었고, 길이는 조금만 상체를 숙여도 속옷이 다 보이지 않을까 걱정될 만큼 짧았다. 그 아래로 쭉 뻗은 늘씬한 다리는 여자인 루애가 보기에도 환상적이었다.

여자가 기다란 인조 눈썹을 파닥거리며 루애한테 매혹적

인 미소를 흘렸다. 딱히 그러려고 하는 것이 아니라 눈 깜박임 하나, 미소 하나가 누군가를 유혹하는 데 아주 인이 박힌 듯싶었다.

"안녕하세요, C&P 유통의 홍미정 대리라고 합니다. 함 사장님한테 말씀은 많이 들었어요. 이근우 사장님의 약혼녀 되신다구요. 앞으로 자주 뵐 텐데, 잘 부탁드려요."

앞으로 자주 뵐 거라고? 흠칫 놀란 루애가 근우를 휙 쳐다보았다. 설마, 너도 이 여자하고 거래하기로 한 거야? 기존 거래처는 어떡하고? 근우가 어깨를 으쓱이며 대답하려는데 이번에도 함승원이 눈치 없이 끼어들었다.

"그래, 이제 우리 다 한 배를 탄 사이인데 두 사람도 친해지면 좋지. 루애야, 우리 미정이 잘 부탁한다. 미정이가 워낙 일 처리를 깔끔하게 해서 그럴 리는 없겠지만 그래도 만약에 무슨 문제 있으면 나한테 바로 얘기해. 이 새끼가 또 유별나게 깐깐하게 굴면 네가 가운데서 좋게 잘 해결해 주고, 응? 근우가 네 말이라면 또 찍소리 못 하잖냐. 잘 좀 부탁한다."

"어우, 사장님은. 내 일을 왜 사장님한테 말하래요? 문제 생기면 사장님이 책임져 줄 것도 아니면서."

홍미정이 유혹하듯 긴 속눈썹을 파닥거리며 붉은 입술을 비죽거렸다. 그러자 함승원이 바짝 애가 단 얼굴로 홍미정의 헐벗은 어깨를 와락 끌어안았다.

"내가 책임져 줄게! 나 못 믿어?"

"후후. 알았어요, 믿어요. 이렇게 좋은 거래처도 소개시켜 주셨는데, 내가 사장님 안 믿으면 누굴 믿어요. 하지만 내 일은 내가 알아서 할게요. 저 그만한 능력은 있답니다."

홍미정이 함승원의 가슴을 훑듯이 쓸어내리며 슥 밀었다. 그러나 함승원은 어깨를 더욱 강하게 움켜잡고 놔주지 않았다. 홍미정이 조금은 서늘한 눈빛으로 그를 올려다보며 손 치우라는 듯 고개를 까딱거렸다.

그러자 놀랍게도 함승원이 입맛을 쩝쩝 다시면서 순순히 홍미정의 어깨를 놔주었다. 홍미정이 다시 목석이라도 녹일 듯 달콤한 미소를 흘리며 루애에게 오른손을 내밀었다.

"잘 부탁드려요."

루애는 마지못해 홍미정이 내민 오른손을 잡았다.

"하루애라고 해요. 잘 부탁해요."

"어머, 이름이 너무 예뻐요. 내 이름은 촌스러운데. 이름하고 외모하고 정말 딱 어울리시네요. 으음, 부럽다."

진짜 부러워 죽겠다는 듯 눈웃음을 살살 치면서 말하는데, 루애까지 가슴이 철렁거릴 정도였다. 남자들은 오죽하겠나 싶었다. 홍미정이 스윽 시선을 돌려 근우를 긴 속눈썹 사이로 올려다보며 말했다.

"앞으로 잘 부탁드려요, 사장님. 저하고 오늘 연 맺은 거, 절대 후회하지 않으실 겁니다. 홍미정으로 갈아탄 게 탁월한 선택이었다고 생각하실 수 있도록 해 드릴게요. 아침이든 밤이든 언제든 불러만 주세요. 배송 팀이 안 되면 제가 직접 가지고 오는 한이 있어도 절대 실망 안 시켜 드려요. 저도 사장님처럼 최선보다 완벽을 추구하는 사람이거든요. 이 인연, 아주 오래오래 갔으면 좋겠습니다."

근우가 홍미정이 내민 오른손을 잡는 순간, 루애의 등골로 알 수 없는 서늘한 한기가 훅 스쳐 지나갔다.

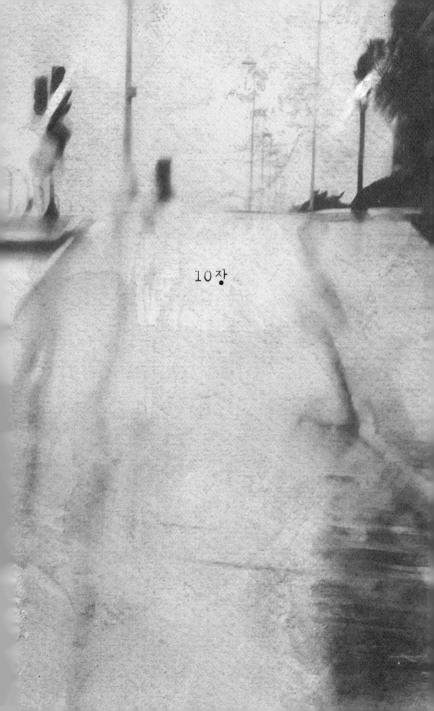

10장

무더웠던 여름이 지나고 선선한 바람이 불어왔다. 드높아진 하늘에 붉은 대지가 활기를 더했다.

추석을 맞이해 루애는 근우네 집을 방문했다. 평소와 다름없이 홍 여사와 이 회장은 루애를 편하게 반겨 주었다. 풍성한 식사를 마치고 다과를 즐기는데 홍 여사가 넌지시 약혼 이야기를 꺼냈다.

"너희 사귄 지 벌써 4년째지? 춘부장께서도 이제 마음을 정하셨고, 근우도 몇 달 후에 복학하면 지금보다 더 바빠질 텐데. 결혼은 그 뒤에 천천히 생각해서 날을 잡는다고 해도 내 생각에는 약혼이라도 미리 해 두는 게 어떨까 싶은데. 루애야, 네 생각은 어떠니?"

"약혼이요?"

"어, 약혼. 어우, 뭘 그렇게 놀래. 결혼 전에 약혼하는 건 당연한 건데."

루애는 수줍게 미소 지으며 곁눈질로 근우를 슬쩍 살폈다. 근우는 미리 언질이라도 들은 듯 태평한 얼굴로 어깨를 으쓱일 뿐이었다. 마치 자신은 아무래도 상관없으니 그녀 마음대로 하라는 듯.

반색하며 적극적으로 나오지 않는 그가 조금은 섭섭하고 서운했다. 루애는 차분하게 대답했다.

"아버지한테 말씀드려 볼게요."

"그래, 편하신 시간에 날 잡아서 상견례도 하자고 말씀드려. 어차피 다 결론 난 건데, 계속 이렇게 뜨뜻미지근하게 지내는 거 난 싫어. 정식으로 뵌 적이 한 번도 없잖아. 안사돈이 계시면 내가 진작 찾아뵙고 왕래도 하고 그랬을 텐데. 아무래도 이런 일에는 여자가 나서야 되는 법이거든. 시커먼 바깥어른들한테만 맡겨 두니까 영 일이 진척이 안 된다. 내 속이 아주 터진다니까."

홍 여사는 무게만 잡고 있는 이 회장이 영 마음에 안 드는 듯 눈을 흘기며 입술을 비죽거렸다.

물론 홍 여사가 마음에 안 드는 이는 이 회장보다는 하 사장이 더할 터였다. 그녀한테는 세상에 둘도 없는 금쪽같은 아들을 괄시(?)하며 박대(?)해 온 하 사장이니 말이다.

그러나 그거야 다 과거지사고, 홍 여사는 하 사장의 허락
이 떨어졌다는 말을 전해 듣자마자 마음이 급해졌다. 한시
라도 빨리 루애를 제 식구로 맞아들이고 싶어 애가 달았다.
루애가 친딸처럼 예쁜 것도 예쁜 거지만, 더 나이 먹기 전에
빨리 해치워 버리고 싶었다.

루애 나이가 벌써 스물여덟 살인데, 몇 달 후면 스물아홉
살 되고, 아홉수다 뭐다 해서 차일피일 미루다 보면 서른 되
는 건 유도 아니다 싶었다.

그럼 애는 언제 낳는단 말인가. 기왕 할 결혼이라면 빨리
해서 한 살이라도 젊을 때 낳아야지. 장도 아니고 쓸데없이
시간만 질질 끌 필요가 없다는 것이 홍 여사의 생각이었다.

그러니 일단 약혼부터 서둘러 시키고, 약혼 기간 길어서
좋을 것 없으니 내년 초에 근우 복학하자마자 결혼을 시켜
버리자고 하 사장을 다그치는 것이 가장 빠른 방법일 듯싶
었다. 뭐, 그사이에 빼도 박도 못하게 루애가 덜컥 임신부터
해 주면 금상첨화고.

그런데 어째 애들한테서 그런 소리가 일절 들리지 않는
다. 죽고 못 살 만큼 사랑해서 4년이나 연애를 하고 있으면
만리장성은 진작 쌓고도 남았을 텐데.

'제 아버지는 서른이 훌쩍 넘은 나이에도 한 방에 성공해
서 저를 덜컥 생기게 만들었는데, 새파랗게 젊은 놈이 벌써
부터 힘이 달리는 건지 어쩐 건지. 피임을 한다고 해도 어디

그게 완벽해? 하다 보면…… 어머, 혹시 쟤 루프 같은 거 끼고 있는 거 아니야? 어머머, 그건 정말 안 되는데. 그거 잘못했다가 나처럼 생고생하면 어쩌려고!'

지금이야 의학이 워낙 발달해서 예전 같지 않다지만, 그래도 홍 여사는 루프를 잘못 꼈다가 둘째가 들어서지 않아서 맘고생을 했던 것이 생각나 눈앞이 캄캄해지는 것 같았다. 그렇게 한 4~5년 고생하다가 결국 둘째를 포기하고 말았지 않는가. 아직까지도 부부 사이의 금슬이 그렇게 뜨거운데 말이다.

안 되겠다 싶은 홍 여사는 그쯤에서 상견례와 약혼 얘기를 마치고 얼른 찻잔을 들고 주방으로 향했다. 예상대로 루애가 과일 접시를 가지고 뒤따라 들어왔다. 홍 여사는 얼른 루애의 손목을 잡아끌었다.

"루애야, 엄마가 이런 말 한다고 이상하게 생각하지 말고 잘 들어. 너 혹시…… 루프 같은 거 했니?"

"네?"

난데없는 홍 여사의 루프 타령에 루애는 무슨 소리인가 싶어서 커다래진 눈만 깜박거렸다. 답답해진 홍 여사가 구석으로 루애를 더욱 끌고 가며 다그쳤다.

"루프, 그거 말이야. 피임용으로 여자 거기에 끼는 거."

급기야 홍 여사는 손으로 거기를 가리키며 손짓까지 해 보였다. 그제야 홍 여사가 무슨 말을 하는지 알아들은 루애의 얼굴이 금세 새빨갛게 달아올랐다.

"어머니……."

"아니야? 안 했어?"

루애는 아랫입술을 깨물고 고개만 두어 번 주억거렸다.

"그럼 너, 주기적으로 피임약 먹니?"

"아……니요."

"그럼, 어떻게? 근우가 그냥 알아서 피임하는 거야? 괜찮아. 우리 사이에 뭐가 어때서. 엄마가 얘기했잖아. 엄마를 시어머니가 아니라 그냥 엄마라고 생각하라고. 그런데 뭘 그렇게 내외를 하고 그러니? 어우, 애. 그럼 엄마 섭섭해."

하지만 아무리 친해도 장차 시어머니 될 분하고 나눌 이야기는 아니지 않은가. 창피하고 민망스러워 루애는 여간 곤혹스러운 것이 아니었다.

루애는 아랫입술을 자근자근 깨물며 대답을 회피했다. 그러나 그렇다고 가만두고 볼 홍 여사가 아니었다. 작심한 홍 여사는 루애를 계속 다그쳤다.

"애, 너네 혹시 아직, 인 건 아니지?"

오, 맙소사. 제발 어머니.

"어머, 그럼 진짜 큰일인데. 너희 정말 아직이면 그게 더 비정상이야. 혈기 왕성한 젊은 애들이, 그것도 사랑하는 사이에 그게 말이 되니? 니들이 연애를 한 지가 언젠데? 그게 사실이라면 너보다 근우한테 문제가 있는 거야. 어머, 어쩌니. 쟤 혹시 진짜 거기에 무슨 문제 있는 거 아니야?"

울상이 된 홍 여사가 발까지 동동 굴렀다.

"안 되겠다. 내 당장 근우 데리고 병원에라도 가 봐야……."

"어머니!"

루애가 화들짝 놀라 당장이라도 거실로 뛰어가려는 홍 여사의 팔을 와락, 붙잡았다. 마른침을 꼴깍 삼키고 할 수 없이 고개를 살짝 끄덕거렸다.

"어? 뭐? 쟤 거기에 문제 있는 거 맞다구?"

아으, 진짜.

"아니요."

"아니야? 그럼 뭐가 그렇다는 건데?"

고개를 푹 숙인 루애가 모든 걸 내려놓고 작게 중얼거렸다.

"그전에…… 마지막으로 말씀하셨던 거요."

"마지막? 아! 근우가 알아서 피임한다는 거?"

"……네."

그제야 홍 여사가 가슴을 쓸어내리며 안도의 숨을 내쉬었다.

"어후, 그랬구나. 난 또……. 어머, 그런데 그게 그렇게 가능한가? 요즘엔 콘돔이 그렇게 잘 나와? 나 때는 불량이 많아서 믿을 게 못 됐어, 얘. 근우만 해도 그거 때문에……."

뒤늦게 자신이 너무 주책없었다는 걸 깨달은 홍 여사가

흠흠, 헛기침을 하며 얼른 말을 돌렸다.

"어쨌든 다 괜찮다니 그럼 됐다. 나는 혹시나 네가 루프 같은 걸 끼고 있지 않나 걱정이 돼서 물어본 거야. 그거 잘못했다가 불임되고 그런 여자들 많아. 그러니까 만에 하나라도 저놈이 저 좋자고 너한테 피임하라고 해도 절대로 하면 안 돼. 만약에 저놈이 그런 뜻을 넌지시 비치기만 해도 나한테 곧바로 일러. 내가 아주 혼쭐을 내 줄 테니까. 어딜 감히 신줏단지처럼 모셔도 모자랄 여자 몸에 그딴 걸 끼라고 해? 죽을라고. 엄마 말, 무슨 뜻인지 알았지?"

당혹스럽고 민망하기는 해도 그녀를 친딸처럼 생각해서 해 주는 말이라는 것을 알기에 루애는 홍 여사가 마냥 고마웠다. 엄마가 살아 계셨다면 그녀의 손을 잡고 이런 얘기를 해 주시지 않았을까 싶었다. 루애는 여전히 소녀처럼 고운 홍 여사를 꼬옥 끌어안고 말했다.

"네, 명심할게요. ……고맙습니다, 어머니."

그녀보다도 작고 여린 몸집으로 그녀의 등을 다정하게 토닥이며 쓸어내리는 홍 여사의 손길이 더없이 따스하게 느껴졌다.

하 사장도 홍 여사의 약혼 제의에 흔쾌히 동의했다. 상견

례도 당연히 하기로 했다.

하지만 안타깝게도 하 사장이 상하이에서 추진 중인 공사 건으로 한창 바쁠 때라서 도저히 시간을 뺄 수가 없었다. 어쩔 수 없이 양가 상견례는 하 사장의 수주 건이 마무리되는 한 달 뒤로 미뤄졌다.

루애는 점점 가시화되어 가는 근우와의 결혼에 안정을 되찾아 갔다. 마음속에 이미 깊게 고여 버린 늪은 좀체 마를 줄 모르고 계속 그녀의 발을 끌어당겼지만, 예전만큼 불안해서 미칠 것 같지는 않았다. 그녀는 조금씩 자신감을 찾아가고 있었다.

최근 들어 무슨 일인지 근우가 가게를 자주 비우고는 했지만 그럼에도 얼마 전만큼 불안하지는 않았다. 스스로를 다독이며 추스르는 방법을 터득해 가기 시작했기 때문이다.

아마도 진환과 관련된 일인 듯싶었다. 자리를 비울 때마다 진환과 함께인 것을 보면 말이다. 그 덕분인지, 진환은 어느덧 과거의 밝았던 모습을 얼추 다 되찾은 것 같았다. 텅 비어 있던 동공이 요즘에는 아주 반짝반짝 빛이 나고 있었다.

한 가지 마음에 걸리는 것은 역시나 함승원이었다. 최근들어 부쩍 근우를 밖으로 불러 대는 것 같았다. 퇴근하고 와서 근우가 보이지 않아 형석에게 물어보면 열에 아홉 번은 함승원한테 연락이 와서 진환과 함께 나갔다는 얘기를 들었다.

루애는 한번은 날을 잡아서 근우한테 함승원과 너무 자주 어울리지 않았으면 좋겠다는 얘기를 해야겠다고 마음먹었다.

모처럼 현장에서 취재를 마치고 일찌감치 퇴근한 루애는 'The One'으로 달려갔다. 도착해서 보니 아직 5시도 되지 않은 시각이었다. 오늘은 평소보다 오래 근우와 있을 수 있겠다는 생각에 들뜬 마음으로 성큼 가게 안에 들어갔다.

그런데 역시나. 오늘도 근우는 자리를 비웠는지 보이지 않았다. 또 함승원의 전화를 받고 방금 전에 나갔단다. 함승원이 카페 인테리어를 새로 한다고 근우한테 좀 봐 달라고 했다는데, 정말 이래저래 사람을 귀찮게 하는 남자였다.

전화를 해 볼까 하다가 금방 오겠지 하는 생각에 루애는 핸드폰을 내려놓았다.

그런데 정작 와야 할 사람은 오지 않고 홍미정이 두 명의 배송 팀 직원을 이끌고 나타났다. 원래 그러는 것인지, 배송 팀이 물품을 가지고 올 때마다 따라오는 홍미정이었다. 딱히 주문을 하지 않아도 관리 차원이라며 하루건너 한 번씩 수시로 드나들면서 말이다.

"어머, 오늘은 언니도 계셨네요? 일찍 퇴근하셨나 봐요."

"잘 있었어요? 오랜만이네요."

웃는 얼굴에 침 못 뱉는다고, 싱글거리며 친한 척을 하는데 싫은 내색은 차마 할 수 없었다. 거기다 홍미정은 얼마 전부터는 루애한테 '언니, 언니' 하면서 부쩍 곰살맞게 굴고 있었다.

"아웅, 부럽다. 난 퇴근하려면 아직 한 시간이나 더 남았는데. 기자들은 좀 자유로운가 봐요, 그죠?"

"늦게까지 일할 때도 많아요. 그런데 원래 배송 팀하고 매번 같이 다녀요?"

"아니요. 어떻게 그래요, 힘들게. 아다리가 맞아서 같이 움직일 수 있으면 같이 움직이는 거고, 아니면 거의 따로 움직이죠. 오빠, 나 목말라요. 시원한 거 한 잔 만들어 주시면 안 돼요?"

홍미정이 바(Bar)에 기대어 형석한테 애교를 부려 댔다. 그 바람에 하얀색 스판 원피스에 터질 듯 싸여 있는 가슴이 더욱 빵빵하게 부풀어 도드라졌다.

그녀가 평소에 즐겨 입는 가슴골이 훤히 다 드러나는 푹 파인 옷은 아니었지만, 목부터 엉덩이 바로 밑까지 꽉 조이는 타이트한 옷이라서 어쩐지 더 야해 보이는 것 같았다.

최근 홍미정의 스타일이 조금 변했다. 화장은 옅어지고, 노출은 줄이는 대신 빵빵한 가슴을 더 부각시켜 주면서 은근한 상상을 부추기는 스타일의 옷으로 바뀌었다. 뭐, 여전히 길이는 아슬아슬할 만큼 짧았지만.

가장 크게 달라진 점은 헤어스타일이었다. 황갈색으로 웨이브졌던 머리가 흑발의 찰랑거리는 긴 생머리로 변한 것이

었다. 때문에 언뜻 얼굴만 보면 청순하기까지 했다. 그 아래
로 시선을 내리면 청순과는 거리가 천만년만큼 멀어지지만.

주문한 물품을 확인하면서도 형석은 재빨리 골든 메달리
스트를 만들어 홍미정한테 바쳤다. 저런 스타일은 딱 싫다
고 하면서도 홍미정이 긴 속눈썹을 팔랑이며 애교를 부리면
거절하지 못하는 형석이었다.

골든 메달리스트를 쪽쪽 빨면서 홍미정은 연신 주변을 두
리번거렸다. 그러다 상심한 듯 입술을 비죽이며 혼잣말처럼
중얼거렸다.

"어디 가셨나?"

"누구요, 근우요?"

루애는 최대한 미소를 잃지 않은 채 물었다. 움찔, 놀란
듯 눈을 동그랗게 뜬 홍미정이 배시시 미소 지었다.

"네. 어디 가셨나 봐요? 안 보이시네요?"

루애가 외출했다고 말하려는 순간, 형석이 톡 끼어들었
다.

"좀 아까 샤인에 가셨어. 함 사장님이 찾으셔서. 왜, 결재
사인 때문에? 내가 하면 되지. 여기 루애 씨도 있고. 걱정 마.
제대로 왔는지 확인만 하고 바로 사인해 줄게."

아, 하는 표정으로 고개를 끄덕인 홍미정이 남은 골드 메
달리스트를 한입에 쭉 들이켜고 말했다.

"천천히 해요. 어차피 사인은 배송 팀에 하면 되니까 누락

된 거 없나 꼼꼼히 확인하세요. 오빠, 잘 마셨어요. 언니, 다음에 또 봬요."

갑자기 급한 일이라도 생각났는지 서둘러 자리를 뜨는 홍미정의 뒤에 대고 형석이 말했다.

"벌써 가려고?"

"응, 일해야지. 나 바빠. 왜, 아쉬워? 내일 또 볼 건데 뭘. 내일 봐!"

홍미정은 손을 흔들며 뛰듯이 엘리베이터로 걸어갔다.

"동선은 이것보다 이게 더 효율적인 것 같은데요. 그리고 소파하고 테이블 디자인은 D안이 제일 나은 것 같아요. 색상도 은은한 게 고급스럽고."

"그런가? 색상은 나도 이게 제일 괜찮은데 디자인이 너무 밋밋한 것 같지 않나? 전체적인 구도는 동선을 고려하면 이게 제일 나은 것 같기는 하다. 흠, 역시 문제는 디자인이야. 이것보다는 좀 더 화려했으면 싶은데 말이야. 근우야, 이 색상에 B안은 어떨 것 같냐?"

이번 샤인의 콘셉트는 고급 호텔의 로비라면서, 자꾸만 과하게 화려한 디자인을 고르는 함승원이었다. 도대체 몇 시간째인지 모르겠다. 이러다가는 밤을 새도 결론을 못 내겠다 싶었다.

속으로 한숨을 푹 쉰 근우는 만지작거리던 핸드폰을 내려

놓고 몸을 일으켰다. 함승원이 대번에 인상을 구기고 그를 올려다보았다.

"가게? 야, 얘기를 하다 말고 그냥 가는 법이 어디 있냐. 어떻게든 끝을 내고 가야지."

"내 의견은 거의 얘기했는데요. 결정은 형이 하셔야죠."

"그럼, 당연히 결정은 내가 하지. 그런데 내가 지금 너한테 조언을 구하고 있잖아. 자식, 개구리 올챙이 시절 모른다더니, 이젠 컸다고 샤인 정도는 우습다 이거냐? 내가 처음에 널 얼마나 물심양면으로 도와줬었는데."

또 그 타령이다. 누가 모르나. 고맙고 감사한 거. 그래서 쓸데없이 뻔질나게 불러내는데도 군소리 없이 꼬박꼬박 오는 거 아닌가.

허나 요즘 같아서는 근우의 인내심도 한계에 다다르고 있었다. 해도 어느 정도껏 해야지. 빨리 오라고 닦달해서 달려가 보면, 번번이 홍미정을 옆에 끼고 앉아 술을 마시고 있거나 밥을 먹고 있었다.

용건도 특별한 것이 없었다. 바쁜 사람을 불러 놓고 그냥 거기 음식이 하도 맛있어서 근우가 생각나 불렀다거나 아니면 특별히 시장조사를 하라고 불렀단다.

그래 놓고는 둘이 그를 가운데에 놓고 신경전을 벌이기 일쑤였다. 함승원은 홍미정을 어떻게 하지 못해서 안달이고, 그가 그러면 그럴수록 홍미정은 차갑게 무시하며 되레 보란 듯이 근우한테 되도 않는 꼬리를 치고는 했다.

왜들 그러는지 대충 짐작은 갔다. 홍미정은 자신에게 애가 바짝 달았음에도 이혼 얘기만 나오면 몸을 사리는 함승원을 도발할 목적으로 그를 이용하는 것이 빤했다. 일종의 질투심 유발 작전이라고나 할까.

근우의 눈에도 빤히 보이는 홍미정의 유치한 속셈을 함승원이라고 모를 리가 없을 터였다. 그런데도 모른 척 끌려가 주며 은근히 그 상황을 즐기는 함승원을 보면 정상은 아닌 듯싶었다.

허나 그러든 말든 그와 무슨 상관이랴. 어찌 살든 제 인생 다 제가 사는 거지. 다만 제발 그 유치하고 희한한 놀음에 자신을 결부시키지만 않으면 좋겠다. 참는 것도 지친다. 가뜩이나 요즘 바빠 죽겠는데.

근우는 약혼 얘기가 나온 직후부터 그동안 생각만 하고 있던 신혼집을 본격적으로 구하러 다니기 시작했다. 가게 근처에 오피스텔을 마련하는 건 유야무야 없던 일이 되어 버렸지만, 신혼집만은 정말 근사하게 마련하고 싶었다. 물론 루애한테는 비밀이다. 완벽하게 꾸며서 약혼 선물로 '짠!' 하고 보여 줄 생각이었다.

루애가 보고 깜짝 놀라며 좋아할 만한 집을 구하느라 그동안 발품을 얼마나 팔았는지 모른다. 이 근방부터 평창동, 강남까지 안 가 본 데가 없었다.

그러다 마침내 '이거다!' 하는 곳을 찾았다. 한강변이 훤히 내다보이는 청담동의 한 신축 고급 빌라. 예상치보다 훨씬 웃도는 금액에 살짝 망설여졌지만, 과감하게 계약을 해 버렸다.

어느 누구의 손때도 묻지 않은 새집이라는 점도 마음에 들고 무엇보다 루애가 좋아하는 한강의 야경을 매일 원 없이 보게 해 줄 수 있다는 점이 가장 마음에 들었다.

하지만 집을 구했다고 끝난 것이 아니었다. 루애의 취향에 맞게 집 안을 꾸미는 일이 남아 있었다.

넌지시 물어봤더니, 심플하고 세련된 북유럽 스타일이 좋단다. 색상은 블랙 앤 화이트. 역시, 취향도 어쩜 그와 똑같은지 모르겠다. 그래서 요즘 근우는 집 안을 채우는 일로 또 바빠졌다.

나중에 그녀가 원하는 대로 꾸밀 수 있도록 여지는 남겨 둬야 하니, 일단은 굵직굵직한 가구들만 사들이기로 했다. 소파와 냉장고, 세탁기, 뭐 그런 것들만. 주방은 아무래도 빌트인으로 꾸미는 것이 효율적이고 깔끔할 것 같아서 전문 업체에 의뢰해 두었다.

공사 기간이 족히 한 달은 걸린단다. 하여 근우는 요즘 매일 집, 청담동 빌라, 백화점, 가게를 오가느라 눈코 뜰 새 없이 바쁜 나날을 보내고 있었다.

그런데 함승원까지 제 사랑 놀음에 자꾸만 불러 대니, 근우로서는 환장할 노릇이었다. 그렇다고 톡톡히 신세를 진 형한테 대놓고 뭐라고 할 수도 없고. 차라리 저번처럼 돈을 빌려 달라고 하는 것이 낫겠다.

툭하면 자신이 호랑이 새끼를 키웠네, 'The One'에 손님을 다 뺏겨서 샤인의 손해가 막심하네 하면서 사람 마음을 불편하게 만들며 자꾸 불러 대니, 휴우.

거기다 진환까지 한술 더 떠서 그를 은근히 압박해 대자 근우는 함승원과 진환 사이에 끼어 오도 가도 못하는 신세가 되어 버렸다.

독하게 굴 땐 세상없이 매정하면서도 한번 마음에 들인 사람한테는 한없이 약해져선 책임까지 지고 마는 약점(?)이 이번에도 여지없이 발동한 까닭이었다.

진환……. 그래, 진환만 아니었어도 이렇게 쓸데없는 일에 어이없이 끌려다니지는 않을 터였다.

함승원이 부른 자리에 진환을 대동하고 함께 간 적이 있었다. 루애 덕분에 녀석의 증상이 많이 호전되기도 했고, 진환이 함께 있으면 함승원과 홍미정이 좀 덜하지 않을까 싶어서 말이다.

그런데 웬걸. 처음에만 조심했을 뿐 진환이 만만해서였는지, 아니면 친해져서였는지 두 사람은 금세 본래의 미묘한 상황을 연출해 댔다.

하지만 그들보다 더욱 놀라운 건 진환이었다.

그들에게 지대한 관심을 드러내며 눈빛부터 달라지기 시작한 것이다. 그 사건이 있은 후로 진환의 얼굴에 그토록 생기가 도는 건 처음 봤다. 근우가 신혼집을 계약하는 곳에 따라왔을 때만 해도, 적잖은 충격을 받은 듯 낯빛이 어두워지던 녀석이었는데 말이다.

아마도 뒤틀려져 버린 제 인생의 암울한 현실이 새삼 자각되어 그러지 않았나 싶다. 그러니까 따라오지 말라는데도 부득불 따라오더니만.

하여튼 그날 이후로 진환은 무슨 이유에선지 확 달라져 버렸다. 매일같이 자진해서 그를 찾아오는 것은 물론, 심지어 근우보다 먼저 와서 죽치고 앉아 있고는 했다.

그러다 함승원한테 연락이라도 오면 표정부터 바뀌어서는 저가 먼저 그를 끌고 함승원한테 달려가고는 했다. 그리곤 흥분한 듯한 묘한 눈빛으로 두 사람, 아니, 정확하게는 근우까지 세 사람을 집요하게 관찰했다.

이유를 물어봐도 딱 부러지게 말은 하지 않았다. 그냥 흥미롭고 재미있단다. 대체 뭐가 재미있다는 건지 근우는 도통 모르겠지만.

심지어 며칠 전부터 진환은 근우를 제쳐 놓고 함승원, 홍미정과 따로 연락을 주고받으며 만나기도 하는 것 같았다. 이유가 무엇이든지 간에 어쨌든, 진환이 무언가에 적극적으로 관심을 보이며 자진해서 사람들을 만나고 움직인다는 건

대단히 놀랍고도 긍정적인 변화이기에 근우는 가만히 두고 보고 있는 중이었다.

진환이 이제 그만 그 악몽 같던 끔찍한 고통을 잊고 새 삶에 대한 의욕을 갖게 되기만을 바랄 뿐이었다. 그렇게만 될 수 있다면, 근우는 어떠한 도움도 아끼지 않을 터였다.

근우는 짜증을 꾹 참아 내리고 담담한 눈빛으로 함승원을 내려다보았다.

"화장실에 갔다 올게요."

"아, 난 또. 알았어. 빨리 갔다 와. 그럼 난 그동안……."

서류 더미를 뒤적거리는 함승원을 일별하고 근우는 사무실을 빠져나왔다. 볼일을 보고도 근우는 한참을 더 미적거리다 느릿느릿 사무실로 돌아갔다.

문을 열고 안으로 들어간 근우의 눈매가 소파에 앉아 있는 누군가를 발견하고는 대번에 일그러졌다. 일 얘기를 하자더니, 그새 또 홍미정을 불렀나 보다.

홍미정은 보란 듯이 허벅지를 다 드러내 놓고 앉아서 핸드폰을 만지작거리고 있었다. 함승원은 그 옆에서 또 발정 난 개새끼처럼 눈을 번들거리며 보일락 말락 하는 홍미정의 가랑이 사이를 집요하게 쳐다보고 있었다.

"어, 왔어요? 오빠, 이거 이번에 새로 나온 거죠. 되게 예쁘다. 나도 이걸로 바꿀까 봐."

되도 않는 코맹맹이 소리로 천연덕스럽게 그를 '오빠' 라고 부르는 홍미정의 뻔뻔함에 미간을 찌푸리기 무섭게 근우의 표정이 살벌하게 얼어붙었다. 근우는 한걸음에 다가가 홍미정의 손에서 핸드폰을 거칠게 뺏었다.

"뭐하는 짓이야! 누가 멋대로 남의 핸드폰을 만지래!"

화들짝 놀란 홍미정이 그를 올려다보았다. 자신을 죽일 듯이 노려보는 근우의 살벌한 눈빛에 진심으로 겁을 먹었는지, 홍미정이 바들바들 떨리는 목소리로 변명을 주워 삼켰다.

"나, 나는 그냥…… 너무 예뻐서……."

이내 홍미정의 커다란 눈에 눈물이 그렁그렁 맺혔다. 홍미정은 도움을 청하듯 함승원을 불쌍하게 쳐다보았다. 그러자 기다렸다는 듯이 함승원이 혀를 차며 홍미정의 어깨를 바짝 끌어당겨 안았다. 그리곤 울지 말라고 다독이며 근우를 못마땅한 눈초리로 쳐다보았다.

"야, 뭘 그렇게까지 화를 내고 그러냐. 신상이라 궁금해서 좀 만져 본 걸 가지고. 미정이가 만지면 닳냐? 자식, 너무하네. 괜찮아, 울지 마."

"난 진짜 그냥 너무 예뻐서 본 것뿐인데……. 흑, 미안해요. 허락도 없이 함부로 만져서."

"미안하긴, 그럴 수도 있지. 넌 잘못한 거 아무것도 없어. 저 자식이 유별나서 그렇지. 많이 놀랐어? 에휴, 이를 어쩌나. 화장 다 지워지겠네. 미정아, 오빠가 저 녀석 혼내 줄까? 아님 아, 그래. 지금 나가서 저걸로 핸드폰 바꿔 줄까? 말만 해. 우리 미정이가 해 달라는 건 뭐든 다 해 줄 테니까."

홍미정이 눈물을 훔치며 앙탈 부리듯 함승원한테 눈을 흘겼다.

"됐어요. 그 정도는 나 혼자서 충분히 할 수 있거든요? 핸드폰이 해 봤자 얼마나 한다고. 정작 중요한 건 나 몰라라 하면서 웃겨. 아우, 비켜요. 답답해."

함승원을 매몰차게 밀어낸 홍미정이 주저하며 근우를 불쌍하게 올려다보았다.

"오빠……."

그러나 홍미정을 내려다보는 근우의 눈빛은 여전히 차고 매섭기 그지없었다.

"누가 댁 오빱니까. 그렇게 부르지 말라고 분명히 경고했는데, 내 말이 우습습니까?"

"아니, 그게 아니라…… 나는 그냥 좀 더 친해지고 싶어서 그렇게 부른 것뿐인데……. 불쾌하셨다면 미안해요. 앞으로는 조심할게요, 이근우 사장님."

"그리고 앞으로는 남의 물건에 함부로 손대지 마십시오. 누가 멋대로 내 물건에 손대는 거, 아주 불쾌하고 짜증 나니까."

홍미정이 속살을 으득 깨물며 고개를 끄덕거렸다. 근우는 더러운 것을 닦아 내듯 핸드폰을 티슈로 박박 닦고 함승원을 바라보았다.

"그만 갈게요. 얘기는 다음에 다시 하죠."

다시없이 차가운 목소리로 단호하게 얘기하는 근우의 기에 눌린 함승원이 '어, 그래. 알았다' 하며 고개를 주억거렸다.

근우는 뒤도 돌아보지 않고 사무실을 나왔다. 홍미정의 말이 사실이든 뭐든 자신의 물건에 천박한 여자의 손길이 닿았다는 사실이 참을 수 없을 만큼 불쾌했다. 그 여자가 핸드폰에 저장되어 있는 무언가를 봤을지도 모른다고 생각만 해도 불쾌하기 짝이 없었다.

그동안 홍미정 자체는 마음에 안 들어도 다른 곳보다 낮은 단가로 좋은 물건을 매입할 수 있고, 배송도 밤이든 낮이든 차질 없이 바로바로 해 주는 C&P 유통 시스템이 마음에 들어서 굳이 거래처까지 옮길 생각 같은 건 하지 않았었다.

허나 아무리 그렇다고 해도 함승원을 등에 업고 겁 없이 나대는 홍미정의 발칙한 도발을 더 이상 두고 보기가 힘들었다. 이윤이 줄고 조금은 불편하더라도 거래처를 아예 바꾸는 것이 낫지 않을까 하는 생각을 근우는 진지하게 해 보았다.

'아직은 너무 성급한 생각일지도 모르겠다. 조금 더 고민해 보고 결정을 내려도 늦지는 않겠지.'

근우는 고개를 절레절레 저으며 핸드폰을 꺼냈다. 일단 핸드폰에 록(Lock)이라도 걸어 놓자 싶었다. 그동안에는 귀

찮아서 비밀번호 따위 걸어 놓지 않았는데, 아무래도 설정
해 두는 편이 나을 성싶었다. 오늘과 같은 일을 미연에 방
지하자면 말이다. 근우는 얼른 비밀번호를 만들어 핸드폰을
잠그고 카페로 서둘러 걸어갔다.

❈ ❈ ❈

'뭐지? 왜 갑자기……'

루애의 심장이 철렁 떨어졌다. 근우가 셰프들과 새로운 메
뉴의 레시피를 논의하기 위해서 주방에 들어간 사이, 그의
핸드폰으로 전화가 두 통이나 걸려 왔다. 문자메시지도 왔는
지 램프가 계속 반짝거렸다.

어떻게 할까 하다가 루애는 급한 일일지도 모르겠다는 생
각에 핸드폰을 그에게 가져다주려고 집어 들었다. 그러다
무심코 화면을 열어 보았다.

순간, 주방으로 향하던 루애의 걸음이 우뚝 멈췄다. 핸드
폰에 잠금 장치가 걸려 있었다. 혹시 모르니 잠금을 걸어 놓
으라고 해도 귀찮다며 마다하던 그였는데, 왜 갑자기?

바닥으로 곤두박질쳤던 심장이 이번에는 괴이하게 쿵쿵,
엇박자로 뛰어 대기 시작했다. 루애는 저도 모르게 보지 말
아야 할 것을 본 사람처럼 핸드폰을 원래 있던 자리에 얼른
내려놓고 후다닥 멀리 떨어졌다.

'이상한 생각 하지 마. 얼마든지 그럴 수 있는 일인데 왜, 뭐가 이상하다고. 나도 계속 잠금 걸라고 그랬었잖아. 그래서 건 것뿐일 텐데, 그게 뭐 어때서……'

하지만 그건 어디까지나 이성적인 생각이었을 뿐, 그녀의 마음속 깊은 곳에서는 끊임없이 같은 의문이 반복되고 있었다.

왜, 갑자기?

그리고 나한테는 왜 말을 안 해 주는 거지? 나는 자기가 알려 달라고 해서 다 알려 줬는데, 왜 그는……

도대체 왜?

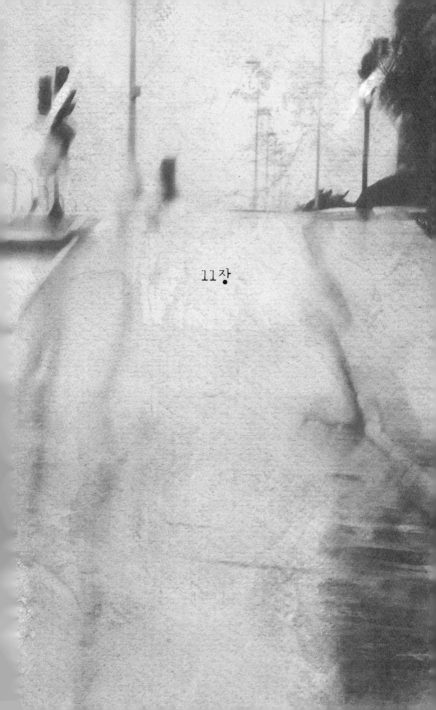

11장

루애는 모처럼 주말에 은서와 형은을 만나 식사를 했다. 최근에 오픈했다는 신촌의 어느 이탈리안 레스토랑이었다. TV에 자주 출연하는 유명 셰프가 주인이어선지, 점심시간이 지났음에도 30분 가까이 기다려서야 겨우 자리에 앉을 수 있었다.

분위기가 괜찮고 음식도 맛있어서 장사가 잘될 만하기는 했다.

식사 내내 나눈 대화의 대부분은 미진에 대한 이야기였다. 걱정을 했다가 서운함을 성토하고, 그러다 결국 한숨을 내쉬며 잘되기만을 바란다는 말로 끝을 맺었다.

식사를 마치고 후식으로 커피를 마시는데, 은서와 형은이 서로 눈짓을 주고받는 것이 영 수상쩍었다.

할 말이 있는 것 같은데 미루는 눈치였다. 대체 뭣 때문에
또 저러나 싶었다.

"뭐야? 할 말 있으면 그냥 해. 사람 궁금하게 만들지 말
고."

은서와 눈빛을 주고받은 형은이 '에라, 모르겠다' 하는 표
정으로 말문을 열었다.

"요즘 근우하고 어때? 여전히 좋아?"

"항상 똑같지, 뭐. 왜?"

"아니, 니들 이제 곧 날 잡는다고 하니까 어떤가 궁금해서
그러지. 왜, 남자든 여자든 막상 결혼 날짜 잡히고 그러면
싱숭생숭해진다잖아."

"날짜는 무슨. 아직 약혼 날짜도 안 잡혔는데. 아빠가 상
하이에 계셔서 상견례도 못 했다니까."

루애가 어깨를 으쓱이며 대답했다. 커피를 마시면서 흘끔
거리니 은서와 형은이 다시 눈짓을 주고받는 것이 보였다.
아무래도 하고 싶은 말은 따로 있는 모양이었다. 루애가 커
피 잔을 내려놓고 두 사람을 번갈아 쳐다보았다.

"뭐야, 대체? 하고 싶은 말이 뭔데 그렇게 뜸을 들여?"

"그게 실은…… 나 며칠 전에 여기서 근우 봤거든."

"여기서?"

"응. 교수님 모시고 왔었는데, 밥 먹고 있더라구."

형은은 대학원에 진학해서 석사 과정을 밟고 있었다. 루애는 그게 뭐 어떻다고 저러나 싶었다. 괜찮은 카페나 레스토랑이 새로 오픈했다고 하면 반드시 가서 분위기나 음식 맛을 확인해 봐야 직성이 풀리는 그이니, 특별할 건 없다 싶었다.

루애는 대수롭지 않다는 듯 '그래?' 하고 흔연스레 대답했다.

"아이씨, 그게 그냥 단순히 그래, 하고 말 일이 아니야. 복학 준비다, 가게 일이다 해서 눈코 뜰 새 없이 바쁘다는 애가 대낮에 여기 와서 밥을 먹고 있었다니까?"

"그게 뭐 어때서. 원래……."

"혼자가 아니었다고, 이 밥팅아!"

커피 잔을 다시 입가로 가져가던 루애의 손이 움찔 멈췄다. 이제나저제나 기회를 노리며 숨죽여 있던 내면의 시커먼 늪이 출렁이는 것이 느껴졌다. 불길한 예감에 등줄기로 서늘한 한기가 흘러내렸다.

말을 빙빙 돌리는 형은이 답답했던지, 은서가 형은을 밀치며 말을 이었다.

"웬 여자랑 같이 있더란다. 그것도 색기 좔좔 흐르는 미모의 웬 년이랑."

루애가 커피 잔을 내려놓고 형은을 똑바로 정시했다.

"단둘이?"

"아니, 그건 아니고. 그 느끼한 샤인 사장이랑 진환이도 같이 있기는 했어."

루애는 거세게 일렁이려는 늪을 재빨리 내리눌렀다. 설레발치지 마. 단둘이 온 것도 아니라잖아. 진환이까지 같이 있었다는데……. 그런데 색기 좔좔 흐르는 미모의 여자라고? 설마…… 홍미정?

"혹시 같이 있었다던 그 여자, 검은 긴 생머리에 얼굴 하얗고 짧은 미니스커트 같은 좀 야한 차림 아니었어?"

"어? 맞아. 네가 어떻게 알아? 너도 아는 여자야?"

내면의 늪이 다시 한 번 출렁거렸다. 그래도 루애는 아무렇지 않은 척 담담한 미소를 지어 보이는 데에 성공했다.

"어, 근우네에 주류 납품하는 거래처 담당자야. 샤인 쪽에도 납품하고. 함승원 사장이 소개해 줬어. 둘이 꽤 친한 모양이더라구. 어쩌면 여기도 그 여자하고 거래하고 있는지 모르겠다. 신촌, 홍대 쪽은 그 여자가 꽉 잡고 있다고 했거든."

'아, 그래?' 하면서도 형은과 은서는 뭔가 미심쩍은 표정을 지우지 않았다. 미간을 잔뜩 찌푸린 형은이 잠시 망설이다가 넌지시 말했다.

"그래도 조심해. 내가 잘못 본 건지는 모르겠는데, 분위기가 좀 그렇더라구. 마치 암컷 하나 두고 으르렁거리는 수놈들 같았다니까. 뭐, 근우는 그 정도는 아닌 것 같았지만. 어쨌든 내가 보기에 그년, 보통내기가 아니었어. 남자 열댓 명은 우습게 먹어 치울 것 같더라. 게다가 유난히 근우 옆에 딱 달라붙어 앉아서는 눈웃음 살살 치면서 꼬리를 살랑살랑 흔드는데, 내가 남자라도 넘어가고 남겠더라. 함승원 그 사람은 멀리서 봐도 벌써 그년한테 홀랑 넘어가서 정신 못 차리는 눈치였고."

은서도 루애의 눈치를 살피다 넌지시 말을 보탰다.

"그래, 루애야, 별일 아니다 생각하지 말고 근우한테 신경 좀 쓰고 잘 지켜봐. 이럴 때일수록 조심해야 돼. 내 주변에도 날 잡고 깨진 커플이 얼마나 많은데. 여자도 그렇지만, 남자도 막상 결혼하려고 하면 숨 막히고 겁나고 그런다더라. 그래서 살짝 다른 데에 눈 돌리고 그러는 거지. 그런데 근우는 오죽하겠니? 솔직히 근우, 결혼하기에는 너무 이른 나이잖아. 스물넷이면 한창때인데. 그런 년이 날 잡아 잡수, 하고 달려드는데 흔들리지 않을 수가 있겠냐?"

형은이 야, 하면서 은서의 옆구리를 쿡 찔렀다. 은서가 아차, 하는 표정으로 루애의 눈치를 살폈다.

"아, 물론 근우가 그렇다는 건 아니고. 그냥 내 말은 근우도 남자니까 그럴 가능성이 있다, 그러니까 미리미리 단속하고 조심해라, 그 말이지."

루애는 피식, 웃음을 흘렸다.

"됐어. 난 또 뭔 얘기라고. 걱정해 주는 건 고마운데, 우리는 그럴 일 없으니까 괜한 이야기들 좀 하지 마. 그래서 억울한 사람이 생기고 헛소문이 돌고 하는 거야. 그만 일어나자. 너네 때문에 먹은 거 다 얹히게 생겼다. 이그. 주책이야, 진짜."

하지만 은서, 형은과 헤어진 후에도 루애의 뇌리에는 그녀들이 한 말이 고장 난 레코드판처럼 계속 맴돌았다.

❊   ❊   ❊

진환과 함께 근처 클럽에 있으니 빨리 오라고 연신 전화를 해 대는 함승원을 무시하고 근우는 마감이나 열심히 했다.

진환 때문에 잠깐 가 볼까 하는 생각이 들긴 했지만, 이내 생각을 접었다. 보나 마나 홍미정도 같이 있을 텐데, 밤늦은 시간에 그런 자리까지는 끼고 싶지 않았다.

마감은 새벽 1시가 훌쩍 지나서야 끝이 났다. 형석과 끝까지 남아 있던 알바생들한테 내일 보자는 인사를 하고 근우는 주차장으로 향했다.

피곤함에 목을 앞뒤로 돌리며 걷던 근우는 자신의 차 옆에 서 있는 시커먼 그림자를 발견하고 미간을 찌푸렸다. 또 어떤 술 취한 놈이 어슬렁거리는가 싶었다. 근우는 일부러 기척을 내며 성큼성큼 걸어갔다.

어? 그런데 기척 소리에 그를 돌아보고도 그림자는 움직이지 않았다. 다가오는 그를 빤히 쳐다보고 있을 뿐이었다. 180cm가 될까 말까 한 키에 삐쩍 마른 몸집이 어쩐지 눈에 익었다. 근우는 고개를 갸웃거리며 다가갔다.

"어, 진환아!"

설마했는데 역시 진환이 맞았다. 함승원은 분명히 진환과 함께 있다고 했는데, 어쩐 일인가 싶었다.

"웬일이야. 승원이 형하고 같이 있다더니, 먼저 나온 거 냐?"

"어. 이제 마감 끝내고 나올 때가 된 것 같아서 기다리고 있었어. 아무래도 넌 클럽에 올 것 같지도 않고."

"자식, 그럼 올라오지. 추운데 왜 여기서 이러고 있어."

피식 웃으며 진환의 어깨를 툭 치고 차 문을 열었다. 덕분에 꺼림칙하던 마음이 한결 가벼워졌다.

두 사람은 홍제동으로 향했다. 진환을 먼저 집에 내려 주기 위해서 아파트 단지로 들어서려는데, 조용히 창밖만 응시하고 있던 진환이 말했다.

"근우야, 잠깐 얘기 좀 하자."

슬쩍 쳐다보니 진환의 표정이 꽤 심각했다. 무슨 일일까. 혹시 또 부모님과 문제가 생긴 건 아닌지 걱정이 됐다. 많이 나아졌다고는 하지만 진환은 아직 부모님을 용서하지 못하고 있었다.

짐승만도 못한 변태 새끼들한테 능욕을 당해서 만신창이

가 된 아들의 고통보다 아들이 그놈들한테 당한 일이 세상에 알려질까 두려워 쉬쉬하며 덮어 버렸던 진환의 부모님.

그럴 수밖에 없었을 그분들의 고통스러운 심경과 입장을 이해하면서도, 솔직히 근우 역시 처음에는 진환의 부모님을 용서할 수 없었다.

그러니 당사자인 진환은 어땠겠는가. 자신을 폭행하고 유린한 그 짐승만도 못한 변태 새끼들보다, 엄연히 벌어진 성폭행 사건을 단순 폭행 사건으로 무마하기 위해서 피해자인 진환에게 되레 압박을 가하던 군 윗대가리들보다, 그에 동조해 쉬쉬하며 덮어 버린 부모님한테 진환은 더 큰 상처를 받고 치를 떨었다.

그렇다고 매일 눈물로 용서를 구하는 어머니를 증오하고 원망만 할 수는 없어 진환은 부모님과 함께 있는 것을 무척 고통스러워하고 있었다.

개새끼들!

어쨌든 그 개새끼들이 죽일 놈이었다. 아무리 진환이 여자보다 더 예쁘게 생겼다고 해도 엄연한 남자인데, 같은 사내새끼들끼리 미치지 않고서야 어떻게 그런 짓을 할 수 있단 말인가!

친구들이 군대 가면 별의별 미친놈들이 다 있어서 진환처럼 예쁘게 생긴 놈이 들어오면 그런 놈들의 표적이 되고는 한다고, 조심하라고 농담 삼아 얘기를 한 적이 있기는 하지만 정말 그런 일이 벌어지리라고는 상상도 해 본 적이 없었다.

진환이 의가사 제대를 한 이유가 실은 그 때문이었다는 사실을 우연히 알게 된 근우는 정말 피가 거꾸로 솟구치는 것 같았다.

진환을 진정으로 위한다면 아무도 모르게 조용히 덮고 넘어가는 것이 최선이라며 애원하시던 진환의 부모님만 아니었다면, 그 인간 말종의 개새끼들은 물론, 그 새끼들의 부모와 일을 조용히 덮자고 종용했다던 비열한 새끼들까지 부친의 힘을 빌려서라도 가만두지 않았을 것이다.

세상이 뒤에서 손가락질하며 멸시하는 이 회장이었지만, 그만한 힘과 권력은 충분히 있었다. 이 회장이 마음만 먹으면 국회의원 아들이든 뭐든, 군 장성까지 옷을 벗겨서 사회적으로 매장시키는 건 일도 아닐 터였다. 권력층의 약점을 틀어쥐고 있는 정보력과 천문학적인 돈의 힘이란 결코 무시할 만한 것이 못 되니 말이다.

그러나 아무리 그렇다고 한들, 진환의 부모님이 그토록 애원을 하시는데 그의 뜻대로 함부로 일을 벌일 수가 없었다.

어쨌든 결과적으로 보면 그 결정이 옳은 것이었을지도 모르겠다. 행인지 불행인지, 얼마 전부터 진환은 부모님이 그 일을 철저히 비밀에 붙여 준 덕분에 자신이 그나마 얼굴을 들고 살 수 있게 된 것이 아닌가 하는 말을 한 번씩 하기 시작했으니 말이다.

안 그랬으면 사내새끼들한테 윤간당했다는 꼬리표를 달고 평생 살 뻔했다고, 가까운 친구나 친지들마저 자신을 동물원 원숭이 보듯 하지 않았겠느냐면서 씁쓸하게 웃고는 했다. 그럼 평생 그 지옥에 갇혀 괴로워하다가 결국 죽음을 선택하고 말았을 거라고…….

그러면서 진환은 그에게 그랬다. 고맙다고. 끝까지 비밀을 지켜 줘서 고맙고, 살려 줘서 고맙고, 그 사실을 알고서도 자신을 불쌍하게 보거나 이상한 시선으로 봐 주지 않아서 고맙고, 변함없는 친구로 남아 줘서 고맙다고. 근우가 자신의 친구라는 사실이 너무도 고맙다고…….

그런데 이제야 겨우 지옥 같던 악몽을 이겨 내고 세상에 나올 용기를 내고 있는 진환에게 또 무슨 안 좋은 일이 생긴 건 아닐까, 부모님과 또 다른 문제가 생긴 건 아닐까, 근우는 무척 걱정이 되었다.

긴장한 기색이 역력한 진환의 굳은 얼굴을 힐끗 쳐다본 근우는 아무것도 묻지 않고 차를 돌려 아파트 진입로를 빠져나왔다. 진환이 가라앉은 목소리로 말했다.

"조용한 데로 갔으면 좋겠는데. 구립도서관 쪽으로 가자."

이 새벽에 거길 가자고 하는 걸 보면 심각한 일이 벌어지긴 한 모양이다. 근우는 순순히 방향을 틀어 300여 미터 떨어져 있는 구립도서관으로 달려갔다.

가로등만 간간이 켜져 있는 컴컴한 오르막을 올라갔다. 당연히 도서관 정문은 철문으로 단단하게 닫혀 있었다. 그 앞에 차를 세우고 근우는 시동을 껐다. 사방이 쥐 죽은 듯이 고요했다. 근우가 심각한 목소리로 물었다.

"무슨 일이야?"

진환은 한동안 말이 없었다. 할 말이 있다고 근우를 예까지 데려오기는 했는데, 막상 오니 말을 해야 하나 말아야 하나 망설여지는 모양이었다. 근우는 진환의 마음을 편하게 해 주기 위해서 조금은 부드러워진 목소리로 말했다.

"괜찮아. 우리 사이에 못 할 말이 뭐 있다고. 편하게 말해 봐."

그러고도 한참을 더 망설이던 진환이 마침내 입을 열었다.

"부탁이 있다. 염치없지만 네가 꼭 들어줘야 되는 부탁이야."

진환의 얼굴은 심각한 것을 넘어 절박하기까지 했다.

"황당한, 아니, 미친 소리처럼 들릴 거야. 제정신이라면 도저히 할 수 없는 미친 개소리긴 하지. 알아, 나도 잘 아는데…… 아무리 생각해 봐도 이 방법밖에는 없어. 근우야, 나 좀 도와주라. 아니, 나 좀 살려 줘. 제발 이번 한 번만……."

진환이 근우의 손을 덥석 잡고 절박하게 매달렸다. 흠칫
놀란 근우는 당황했다. 다짜고짜 살려 달라니. 급기야 진환
은 부들부들 떨며 두서없는 말들을 쏟아 내기 시작했다.

"그동안 나 혼자 어떻게든 해 보려고 했는데, 안 돼. 네가
없으니까 모든 게 다 엉망이 되어 버렸어. 거의 다 왔는데,
이제 한 고비만 더 넘으면 되는데, 젠장! 여기서 막혀 버리면
어떡하라고. 이게 얼마 만에 온 기회인데⋯⋯. 이 기회마저
놓치면 난, 난⋯⋯ 끝장이야."

"끝장이라니, 무슨 말이야? 흥분 가라앉히고 알아듣게 얘
기해 봐. 기회라니, 무슨 기회?"

"그게 그러니까⋯⋯ 아, 안 돼. 넌 분명히 날 미친놈 취급
할 거야. 급기야 이놈이 미쳤나, 할 거라구."

근우가 부들부들 떨리는 진환의 어깨를 붙잡고 자신의 눈
을 똑바로 바라보게 만들었다. 무섭게 흔들리는 진환의 눈
에 시선을 맞추고 힘주어 말했다.

"안 그래. 내가 왜! 후우, 알았어. 진환아, 일단 진정하고
내 말 잘 들어. 네가 어떤 말을 하든 난 너 미친놈이라고 생
각 안 해. 그리고 내가 할 수 있는 거라면 뭐든 다 들어줄게.
그러니까 안심하고⋯⋯."

"진짜 다 들어줄 거야? 미친 개소리일지도 모르는데?"

"그렇다고 설마 네가 누구를 죽여 달라거나 나보고 죽어
달라고 하겠냐? 그런 부탁만 아니라면 다 들어줄게. 못 믿

겠으면 맹세라도 할까? 후우, 그러니까 진정하고 알아듣게 얘기해 봐."

그럼에도 진환은 선뜻 말을 잇지 못하고 불안한 눈빛으로 근우의 기색을 살폈다. 그러다 한참 만에야 가방에서 무언가를 주섬주섬 꺼냈다. 노트북이었다. 진환은 노트북을 켜고 빠르게 파일을 열었다. 그러고도 한참을 더 망설인 끝에 노트북을 근우에게 내밀었다.

화면을 본 근우의 눈이 놀라움으로 부릅떠졌다. 거기에는 익숙한 그림체의 인물 스케치들이 잔뜩 그려져 있었다. 시놉시스라는 제목이 달린 파일도 보였다.

"진환아, 이거⋯⋯."

멍하니 시선을 들어 올린 근우의 입술이 움찔거리며 좌우로 점차 크게 벌어졌다.

"웹툰 다시 시작했구나!"

이보다 더 반갑고 고마운 일은 없었다. 진환이 다시 웹툰을 그릴 마음이 생겼다는 건 새 삶의 희망을 본격적으로 품기 시작했다는 뜻이었으니까. 이제야말로 스스로 끔찍한 기억에서 벗어나 세상으로 당당히 나아갈 용기를 갖기 시작했다는 뜻이니까! 너무 기쁘고 감격스러워서 눈물이 다 날 것 같았다.

근우는 벌써부터 진중하며 속 깊고 당당하던 과거의 진환을 다시 볼 수 있게 되었다는 희망에 부풀어 그의 어깨를 와락, 끌어안았다.

"고맙다, 진환아! 잘했어, 정말 잘했다."

"고맙다. 그런데 문제가 생겼어."

진환을 얼른 품에서 떨어트린 근우는 그의 어깨를 양손으로 꽉 움켜잡았다. 그리고 두 눈을 반짝이며 자신 있게 말했다.

"말해. 내가 도울 수 있는 거라면 뭐든 다 할 테니까."

"……그럼 믿고 말할게. 그러니까 그게……."

진환의 이야기가 이어질수록 기쁨에 넘실대던 근우의 얼굴이 점차 차갑게 굳어 갔다.

❋　　　　❋　　　　❋

한번 자라나기 시작한 독버섯은 잘라 내고 또 잘라 내도 귀신같은 생명력으로 끈질기게 되살아나 그녀를 괴롭혀 댔다. 그러지 말자고 생각하면서도 한번 의심의 눈초리로 근우를 보기 시작했더니, 그의 행동 하나하나 모든 것이 미심쩍게 느껴졌다.

과거지사라고 묻어 버렸던 김가희의 존재와 그녀가 떠들어 댔던 근우의 화려한 여성 편력부터 시작해 친구들이 한번씩 돌아가며 농담 삼아 했던 충고들이 귓가에 계속 맴돌았다.

"근우 같은 남자는 그림의 떡처럼 멀리서 그냥 지켜보는 게 좋은 거지, 남친으로 두기에는 너무 피곤한 스타일이라니까. 여자들이 가만둬야 말이지. 하루애, 솔직하게 말해 봐. 근우가 아무리 잘해 줘도 가끔 막 불안하고 그럴 때 있지 않니?"

"옛말 하나 그른 것 없다. 남자든 여자든 잘생기고 예쁜 것들은 언젠가 꼭 한 번 얼굴값을 한다니까. 그래서 형은이랑 내가 한 남자한테 정착을 못 하잖아. 이놈인가 싶어서 만났는데 돌아보면 더 멋진 놈이 떡하니 서 있단 말이지. 그런데 그걸 어떻게 버텨. 흔들리지 않으면 그게 사람이냐? 목석이지."

"원래 사랑에도 유효기간이 있다잖아. 사랑에 빠지면 분비된다는 페닐에틸아민이라는 호르몬이 지속적으로 분비되는 기간이 3년이라며. 그래서 사랑의 유효기간이 딱 3년이라는 거지. 그 후에는 그냥 정, 의리로 만나는 거라니까."

"그러니까 연애는 무조건 짧아야 된다는 거야. 3년 안에 결혼을 하든, 헤어지든 양단간에 결정을 내야 한다구. 설마하면서 미적거리다가는 내가 뒤통수 맞고 차이기 십상이지. 그러니까 루애야, 너도 근우랑 결혼하려면 빨리해. 우리 나이를 생각해야지. 근우야 아직 한창 나이에 결혼하는 게 좀 억울하기는 하겠지만 나이까지 속여 가면서 연상녀 꼬신 게 자긴데, 억울해도 어쩔 거야. 책임을 져야지. 그리고 걔, 나이만 어리지 그럴 만한 능력 충분하잖아. 뭐가 문제야. 근우가 너한테 정신 못 차릴 때 그냥 확 결혼해 버려. 안 그럼, 너 나중에 후회한다?'

"남자도 막상 결혼할 때가 되면 싱숭생숭해지고 엄한 생각이 막 나고 그런대. 그런데 그 옆에서 그런 년이 제발 날 좀 잡아 잡숴 주세요, 하면서 꼬리를 흔드는데 근우라고 별수 있겠어? 물론 근우가 그렇다는 건 아니고, 내 말은 조심해서 나쁠 건 없다는 얘기야. 기분 나쁘게 생각하지 말고 잘 지켜봐."

그런데 최근 그의 외출이 부쩍 잦아졌다. 어딜 갔다 왔는지 자세히 말해 주지도 않았다. 물어보면 진환이나 함승원과 시장조사를 하고 왔다고 얼버무릴 뿐이었다. 홍미정이 함께 있었다는 얘기는 한 적도 없었다.

굳이 말할 필요성을 느끼지 못해서 그런 것인지 모르겠지만, 루애는 근우가 일부러 자신을 속이고 있다는 의심이 자꾸만 들었다.

그러다 며칠 전에는 급기야 그의 핸드폰에 잠금 장치가 걸려 있는 것을 보고 말았다. 한 번도 그런 적이 없었는데, 그녀가 잠금 장치를 걸어 주려고 해도 귀찮다며 한사코 싫다던 그였는데, 왜 갑자기?

그러고도 그는 이제껏 그것에 대해서 아무 말이 없었다. 기다리면 그가 그 일에 대해 말해 줄 줄 알았는데…….

근우의 최근 이상해진 행동들과 친구들이 과거에 했던 말들, 거기에 김가희와 홍미정까지 모든 것들이 한꺼번에 몰아치면서 급기야 며칠 전부터는 까마득하게 잊고 있던 유년 시절의 악몽 같던 기억까지 수면 위로 떠오르고 말았다.

사랑한다고, 루애와 엄마만 있으면 세상 부러울 것 없다고 입버릇처럼 말하던 아빠의 외도.

숨죽여 우는 엄마 앞에 한순간의 실수였다며 무릎 꿇고 용서를 빌던 아빠의 비굴한 모습. 한밤중에 그 모습을 우연히 목격했을 때에는 너무 어려서 무슨 일인지 알지 못했었다. 그저 아빠가 엄마한테 뭔가 큰 잘못을 한 모양이라고만 생각했을 뿐.

그러면서도 열 살배기 그녀는 속으로 아빠 편을 들었다. 아빠가 잘못을 했으면 얼마나 큰 잘못을 했겠느냐고, 아빠가 저렇게 무릎까지 꿇고 비는데도 용서해 주지 않는 엄마가 나쁜 거라고.

아빠가 엄마한테 얼마나 잘하는데, 엄마는 맨날 아프다고 침대에만 누워 있으면서. 엄마가 나빠.

당시만 해도 그녀한테 아빠는 세상에서 가장 멋진 사람, 세상 어느 누구보다 가장 믿고 사랑하는 사람이었다. 그래서 루애는 아빠를 위해서 입을 꾹 다물었다. 어린 딸한테 그런 광경을 들컸다는 걸 알면 아빠가 얼마나 창피하고 속상해할까 싶어서 다음 날 아무것도 못 본 척하고 아빠를 꼭 끌어안아 드렸다.

엄마가 아빠를 냉랭하게 대하는 몇 달 동안 루애는 일부러 보란 듯이 아빠한테 사랑한다는 말도 더 많이 하고 아빠 곁을 떠나지 않으려고 했다.

그러다 열세 살이 돼서야 비로소 두 분이 나누던 대화가 무슨 뜻이었는지를 알게 되었다. 외도, 바람, 딴살림, 아들 욕심, 이중인격자, 이혼 등등의 말들이 무엇을 뜻하는 것인지.

루애는 그야말로 자신을 둘러싼 온 우주가 무너지는 것 같은 충격과 상처를 받았다. 아무것도 모르는 주제에 무조건 아빠 편만 들며 엄마를 탓하고 힐난했던 자신을 용서할 수 없었다.

한순간의 실수일지라도 아픈 엄마와 자신을 배신했던 아빠를 더 이상 사랑할 수 없었다. 믿을 수 없었다. 엄마는 아빠를 용서했지만, 그녀는 아빠를 절대 용서할 수 없었다.

3년 넘게 아빠를 미워하고 증오했다. 엄마가 돌아가신 것도 모두 아빠 탓인 것 같았다. 아빠가 엄마를 살리기 위해서 했던 노력들은 모두 무시해 버렸다. 엄마를 잃고 세상의 전부를 잃은 듯 슬퍼하는 아빠를 보면서도 그 모습이 거짓이라고만 생각했다.

이중인격자, 배신자, 거짓말쟁이!

그런 데다 그즈음 불난 데 부채질하는 격으로, 파렴치한 남자들의 음흉한 시선들과 이런저런 추행들을 겪으면서 아빠를 그런 남자들과 동일시해 버렸다.

그건 곧, 세상 모든 남자에 대한 증오, 불신, 경멸, 두려움이었다.

양 씨 아주머니와 미진이 아니었다면, 루애는 결코 아빠를 용서하지 못했을 것이다. 그들 덕분에 루애는 마음속에 들끓던 어두운 마음을 밀어내고 아빠를 돌아볼 수 있게 되었더랬다.

아빠도 실수를 할 수 있는 한 인간이라는 사실을 받아들였다. 아빠가 그 실수를 얼마나 후회하고 있는지, 지금까지도 그 때문에 엄마한테 얼마나 미안해하고 있는지, 엄마와 자신을 얼마나 사랑하고 있는지를 깨달았다.

그러면서 루애는 남자에 대한 두려움과 불신, 경멸도 차츰 극복해 나갔다. 호랑이를 잡으려면 호랑이 굴로 들어가야 한다는 생각으로 용기 내어 공대에 입학한 뒤로는 거의 극복했다고 자신했었다. 그 덕분에 근우도 사귈 수 있었던 것이고 말이다.

그래서 까마득하게 잊고 있었다. 남자가 어떤 존재인지. 아무리 신의가 깊고 진실한 사람이라도 한순간의 유혹에 넘어갈 수 있는 나약한 존재가, 욕망에 약한 존재가 남자라는 사실을 의식적으로 저 멀리 묻어 두고 생각지 않으려고 했다.

그저 불안한 마음이 들 때마다 내가 왜 이러나, 그러지 말자고 스스로를 채찍질했을 뿐.

그런데 이젠 모르겠다.

루애는 자신이 모르는 곳에서 생각만 해도 두려운 어떤일이 벌어지고 있을지도 모른다는 의심을 좀체 떨쳐 버릴수가 없었다.

그렇다고 아무 증거도 없이 근우를 닦달하고 싶지는 않았다. 따지고 보면, '아, 그거?' 하고 대충 넘어갈 수 있는 일들이었기 때문이었다. 그런 일이라면 이미 이전에 몇 번 겪어 보지 않았는가.

괜한 분란을 만들어 그와 언쟁하고 싶지 않았다. 의부증에 걸린 이상한 여자로 여겨질까 봐 겁이 났다. 혹여 근우가자신한테 질리거나 실망하지 않을까, 루애는 그 점이 가장무서웠다.

루애는 마지막 동아줄을 부여잡는 심정으로 그저 하 사장이 빨리 돌아와서 연기되었던 양가 상견례를 하고 약혼 일자가 잡히기만을 초조하게 기다렸다. 약혼이라도 하고 나면이 불안한 마음이 사라지지 않을까, 조금이라도 나아지지않을까 막연히 바랄 뿐이었다.

마침내 하 사장이 장기간의 출장을 마치고 귀국을 했다.

드디어 양가 상견례 일자가 보름 뒤로 잡혔다. 루애는 그날이 오기만을 손꼽아 기다렸다.

취재를 마치고 신문사로 복귀한 루애는 급한 볼일 때문에 화장실로 먼저 달려갔다. 볼일을 보고 있는데 밖에서 친한 후배 기자인 오윤선 기자와 이수정 기자의 음성이 들려왔다. 그들도 막 취재를 마치고 복귀한 모양이었다.

"어제 밤새 달렸더니 완전 죽겠어. 어째 하루 종일 술이 안 깨냐. 취재처를 무슨 정신으로 돌았는지도 모르겠다니까."

"그러게 어쩌자고 밤새 달려, 달리긴. 네가 아직 이팔청춘인 줄 알아?"

"야, 그래도 지금 안 놀면 언제 노냐. 스물여섯, 일곱만 돼 봐. 놀고 싶어도 못 놀아요. 우리가 오죽 스트레스를 많이 받는 직업군이니? 1년만 지나 봐. 아주 팍삭 늙어 버릴 거다. 선배들 봐 봐. 다들 아저씨, 아줌마지."

"쿡, 하긴. 왜들 그렇게 늙어 보이는지. 취재처에 우습게 보일까 봐 일부러 그러나? 아, 아니다. 경제부의 하 선배 봐 봐. 예전이나 지금이나 똑같잖아, 한 미모 하는 거. 다른 선배들처럼 똥배도 안 나오고 피부도 백설기처럼 하얀 게 보송보송하고. 겉으로는 차갑고 도도해 보이지만 가만 보면 단아하고 고혹적인 미도 있는 게 은근 베이글녀라니까."

"하 선배 몸매 끝내주는 거야 다 아는 얘기지, 뭐. 펑퍼짐한 웃옷으로 아무리 감춘다고 해도 그 큰 가슴이 안 보이니? 몸은 말랐는데, 가슴은 어떻게 그렇게 큰지 몰라. 볼 때마다 신기하다니까. 난 첨엔 혹시 수술했나 했어."

루애는 '저것들이 정말!' 하면서 인상을 팍 구겼다. 그때 밤새 달렸다는 오 기자가 갑자기 목소리를 낮추고 은근히 속살거렸다.

"야, 근데 이건 진짜 내가 아무한테도 하지 않은 얘긴데 말이야. 너도 말하면 안 돼. 특히 하 선배한테는 절대 안 돼. 비밀, 지킬 수 있어?"

"당근이지! 왜, 뭔데?"

특히 자신한테 비밀로 해야 한다는 얘기에 루애의 귀도 쫑긋 세워졌다. 저것들, 밤말은 쥐가 듣고 낮말은 새가 들으니 항상 입조심하라고 그만큼 얘기했는데도 아직 정신을 차리지 못한 모양이다.

둘 중 누군가가 아예 화장실 문을 닫고 안에 누군가가 있나 없나, 확인하는 기척이 들려왔다. 루애는 얼른 발을 들어올렸다. 화장실 칸에도 아무도 없다고 생각한 오 기자가 안심하고 루애한테 특히 비밀이라는 얘기를 하기 시작했다.

"어제 내가 친구들을 홍대에서 만나서 2차로 클럽에 갔었거든? 그런데 거기서 누굴 본 줄 알아?"

"누구, 원빈이라도 봤어?"

"원빈을 봤으면 내가 그냥 원빈을 봤다고 하지, 하 선배한테 비밀이라고 했겠니?"

오 기자가 답답하다는 듯 혀를 끌끌 찼다. 그러자 이 기자
가 냉큼 말했다.

"그렇지, 그럼…… 혹시 하 선배 애인? 하 선배한테 비밀
로 하라는 건 하 선배하고 관련이 있는 사람이라는 뜻일 테
고, 홍대라면, 그분 카페가 거기잖아. 맞지?"

"역시 이수정 기자, 촉이 살아 있어요. 큭큭."

"그럼, 내가 누군데. 야, 근데 그걸 왜 비밀로 하라는 거
야? 혹시…… 하! 설마 다른 여자하고 바람이라도 피우고 있
던?"

"빙고! 나한테 딱 걸린 거지."

순간 루애의 얼굴에서 핏기가 사라졌다. 안에서 루애가
다 듣고 있는지도 모르고 오 기자의 폭로는 계속 이어졌다.

"하 선배 애인이 오죽 눈에 잘 띄는 비주얼이니? 사람이
그렇게 많은데도 한눈에 딱 보이더라니까. 게다가 키는 또
오죽 커? 남들보다 머리 하나가 더 있는데 당근 잘 보이지."

"야, 그래도 네가 잘못 본 거 아니야? 그럴 사람으로는 보
이지 않던데. 선배한테 진짜 끔찍하게 잘해서 우리가 두 번
놀랐었잖아. 그 환상적이고 섹시한 비주얼에 한 번 놀라고,
한 여자만 바라보는 지고지순한 사랑에 두 번 놀라고. 하 선
배 바라보는 눈빛만 봐도 알겠던데, 뭐."

"그래서 열 길 물속은 알아도 한 길 사람 속은 모른다는

말이 있는 거야. 나도 어제 보고 엄청 놀랐다니까. 오죽하면 내가 헛것을 보나 싶어서 뺨을 다 꼬집어 봤겠냐."

오 기자와 이 기자는 루애를 따라서 몇 번 'The One'에 가 본 적이 있었다. 근우가 퇴근 시간에 맞춰서 그녀를 데리러 오던 때에 멀리서 보기만 했던 다른 동료 기자들과 달리, 근우를 가까이에서 보고 대화도 나눠 본 몇 안 되는 이들이었다.

그러니 오 기자가 근우를 봤다면 잘못 봤을 리가 없긴 할 터였다. 누군가와 헷갈릴 만큼 흔하게 생긴 사람도 아니고 말이다. 그런데 대체 뭘 봤다는 걸까. 대체 뭘 봤기에 저토록 확신에 차서 근우가 바람을 피웠다고 하는 걸까. 루애의 입안이 바싹 말라 왔다.

"왜, 대체 뭘 봤는데?"

"웬 여우 같은 년이랑 춤을 추고 있더라니까. 그것도 엄청 야한 춤을. 그년이 온몸을 훑고 비비고 난리를 피우는데도 가만있더라구."

"난 또 뭐라고. 야, 요즘에 클럽 가면 다 그렇지 뭘 그러냐. 멀뚱거리며 혼자 술만 마실 거면 클럽에 왜 가? 그쪽도 친구들하고 같이 갔는데, 그 여자가 달려들어서 춤을 그렇게 췄나 보지. 왜, 그런 년들 많잖아. 자존심도 없이 괜찮은 남자 나타나면 달려들어서 부비부비 해 대는 애들. 어쩌다 춤 한번 춰 준 걸 가지고 난리는."

"그 정도였으면 내가 말을 안 한다니까. 내 눈이 해태니? 그 정도도 구분 못 하게? 문제는 한 번이 아니고, 내가 클럽을 나올 때까지 계속 그년하고만 그렇게 춤을 췄다는 거야. 다른 일행도 있긴 했는데, 둘이 불이 붙어 가지고는 다른 사람들은 안중에도 없더라니까."

"정말? 그렇다면 그건 좀 심각한데?"

"심각함 그 이상이었어. 네가 못 봐서 그렇지, 봤으면 넌 열 뻗쳐서 그대로 뒤로 넘어갔을 거다. 나니까 씩씩거리면서도 눈 부릅뜨고 끝까지 지켜봤지. 불쌍한 우리 하 선배 생각해서. 후우, 진짜 가관도 아니었다. 난 그것들이 거기서 진짜 섹스하는 줄 알았다니까."

이제 오 기자는 근우를 '하 선배의 애인'이라는 호칭 대신 미지의 어떤 여자와 싸잡아 '그것들'이라고 칭하며 열변을 토하고 있었다.

"보는 내가 더 낯이 뜨거워서 도저히 제정신으로는 볼 수가 없었다면 어느 정도였는지 알겠지? 그년이 엉덩이를 그 새끼 중심에 딱 붙이고선 돌리고 흔들고 난리를 피우면서 팔을 잡고 자기 허리를 휘감게 하는데도 그년이 하는 대로 가만있더라니까. 싫으면 가만있었겠어? 저도 좋으니까 그랬겠지. 그러니까 그년이 아주 흥분을 해 가지고는 목을 뒤로 젖히고 헐떡거리는데, 표정을 보니까 완전 제대로 느끼는 눈치더라구. 그건 절대로 춤이 아니었어. 마지못해서 상

413

대해 주는 것도 아니고, 두 연놈이 제대로 필 받아서 남들이 보든 말든 그 짓을 하고 있었다니까. 그래, 유사 성행위. 딱 그거였어."

"어머머, 웬일이니. 그렇게 안 봤는데, 완전 나쁜 놈이잖아! 하 선배 불쌍해서 어떡하냐. 애인이 그런 개새끼인 줄 전혀 모르는 눈치던데. 맞다! 하 선배 곧 약혼한다고 하지 않았니? 엊그제 보니까 하 선배 약혼 드레스 알아보는 것 같던데. 아우, 어떡해."

이 기자가 더 애가 달아서 발을 동동거렸다.

"야, 그러지 말고 하 선배한테 얘기해 줘야 하는 거 아니니? 암것도 모르고 약혼하고 결혼까지 해 버리면 완전히 속은 거잖아."

"그렇긴 한데, 그렇다고 어떻게 얘기를 해. 충격이 이만저만이 아닐 텐데. 게다가 우리 신문사 사람들치고 하 선배하고 그놈 모르는 사람이 어디 있냐? 선배들 얘기 들어 보니까 예전에는 매일 퇴근 시간마다 픽업 오고 난리도 아니었다더라. 그리고 하 선배가 오죽 유난 벌떡스럽게 연애를 했어야지. 군대 간 거 기다려 줘, 그놈이 홍대에 카페 차린 후로는 퇴근하고 매일 가서 돕고 그랬다는 거, 알 만한 사람들은 다 아는데. 그것 때문에 좀 아니꼽게 보는 시선들도 있고. 그런데 거기다가 어떻게 그런 말을 해. 아후, 난 못 해."

"그래도 난 말해 줘야 할 것 같은데. 소문이야 시간 지나면 잊히는 거고, 선배의 인생을 생각하면 알려 드리는 게 도리일 것 같은데 말이야. 그동안 선배가 우리한테 얼마나 잘해 줬냐."

"그렇긴 한데, 그걸 어떻게 우리 입으로 말하냐구. 그럼, 이런 소문이 있다고 슬쩍 흘릴까? 그러면 우리는 우리 입으로 직접 말하지 않아서 좋고, 선배는 저절로 알게 되니까 좋고. 일석이조잖아."

"글쎄, 그건 한번 곰곰이 생각해 보자. 아우, 근데 생각할수록 그 새끼 진짜 나쁜 새끼네. 하 선배가 지한테 어떻게 했는데, 그럴 수가 있어? 허우대만 멀쩡하면 다야? 이래서 세상에 믿을 놈 하나 없다는 말이 있는 거야. 아우, 나쁜 놈. 추잡하고 더러운 새끼!"

이 기자의 울분을 토하는 목소리와 함께 두 사람이 화장실을 나가는 소리가 들려왔다. 잠시 후 밖은 조용해졌다. 멀어져 가는 그들의 목소리와 구두 소리가 아예 들리지 않게 될 때까지 루애는 비좁은 칸 안에 우뚝 선 채 꼼짝도 하지 못했다.

차갑게 굳은 그녀의 얼굴은 백지장처럼 하얗게 질려 있었다. 부릅뜬 눈동자는 깜박이지도 않았다. 허옇게 굳은 그녀의 입술이 미세하게 꿈틀거렸다.

루애는 본능적으로 비명이 터져 나오려는 입을 황급히 틀어막았다. 그리고 그대로 바닥으로 주르륵 미끄러졌다.

더러운 바닥에 웅크리고 앉아 루애는 미친 듯 고개를 가로저었다. 그리곤 양손으로 얼굴을 감싸고 귀를 틀어막았다.

아니야, 아니야, 아니야!

하루애의 세상이 처참하게 무너졌다.

하루애 비 2권에서 계속……